D'or et de lumière

J'AI LU

VIRGINIA C. ANDREWS

Fleurs captives	
Fleurs captives	*J'ai lu* 1165/**4**
Pétales au vent	*J'ai lu* 1237/**4**
Bouquet d'épines	*J'ai lu* 1350/**4**
Les racines du passé	*J'ai lu* 1818/**4**
Le jardin des ombres	*J'ai lu* 2526/**4**
La saga de Heaven	
Les enfants des collines	*J'ai lu* 2727/**5**
L'ange de la nuit	*J'ai lu* 2870/**5**
Cœurs maudits	*J'ai lu* 2971/**5**
Un visage du paradis	*J'ai lu* 3119/**5**
Le labyrinthe des songes	*J'ai lu* 3234/**6**
Ma douce Audrina	*J'ai lu* 1578/**4**
Aurore	*J'ai lu* 3464/**5**
Les secrets de l'aube	*J'ai lu* 3580/**6**
L'enfant du crépuscule	*J'ai lu* 3723/**6**
Les démons de la nuit	*J'ai lu* 3772/**6**
Avant l'aurore	*J'ai lu* 3899/**5**
La famille Landry	
Ruby	*J'ai lu* 4253/**6**
Perle	*J'ai lu* 4332/**5**
D'or et de lumière	*J'ai lu* 4542/**5**

Virginia C. Andrews

D'or et de lumière

Traduit de l'américain
par Françoise Jamoul

Éditions J'ai lu

Titre original :

ALL THAT GLITTERS
Published by arrangement with Pocket Books,
a division of Simon & Schuster Inc., N.Y.

PROLOGUE

Le soir descend, le soleil vient juste de plonger derrière la cime des cyprès, à l'ouest du bayou. Assise dans le vieux rocking-chair de grand-mère Catherine, je berce Perle dans mes bras en lui fredonnant un air d'autrefois. Une de ces douces mélodies cajuns que grand-mère me chantait pour m'endormir, même quand j'étais déjà cette fillette aux couettes sautillant sur les épaules, courant à travers champs vers notre cabane sur pilotis. En fermant les yeux, je crois l'entendre encore m'appeler :

— Ruby ! c'est l'heure de dîner, petiote. Ruby !

Mais sa voix, pareille à la fumée que dissipe le vent, s'estompe dans ma mémoire.

J'ai presque dix-neuf ans, maintenant, et voilà bientôt trois mois que Perle est née, pendant l'un des plus violents ouragans qui aient sévi sur le bayou. Les arbres jetés en travers de la route ont été repoussés sur les côtés, mais ils gisent toujours le long du macadam, tels des soldats blessés attendant de reprendre des forces et de guérir.

Moi aussi, j'imagine, j'attends de reprendre des forces et de guérir. Au fond, c'est pour cela que je suis revenue de La Nouvelle-Orléans dans le bayou. Après que mon père, miné par ses remords envers son frère, mon oncle Jean, eut succombé à une attaque, ma belle-mère avait régenté nos vies avec une joie vengeresse. Daphné me haïssait depuis le jour où j'avais frappé à leur porte, moi, la jumelle ignorée de Gisèle, l'enfant que grand-père Jack avait vendue. C'est grand-mère Catherine qui m'avait épargné le même sort, en dissimulant mon existence pour me garder auprès d'elle.

Jusqu'à mon arrivée, Pierre Dumas — mon père — et sa femme Daphné avaient réussi à cacher la vérité au prix d'innombrables mensonges, mais j'avais fait mon apparition. Et ils avaient dû forger une nouvelle version de l'histoire, selon laquelle j'aurais été volée dans mon berceau, le jour même de notre naissance.

La vérité, c'est que Pierre Dumas était tombé amoureux de ma mère, Gabrielle, à l'époque où son père et lui venaient chasser dans les marais. Grand-père Jack leur servait de guide et dès que Pierre avait aperçu Gabrielle, que grand-mère Catherine disait belle à ravir, ingénue et un peu sauvageonne, il avait eu un coup de foudre et elle aussi. Daphné ne pouvait pas avoir d'enfants. Aussi, quand ma mère fut enceinte de Gisèle et de moi, grand-père Jack accepta le marché proposé par mon grand-père Dumas. Il lui vendit Gisèle, et Daphné la fit passer pour sa fille.

Grand-mère Catherine ne le lui avait jamais pardonné, et l'avait chassé de chez nous. Il vivait en solitaire dans les marais, posant des pièges pour les rats musqués, pêchant des huîtres et — quand il n'était pas trop saoul — servant de guide aux chasseurs. Grand-mère était guérisseuse. Avant de mourir, elle m'avait fait promettre d'aller à La Nouvelle-Orléans pour y chercher mon père et ma sœur.

Mais c'est une vie encore plus dure qui m'attendait là-bas. Gisèle me détestait depuis le premier jour et s'ingéniait à me gâcher la vie, à la maison comme à Greenwood, le pensionnat de Baton Rouge où on nous avait exilées. Ce qui la faisait le plus enrager, c'est que son ancien soupirant, Chris Andréas, soit tombé amoureux de moi, et moi de lui. Plus tard, quand j'attendis l'enfant de Chris, Daphné tenta de me faire avorter dans une clinique sordide, mais je m'enfuis. Et je revins au seul endroit où je me sois jamais sentie chez moi : le bayou.

Grand-père Jack se noya dans le marais au cours

d'une de ses crises d'ivrognerie, et à peine arrivée je me serais retrouvée seule au monde, si Paul n'avait pas été là. Paul, mon premier amour et aussi — autre secret de famille — mon demi-frère. Il avait eu le cœur brisé d'apprendre que son père avait séduit ma mère, encore adolescente, et refusait toujours d'admettre la réalité.

Depuis mon retour il est à mes côtés, me demandant jour après jour d'être sa femme. Son père possède une des plus grosses conserveries de crevettes du bayou, mais grâce à un héritage Paul est devenu l'un des hommes les plus riches de la région. On a trouvé du pétrole sur ses terres.

En ce moment, il fait construire une grande maison où il espère que nous vivrons un jour avec lui, Perle et moi. Il sait que nous ne pourrons jamais être vraiment mari et femme, mais il est prêt à tout pour partager sa vie avec moi. Même au prix de ce sacrifice. Je suis tentée, car j'ai perdu Chris avec qui j'ai connu la plus folle passion, je suis seule avec Perle et je vis aussi chichement qu'autrefois, du vivant de grand-mère. Comme alors, je tisse des couvertures, tresse des paniers, prépare du gombo et vends tout cela aux touristes, au bord de la route. C'est une vie assez misérable, et pas très prometteuse pour mon adorable petite fille.

Chaque soir, comme aujourd'hui, je m'assieds dans ce rocking-chair et la berce pour l'endormir, en réfléchissant à ce qu'il convient de faire. Je lève un regard plein d'espoir sur le portrait que j'ai fait de grand-mère Catherine, peu de temps avant sa mort. Elle pose dans ce même fauteuil, sur notre galerie de devant. Derrière elle, à la fenêtre, j'ai peint le visage angélique de ma mère. Toutes les deux me renvoient mon regard, comme si elles souhaitaient me voir prendre la bonne décision.

Comme je voudrais qu'elles soient là, vivantes, et qu'elles puissent me conseiller ! Dans moins de dix-huit mois, j'aurai de l'argent car je toucherai mon héritage du côté Dumas. Mais j'éprouve un immense dégoût pour La Nouvelle-Orléans, à présent, malgré la magnifique demeure de Garden District et la richesse qui m'attend là-bas. Revoir Daphné, la femme qui a tenté de me faire interner dans un hôpital psychiatrique, cette femme dont la beauté cache un cœur de pierre... cette seule idée me donne le frisson. D'ailleurs, si j'ai appris quelque chose au temps où je vivais dans la maison Dumas, parmi le luxe et les serviteurs, c'est que l'argent ne fait pas le bonheur, si l'amour est absent.

L'amour déserta la maison à la mort de mon père, et lui-même vécut dans la souffrance, accablé par le poids de ses péchés anciens qui le hantaient. Je tentai d'apporter l'espoir et la joie dans sa vie, mais l'égoïsme invétéré de Gisèle et de Daphné me rendirent la tâche impossible. Elles sont satisfaites, à présent : je suis partie. Entraînée par ma passion, je me suis retrouvée enceinte, prouvant ainsi que j'étais ce qu'elles m'avaient toujours accusé d'être : une petite Cajun dévergondée. La famille de Chris l'a envoyé en Europe et Gisèle se fait un plaisir de me renseigner sur la vie luxueuse qu'il y mène, et sur ses conquêtes.

Peut-être devrais-je épouser Paul. Ses parents sont seuls à connaître la vérité à notre sujet, et ils la gardent bien scellée, dans l'ombre du secret. D'ailleurs toutes les anciennes amies de grand-mère Catherine croient que Perle est la fille de Paul. Elle a ses cheveux châtain doré, mélange de blond et de brun, et les yeux de la même couleur que les nôtres : bleu d'azur. Sa peau délicate est si radieuse qu'à l'instant où j'ai posé les yeux sur elle, j'ai pensé à l'éclat des perles.

Paul ne perd pas une occasion de me supplier de l'épouser, et je n'ai pas le cœur de l'en empêcher car il a toujours été à mes côtés. Il était là pour nous protéger quand Perle est née, la nuit de l'ouragan. Chaque jour, il nous apporte des provisions et des cadeaux, et passe des heures à réparer ma cabane. Serait-ce un péché que d'être mari et femme sans consommer notre union ? Le mariage est bien davantage que la légitimation de rapports charnels. Il y a d'autres façons d'aimer, plus élevées, plus généreuses. On se marie pour avoir quelqu'un avec qui partager la maladie et l'adversité, pour être ensemble et se protéger l'un l'autre jusqu'à la mort. Et Paul serait un papa merveilleux pour Perle. Il l'aime comme si elle était vraiment sa fille. Il m'arrive de penser qu'il croit réellement, sincèrement, être son père.

D'un autre côté... serait-ce juste envers Paul de lui refuser ce que tout homme attend d'une femme, ce dont il a besoin ? Il affirme qu'il désire faire ce sacrifice par amour pour moi, et s'appuie sur l'exemple de nos prêtres catholiques ; s'ils consentent à ce sacrifice au nom d'un amour plus haut, pourquoi pas lui ? Il a déjà menacé de se faire moine, si je le repoussais.

Oh ! grand-mère, ne peux-tu m'envoyer un signe ? Tu possédais de tels pouvoirs spirituels de ton vivant ! Tu chassais les esprits mauvais, tu guérissais les plus malades, tu fortifiais l'âme des gens et leur donnais l'espoir. Vers qui d'autre me tourner pour obtenir une réponse ?

Comme si elle percevait mon tourment, Perle s'agite et se met à pleurer. J'embrasse ses joues si douces et, comme toujours quand je me penche sur son petit visage délicat, je revois le radieux sourire de Chris, son regard chaleureux, ses lèvres attirantes... Il n'a jamais vu sa propre fille. Je me demande s'il la verra un jour.

Je suis entièrement responsable de Perle, maintenant. J'ai choisi de l'avoir, de veiller sur elle, de l'aimer et de la chérir. La décision que j'ai prise à sa naissance nous concerne toutes les deux. Il ne s'agit plus de penser uniquement à mon bien, à ce qui me convient. Je dois penser également à elle. Les décisions que je vais prendre me seront sans doute pénibles, mais il se peut que ce soient les meilleures pour elle.

Elle retrouve son calme. Ses yeux se ferment et elle retourne à son sommeil paisible, confiant, confortable, inconscient des orages qui grondent autour de nous. Que nous réserve le destin, à présent ?

Si seulement tout ceci était arrivé quelques années plus tard ! Chris et moi nous serions mariés, nous aurions une belle maison dans Garden District. Perle grandirait dans un foyer plein d'amour, un monde merveilleux, aussi agréable que nous aimions l'imaginer dans nos rêves. Si seulement nous avions été plus prudents, et si…

Mais les *si* n'ont pas de sens dans le monde réel, un monde où les rêves finissent toujours mal, de toute façon. Assez rêvé, Ruby, redescends sur terre !

Je me balance dans mon fauteuil et je chantonne. Le soleil disparaît complètement, l'ombre gagne et s'épaissit, seuls les yeux du hibou reflètent maintenant la lueur des étoiles. Je me lève et vais coucher Perle dans son berceau — un présent de Paul — puis je reviens à la fenêtre et contemple la nuit. Les alligators glissent sur les berges du canal, j'entends d'ici leurs queues battre l'eau. Les chauves-souris planent entre les pans de mousse espagnole, plongeant sur les insectes qui seront leur dîner ; les premiers cris des ratons laveurs s'élèvent.

Mon univers est devenu si solitaire, et pourtant je n'ai jamais eu peur d'être seule, jusqu'ici… Mais maintenant j'ai quelqu'un à protéger, quelqu'un dont je dois me soucier. Ma précieuse petite Perle, endormie et plongée dans ses rêves enfantins, attendant que la vie commence pour elle.

C'est à moi de faire en sorte qu'elle commence dans le soleil et non dans la grisaille, dans l'espoir et non dans la crainte. Comment vais-je m'y prendre ? Les réponses à cela sont tapies dans l'obscurité, il ne tient qu'à moi de les découvrir. Seulement voilà : de qui émanent-elles ? Des esprits du bien ou des esprits du mal ?… Comment savoir ?

PREMIÈRE PARTIE

1

Décisions

Le ronflement du canot à moteur de Paul dérangea un couple de gros-becs en train de se pavaner sur une épaisse branche de cyprès ; déployant leurs ailes, ils s'élancèrent sur la brise du golfe et s'éloignèrent en planant pour s'enfoncer au cœur des marais, aussitôt imités par une volée de passereaux.

Malgré la chaleur et l'humidité, très pesantes en ce jeudi après-midi de la fin mars, Perle faisait preuve d'une activité débordante, se démenant pour s'échapper de mes bras et ramper vers les meules de foin où s'abritaient loutres et rats musqués. Ses cheveux avaient poussé plus vite ce dernier mois. Ils atteignaient presque ses oreilles et sa nuque, tirant davantage sur le blond que sur le brun. Je lui avais mis une robe ivoire, à volants roses au cou et aux poignets, et les petits chaussons de coton brut que j'avais tissés la semaine précédente.

Comme le canot de Paul se rapprochait, Perle leva les yeux. Bien qu'elle eût à peine plus de six mois, on lui aurait donné un an, tant elle était vive, alerte, éveillée. Elle adorait Paul et chacune de ses visites la mettait en joie. Ses yeux brillaient encore davantage, elle tendait les bras, agitait ses menottes et donnait des coups de pied pour se libérer de mon étreinte et se jeter vers lui.

Le canot déboucha de la dernière courbe et, dès qu'il nous aperçut sur le ponton, Paul nous fit signe.

J'avais fini par accepter qu'il nous emmène visiter sa nouvelle maison — une vaste demeure maintenant presque achevée —, ce que j'avais évité jusque-là. Je craignais trop, si je mettais le pied chez lui, d'être tentée d'accepter son offre.

Peut-être était-ce une idée que je me faisais, mais Paul me paraissait plus mince, plus mûr aussi, depuis que j'étais revenue dans le bayou. De temps à autre, je voyais reparaître dans ses yeux bleus cette étincelle juvénile d'autrefois, mais il était presque toujours pensif et grave, désormais. Ses nouvelles responsabilités professionnelles et la surveillance des travaux de sa maison, jointes à ses inquiétudes pour Perle et pour moi, donnaient à ses traits un air sombre qui me préoccupait. J'avais l'impression de l'entraîner dans mes problèmes. Naturellement, il faisait l'impossible pour me persuader du contraire. Chaque fois que j'y faisais allusion, il éclatait de rire et protestait :

— Tu ne sais donc pas qu'en revenant au bayou, tu as ramené le soleil dans ma vie ?

Pour le moment, tandis qu'il amarrait son bateau, il souriait jusqu'aux oreilles.

— Hé ! devine quoi ! lança-t-il d'une voix animée. On vient juste d'accrocher les lustres et de les brancher. Attends de voir ça, c'est quelque chose ! Je les ai commandés en France, figure-toi. Et la piscine est remplie, prête à servir. Tu sais que les vitraux de la marquise viennent d'Espagne ? Ils m'ont coûté une fortune, ajouta-t-il sans reprendre haleine.

— Bonjour, Paul, dis-je en éclatant de rire.

— Quoi ? Oh ! je suis désolé. (Il m'embrassa sur la joue.) On dirait que je perds un peu la tête au sujet de notre maison, pas vrai ?

Je baissai les yeux. Mon cœur s'emballait malgré moi, chaque fois qu'il disait *notre* maison.

— Paul...

— Ne dis rien, riposta-t-il vivement. Pas de décisions hâtives. Laisse la maison et le domaine parler pour eux-mêmes.

Je le regardai en secouant la tête. Accepterait-il jamais un non comme réponse ? Il me semblait que même si j'en épousais un autre et vivais jusqu'à cent ans, je le retrouverais toujours devant ma porte, attendant que je change d'avis.

Nous prîmes tous place à bord et il remit le moteur en marche. Perle rit quand nous fîmes demi-tour, et qu'elle sentit la brise et l'écume nous fouetter le visage et les bras. Le printemps précoce avait tiré les alligators de leur hibernation. Ils somnolaient sur les levées de terre et dans les flaques, nous accordant à peine un coup d'œil endormi au passage. Çà et là, des amas de serpents verts se dénouaient sous l'eau, pour reformer aussitôt leurs entrelacs ; des crapauds sautaient sur des îlots de nénuphars, et des loutres s'enfuyaient vers l'abri que leur offraient l'ombre et les moindres ouvertures. Le marais, tel un animal gigantesque, semblait bâiller, s'étirer et prendre forme à mesure que le printemps s'affirmait, poursuivant résolument sa course vers un été torride.

— Le puits n° 3 a été percé avec succès ce matin, hurla Paul par-dessus le rugissement du moteur. Apparemment, son rendement sera quatre ou cinq fois supérieur aux prévisions.

— C'est fabuleux, Paul.

— L'avenir ne pourrait pas s'annoncer plus brillant, Ruby. Nous pourrions tout avoir, tout faire, aller où il nous plairait... Perle serait une vraie princesse.

— Je ne veux pas en faire une princesse, Paul, répliquai-je sèchement. Je veux qu'elle devienne une charmante jeune fille, bien élevée, qui saura apprécier la vraie valeur des choses. J'ai vu trop de gens grisés par leurs propres richesses, qu'ils finissaient par confondre avec le bonheur.

— Cela ne se passera pas comme ça pour nous, je t'assure.

Les riches terrains pétrolifères de Paul et la propriété se trouvaient au sud-ouest de ma cabane. Nous poursuivîmes notre route à travers les canaux, qui devenaient parfois si étroits qu'en étendant les bras, nous pouvions toucher les rives. Nous traversâmes quelques étangs saumâtres et un nouveau réseau de canaux, avant de bifurquer droit au sud pour pénétrer dans son domaine. Je n'y étais pas revenue depuis mon départ pour La Nouvelle-Orléans. Aussi, quand je vis se profiler le toit de la grande maison par-dessus les sycomores et les cyprès, je fus stupéfaite. J'eus l'impression d'être Alice, brusquement transplantée dans un Pays des Merveilles créé tout exprès pour elle.

Paul avait déjà fait bâtir une jetée, et un chemin gravillonné conduisait du marais jusqu'à l'entrée de la partie résidentielle de ses terres. J'aperçus les camionnettes et les voitures des ouvriers, qui travaillaient toujours avec ardeur ; car Paul entendait aller vite en besogne et avait offert de payer leurs services une fois et demie le tarif habituel, pour gagner du temps sur l'horaire prévu. Vers l'est, nous pouvions voir les derricks en fonctionnement.

— Tu n'aurais jamais cru que le petit Cajun qui circulait en scooter posséderait tout ça un jour, je parie ? fanfaronna Paul, les poings sur les hanches et souriant jusqu'aux oreilles. Pense à ce que dirait grand-mère Catherine !

— Grand-mère devait plus ou moins s'y attendre, je suppose.

— Possible, acquiesça Paul en riant. Quand elle me regardait, j'avais l'impression qu'elle déchiffrait non seulement mes pensées, mais aussi mes rêves.

Il nous aida à sortir du canot, Perle et moi, et annonça :

— Je vais la porter.

Perle fut éberluée par les dimensions de la maison.

— J'aimerais l'appeler Bois Cyprès, Ruby, qu'en penses-tu ?

— C'est un nom merveilleux, Paul. Elle est fantastique ! La voir tout à coup comme ça, surgie de nulle part... c'est de la magie !

Il rayonnait d'orgueil.

— J'ai dit à l'architecte que je voulais une maison qui ressemble à un temple grec. Celle des Dumas à Garden District a l'air d'un bungalow, en comparaison.

— C'est ce que tu voulais, Paul ? Surpasser la maison de mon père ? Je t'ai dit...

— Ne me fais pas la leçon maintenant, Ruby. A quoi me sert d'avoir tout ça si je ne peux pas m'en servir pour te plaire et pour t'impressionner ?

— Ô Paul !

Son regard se durcit en s'attachant sur moi, et je pris une longue inspiration. Qu'aurais-je pu dire pour m'opposer à son enthousiasme et à ses rêves ?

A mesure que nous en approchions, la maison semblait grandir sous nos yeux. Tout le long de la galerie du premier courait une rampe de fer forgé à motifs pointes-de-diamant. Deux ailes encadraient le corps de bâtiment principal, que Paul avait voulues pour équilibrer l'ensemble.

— C'est là que logeront les domestiques, m'informa-t-il. Comme ça, chacun se sentira chez soi. Presque tous les murs ont plus de soixante centimètres d'épaisseur. Attends de voir comme il fait frais à l'intérieur, même sans les ventilateurs et l'air conditionné !

Quelques marches de pierre nous amenèrent sur le perron, au niveau de la galerie inférieure. De là, nous franchîmes le portique pour gagner l'entrée, dallée de carreaux d'Espagne et manifestement destinée à couper le souffle aux visiteurs. Car, outre sa longueur et sa largeur considérables, elle était si haute que la voûte nous renvoyait l'écho de nos pas.

— Pense aux magnifiques tableaux que tu pourrais accrocher sur des murs pareils, Ruby ! fit valoir Paul.

Nous dépassâmes de grandes pièces claires, donnant toutes sur le hall central. Au-dessus de nous pendaient les lustres dont Paul s'était montré si fier, et il y avait de quoi. Les ampoules en gouttes d'eau scintillaient sur nos têtes, à croire qu'il pleuvait des diamants. L'escalier circulaire était deux fois plus large et plus ouvragé que celui de la maison Dumas.

— La cuisine est au fond, indiqua Paul. Je l'ai fait équiper d'un matériel ultramoderne, n'importe quelle cuisinière serait aux anges de travailler là. Si tu retrouves Nina Jackson, peut-être pourras-tu la convaincre de venir vivre ici, ajouta-t-il pour faire bonne mesure.

Il savait combien j'avais été attachée à Nina, la cuisinière de mon père. Elle m'avait prise en affection dès mon arrivée à La Nouvelle-Orléans, enfin presque. Adepte du vaudou, elle s'était d'abord assurée que je n'étais pas une sorte de zombie telle que Gisèle.

— Je crois que rien ne pourrait arracher Nina à La Nouvelle-Orléans, Paul.

— Alors tant pis, elle ne sait pas ce qu'elle perd.

Il était très susceptible dès qu'il s'agissait des riches Créoles, et il interprétait toute comparaison comme une critique envers les Cajuns.

— Je voulais dire qu'elle tient trop à son vaudou, Paul.

— Je vois. Et maintenant, si nous visitions l'étage?

En haut de l'escalier, nous trouvâmes quatre vastes chambres, possédant chacune sa penderie et son cabinet de toilette attenant. Il y avait deux chambres de maître, donnant sur le marais et communiquant entre elles, ce qui indiquait bien que Paul avait toujours eu le mariage en vue.

— Eh bien? s'enquit-il en scrutant anxieusement mes traits.

— C'est une vraie splendeur, Paul.

Une lueur malicieuse pétilla dans ses yeux.

— J'ai gardé le meilleur pour la fin. Suis-moi, dit-il en nous faisant franchir une porte qui débouchait sur un escalier extérieur.

Il était situé à l'arrière de la maison et je n'avais donc pas pu le voir en arrivant. Il nous conduisit à un immense grenier, charpenté de poutres en cyprès taillées à la main. De grandes fenêtres ouvraient sur les champs et les canaux, mais aucune ne donnait sur les derricks. Et de vastes lucarnes ajoutaient encore à l'atmosphère lumineuse et aérée de la pièce.

— Tu sais où tu es? demanda Paul avec un petit sourire amusé. Dans ton futur atelier!

J'ouvris des yeux ronds, suffoquée par cette perspective.

— Comme tu peux le voir, je lui ai réservé la plus belle vue. Regarde, Ruby, ajouta-t-il en s'approchant d'une fenêtre. Regarde ce que tu pourrais peindre. Le monde que tu aimes, le tien, un monde qui devrait t'inspirer pour te remettre à peindre, et pour créer des chefs-d'œuvre que tes riches amis créoles s'arracheraient.

Debout devant la fenêtre, il tenait Perle dans ses bras. Elle était intriguée et fascinée par la vue que nous avions de là-haut. Les ouvriers du chantier avaient commencé à déblayer, leurs voix et leurs rires montaient jusqu'à nous, portés par le vent. A l'horizon, les canaux qui serpentaient à travers les marais, en direction de Houma et de ma cabane, avaient un petit air irréel. Je pouvais voir les oiseaux voleter d'arbre en arbre et, plus loin sur la droite, un pêcheur d'huîtres qui rentrait chez lui après une journée de cueillette, halant sa pirogue à la perche. Il y avait là une mine de tableaux et d'idées, parmi lesquels un artiste n'aurait eu qu'à choisir un sujet, pour l'embellir encore avec son imagination.

— Ne serais-tu pas heureuse ici, Ruby? demanda Paul avec un regard implorant.

— Qui ne le serait pas, Paul? Cela dépasse tout, c'est inexprimable. Mais tu connais la raison de mon hésitation, murmurai-je.

— Et toi, tu sais que j'ai soigneusement réfléchi à tout ça, et trouvé un moyen de vivre ensemble sans péché. Ô Ruby, ce n'est pas notre faute si nos parents nous ont mis au monde avec cette ombre sur nos têtes. Tout ce que je veux, c'est pourvoir à tes besoins et à ceux de Perle, vous rendre heureuses, et vous assurer la sécurité pour toujours.

— Mais qu'en sera-t-il de… Paul, il y a un aspect de la vie auquel tu devrais renoncer, lui rappelai-je. Tu es un homme, quand même ! Un homme jeune, beau et viril.

— Je veux qu'il en soit ainsi, dit-il en hâte.

Je baissai les yeux. Je ne devais pas tricher avec la vérité.

— Je ne suis pas sûre de le vouloir, Paul. Tu sais que j'ai été amoureuse, passionnément amoureuse, et que j'ai goûté à l'extase qu'on éprouve avec celui qu'on aime et qui vous aime.

— Je sais, admit-il avec tristesse. Mais je ne te demande pas de renoncer à cela.

Je levai sur lui un regard scrutateur.

— Que veux-tu dire ?

— Faisons un pacte. Si l'un de nous rencontre quelqu'un auprès de qui il puisse connaître ce plaisir, l'autre ne tentera pas de l'en empêcher, même si cela implique… la séparation.

» En attendant, Ruby, mets toute ta passion dans ton art. Je mettrai la mienne dans mon travail et mon ambition pour nous tous. Laisse-moi t'offrir ce qui, sans cela, serait la plus parfaite des existences ; une vie qui t'apportera l'amour et où Perle trouvera la sécurité, le confort, au lieu d'endurer les misères dont nous avons vu tant de gens souffrir dans les soi-disant familles normales. Je t'en prie.

Comme si elle me suppliait avec lui, Perle leva sur moi ses yeux de saphir, doux et sereins.

— Paul, vraiment… je ne sais pas.

— Nous pouvons être proches, nous tenir chaud, veiller l'un sur l'autre… pour toujours. Tu es si jeune et tu as déjà connu tant de malheurs et de chagrins, cela t'a fait vieillir avant l'âge. Laissons la sagesse remplacer la passion. Bâtissons notre vie sur la confiance, le dévouement, la vraie bonté. Ensemble, nous créerons notre propre monastère, avec ses lois spéciales à notre usage.

Je sondai son regard et j'y lus la sincérité. Tout

concourait à ma défaite: sa dévotion, cette maison splendide, la promesse d'une vie dans la sécurité, d'une vie heureuse après avoir enduré tout ce qu'il m'avait rappelé.

— Mais tes parents, Paul? protestai-je, me sentant de plus en plus encline à dire oui.

— Mes parents? répliqua-t-il âprement. Ils m'ont élevé dans le mensonge. Mon père acceptera ma décision, et s'il ne le fait pas... qu'importe? J'ai ma propre fortune, maintenant, conclut-il avec un regard sombre, les yeux soudain rétrécis.

Je secouai la tête, désemparée. Je me rappelais la mise en garde sévère de grand-mère sur le danger de séparer un Cajun de sa famille. Paul parut deviner mes pensées: il s'adoucit.

— Ecoute, je parlerai à mon père et l'amènerai à comprendre que c'est la meilleure solution pour nous tous. Quand il aura vu le bon côté des choses, il approuvera.

Je me mordis la lèvre, toujours perplexe.

— Ne dis ni oui ni non, s'empressa d'ajouter Paul. Dis que tu vas y réfléchir, et penses-y sérieusement. Je ne te laisserai pas en paix, Ruby Dumas, jusqu'à ce que tu sois devenue Ruby Tate, affirma-t-il avec emphase.

Puis il se détourna pour faire admirer le paysage à Perle.

Je reculai d'un pas et les observai. Il serait un père merveilleux, pensai-je une fois de plus. Peut-être était-il temps de faire un choix pour le seul bien de Perle, et non pour le mien. Je contemplai ce qui serait un atelier superbe, imaginant où je placerais mes tables et mes étagères. Quand je me retournai, Paul et Perle avaient les yeux fixés sur moi.

— Se pourrait-il que ce soit oui, finalement? demanda-t-il en voyant mon expression.

J'acquiesçai d'un signe, et il fit pleuvoir tant de baisers sur le visage de Perle qu'elle en gloussa de rire.

Quand nous prîmes le chemin du retour, le soir tombait sur le bayou, estompant les festons de mousse espagnole qui ondulaient entre les cyprès. Nous glissâmes à travers les ombres d'un bouquet de saules pleureurs et, bercée par le balancement du canot, Perle s'endormit. Comme tout était beau ! Si beau que cela me rendit songeuse. Nous faisions partie de ce monde, Perle et moi, et si cela voulait dire qu'il fallait y vivre avec Paul, aux conditions qu'il avait décidées, pourquoi pas ? C'était sans doute ce que le destin nous réservait, à toutes les deux.

— Il faut que je rentre chez moi pour dîner, s'excusa Paul en arrivant, après nous avoir aidées à prendre pied sur le ponton. Oncle Jean, le frère de ma mère qui vit à Clearwater en Floride, nous rend visite et j'ai promis d'être là.

— Ce n'est pas grave, Paul. Je suis fatiguée, j'aimerais me coucher de bonne heure.

— Je passerai demain aussitôt que possible. Ce soir, si je peux me ménager une heure de tête-à-tête avec mon père, je lui ferai part de notre décision, annonça-t-il d'un ton résolu.

Mon cœur battit la chamade. Discuter de tout ceci était une chose, mais mettre en route le processus qui nous conduirait à devenir mari et femme en était une autre.

— J'espère que c'est la bonne décision, Paul.

— Bien sûr que c'est la bonne ! Cesse de t'inquiéter, nous serons très heureux, promit-il en m'embrassant sur la joue. (Et il ajouta en souriant :) D'ailleurs, Dieu nous doit bien un peu de bonheur et de chance, non ?

Je lui adressai un signe de la main quand le canot s'éloigna. Puis je fis manger Perle et la mis au lit, avalai un peu de gombo, lus un moment sous la lampe à butane et allai me coucher moi-même, priant pour que Dieu m'inspire la sagesse et guide mon choix.

Le matin commençait toujours pour moi comme au temps de grand-mère Catherine. Après avoir sorti les couvertures, paniers et chapeaux de paille que j'avais confectionnés dans la chambre à tisser, j'asseyais Perle dans sa voiture à l'ombre, près de mon éventaire dressé au bord de la route. Puis je prenais un ouvrage d'aiguille, pour passer le temps en attendant les touristes. Ce matin-là fut assez calme, mais près d'une demi-douzaine de voitures s'étaient arrêtées devant mon étal, et à l'heure du déjeuner j'avais vendu presque tout mon stock de couvertures et de paniers. Je n'eus que quelques clients pour mon gombo, puis le long après-midi, tranquille et chaud, s'installa sur le bayou. Quand les insectes commencèrent à gêner Perle, je décidai qu'il était temps de faire une pause et la rentrai dans la maison pour la sieste. Je m'étais attendue que Paul fasse un saut pendant le déjeuner, mais il n'en fut rien, et au milieu de l'après-midi, je ne l'avais toujours pas vu.

Je me préparai une limonade bien fraîche et m'assis dans la galerie pour rêver un peu au passé. Dans ma poche, roulée en boule, j'avais fourré la plus récente lettre de ma sœur jumelle, Gisèle. A La Nouvelle-Orléans, elle fréquentait une luxueuse institution privée qui, me semblait-il, était bien plus un lieu d'accueil pour enfants gâtés qu'une véritable université. A l'en croire, ses professeurs acceptaient sans broncher qu'elle se dispense de tout travail à la maison et n'écoute rien en classe. Elle se vantait même d'avoir sauté des cours sans s'attirer la moindre réprimande.

Mais dans toutes ses lettres elle adorait donner quelques nouvelles de Chris et, même si elles me faisaient souffrir, je ne pouvais m'empêcher de les lire et de les relire. Je dépliai la lettre et allai tout droit aux passages en question.

Cela t'intéressera peut-être de savoir, écrivait Gisèle (sachant très bien à quel point cela m'intéressait !), *que cela devient très sérieux entre Chris et cette fille, en Europe. Ses parents ont dit à Daphné que Chris et sa jeune débutante française sont à deux doigts d'annon-*

cer leurs fiançailles officielles. Ils nous rebattent les oreilles d'éloges sur elle, sa beauté, sa fortune, sa culture... Bref, ils affirment qu'ils n'auraient rien pu faire de mieux pour lui que de l'envoyer là-bas et l'obliger à y rester.

Maintenant, parlons un peu des garçons d'ici, à Gallier...

Je froissai la lettre dans mon poing et la remis brutalement dans ma poche. Mes souvenirs de Chris prenaient une intensité nouvelle depuis que je songeais à épouser Paul, à choisir une vie tranquille et sûre. Mais ce serait aussi, selon sa promesse, une vie sans passion; et chaque fois que je réfléchissais à cela, je pensais à Chris. Je crus revoir son sourire plein de tendresse, et je me souvins de ce matin où Gisèle et moi étions parties pour Greenwood, le collège privé de Baton Rouge où nous envoyait Daphné. Chris était arrivé juste à temps et nous n'avions eu que quelques minutes pour nous dire adieu, mais il m'avait fait la surprise de m'offrir le médaillon que je portais encore, caché sous mon chemisier.

Je l'en tirai, l'ouvris et contemplai nos deux portraits. Ô Chris! pensai-je avec ferveur, jamais je n'en aimerai un autre aussi passionnément que je t'ai aimé, j'en suis sûre. Et si je ne peux pas t'avoir, alors peut-être une vie heureuse et tranquille avec Paul est-elle la meilleure solution?

Tout étonnée de sentir des larmes rouler sur mes joues, je les essuyai en hâte d'un revers de la main, au moment même où une grosse voiture bien connue de moi faisait son entrée dans la cour. C'était Octavius Tate, le père de Paul. Je refermai le médaillon et le remis promptement à sa place, entre mes seins.

M. Tate, un homme de haute taille et d'allure distinguée, tiré à quatre épingles comme toujours, descendit de sa voiture. Ses épaules semblaient se voûter sous le poids de l'âge et des soucis, et il avait le regard las

Paul devait une grande partie de sa prestance à son père, qui avait la bouche ferme, la mâchoire énergique et le nez droit, parfaitement proportionné. Je n'avais pas vu M. Tate depuis un certain temps, et je fus étonnée de constater à quel point il avait vieilli.

— Bonjour, Ruby, me dit-il en montant les marches. Je me demandais si je pourrais vous parler en particulier.

Mon cœur battit plus fort. Je n'avais pas le souvenir d'avoir échangé plus d'une douzaine de mots avec cet homme, et encore : quelques « bonjour » et « au revoir » devant l'église, sans plus.

— Bien sûr, acquiesçai-je en me levant. Donnez-vous la peine d'entrer. Puis-je vous servir une limonade ? Je viens juste d'en préparer un pichet.

— Volontiers, merci, répondit-il en me suivant à l'intérieur.

D'un signe de tête, je lui désignai l'unique siège présentable : le rocking-chair.

— Asseyez-vous, je vous en prie, monsieur Tate.

Je lui versai un verre de limonade, qu'il accepta en me remerciant, et je pris place en face de lui sur le vieux canapé, si râpé que ses accoudoirs élimés montraient leur garnissage de mousse espagnole.

— Délicieux, commenta-t-il après avoir avalé une gorgée de limonade.

Puis il s'agita nerveusement pendant quelques instants et finit par me sourire.

— Ce n'est pas très luxueux chez vous, Ruby, mais vous tenez très bien votre maison.

— Pas aussi bien que le faisait grand-mère, observai-je.

— Votre grand-mère n'était pas n'importe qui. J'avoue que je n'ai jamais eu grande confiance en ses talents de guérisseuse et ses potions, mais je connais beaucoup de gens qui ne juraient que par elle. Et si quelqu'un pouvait tenir en respect votre grand-père, c'était bien elle.

— Elle me manque beaucoup, je dois dire.

Il hocha la tête, sirota un peu de limonade et prit une grande inspiration.

— Le fait est que... je suis un peu nerveux, Ruby. Le passé a une façon bien à lui de vous porter un coup bas au moment où on s'y attend le moins, énonça-t-il en se penchant pour attacher sur moi un regard pénétrant.

» Vous êtes la petite-fille de Catherine Landry, et vous avez eu votre part d'épreuves, vous aussi. Je lis sur votre visage que vous êtes bien plus mûre et plus sage que la jolie fillette que je voyais s'avancer vers l'église, aux côtés de sa grand-mère.

— Moi aussi, le passé m'a joué un mauvais tour, monsieur Tate.

Son intérêt s'accrut soudain : ses yeux brillèrent.

— Oui. Alors vous comprendrez pourquoi je n'ai pas l'intention d'y aller par quatre chemins. Vous savez plus ou moins ce qui est arrivé jadis, et vous avez dû vous faire quelques idées sur moi. Je n'ai qu'à m'en prendre à moi-même.

» Il y a vingt et un ans, j'étais ce qu'on pourrait appeler un jeune écervelé imbu de lui-même. Je ne suis pas venu pour justifier quoi que ce soit, ni pour excuser ma conduite, dit-il précipitamment. J'ai mal agi et, d'une manière ou d'une autre, je l'ai payé toute ma vie. Mais votre mère, Gabrielle..., était une jeune femme différente des autres. Unique. (Il s'interrompit, souriant à ses souvenirs.) Comme elle était la fille de votre grand-mère, il m'arrivait de penser qu'elle était une de ces divinités des marais dont les vieilles gens parlent tout bas, et en qui de nombreux chrétiens croient à moitié, même s'ils s'en défendent. C'était comme si on ne pouvait jamais la voir, même à l'improviste, sans être ébloui par sa beauté. Une telle beauté qu'elle en devenait... spirituelle. Je sais que c'est difficile à croire, pour vous qui ne l'avez jamais vue, mais elle était ainsi.

Au plus profond de moi je sentis affluer une vague de peur. Pourquoi me racontait-il tout cela maintenant ?

— Chaque fois que je posais les yeux sur elle, poursuivit-il, mon cœur cognait dans ma poitrine et j'avais l'impression de ne plus toucher terre. Quand elle me regardait, je croyais voir ce... cette espèce d'angelot grec, vous savez ? Avec un arc et une flèche...

— Cupidon ?

— Ah ! oui : Cupidon. J'étais marié, mais nous n'avions pas encore d'enfants. Je m'efforçais d'aimer ma femme. Je l'aimais, protesta-t-il en levant les mains, mais c'était comme si Gabrielle avait le pouvoir de vous ensorceler.

» Un jour où j'étais allé pêcher tout seul, je rentrais en halant ma pirogue à la perche et soudain, en débouchant d'un tournant, je la vis qui nageait... entièrement nue. Je crus que le temps s'était arrêté. Je me figeai, retenant mon souffle, incapable de faire autre chose que de la regarder. Ses yeux rayonnaient de jeunesse et de joie, et quand elle les fixa sur moi, elle rit. Aussi vite qu'il me fut possible, je me dépouillai de mes vêtements et plongeai dans le canal.

» Nous avons nagé côte à côte en nous éclaboussant l'un et l'autre, en nous provoquant sans cesse, en nous enlaçant et en nous séparant tour à tour. Je la suivis quand elle sortit de l'eau, montai avec elle dans son canot et là...

» Bon, vous savez le reste. Dès que la chose fut connue, j'avouai ma faute et votre grand-père Jack commença son chantage avec moi. Quant à Gladys... elle était dans tous ses états, naturellement. Je m'humiliai, pleurai, implorai son pardon. Et pour finir elle me le refusa, mais se montra plus forte en la circonstance que je ne l'en aurais crue capable. Elle décida de faire croire que l'enfant était le nôtre et mit au point tout un scénario pour simuler une grossesse.

» Votre grand-père n'était pas satisfait de la somme qu'il avait reçue tout d'abord. Il me relançait sans arrêt, exigeant plus d'argent chaque fois, jusqu'à ce que je mette un terme à son manège. Paul était déjà un garçonnet à l'époque, et je me rendis compte que personne ne croirait les accusations de Jack Landry. Il cessa de m'importuner et les choses en restèrent là.

» Depuis, bien sûr, je n'ai pratiquement plus rien fait d'autre qu'essayer de réparer mes torts envers ma femme. De son côté, elle a toujours laissé croire à Paul qu'elle était sa mère et, jusqu'à ce qu'il découvre la vérité, il n'éprouvait à son égard qu'un véritable amour filial. J'en suis certain, et j'irais même jusqu'à dire que ses sentiments pour Gladys n'ont pas changé. Simplement... il lui arrive d'être parfois très tourmenté, maintenant. Nous avons eu quelques discussions un peu vives à ce sujet, mais je crois qu'il a compris, accepté, et finalement pardonné.

Octavius Tate s'interrompit et m'observa anxieusement, le regard filtrant, attendant que je digère son histoire.

— Ce n'est pas un pardon facile à accorder, monsieur Tate. Et c'est beaucoup demander, surtout à Paul.

Il médita un instant, les lèvres pincées, puis hocha la tête comme pour confirmer l'opinion qu'il se faisait de moi.

— J'avoue que lorsque vous vous êtes enfuie à La Nouvelle-Orléans, j'ai été soulagé. Je me suis dit qu'il allait se mettre à courtiser une fille de bonne famille en vue d'en faire sa femme, que tout cela se tasserait, mais... vous êtes revenue. Et hier soir... hier soir il est venu me trouver, pour m'apprendre ce que vous aviez décidé, tous les deux. Depuis qu'il faisait construire cette maison, je redoutais quelque chose de ce genre, mais j'espérais me tromper.

Exténué, Octavius Tate se renversa sur son siège et marqua une pause.

— Nous envisageons seulement de vivre ensemble, en amis, expliquai-je avec douceur. De toute façon, il y a tellement de gens ici qui croient que Perle est la fille de Paul !

— Je sais. Gladys elle-même a craint cela, jusqu'à ce qu'il s'explique à ce sujet, mais maintenant elle est profondément déprimée. Voyez-vous... ma femme et moi ne voulions que le meilleur pour notre Paul. Une vie normale, avec tout ce qu'un homme peut souhaiter, en particulier des enfants. Des enfants à lui. Je ne pense pas qu'il mesure vraiment la portée de ce qu'il se propose de faire.

» En bref, Ruby, je suis venu plaider pour mon fils. Je suis venu vous demander de refuser de l'épouser. Il ne doit pas payer pour les péchés de son père. Pour une fois, peut-être, la faute du père ne retombera pas sur le fils. Nous pouvons empêcher cela, vous n'avez qu'à dire non. Si vous le faites, il reprendra ses esprits, épousera une charmante jeune fille et...

— La dernière chose que je souhaite, monsieur Tate, c'est de faire du mal à Paul, dis-je en fondant en larmes.

Elles roulèrent sur mes joues et je ne pris pas la peine de les essuyer, si bien qu'elles ruisselèrent sur mon menton.

— En fait, je vous demande cela pour ma femme, Ruby. Je ne veux pas la blesser davantage. C'est comme si mon péché ne voulait pas mourir. Il surgit à nouveau devant moi, dans toute son horreur, après vingt et un ans ! (Octavius Tate se redressa sur son siège.) Je suis prêt à vous offrir des garanties, Ruby. Je peux vous donner tout ce dont vous aurez besoin, en attendant que vous trouviez un autre compagnon et que...

— Non ! m'écriai-je. N'essayez pas de m'acheter, monsieur Tate. On dirait que tout le monde croit pouvoir se débarrasser de ses problèmes en payant, décidément. Que tout le monde, les riches Créoles comme les riches Cajuns, s'imagine que l'argent a le pouvoir de redresser les torts. Je m'en tire très bien toute seule, pour le moment, et je vais bientôt hériter de la part qui me revient sur la fortune de mon père.

— Je suis désolé, s'excusa-t-il. Je pensais simplement...

— Il n'en est pas question.

Je me détournai. Un épais silence s'établit entre nous.

— Je vous implore au nom de mon fils, insista M. Tate à voix basse.

Je tentai d'avaler ma salive, mais ma gorge se noua. J'avais plutôt l'impression que c'était un caillou que je venais d'avaler, et qu'il restait coincé dans ma poitrine. Je fis un signe d'assentiment.

— Je dirai à Paul que je ne peux pas accepter, monsieur Tate, mais je ne crois pas que vous sachiez à quel point il tient à ce mariage.

— Je comprends. Je suis prêt à tout faire pour l'aider à surmonter cette épreuve.

— Ne lui offrez surtout pas de lui acheter quelque chose ! m'écriai-je avec un regard farouche. Il n'est pas comme grand-père Jack.

— Je sais. Mais... j'ai encore un service à vous demander.

— Lequel ? ripostai-je, toute frémissante de rage contenue.

— S'il vous plaît, ne lui dites pas que je suis venu aujourd'hui. Je l'ai envoyé faire une course pour l'éloigner, afin de pouvoir vous rendre visite à son insu. S'il l'apprenait...

— Je ne lui en parlerai pas.

— Merci, dit Octavius Tate en se levant. Vous êtes une jeune femme très bien, et également très belle, ajouta-t-il en souriant. Je suis certain que vous trouverez le bonheur un jour, et si vous avez besoin de quoi que ce soit, si je peux vous aider...

— Absolument rien, l'interrompis-je sans douceur.

Il lut ma colère dans mon regard et son sourire s'effaça.

— Bon, je vous laisse.

Je ne me levai pas. Je restai là, figée, les yeux fixés sur le plancher, jusqu'à ce que j'entende Octavius Tate sortir, mettre son moteur en marche et s'éloigner. Puis je m'abattis sur les coussins et pleurai toutes les larmes de mon corps.

2

Chacun son dû

Quand Perle s'éveilla de sa sieste, je lui donnai un biberon et je la ramenai dehors, où je m'assis à ses côtés pour guetter les quelques derniers clients possibles. Il y eut encore une petite heure d'activité intense puis tout s'apaisa, les ombres s'allongèrent sur la route déserte, tel un rideau tiré sur le jour finissant.

J'avais le cœur serré. La visite de M. Tate avait tout assombri, c'était comme si nous n'avions plus de foyer, Perle et moi. Plus aucune place nulle part, ni dans le bayou ni à La Nouvelle-Orléans. Sauf qu'ici, la vie serait encore plus difficile pour moi quand j'aurais refusé Paul. Chaque fois qu'il viendrait — s'il venait encore —, la tristesse planerait sur nous comme un nuage lourd d'orage.

Peut-être que M. Tate avait raison, finalement. Peut-être que si je lui disais non, Paul en trouverait une autre. Mais même en admettant cette possibilité, je savais bien qu'il aurait plus de chances d'en arriver là si Perle et moi étions définitivement sorties de sa vie. Quand il verrait que notre mariage était impossible, et pas avant, il pourrait chercher le bonheur ailleurs.

Seulement voilà : où pourrions-nous aller ? Comment nous en tirer ? Je n'avais aucun parent vers qui me tourner. Je rentrai Perle dans la maison et rangeai ce qui me restait de marchandises, essayant désespérément de trouver une solution pour nous deux. Et finalement j'eus une idée. Ravalant ma fierté, je m'assis à la table pour écrire à ma belle-mère.

Chère Daphné,

Je vous ai laissée sans nouvelles pendant tout ce temps car je supposais que vous ne teniez pas à entendre parler de moi. Je n'ai pas l'intention de vous reprocher votre attitude quand vous avez appris que j'étais enceinte de Chris. J'ai largement l'âge de comprendre que je suis responsable de mes actes, mais je ne pouvais pas accepter l'avortement que vous aviez prévu. Et maintenant que j'ai ma petite fille, que j'ai appelée Perle, je suis heureuse de ne pas l'avoir fait, même si la vie ne s'annonce pas facile pour nous.

Je pensais que si je retournais dans le bayou, le monde qui est le mien et où j'ai grandi heureuse, tout irait bien pour moi et que je ne serais plus un problème pour personne, surtout pour vous. Nous ne nous entendions pas du vivant de papa, et je ne vois pas comment cela pourrait changer.

Mais ici, les choses ne se passent pas comme je l'avais cru et j'en suis venue à la conclusion que je ne peux pas rester. Ne craignez rien, je ne vais pas vous demander de me reprendre. Je voudrais simplement que vous me donniez dès maintenant la part d'héritage qui me revient, afin de pouvoir m'installer ailleurs avec ma fille. Ailleurs, c'est-à-dire ni à La Nouvelle-Orléans ni dans le bayou. Il ne s'agit pas de m'octroyer ce qui ne m'appartient pas, mais seulement de me donner mon dû un peu plus tôt. Vous conviendrez avec moi, j'en suis sûre, que mon père aurait souhaité vous voir agir ainsi.

S'il vous plaît, prenez ce fait en considération et répondez-moi au plus vite. Soyez assurée que, cette question réglée, nos contacts se réduiront au strict minimum, à supposer que nous en ayons d'autres.

Bien à vous.

Ruby.

Je rédigeais l'adresse quand j'entendis une voiture freiner dans la cour. Je cessai d'écrire et me hâtai de faire disparaître la lettre au fond de ma poche.

— Salut! lança Paul en entrant. Désolé de ne pas être passé plus tôt, j'ai eu des courses à faire à Breaux Bridge. Comment s'est passée ta journée? Les affaires ont marché?

— Comme ci, comme ça... répondis-je en baissant les yeux.

Mais un peu tard, cependant, Paul ne fut pas dupe.

— Il y a quelque chose qui ne va pas. Qu'est-ce que c'est?

— Paul, attaquai-je après avoir respiré un grand coup, c'est impossible. Nous ne pouvons pas nous marier et vivre à Bois Cyprès. J'ai retourné la question en tous sens, et je sais que nous ne devons pas faire ça.

La surprise et la déception s'inscrivirent sur ses traits.

— Qu'est-ce qui t'a fait changer d'avis? Tu étais si heureuse hier, dans la maison. Ton air triste s'était évaporé comme un nuage!

— Tu avais raison, au sujet de Bois Cyprès. L'endroit et la maison sont magiques, j'étais ensorcelée. C'était comme si nous avions pénétré dans un monde féerique, et pendant un moment je m'y suis laissé prendre. Là-bas, c'était facile de jouer le jeu et d'oublier la réalité.

— Et alors? C'est notre monde. Je peux le rendre aussi merveilleux que la plus belle des chimères. Et tant que nous ne faisons de mal à personne...

— Mais ce n'est pas le cas, Paul. Nous nous en faisons à nous-mêmes, fis-je observer sombrement.

— Non, commença-t-il.

Mais je sus qu'il me fallait trancher dans le vif, sinon j'allais fondre en larmes.

— Si, Paul. Nous ne pouvons pas faire semblant. Nous ne pouvons rien nous promettre. Nous pouvons établir un accord, mais le résultat sera le même. Nous nous condamnerons tous deux à une vie contre nature.

— C'est contre nature de… de vivre avec quelqu'un qu'on aime et qu'on veut protéger, de…

— De ne jamais pouvoir s'étreindre avec passion, ne jamais avoir d'enfants, ne jamais révéler la vérité… Nous ne pourrons même pas la dire à Perle, de peur des ravages que cela pourrait causer en elle. Non, je ne peux pas faire ça.

— Mais si, nous pourrons la lui dire… quand elle sera assez grande pour comprendre, bien sûr. Et elle comprendra, Ruby. Ecoute…

— Non, Paul. Je… je ne me crois pas capable du genre de sacrifice que tu es prêt à faire.

Il me dévisagea longuement, l'œil soupçonneux.

— Je ne te crois pas. Il s'est passé quelque chose, quelqu'un t'a parlé. Qui était-ce ? Une des amies de ta grand-mère Catherine, le prêtre ? Qui ?

— Non, insistai-je. Personne ne m'a parlé, à moins que tu ne comptes la voix de ma conscience comme quelqu'un.

Le chagrin que je lus dans ses yeux était tel que je dus détourner les miens.

— Mais… j'ai parlé à mon père hier soir et il a accepté mes explications, il m'a donné son accord. Mes sœurs ignorent tout du passé, elles étaient ravies d'apprendre que tu allais devenir ma femme, de t'accueillir comme une nouvelle sœur. Et ma mère elle-même…

— Et ta mère, Paul ? relevai-je d'une voix tendue.

Il battit des paupières.

— Elle acceptera, je te le promets.

— Accepter n'est pas approuver, ripostai-je, et je débitai la suite sans reprendre haleine. Si elle accepte, ce sera uniquement pour ne pas te perdre et, de toute façon, ce n'est pas elle qui décide, c'est moi.

J'avais parlé un peu plus durement que je ne l'aurais voulu. Paul devint blême.

— Ruby… cette maison, tout ce que j'ai… c'est uniquement pour toi. Je ne m'inquiète même pas pour moi… seulement pour vous deux. Toi et Perle.

— Tu dois penser à toi, Paul. Tu devrais. Je serais affreusement égoïste de te laisser renoncer à un vrai mariage, à une vraie famille.

— Ça, c'est à moi d'en décider!

— Tu es trop... trop perturbé pour prendre la bonne décision, protestai-je en évitant son regard.

— Réfléchis encore, implora-t-il, hochant la tête comme pour se convaincre que tout n'était pas perdu. Je passerai demain et nous en reparlerons.

— Non, Paul. J'ai choisi, cela ne sert à rien de revenir sans arrêt sur la question. Je ne suis pas de taille, je ne peux pas! m'écriai-je en me détournant de lui.

Sensible à cette atmosphère de tristesse, Perle se mit à pousser des petits cris plaintifs. Je me ressaisis.

— Tu ferais mieux de partir, Paul. La petite commence à s'agiter.

— Ruby...

— Non, s'il te plaît. Ne rends pas les choses encore plus pénibles.

Il alla jusqu'à la porte mais s'arrêta là, regardant fixement au-dehors.

— Toute la journée, dit-il sourdement, j'ai cru que je marchais sur des nuages. Rien n'aurait pu gâcher ma joie.

Je me sentais vraiment mal, maintenant, mais je parvins à assurer ma voix.

— Tu retrouveras cette joie, Paul. J'en suis sûre.

— Non! lança-t-il en se retournant brusquement, les yeux pleins de chagrin et de colère. Je jure de ne jamais regarder une autre femme. De ne jamais embrasser d'autre femme, de ne jamais en prendre une autre dans mes bras.

Il brandit le poing et le secoua rageusement.

— Je ferai vœu de chasteté, comme un moine, et je transformerai cette grande maison en une véritable châsse. J'y vivrai seul et j'y mourrai seul, sans autre compagnie que ta mémoire, ajouta-t-il.

Puis il ouvrit la porte, traversa la galerie en courant et dégringola les marches.

— Paul! m'écriai-je, incapable de supporter sa colère et sa peine.

Mais il ne revint pas. J'entendis gronder son moteur et ses pneus crisser sur le gravier tandis qu'il s'en allait à toute allure, fou de douleur.

Etais-je vouée à faire souffrir tous ceux que j'approchais? à causer le malheur de ceux qui m'aimaient? Je ravalai mes larmes pour ne pas troubler ma petite Perle, mais j'avais l'impression d'être seule sur une île cernée par la marée montante. Maintenant, je n'avais vraiment plus personne.

Quand les battements effrénés de mon cœur s'apaisèrent, j'entrepris de nous préparer un dîner. Ma petite fille ressentait mon tourment, malgré mes efforts pour prendre le dessus en m'activant. Quand je lui parlais, elle l'entendait dans ma voix et quand je la regardais, elle le voyait dans mes yeux. Pendant que le roux mijotait, je m'assis avec elle dans le rocking-chair de grand-mère et contemplai le portrait que j'avais fait d'elle. Son visage et celui de ma mère semblaient empreints de tristesse et de compassion. Mais l'image obsédante de celui de Paul, ravagé de chagrin, planait autour de moi comme une menace d'orage. Chaque fois que je coulais un regard vers la porte, je le voyais debout à cette même place et prononçant ses vœux, les yeux étincelants. Pourquoi fallait-il que je blesse le seul être qui voulait nous aimer et nous chérir, mon enfant et moi? Où retrouverais-je une pareille tendresse... si jamais je la retrouvais?

— Ai-je raison d'agir ainsi, grand-mère? murmurai-je.

Mais rien ne troubla le silence, sinon le petit bruit que faisait Perle en mâchouillant ses lèvres.

Je lui donnai son biberon, mais elle n'avait pas plus d'appétit que moi et se contenta de suçoter sa tétine, les yeux fermés. Elle paraissait aussi éprouvée que moi, comme si la moindre émotion que je ressentais passait de moi à elle par ces liens invisibles qui unissent une mère à son enfant. Je résolus de la mettre au lit et je venais à peine de me lever quand j'entendis une voiture approcher. Ses phares balayèrent la maison, puis elle s'arrêta et une portière claqua. Etait-ce Paul, venu reprendre la discussion avec de nouveaux arguments ? Même si c'était le cas, décidai-je, il n'était pas question pour moi de changer d'avis. Je resterais sur mes positions.

Mais les pas pesants qui ébranlaient le plancher de la galerie n'étaient pas ceux de Paul. C'était quelqu'un d'autre. La porte fut bruyamment secouée, la cabane en trembla sur ses pilotis. Je revins lentement à la cuisine, le cœur battant. Tout comme moi, Perle observait la porte, intriguée par le bruit. J'appelai :

— Qui est là ?

Au lieu de répondre, le visiteur ouvrit la porte avec une telle brutalité qu'elle faillit sortir de ses gonds et un homme fit irruption chez moi. Un colosse à la tignasse hirsute, aussi sale que son cou épais, avec des mains comme des battoirs et copieusement barbouillées de graisse et de crasse. Quand il s'avança dans la lumière de la lanterne, j'étouffai une exclamation horrifiée.

Je connaissais à peine Buster Trahaw, ne l'ayant vu que deux ou trois fois dans ma vie, mais sa face de brute s'était gravée dans ma mémoire aussi profondément que mes pires cauchemars. Il était encore plus affreux à voir que ce fameux jour où il était venu à la maison avec grand-père Jack, pour conclure un marché. Contre la somme de mille dollars, grand-père lui promettait non seulement ma main, mais le droit de passer une nuit avec moi pour « tester la marchandise ».

J'avais gardé le souvenir d'un homme grand et lourd, gras comme un Bibendum, mais il avait encore pris de l'ampleur. Sa grosse face était si boursouflée qu'il évoquait plutôt un croisement d'homme et de pourceau.

Sauf qu'en plus, il portait maintenant une barbe en broussaille qui rejoignait ses cheveux sales, ce qui lui donnait également un petit air simiesque.

Quand il souriait, ses lèvres disparaissaient pratiquement sous sa moustache et son collier, révélant des gencives largement dégarnies. Quant aux quelques dents qui lui restaient, enduites d'une épaisse couche de nicotine, elles faisaient de sa bouche une sorte de four carbonisé. Sur la partie visible de ses joues, sa peau flasque pelait par plaques, comme chez un serpent qui mue ; de gros poils jaillissaient en touffes de ses larges narines, et ses sourcils se rejoignaient en une épaisse ligne charbonneuse au-dessus de ses yeux noirs et globuleux.

— C'est donc vrai, t'es revenue ! constata-t-il. Les Slater me l'ont dit quand j'ai amené mon camion à réparer.

Il se pencha en arrière, entrouvrit la porte et cracha un jet de jus de chique au-dehors, puis reporta les yeux sur moi, souriant jusqu'aux oreilles. Perle, qui s'agrippait à moi, se mit à gémir de frayeur.

— Qu'est-ce que vous voulez ?

Le sourire de Buster s'évapora.

— Ce que je veux ? T'as quand même pas oublié qui je suis ! Je suis Buster Trahaw et je viens chercher mon dû, voilà ce que je veux. (Il s'avança vers moi et je reculai d'autant.) Et voilà le bébé ? Plutôt mignonne, ta petite. Alors comme ça t'as fait des enfants sans moi ? s'esclaffa-t-il. Bon, c'est fini tout ça.

Je sentis le sang quitter mes joues. Les intentions de Buster n'étaient que trop claires.

— De quoi parlez-vous ? Sortez d'ici, je ne vous ai pas invité chez moi. Allez-vous-en sinon...

— Non mais, qu'est-ce que tu me chantes là ? T'as oublié ce qui me revient ou quoi ?

— J'ignore de quoi vous parlez.

— Je parle de mon marché avec ton grand-père Jack, de l'argent que je lui ai donné le soir où tu t'es sauvée. Je l'ai laissé le garder parce qu'il m'a promis que tu reviendrais. Je savais bien que c'était un sale menteur, mais je trouvais que c'était de l'argent bien placé. Buster, que je me disais, ton heure viendra. Et elle est venue, pas vrai ?

— Non. Je n'ai conclu aucun accord avec vous. Et maintenant, filez.

— Je bougerai pas d'ici tant que j'aurai pas eu ce qui me revient. Qu'est-ce que ça change pour toi, d'abord ? lança-t-il avec son sourire édenté. Tu fais des enfants sans mari, non ?

— Dehors ! vociférai-je.

Perle se mit à pleurer. J'esquissai un mouvement de retraite mais Buster me saisit le poignet.

— Attention, gronda-t-il d'une voix où perçait la menace, tu pourrais laisser tomber le bébé.

Je détournai mon visage de lui, la puanteur de son haleine et de ses vêtements me soulevait l'estomac. De son côté, il s'efforça de m'arracher Perle des bras.

— Non ! m'écriai-je, mais je craignais de faire mal à ma petite fille.

Elle poussa des hurlements quand les grosses pattes sales de Buster lui encerclèrent la taille.

— Laisse-moi la prendre un moment, tu veux ? J'ai des enfants, moi aussi, je sais y faire.

Plutôt que de voir Perle tiraillée entre nous deux, je cédai. Elle tendit ses petites mains vers moi en pleurant.

— Ne lui faites pas de mal, je vous en prie...

— Allons, bébé, allons, viens avec ton... ton oncle Buster. Joli brin de fille, commenta-t-il. Elle va en briser des cœurs, je parie !

— Je vous en prie, implorai-je. Rendez-la-moi.

— Pour sûr. Buster Trahaw ne fait pas de mal aux bébés... Buster Trahaw fait des bébés, glousa-t-il, enchanté de son calembour.

Je lui pris Perle et reculai de quelques pas.

— Mets-la au lit, m'ordonna-t-il. On a du pain sur la planche.

— S'il vous plaît, laissez-nous tranquilles. S'il vous plaît...

— Je partirai pas avant d'avoir fait ce que je suis venu faire, rétorqua-t-il. Alors, en douceur ou à la manière forte ? Moi, les deux me vont, c'est à toi de voir. Quoique... ajouta-t-il en gloussant de plus belle. J'ai un petit penchant pour la manière forte. C'est comme se bagarrer avec un alligator !

Il s'approcha de moi et le souffle me manqua.

— Mets-la au lit, sinon elle va apprendre à vivre avant l'âge. Alors, t'as entendu ?

J'avalai péniblement ma salive. Tout arrivait si vite que je ne pouvais même plus respirer.

— Mets-la sur ce canapé, décréta Buster. Quand elle aura assez pleuré, elle s'endormira, comme tous les marmots. Allez, plus vite !

Mon regard dériva du canapé à la porte, mais, malgré sa sottise, Buster eut assez de bon sens pour deviner mes intentions. Il recula, me barrant le passage. A contrecœur, je déposai ma petite fille sur le canapé. Elle poussait des clameurs déchirantes.

Buster m'enserra le poignet, m'attira vers lui et je m'efforçai de lui résister, mais autant vouloir endiguer la marée. Il m'enveloppa de ses gros bras, m'écrasant contre sa vaste bedaine, puis il me prit le menton entre deux doigts et m'obligea à relever la tête pour presser sur ma bouche ses lèvres humides et spongieuses. Je hoquetai, retenant mon souffle pour ne pas m'évanouir, terrifiée à cette seule pensée. Si je perdais connaissance, Buster m'arracherait mes vêtements et ferait ce qu'il voudrait de moi.

Sa paume descendit jusqu'à ma taille, descendit encore, et il m'empoigna la croupe à pleines mains pour me soulever comme si je ne pesais pas plus qu'une plume.

— Wouah, ça c'est un beau morceau ! Ton grand-père avait raison, c'est de la bonne marchandise. Miam !

— Je vous en prie, implorai-je. Pas à côté de la petite...

— D'accord, mignonne. J'aime mieux faire ça dans un vrai lit, de toute façon. Allez, passe devant.

Il me fit pirouetter brutalement et me poussa en direction de l'escalier. Je me retournai sur Perle qui pleurait et criait à perdre haleine, son petit corps tout secoué de sanglots.

— Allez ! ordonna Buster.

J'avançai, cherchant toujours un moyen de fuir, et en traversant la cuisine mon regard tomba sur le roux qui mijotait.

— Un instant, prétextai-je. Il faut que j'aille éteindre le feu.

— Ça, c'est une brave petite Cajun ! s'égaya Buster. La cuisine avant tout. D'ailleurs, quand on aura fini, je serai pas fâché de goûter à ton gombo. Moi, l'amour, ça me creuse !

Il m'avait rejointe et se tenait juste derrière moi, il ne me restait plus que quelques secondes pour agir. Passé ce délai, je serais forcée de le précéder à l'étage et une fois là-haut, je serais à sa merci. Même si j'avais pu bondir jusqu'à la fenêtre je ne l'aurais pas fait, car il serait resté seul avec Perle. Je fermai les yeux, adressai une prière au ciel et saisis fermement le manche de la casserole. Puis je pivotai aussi vite que je pus et lançai son contenu brûlant à la figure de Buster.

Il hurla et, plongeant sous ses bras, je me précipitai à travers la cuisine, happai ma petite Perle et courus jusqu'à la galerie dont je dégringolai les marches. Puis je m'élançai dans la nuit sans un regard en arrière. J'entendis Buster tempêter et jurer, se démener à tâtons, renverser des chaises et fracasser une fenêtre dans sa rage. Mais je ne m'arrêtai pas : je fonçai droit devant moi dans le noir.

Du coup, Perle ne criait plus ; elle était sous le choc. Mais elle tremblait de crainte car elle percevait le tremblement de mon propre corps. J'avais peur que Buster ne nous coure après, ce qu'il ne fit pas, et je redoutai alors qu'il ne nous poursuive en voiture. Je marchai sur les bas-côtés de la route, prête à me jeter dans les buissons dès que j'apercevrais des phares. J'ignore comment je réussis à ne pas trébucher et à ne pas tomber avec Perle dans mes bras, mais la chance voulut que les nuages laissent filtrer quelques rayons de lune. J'y voyais juste assez pour trouver mon chemin, et la voiture de Buster ne se montra pas, heureusement pour moi. J'arrivai sans encombre jusqu'à la maison de Mme Thibodeau et martelai la porte à coups de poing.

— Ruby! s'exclama-t-elle en nous apercevant. Que s'est-il passé?

— Aidez-nous, madame Thibodeau, je vous en prie! m'écriai-je. Buster Trahaw vient d'essayer de me violer chez moi!

Elle s'empressa de nous faire entrer dans la maison et referma la porte à clé derrière elle.

— Va t'asseoir dans le salon, m'ordonna-t-elle, toute pâle de saisissement. Je t'apporte un peu d'eau et j'appelle la police. Grâce à Dieu, j'ai fait installer un de ces sacrés téléphones, l'an passé!

Elle alla chercher un verre d'eau dans la cuisine et prit Perle dans ses bras. J'avalai d'un trait cette eau bien fraîche et me renversai en arrière, encore si émue que mon cœur battait toujours à grands coups.

— Pauvre petite, et pauvre petit bout de chou, s'apitoya Mme Thibodeau. Seigneur Dieu!... Buster Trahaw, tu dis? Si c'est pas malheureux...

Perle cessa de pleurer, gémit un peu, ferma les yeux et s'endormit. Je la repris dans mes bras tandis que Mme Thibodeau allait dans la cuisine pour appeler la police. Une voiture de patrouille arriva quelques minutes plus tard et, quand les deux agents furent entrés, je leur décrivis ce qui venait de se passer.

— Ce n'est pas la première fois que nous avons affaire à ce bon à rien, dit l'un des deux hommes. Ne bougez pas d'ici jusqu'à notre retour.

Il n'y avait pas de danger que je m'en aille, j'étais

incapable du moindre mouvement. Environ une heure plus tard, les policiers revinrent nous annoncer qu'ils avaient trouvé Buster chez moi. Il avait fait pas mal de dégâts dans la maison, puis il était allé chercher une bouteille de tord-boyaux dans sa voiture et s'était installé dans le séjour pour m'attendre. Ils avaient dû appeler deux de leurs collègues à la rescousse pour le déloger.

— Nous l'avons fourré à la place qui lui revient, derrière les barreaux, m'apprit l'un d'eux. Mais il faut que vous passiez au commissariat pour porter plainte. Vous pouvez le faire tout de suite, ou alors demain matin.

— Elle est à bout de forces, observa Mme Thibodeau.

— Bon, alors demain. Vous ne comptez pas rentrer chez vous maintenant, je suppose ? Vu l'état de la maison, il va vous falloir un bon coup de main pour réparer la casse.

— Ô madame Thibodeau ! me lamentai-je. Il a détruit le seul refuge que j'aie au monde.

— Allons, allons, ma fille. Tu sais bien que nous sommes là pour t'aider ! Ne te tracasse pas pour ça, contente-toi de dormir. Comme ça, tu seras fraîche et dispose demain matin, pour t'occuper de Perle.

Je hochai la tête et elle alla me chercher une couverture, puis je me couchai sur le canapé, Perle dans les bras. Je ne pensais pas pouvoir dormir, mais c'était compter sans la fatigue. A peine avais-je fermé les yeux que je succombais au sommeil, et quand je les rouvris, le soleil caressait mon visage. Je m'étirai. Perle battit des paupières, attacha son regard sur moi et, prenant conscience d'être saine et sauve entre mes bras, elle me sourit. Je l'embrassai en remerciant Dieu d'avoir pu nous enfuir.

Après le petit déjeuner, préparé par Mme Thibodeau, je lui confiai Perle et me rendis en ville pour déposer plainte au commissariat. J'y fus accueillie avec les plus grands égards : on m'apporta immédiatement une chaise, et une secrétaire m'offrit du café.

— Vous n'avez pas à prouver quoi que ce soit, me rassura l'officier de police. Buster ne nie rien, et il continue à réclamer ce qui lui est dû. Qu'entend-il par là ?

Il me fallut subir la honte d'avouer le forfait commis par grand-père Jack. Tous les hommes présents hochaient la tête en signe de sympathie et de compréhension. Nombre d'entre eux ne se rappelaient que trop bien Jack Landry, hélas !

— Buster et lui sont taillés dans le même bois, commenta celui qui se tenait au bureau.

Puis il enregistra ma déposition et m'assura que Buster Trahaw ne m'importunerait plus ; qu'on allait l'envoyer là où il serait hors d'état de nuire, et l'y oublier pour longtemps. Je les remerciai tous et m'en retournai chez Mme Thibodeau.

Je crois que si tant de gens n'ont toujours ni télévision ni téléphone, dans le bayou, c'est qu'ils s'en passent fort bien : les nouvelles y circulent à la vitesse du vent. Quand je regagnai ma cabane avec Perle, j'y trouvai une douzaine de voisins au travail. Dans sa rage, Buster avait arraché la porte du devant et démoli presque toutes les fenêtres.

Par miracle, le rocking-chair de grand-mère avait survécu, bien qu'un peu mal en point. Deux des chaises de la cuisine n'avaient pas eu cette chance, malheureusement, et il leur manquait des pieds. Par bonheur, Buster avait commencé à boire avant de monter à l'étage, qui était resté indemne. C'est dans la cuisine qu'il avait fait le plus de ravages, mais dès que la nouvelle avait été connue, les voisins avaient accouru.

En arrivant, j'aperçus M. Rodriguez qui réparait la porte d'entrée. Je me souvenais très bien de cette nuit où grand-mère Catherine et moi étions allées chez lui pour chasser un *couchemal*, esprit mauvais qui hante les lieux où un enfant est mort sans baptême. Il nous en avait gardé une vive reconnaissance et ne savait comment nous la prouver.

A l'intérieur, Mme Rodriguez et les autres femmes s'activaient au nettoyage. On avait déjà fait une collecte pour remplacer les vitres et la vaisselle brisées. A midi, on se serait cru à une de ces réunions amicales où le voisinage vient aider à couvrir un toit, après lesquelles on fait la fête en dévorant les provisions apportées par chacun. La gentillesse de mes voisins me fit venir les larmes aux yeux.

— Allons, Ruby, me dit Mme Livaudis, ne pleure pas. Tous ces gens se souviennent de la bonté de ta grand-mère envers eux, ils sont heureux de pouvoir faire quelque chose pour toi, voilà tout !

— Merci, madame Livaudis, chuchotai-je.

Elle me serra dans ses bras, et toutes les autres en firent autant avant de partir.

— Ça ne me plaît pas trop de te laisser seule, déclara Mme Thibodeau. Si tu veux, tu peux revenir chez moi.

— Non, ça ira, madame Thibodeau. Merci pour votre aide.

— Les Cajuns ne se font pas de mal entre eux, fit-elle observer d'un ton sentencieux. Ce Buster, il n'a jamais rien valu : il est né pourri.

— Je sais, madame Thibodeau.

— N'empêche qu'une jeune femme comme toi ne devrait pas rester seule dans le marais avec un enfant sur les bras, petiote, commenta-t-elle en pinçant les lèvres. Celui qui a partagé le plaisir de le fabriquer devrait partager aussi les responsabilités.

— Tout ira bien, madame Thibodeau, je vous assure.

— J'espère que tu ne prendras pas ça mal, Ruby, mais je sais que ta grand-mère aurait voulu que je m'occupe de toi, et c'est ce que je fais.

J'inclinai la tête en signe d'assentiment.

— Bon, j'ai dit ce que j'avais sur le cœur. Maintenant, ma fille, ça te regarde. Les temps ont changé, philosopha-t-elle en branlant du chef. Les temps et les gens. Bonsoir, petite.

Là-dessus, nous échangeâmes une accolade et elle me quitta.

A la tombée de la nuit, tout le monde était parti. Je couchai Perle, lui chantonnai une berceuse et redescendis me faire un café, puis j'allai m'asseoir dans la galerie. Les paroles de Mme Thibodeau me revinrent à l'esprit, et je savais qu'elles exprimaient aussi l'avis de nos voisins. Ils avaient parlé de tout cela entre eux derrière mon dos, bien sûr. Cet incident avec Buster Trahaw n'avait fait qu'apporter de l'eau à leur moulin.

Je m'étais changée en rentrant, et j'avais retrouvé ma lettre à Daphné dans ma poche. Si jamais j'avais songé à la poster, c'était plus que jamais le moment! Je rentrai pour achever de rédiger l'adresse, et ressortis pour glisser l'enveloppe dans la boîte où le facteur la prendrait, le lendemain matin. Puis je retournai m'asseoir dans la galerie et cette fois, enfin, je commençai à me détendre.

Mais quelques instants plus tard, une sorte de frisson dans le cou m'avertit que quelqu'un se tenait près de moi et m'observait. Mon cœur se serra dans ma poitrine. Retenant mon souffle, je me retournai pour voir une silhouette se dessiner dans l'obscurité. J'étouffai une exclamation, mais l'ombre s'avança vivement vers moi. Paul! Il était venu en pirogue et avait marché du ponton jusque chez moi.

— Je ne voulais pas t'effrayer, Ruby, j'attendais que tout le monde soit parti. Ça va bien?

— Oui. Enfin, maintenant.

Il s'avança dans le faisceau de la lanterne extérieure.

— Combien de temps après t'avoir quittée Buster est-il arrivé, hier soir?

— Oh! un bon moment après. Je préparais le dîner.

— Si j'avais été là...

— Tu aurais pu être blessé, Paul. J'ai eu de la chance de m'en tirer.

— J'aurais pu être blessé... ou le blesser, lui! répliqua-t-il avec orgueil. Ou bien il ne serait pas venu.

Il s'assit sur les marches, s'adossa à la rambarde et reprit au bout d'un moment :

— Une jeune femme ne devrait pas vivre seule avec un bébé.

On aurait dit qu'il avait entendu Mme Thibodeau, tant leurs propos se ressemblaient.

— Paul...

— Non, Ruby. (Même dans cette faible lumière, je pus lire la détermination dans son regard.) Je veux vous protéger, Perle et toi. Dans la vie que je t'offre, et que tu appelles un rêve, tu n'aurais rien à craindre d'un Buster Trahaw, je peux te le promettre. Et Perle non plus.

— Mais, Paul... ce serait injuste pour toi, protestai-je d'une voix lasse, sentant une fois de plus ma résistance faiblir.

Il me dévisagea longuement, intensément.

— Mon père est venu te voir, n'est-ce pas ? Ne réponds pas, je le sais. Je l'ai vu dans ses yeux hier soir, à table. Sa conscience lui pèse, c'est tout ce qui compte pour lui ! Pourquoi devrais-je payer pour ses péchés ?

— Mais c'est précisément ce qu'il veut t'éviter, Paul. Si tu m'épouses...

— Je serai heureux. N'ai-je donc pas le droit de décider de mon avenir ? Et ne me dis pas que c'est le destin, Ruby. Tu es à la croisée de deux canaux, et tu dois choisir. Après, seulement, le destin aura son mot à dire... et encore ! Choisissons. Je n'ai pas peur du courant. Je halerai notre pirogue tant que vous serez à mes côtés, Perle et toi.

Je me renversai en arrière en soupirant.

— Ne peux-tu être heureuse avec moi, Ruby, même aux conditions que nous avons fixées ? Vraiment pas ? Tu croyais pouvoir l'être, je le sais. Pourquoi ne pas me donner au moins une chance ? Ne pense ni à moi ni à toi. Faisons-le pour Perle.

Je secouai la tête en souriant.

— Ça, c'est de la triche, Paul Marcus Tate.

— En amour comme à la guerre, tous les coups sont permis, répliqua-t-il en me rendant mon sourire.

Je pris une grande inspiration.

L'obscurité recelait tous les démons de notre enfance. Chaque soir, en posant la tête sur l'oreiller, nous pensions avec terreur à tout ce qui rôdait dans l'ombre en nous interrogeant sur ces présences inconnues. Nous avions beau nous agiter pour nous rassurer, elles ne nous obsédaient pas moins. Je n'étais pas assez naïve pour croire qu'aucun Buster Trahaw ne me menacerait plus à l'avenir, et c'est pourquoi j'avais déposé ma lettre à Daphné dans la boîte.

Mais dans quel monde souhaitais-je voir grandir Perle ? Celui des riches Créoles ? celui des marais cajuns ?... ou dans l'univers enchanté que Paul envisageait pour nous ? Vivre dans cette demeure princière, passer mon temps à peindre et à dessiner dans ce vaste atelier sous les toits, échapper au labeur et aux difficultés d'autrefois... tout cela m'apparaissait comme un rêve d'or qui serait devenu réalité. Fallait-il me sauver vers ce Pays des Merveilles créé pour moi ? Paul avait sans doute raison. Peut-être que son père ne songeait qu'à décharger sa conscience ? Peut-être était-il temps de penser à nous-mêmes ? Et à Perle ?

— D'accord, chuchotai-je.

— Quoi ? Tu peux répéter ce que tu viens de dire ?

— J'ai dit d'accord. Je t'épouserai. Et nous vivrons dans notre paradis privé, au-dessus des problèmes et des tourments du passé. Nous obéirons à nos propres lois et respecterons nos serments. Nous naviguerons ensemble sur ce canal.

Paul se leva d'un bond et me saisit les mains.

— Ô Ruby, je suis si heureux ! Tu as raison, et pour commencer... il nous faut une cérémonie privée, tout de suite. Lève-toi.

— Quoi !

— Allez, debout ! Aucune église ne saurait mieux convenir que la galerie de Catherine Landry.

— Que sommes-nous censés faire? demandai-je en riant.

— Prends ma main, ordonna-t-il en m'aidant à me lever. Bon, maintenant, tourne-toi vers... ce croissant de lune, là-haut. Prête? Allons-y. Répète après moi, mot à mot. Moi, Ruby Dumas... Allez, répète.

— Moi, Ruby Dumas...

— Je fais serment d'être pour Paul Marcus Tate la meilleure amie et la meilleure compagne qu'il puisse avoir ou désirer.

Je m'exécutai.

— Et je promets de me consacrer à mon art et de devenir aussi célèbre que possible.

Cela, c'était facile à dire.

— C'est tout ce que je te demande, Ruby, murmura Paul. Mais à moi, je dois demander davantage, ajouta-t-il en levant les yeux vers le ciel. Moi, Paul Marcus Tate, je jure d'aimer et de protéger Ruby Dumas et Perle Dumas, de les faire entrer dans mon univers et de les rendre aussi heureuses qu'on puisse l'être sur cette planète. Je jure de travailler toujours davantage et d'empêcher toute laideur et tout tracas d'entrer chez nous. Je jure d'être honnête, fidèle, et compréhensif envers tous les besoins de Ruby, quoi qu'il m'en coûte.

Après quoi, il m'embrassa rapidement sur la joue.

— Bienvenue au pays des fées, Ruby! dit-il en riant.

Je ris avec lui, mais mon cœur battait à tout rompre, comme si j'avais réellement pris part à une cérémonie sacrée.

— Il faudrait quelque chose comme... un toast, proposa-t-il encore. Portons un toast à notre bonheur.

— J'ai trouvé un reste de vin de mûres de grand-mère, au fond d'une armoire.

Nous rentrâmes, et je nous versai à chacun quelques gouttes du précieux alcool. Riant toujours, nous fîmes tinter nos verres et les vidâmes d'une gorgée. Cela semblait très approprié de sceller nos serments avec un cordial fabriqué par grand-mère.

— Aucune cérémonie, rien de ce que pourrait dire un prêtre ou un juge ne saurait prévaloir sur ce serment, déclara Paul, car il vient du fond de nos cœurs.

Je lui souris. Je n'aurais jamais cru pouvoir me sentir si bien, si tôt après mon horrible expérience avec Buster. Mais déjà, la pensée des parents de Paul me revenait à l'esprit.

— Quel genre de mariage envisages-tu ?

— Quelque chose de tout simple comme... un mariage secret, tiens. Demain, je passe te prendre et nous filons à Breaux Bridge, où je connais un curé à la retraite. Il pourra nous marier dans les règles, c'est un vieil ami de la famille.

— Mais il voudra savoir pourquoi nous venons sans tes parents, non ?

— Laisse-moi faire, décréta Paul. Dès demain au lever du jour et jusqu'à la fin de ma vie, c'est moi qui m'occupe de toi, maintenant. Sois prête à sept heures. Et rends-toi compte, Ruby : c'en est fini des ragots de toutes ces vieilles commères à notre sujet !

Paul resta chez moi pour parler de la maison, des choses que nous allions acheter, de tout ce que nous ferions quand nous aurions emménagé. Il était si enthousiaste que je pus à peine placer un mot, et il parla ainsi jusqu'à ce que mes yeux se ferment malgré moi.

— Bon, je ferais mieux de te laisser dormir à présent, dit-il en m'embrassant sur le front. Nous avons une grande journée devant nous.

Je le regardai s'éloigner vers le ponton, puis j'allai reprendre ma lettre dans la boîte. Il n'était plus question de l'envoyer, mais je ne pus me résoudre à la déchirer. Si j'avais appris quelque chose dans ma courte vie, c'est que rien n'était certain, rien ne durait toujours. Je ne voulais pas me fermer toutes les portes. Pas encore.

Mais ce soir au moins, je m'endormirais le cœur léger en pensant à ce vaste grenier, à mon bel atelier, aux tableaux fascinants que j'allais y peindre. Quel endroit merveilleux pour y élever ma petite Perle ! me dis-je en me penchant sur elle. Je la bordai, l'embrassai sur la joue et me mis au lit, impatiente d'aller au-devant de mes rêves.

3

Mon Pays des Merveilles

Le gazouillis de Perle m'éveilla. Aucun rayon de soleil n'était venu caresser mes paupières pour me tirer du sommeil : il faisait lourd et gris. Dès que j'ouvris les yeux, la conscience de ce que je m'apprêtais à faire me revint. J'allais me marier en cachette ! Cela soulevait une kyrielle de questions. Quand nous installerions-nous pour de bon à Bois Cyprès, tous les trois ? Comment annoncerions-nous notre mariage à la communauté ? Paul avait-il déjà mis sa famille au courant ? Que choisirais-je, si j'emportais quelque chose de la cabane ? Quel genre de cérémonie aurions-nous ?

Je me levai avec la sensation de me mouvoir dans un rêve, et Perle elle-même semblait partager cette impression. Plus tranquille que d'habitude, elle avait un petit air lointain et ne pleurnicha pas pour avoir son biberon, ni pour que je la prenne dans mes bras.

— C'est un grand jour pour toi, mon trésor, lui annonçai-je. Ta maman t'offre une nouvelle vie, un nouveau nom, un nouvel avenir. Un avenir que je souhaite plein de promesses et de bonheur.

» Nous allons te trouver une jolie toilette, quand tu auras pris ton biberon, et ensuite tu aideras maman à choisir sa robe de mariée.

» Ma robe de mariée… murmurai-je, les yeux soudain tout embués de larmes. C'était dans cette cabane, dans cette pièce même que grand-mère et moi parlions de mon futur mariage.

« J'ai toujours rêvé, commençait-elle en me caressant les cheveux, assise à mes côtés, que tu aurais un mariage aux étoiles, comme dans la légende cajun. Tu te souviens de l'histoire des araignées ? Un riche planteur français les avait importées de France pour les noces de sa fille, et les avait lâchées dans les chênes et les pins pour qu'elles tissent leurs toiles entre les branches. Sur ce dais de dentelle, il avait semé de la poudre d'or et d'argent, et le cortège a défilé aux chandelles. La nuit resplendissait autour des gens de la noce, en signe d'amour et d'espoir.

« Un jour, m'avait promis grand-mère, toi aussi tu épouseras un beau jeune homme, un prince peut-être... et toi aussi tu auras ton mariage aux étoiles. »

Comme elle aurait été triste pour moi, en ce jour ! Et moi, je ne l'étais pas moins... Au matin de ses noces, le cœur d'une jeune femme devrait déborder d'allégresse, méditais-je avec mélancolie. Tout devrait lui paraître plus beau, les couleurs plus vives, le moindre son plus doux ; comme si tout autour d'elle, jusqu'à la plus humble créature, partageait son bonheur. Elle devrait être heureuse, environnée de voix joyeuses ; ne voir autour d'elle que l'activité fébrile des préparatifs, des gens totalement et uniquement occupés de cet événement fabuleux : la cérémonie qui allait l'unir à celui qu'elle aimait.

Et l'amour... l'amour fleurirait dans son cœur, elle en serait subjuguée, transportée. Elle s'émerveillerait d'être aussi follement heureuse. Et autour d'elle, ses amis laisseraient éclater leur joie, bavardant pour le seul plaisir de parler, dans une cacophonie d'exclamations, de propos réjouis, de cris et de rires.

La cuisine serait pleine de tintements de casseroles, de cuisinières affairées, du fumet des rôtis et d'une délicieuse odeur de gâteaux. On lancerait des ordres d'une pièce à l'autre, des voitures se croiseraient, partant pour une course ou revenant en hâte. Les enfants, dont on aurait accepté l'aide pour les illuminations, se tromperaient sans cesse et se feraient chasser de partout. Les plus âgées des femmes prendraient l'air blasé, mais accrocheraient tout un chacun au passage pour lui raconter « leur » grand jour. Gagnées par l'enthousiasme ambiant, elles s'en abreuveraient comme des abeilles butinant un parterre de fleurs. Et quand elle apparaîtrait dans sa robe de noces, la future mariée lirait sur leurs visages la douceur du souvenir.

Je ne pouvais pas m'arracher à ce rêve : je le vivais. La limousine attendait au-dehors, le moteur ronronnant, prête à démarrer. La porte s'ouvrait à la volée. Tout le monde poussait des vivats et battait des mains quand je descendais l'escalier de bois pour prendre place dans la voiture. Puis toute cette foule d'amis et de parents me suivait jusqu'à l'église et me regardait monter les marches du parvis. A l'intérieur attendait mon futur époux, mon bien-aimé qui se répandait en sourires et dansait d'un pied sur l'autre, sans cesser de lorgner le portail, guettant ma venue.

Puis les premiers accords de la musique résonnaient. Tout le monde s'asseyait d'un air solennel, mais l'œil aux aguets, pour me voir monter à l'autel. Mes pieds ne touchaient pas le sol. Comme si l'air me portait, je glissais le long de la nef jusqu'au chœur où j'allais prononcer mes vœux.

J'avais fermé les yeux, les images se succédaient dans ma tête avec l'intensité de mes propres tableaux, tout se passait comme si j'étais vraiment présente à ce mariage. Mais quand j'en arrivai au moment où mon regard se levait sur mon fiancé, je me surpris moi-même. Ce ne fut pas Paul que je vis, mais Chris. Mon cher amour... Chris, enfin !

Je soupirai profondément. Ce n'était pas Chris qui allait venir me chercher... dans très peu de temps, me rappelai-je en revenant sur terre. Et une autre pensée me fit frissonner. Chris ne pensait sans doute même pas à moi en ce jour, le jour où j'allais prononcer les vœux qui me sépareraient de lui pour toujours. Un gémissement de Perle me remit les idées en place. Je ne faisais pas cela pour moi, mais pour elle. Pour la sécurité de ma petite fille et pour son avenir.

J'optai pour une robe toute simple en cotonnade rose, qui m'arrivait presque à la cheville et décolletée en carré. Je portais toujours le médaillon que m'avait offert Chris le jour de mon départ pour Greenwood, il y avait un peu plus d'un an de cela. Mais il eût été déplacé de le garder aujourd'hui. Je l'ôtai de mon cou et allai le ranger avec mes objets les plus précieux, bien caché, au fond du vieux coffre en chêne de grand-mère.

J'avais choisi pour Perle une robe rose vif, ornée d'un nœud blanc au col. Je lui donnai son biberon, fis sa toilette, et la remis dans son berceau avant de m'habiller moi-même. Puis je m'assis pour brosser mes cheveux, qui m'arrivaient maintenant presque au milieu du dos. Je décidai de les nouer simplement d'un ruban, afin qu'ils tombent sur mes épaules le plus librement possible. Je mis une légère touche de rouge à lèvres, dénichai un joli chapeau qu'avait porté grand-mère et m'en coiffai, ce qui me donna l'impression de la sentir près de moi. Puis j'emmenai Perle dans la galerie, pour y attendre Paul.

Je l'entendis klaxonner avant d'apercevoir sa voiture : elle étincelait comme un miroir. Il portait un complet bleu tout neuf, la cravate élégamment nouée, dégageant bien le cou. Quand il descendit, je vis briller ses cheveux mordorés, portant encore la trace humide des coups de brosse.

— Bonjour ! lança-t-il d'une voix qui se voulait assurée.

On aurait dit qu'il venait me chercher pour un premier rendez-vous, tant nous étions émus tous les deux.

— Allons-y, dit-il en nous ouvrant la porte. Le père Antoine nous attend à Breaux Bridge. Tu es ravissante, Ruby.

— Merci, mais je ne me sens pas vraiment jolie, je me sens surtout nerveuse.

— Comme il se doit, commenta-t-il en démarrant.

Et voilà, nous étions partis !

Une petite bruine s'était mise à tomber, les essuie-glaces oscillaient comme de longs doigts noirs, et leur chuintement rythmé semblait nous adresser un avertissement... Honte, honte, honte, croyais-je entendre. Honte, honte...

— Bon, la maison est prête, annonça Paul. Nous pouvons emménager. Question meubles, évidemment, il n'y a que le strict nécessaire pour l'instant. J'ai pensé que d'ici à un jour ou deux, nous pourrions faire un saut à La Nouvelle-Orléans.

— A La Nouvelle-Orléans ! Mais pourquoi ?

— Pour que tu puisses faire tes achats chez les meilleurs fournisseurs, et avoir plus de choix. Et sans regarder au prix, surtout. Je compte sur toi pour faire de Bois Cyprès un endroit à part, une maison qui fera pâmer d'envie les riches Créoles eux-mêmes !

» Tu devrais installer ton atelier le plus tôt possible, enchaîna Paul en souriant. Dès notre retour de La Nouvelle-Orléans, nous chercherons une nourrice pour Perle, comme ça tu auras tout le temps nécessaire pour te consacrer à ton art.

— Une nourrice ? Je ne crois pas en avoir besoin, Paul.

— Bien sûr que si. La maîtresse de Bois Cyprès aura toutes sortes de domestiques. J'ai déjà engagé notre maître d'hôtel, il s'appelle James Humble. Un quarteron d'une cinquantaine d'années, qui a travaillé dans les meilleures maisons.

— Un maître d'hôtel ?

Je n'en revenais pas. Il me semblait si proche, le temps où nous naviguions à la perche dans la pirogue de Paul, en faisant des projets d'avenir !

— Et notre femme de chambre s'appelle Holly Mixon. Elle est moitié haïtienne, moitié indienne choctaw, et elle a dans les vingt-cinq ans. Je l'ai trouvée par une agence, elle aussi. Quant à la cuisinière... (il me décocha un clin d'œil espiègle) tu vas l'adorer.

— Et qui est la cuisinière ?

— Une certaine Laetitia Brown, mais elle veut qu'on

l'appelle Letty. Elle te rappellera Nina Jackson. Elle n'avoue pas son âge mais je lui donnerais soixante ans, plutôt plus que moins. Et elle pratique le vaudou, ajouta Paul en baissant la voix d'un air dramatique.

— Tu t'es déjà occupé de tout ça ? m'effarai-je.

Il rougit comme un gamin pris en faute.

— J'y pense depuis que tu es revenue, Ruby. Je savais que ça finirait comme ça.

— Et ta famille, Paul ? Tu as parlé à tes parents, ce matin ?

Il resta un moment silencieux avant de répondre.

— Non, pas encore. J'ai cru préférable de le leur dire après coup. Une fois devant le fait accompli, il faudra bien qu'ils l'acceptent. Tout se passera bien, ne t'inquiète pas, me rassura-t-il.

Mais le tempo de mon cœur s'accéléra. Je n'en menais pas large.

Bien que la pluie eût complètement cessé quand nous arrivâmes à Breaux Bridge, le ciel demeura sombre et menaçant. Le père Antoine vivait au presbytère qui jouxtait l'église, avec sa gouvernante, Mlle Mulrooney. C'était un homme d'environ soixante-cinq ans aux cheveux argentés, au regard bleu plein de douceur et dont le sourire bienveillant vous mettait tout de suite à l'aise. Mlle Mulrooney, une grande femme grisonnante et sèche, affichait un air désapprobateur assez facile à expliquer.

Paul avait dit au père Antoine que Perle était sa fille et qu'il voulait régulariser la situation, mais qu'il tenait à un mariage discret. Le père Antoine s'était montré compréhensif, et tout heureux que Paul ait décidé d'assumer ses responsabilités.

La cérémonie fut aussi brève qu'un rituel religieux pouvait l'être. Quand vint le moment de prononcer mon engagement, je crois que je fis quelque chose de très répréhensible. J'invoquai la présence de Chris, et en pensée ce fut à lui que je vouai mon cœur et mon âme.

Tout s'était passé encore plus facilement et plus vite

que je ne l'avais imaginé. Rien ne me semblait différent, mais en voyant comment souriait Paul chaque fois qu'il me regardait, je sus que tout avait changé. Pour le meilleur et pour le pire, nous venions d'unir nos destinées.

— Eh bien voilà, ça y est, constata-t-il. Comment vous sentez-vous, madame Tate ?

— Terrifiée, avouai-je, ce qui le fit rire.

— Tu n'as plus aucune raison de l'être. Pas tant que je serai là. Bon, alors... qu'aimerais-tu prendre à la cabane pour l'emporter à la maison ?

— Les vêtements de Perle et les miens, le portrait de grand-mère Catherine et son rocking-chair, répondis-je sans hésitation. Et peut-être aussi son vieux coffre, et l'armoire fabriquée par son père. Elle en était si fière !

— Parfait. J'enverrai des hommes chercher les meubles en camionnette. Et comme la pluie semble vouloir nous laisser un moment de répit... pourquoi ne les accompagnerais-tu pas dans ta voiture ? demanda-t-il sur un ton détaché.

— Ma voiture ? Quelle voiture ?

— Oh ! je ne t'ai pas dit ? J'ai acheté une petite décapotable, pour que tu puisses un peu circuler, faire tes courses, enfin tout ça...

Rien qu'à son air, je soupçonnai qu'il ne devait pas s'agir d'une simple petite décapotable, et je ne me trompais pas. En arrivant à Bois Cyprès, je découvris une Mercedes rouge vif entourée d'un ruban géant, garée au beau milieu de l'allée.

— C'est à moi ? m'exclamai-je.

— Ton premier cadeau de mariage. J'espère qu'il te plaît.

— Ô Paul... c'est beaucoup trop ! m'écriai-je, émue jusqu'aux larmes.

Oui, c'était beaucoup. Cette grande maison et les serviteurs qui nous attendaient, les jardins splendides, les champs de pétrole dans le lointain, mon nouvel atelier... n'était-ce pas défier le sort ? La récente fortune de Paul suffirait-elle à nous protéger contre le vent mauvais du malheur ? Malgré moi, j'étais gagnée par l'enthousiasme de Paul, pour le moment du moins.

Peut-être étais-je Alice au Pays des Merveilles, finalement ? Peut-être que le miracle allait durer toujours ? Que je n'aurais plus jamais rien à voir avec les riches Créoles de La Nouvelle-Orléans ? Peut-être n'y avais-je enduré tant de misères que pour revenir dans le bayou, là où était ma place ?...

Paul prit Perle dans ses bras et déclara :

— Au lieu de te porter pour franchir le seuil, c'est Perle que je porterai. Après tout, c'est elle qui sera la princesse.

Paul aperçut en même temps que moi la poudre blanche répandue sur les marches.

— Ça, c'est sûrement du Letty, commenta-t-il.

La porte aux proportions majestueuses s'ouvrit devant James Humble, notre maître d'hôtel. Un grand gaillard élancé au teint café au lait et aux cheveux noirs frisés, avec des yeux noisette étincelants. Du haut de son mètre quatre-vingt-cinq, il observait l'attitude réglementaire du domestique bien stylé, attentif et respectueux.

— Voici James, présenta Paul. James, madame Tate.

Le maître d'hôtel s'inclina légèrement.

— Soyez la bienvenue, madame, énonça-t-il d'une voix grave, où perçait un accent français du meilleur ton.

— Merci, James.

Holly Mixon, robuste fille à la carrure imposante, nous attendait dans le hall, un peu à l'écart.

— Et voici Holly, annonça Paul. Holly, madame Tate.

Elle esquissa une révérence.

— Bonjour, Holly.

— Madame... J'espère que madame va bien.

— Mais où est Letty ? s'enquit Paul.

— Dans la cuisine, monsieur. Elle prépare le dîner.

Elle ne veut aucun de nous autour d'elle, quand elle travaille.

— Je vois, dit Paul avec un clin d'œil à mon adresse. Si tu montais Perle dans la nursery, Ruby ? Je voudrais faire un saut chez mes parents, pour les mettre au courant moi-même. Je crois que ce serait mieux... si tu es d'accord, évidemment.

— Bien sûr, Paul, approuvai-je.

Mais rien qu'à imaginer la réaction des Tate, j'eus comme un poids dans la poitrine.

— Dès mon retour, nous nous occupons d'aller chercher tes affaires, ça te va ?

— Tout à fait, dis-je en prenant Perle dans mes bras.

Il m'embrassa sur la joue et sortit précipitamment. Je me retournai vers Holly.

— Bon, eh bien, montrez-moi le chemin, nous verrons ce qu'il y a à faire.

— Oui, madame, s'empressa de répondre la femme de chambre.

Si je n'avais pas vécu dans la maison Dumas, je me serais sentie mal à l'aise d'avoir tant de domestiques autour de moi. Prendre des grands airs n'était pas mon style, mais c'était un vrai manoir que Paul avait fait construire, et son entretien exigeait du personnel. Il ne me restait plus qu'à tenir mon rang et à devenir la maîtresse de Bois Cyprès.

Effectivement, Letty me rappela Nina Jackson. Elle portait le même genre de fichu rouge, hérissé de sept nœuds pointant dans tous les sens. Mais elle était beaucoup plus grande et d'une maigreur peu courante chez les cuisinières, avec de grandes mains aux veines saillantes, un visage étroit, la bouche et le nez minces. Elle me confia que si elle avait les yeux trop rapprochés, c'était parce qu'un serpent à sonnette avait effrayé sa mère le premier jour de sa grossesse. Et je remarquai qu'elle portait un sachet de camphre au cou, ce qui, je le savais, est censé protéger des maladies contagieuses.

Cordon-bleu au sens le plus traditionnel du terme, elle avait appris le métier auprès des meilleurs chefs et le dîner qu'elle préparait me le prouva. Des huîtres en entrée, suivies d'une soupe à la tortue et d'un filet de bœuf aux champignons. Et enfin, comme dessert, une crème brûlée à l'orange.

— J'ai remarqué que vous aviez jeté de la poudre blanche sur les marches, observai-je quand nous eûmes fait connaissance.

Ses petits yeux noirs se rétrécirent encore.

— Je ne travaille pas dans une maison si je ne fais pas ça d'abord, répliqua-t-elle avec assurance.

— Je n'y vois pas d'inconvénient, Letty. Ma grand-mère Catherine était guérisseuse.

Ses traits s'illuminèrent.

— Alors vous êtes bénie du ciel, déclara-t-elle, impressionnée. Vous avez le don.

— Non, je suis simplement sa petite-fille, rectifiai-je. Bénie du ciel, moi ? Ça, j'étais bien certaine que non !

Sur ces entrefaites, j'entendis rentrer Paul et j'allai l'accueillir. Il me sourit, mais son regard était triste.

— Tes parents n'ont pas très bien pris ça, n'est-ce pas ?

— Non, reconnut-il. Ma mère a fondu en larmes et mon père a fait la tête, mais ça leur passera. Ils finiront par accepter les choses, tu verras. Ne te l'ai-je pas promis ? Et bien sûr, s'empressa-t-il d'ajouter, mes sœurs sont aux anges. Toute la famille vient dîner demain, j'ai préféré nous réserver cette première soirée. Deux de mes hommes attendent dehors pour aller chercher tes affaires.

— Perle dort encore, annonçai-je d'une voix morne, tout mon enthousiasme envolé d'un coup.

— Alors prends ta voiture et montre-leur le chemin, je m'occupe de Perle. Holly est là, si j'ai besoin d'aide.

— Elle aura peur en s'éveillant dans un endroit inconnu.

— Mais je suis là, moi, et je ne suis pas un inconnu pour elle.

— D'accord, acquiesçai-je, le voyant si pressé de jouer son rôle de père. Je n'en ai pas pour longtemps.

A la cabane, je désignai aux hommes ce qu'ils devaient emporter, mais je tins à décrocher le tableau moi-même. Puis, quand je l'eus mis en sécurité dans la voiture, je revins dans le séjour et regardai autour de moi. Comme la pièce paraissait vide, dépouillée de ses quelques meubles ! C'était comme si je venais de couper les derniers liens qui m'unissaient encore à grand-mère, comme si je la perdais une deuxième fois. Son esprit ne pourrait pas me suivre où j'allais, sa place était ici, dans les recoins de la petite hutte sur pilotis qui avait été si longtemps sa maison, son palais, son foyer et le mien. Même si notre vie n'était pas rose, tant s'en faut, nous y avions connu des jours heureux.

C'est ici qu'elle m'avait rassurée dans les moments d'angoisse, et rendu l'espoir avec les belles histoires qu'elle inventait pour moi. Sous ce toit, nous avions travaillé côte à côte pour gagner notre pain. Nous avions ri et pleuré ensemble, nous nous étions effondrées de fatigue l'une près de l'autre, sur ce vieux canapé que grand-père avait pratiquement démoli dans ses crises de rage. Ces murs étaient imprégnés de nos joies, de nos peines, et de l'arôme exquis de la cuisine de grand-mère. Par ces mêmes fenêtres, la nuit, j'avais contemplé la lune et les étoiles en rêvant de princes et de princesses, et bâti mes propres contes de fées.

Adieu, pensai-je avec mélancolie. Adieu l'enfance et l'innocence qui me préservait de la cruelle réalité. Je croyais entrer au Pays des Merveilles en allant à Bois Cyprès, mais c'était presque trop beau pour être vrai. Mon vrai Pays des Merveilles, c'était ici. En ce lieu où j'avais connu des heures enchantées, où j'avais créé quelques-unes de mes plus belles œuvres d'art.

Je pleurais sans contrainte, maintenant, le visage inondé de larmes. Je les essuyai d'un geste, courus au-dehors, descendis vivement les marches de bois et m'engouffrai dans la voiture. Puis, sans regarder en arrière, je laissai mon passé derrière moi pour la seconde fois, et sans doute aussi la dernière.

A mon arrivée à Bois Cyprès, ce fut au tour de Paul de lire la tristesse sur mon visage. Il chargea Holly et James de monter nos effets dans nos chambres, puis m'emmena faire un tour au-dehors pour me montrer la piscine et le pavillon de bains. Il m'exposa ses projets sur l'aménagement du parc, les arbres et les parterres qu'il ferait planter, les chemins, les fontaines qu'il envisageait. Il évoqua les fêtes que nous y donnerions, les buffets, la musique... Je savais qu'il parlait ainsi pour me remonter le moral et m'empêcher de m'attarder sur le passé.

— Il y a tant à faire, conclut-il enfin. Nous n'aurons pas le temps d'être tristes, tu verras.

— Ô Paul... j'espère que tu as raison.

— Bien sûr que j'ai raison! insista-t-il avec conviction.

Au même instant, quelqu'un nous appela et nous nous retournâmes, pour nous apercevoir que ses sœurs étaient arrivées.

Jeanne et moi étions dans la même classe, autrefois. Nous avions toujours été bonnes amies. Un peu plus grande que moi, c'était une brune aux beaux yeux en amande et qui tenait surtout de sa mère. Elle avait son teint mat, son menton pointu, son petit nez sans défauts. Je me souvenais d'elle comme d'une jeune fille vive et joyeuse.

De deux ans plus jeune qu'elle, Toby ressemblait moins à sa mère, à part sa mine sérieuse et grave. Plus petite et plus ronde que sa sœur, les cheveux noirs toujours impeccablement coiffés, elle avait un regard aigu et inquisiteur. Et aussi une façon bien à elle d'abaisser les coins de la bouche, pour exprimer ses doutes ou sa désapprobation.

— Je leur avais dit de ne pas venir avant demain, observa Paul avec humeur.

— C'est très bien comme ça, je suis heureuse de les voir, affirmai-je en allant à leur rencontre.

Toutes deux m'embrassèrent amicalement et me suivirent dans la chambre d'enfant.

— Pour une surprise, c'est une surprise ! s'exclama Jeanne pendant que je changeais les couches de Perle. Ce mariage clandestin ressemble si peu à Paul qui fait toujours tout dans les règles.

— Pourquoi avoir attendu jusqu'à maintenant ? voulut savoir Toby. Pourquoi ne pas vous être mariés tout de suite, quand tu as su que tu étais enceinte ?

J'évitai de la regarder, de peur de me trahir. Je mentais si mal !

— C'est ce que souhaitait Paul, mais je ne voulais pas gâcher sa vie.

— Et la tienne, alors ? rétorqua Toby.

— Oh ! je me trouvais très bien comme ça.

— Très bien, toute seule dans une cabane avec un bébé ?

— Toby ! protesta Jeanne, pourquoi revenir sur le passé ? Tout est arrangé, maintenant, et regarde où ils vivent... tout le monde envie sa chance à Paul et se pâme de jalousie devant cette maison !

Toby s'approcha de moi et contempla ma petite Perle.

— Quand est-ce que vous... vous l'avez fabriquée ?

— Toby ! s'offusqua Jeanne, une fois de plus.

— C'est juste une question. Elle n'est pas obligée d'y répondre, mais nous sommes sœurs, maintenant. Nous ne devrions pas avoir de secrets l'une pour l'autre, n'est-ce pas ? N'est-ce pas ? insista-t-elle à mon intention.

— Non, pas de secrets, Toby. Mais chacun de nous a son domaine privé, quelque chose qu'on garde pour soi et qu'il vaut mieux ne pas révéler. Tu es peut-être encore trop jeune mais un jour, tu comprendras.

C'était la première fois que je lui parlais sur ce ton.

Elle battit des paupières, se mordit la lèvre et réfléchit un moment, puis elle hocha la tête.

— Tu as raison. Excuse-moi, Ruby.

— Il n'y a pas de quoi, répliquai-je en souriant. Tâchons de nous conduire en sœurs de toutes les façons possibles.

— C'est entendu, approuva Jeanne. Nous t'aiderons à t'occuper de la petite, n'est-ce pas, Toby ? Nous sommes de vraies tantes, à présent.

— Parfaitement ! Et j'ai fait assez de baby-sitting pour savoir prendre soin d'un bébé.

— Perle va recevoir plus d'amour et de soins qu'elle ne pourra en supporter, tu vas voir, me promit Jeanne.

— C'est tout ce que je demande, affirmai-je. Et aussi que nous formions une vraie famille.

— Mère est encore sous le choc, déclara Jeanne. Pas vrai, Toby ?

— Et papa n'est pas spécialement fou de joie et d'orgueil, pour tout dire.

— Peut-être qu'il n'est pas si enchanté que ça d'être grand-père ? suggéra Jeanne avec malice. Qu'en penses-tu, Ruby ?

Je la dévisageai un moment et parvins à sourire.

— C'est possible, me bornai-je à répondre, mal à l'aise.

Je détestais toutes ces équivoques, mais il n'y avait pas moyen de les éviter, du moins pour le moment.

Jeanne tenta d'extorquer à Paul une invitation à dîner, mais il insista pour qu'elles s'en retournent.

— Nous vous attendons tous les quatre demain soir, pour fêter l'événement comme il se doit. Ruby et moi sommes un peu fatigués, prétexta-t-il. Nous avons besoin d'être un peu seuls.

Toby fit sa moue désapprobatrice et son aînée parut déçue, puis elle retrouva le sourire.

— Ça se comprend, c'est votre lune de miel !

— Comme toujours, Jeanne a mis les pieds dans le plat, commenta Toby. Allez viens, sœurette, on rentre.

— Qu'est-ce que j'ai dit de mal ?

— Rien du tout, Jeanne, la rassurai-je.

Nous échangeâmes tous les quatre des baisers d'adieu et elles s'en allèrent, sous le regard furieux de Paul.

— Désolé, Ruby, j'aurais dû te prévenir. Mes sœurs ont été archigâtées, elles croient que tout leur est dû. Ne tiens pas compte de leurs sottises. Laisse-leur le temps de comprendre où est leur place, et tout s'arrangera. D'accord ?

— Oui, murmurai-je, faisant des vœux pour qu'il dise vrai.

Ce soir-là, nous eûmes droit au délicieux dîner de Letty. Paul m'entretint de ses gisements de pétrole, de ses projets pour développer ses affaires. Il m'apprit qu'il avait réservé des chambres à La Nouvelle-Orléans et que nous partirions le surlendemain.

— Si tôt ?

— A quoi bon reculer ce qui doit être fait, Ruby ? Et je veux te voir te remettre à ton art, ne l'oublie pas.

Oui, m'avouai-je, il était temps de revenir à ma seconde grande passion : la peinture. Après le dîner, Paul et moi parcourûmes la maison en discutant des aménagements, du mobilier, de la décoration ; et en mesurant l'ampleur de la tâche, je fus prise de doutes. Serais-je capable de l'assumer ?

— Bien sûr que oui, affirma Paul, mais je peux toujours demander à mère de t'aider. Elle adore s'occuper de ce genre de choses. Tu verras, quand tu la connaîtras mieux : elle a beaucoup de goût. Je ne veux pas dire que tu en manques, s'empressa-t-il d'ajouter. Seulement... elle est plus habituée au luxe que toi, voilà tout.

— Nous sommes donc si riches que ça, Paul ? Riches comment, au juste ?

Il eut un petit sourire en coin.

— Compte tenu de l'escalade des prix, du rendement quatre ou cinq fois supérieur aux prévisions... nous sommes multimillionnaires, Ruby. Ta richissime belle-mère et ta sœur jumelle sont pauvres, en comparaison.

— N'allons pas leur dire ça, surtout ! Elles en mourraient.

Paul éclata de rire. Je lui avouai ma fatigue, et le mot était faible : j'étais exténuée. Toute la journée, j'avais subi une vraie douche écossaise émotionnelle, passant de la tristesse accablante à la joie la plus exaltante. Je montai me préparer à ma première nuit dans ma merveilleuse nouvelle maison et, une fois de plus, j'eus droit à une surprise. Je trouvai sur mon lit une ravissante chemise de nuit, une robe de chambre et des mules. Quand je remerciai Paul, il prétendit n'être au courant de rien.

— Ce doit être ta fée marraine, dit-il évasivement.

J'allai voir ma petite fille : elle dormait si bien dans son joli berceau tout neuf ! Je l'embrassai sur le front, regagnai ma chambre et me glissai dans mon grand lit douillet.

Le vent avait tourné, chassant la pluie vers le sud-est. Quelques rayons de lune perçaient les nuages, caressaient notre grande maison et pénétraient par mes fenêtres. Etendue dans ce lit confortable, je savourais mon bien-être, sans pouvoir chasser un reste d'inquiétude : que nous réservaient les jours à venir ?

On frappa discrètement à la porte de communication.

— Oui ?

Paul entrouvrit le battant et passa la tête à l'intérieur.

— Ça va, Ruby ?

— Oui, Paul. Très bien.

— Tu es bien installée ?

— Tout à fait.

— Puis-je t'embrasser pour te dire bonsoir ? demanda-t-il d'une voix hésitante, presque puérile.

Je restai un instant muette avant de répondre :

— Oui.

Il s'approcha, se pencha sur moi et déposa un baiser sur ma joue. Je crus qu'il allait s'en tenir là, mais sa bouche descendit vers la mienne et je me détournai, devinant aussitôt sa déception. Il se redressa et s'écarta de moi.

— Bonne nuit, Ruby, chuchota-t-il. Je t'aime… autant qu'on peut aimer.

— Je le sais, Paul. Bonne nuit.

— Bonne nuit, répéta-t-il, retrouvant sa voix de petit garçon.

Il referma la porte et, au même instant, un nuage occulta la lumière qui avait un instant brillé sur mon nouvel univers. L'ombre régnait de nouveau, épaisse et noire.

Et pourtant, malgré la distance, on pouvait entendre le halètement des pompes, aspirant des entrailles de la terre l'or noir qui assurerait notre avenir et nous protégerait des démons. Entre nous et les redoutables embûches du monde extérieur, Paul avait édifié un rempart de pétrole.

Je pouvais me blottir dans mon luxueux refuge et fermer les yeux, balayer mes craintes et ne penser qu'aux choses passionnantes que nous allions faire. Je pouvais rêver. Imaginer Perle, petite fille, chevauchant un poney blanc. Penser à des réceptions, à des fêtes d'anniversaire, à des dîners de gala. Ou à mon magnifique atelier, plein de nouvelles œuvres d'art.

Que pouvais-je encore souhaiter d'autre ?

L'amour, me souffla une petite voix intérieure. Souhaiter l'amour…

4

Une autre nouvelle famille

De très bonne heure, le lendemain, j'entendis la porte de communication s'ouvrir et Paul avança la tête pour voir si je dormais encore. Il allait se retirer quand je l'appelai.

— Oh ! je ne voulais pas t'éveiller !

— Quelle heure est-il ?

— Très tôt, mais je veux jeter un coup d'œil sur les puits en partant pour la conserverie. Je serai rentré pour déjeuner. Tu as bien dormi ?

— Très bien, ce lit est vraiment confortable. Et ces oreillers... on se croirait sur des nuages !

— Tant mieux. Alors à tout à l'heure...

Je me levai dès qu'il eut fermé la porte, pour être prête avant que Perle ne s'éveille. A la façon dont elle riait et gigotait dans son berceau, je sus tout de suite qu'elle aussi avait apprécié cette première nuit dans sa nouvelle maison. Je fis sa toilette, la descendis, et dès que le petit déjeuner fut terminé, je montai avec elle à l'atelier. Je voulais faire l'inventaire de tout ce qu'il me faudrait acheter à La Nouvelle-Orléans. Puis je recouchai Perle pour sa sieste du matin et sortis sur la terrasse latérale, pour regarder travailler les jardiniers paysagistes que Paul venait d'engager. Le parfum des jeunes pousses de bambous flottait dans l'air, et un couple d'aigrettes neigeuses planait au loin dans le ciel bleu. Je soupirai de plaisir, émerveillée. J'imaginais déjà les chemins dallés serpentant parmi les pelouses, les bosquets, les parterres de fleurs... J'étais si absorbée par ces visions que je n'entendis pas la voiture qui s'approchait, ni le carillon de l'entrée.

James vint m'avertir que j'avais un visiteur, et avant que j'aie eu le temps de rentrer, le père de Paul se montra. Dès que James se fut retiré, Octavius Tate s'avança et un frisson me hérissa l'échine.

— J'ai dit à Paul que je viendrais déjeuner avec vous deux avant de partir voir les puits avec lui, commença-t-il précipitamment. Mais j'ai préféré venir tôt afin d'avoir une chance de vous trouver seule.

— Monsieur Tate...

— Il vaudrait mieux vous habituer tout de suite à m'appeler Octavius... ou père, dit-il sur un ton ambigu, pas vraiment amer mais pas très chaleureux non plus.

— Octavius, je sais qu'en me quittant vous pensiez que tout ceci ne se produirait pas, mais Paul était si malheureux ! Et après ce qui m'est arrivé avec Buster Trahaw...

— Vous n'avez rien à m'expliquer, m'interrompit-il. Ce qui est fait est fait. (Il soupira et son regard dériva du côté des marais.) Il y a longtemps que j'ai cessé de croire que le sort ou la destinée me devait quoi que ce soit, Ruby. S'il m'est arrivé d'en recevoir quelque chose de bon, ce n'est pas pour mes mérites. Je ne vis que pour le bonheur et la sécurité de ma femme et de mes enfants.

— Paul est très heureux, Octavius.

— Je sais. Mais ma femme...

Il baissa la tête et resta ainsi un moment, avant de relever sur moi un regard lourd de tristesse.

— Sa plus grande crainte est qu'à la faveur de ce mariage la vérité ne remonte à la surface, réduisant à néant la fable qu'elle a si bien construite. Les gens s'imaginent que nous sommes une famille riche et heureuse, aux fondations solides comme le roc, et pourtant... les larmes que nous versons dans le secret de notre vie privée sont aussi amères que les leurs.

— Je comprends, murmurai-je.

Octavius parut reprendre espoir.

— Vraiment ? Alors tant mieux, car je suis venu vous prier de me rendre un grand service.

— Volontiers, répliquai-je sans attendre sa requête.

— J'aimerais qu'en présence de ma femme vous mainteniez la... disons l'illusion. Même si vous connaissez la vérité, et que Gladys sait que vous savez.

— Vous n'aviez pas besoin de me le demander, Octavius. Je l'aurais fait pour Paul, sinon pour Mme Tate.

— Merci ! soupira-t-il avec soulagement.

Et, promenant autour de lui un regard curieux, il ajouta :

— Eh bien, c'est une belle maison que Paul a construite là. C'est un brave garçon, il mérite son bonheur. Je suis très fier de lui, je l'ai toujours été, et je sais que votre mère en aurait été fière, elle aussi. Bon, alors... je...

» J'ai quelques mots à dire à l'un des ouvriers, prétexta-t-il. J'attendrai le retour de Paul. Merci, ajouta-t-il en tournant les talons.

Lui parti, les battements de mon cœur s'apaisèrent un peu mais je me sentais toujours l'estomac noué. Il faudrait du temps pour arrondir les angles entre les parents de Paul et moi, mais pour l'amour de lui, j'étais bien décidée à essayer. Chaque jour de ce mariage de raison, du moins dans les débuts, il me faudrait subir des tests, des épreuves, des interrogatoires. Serais-je de taille à le supporter, malgré tout ce que nous avions, tout ce qui nous était promis ? C'était la question à laquelle il me fallait répondre.

Le retour de James me tira de ces pensées moroses.

— M. Tate vous demande au téléphone, madame.

— Merci, James.

Je rentrai dans la maison, pour m'apercevoir aussitôt que j'ignorais où se trouvait le téléphone le plus proche. James vint à mon secours.

— Vous pouvez prendre la communication d'ici, m'indiqua-t-il en désignant une petite table en rotin, placée près des fauteuils du coin-repos.

Je le remerciai, riant de moi-même : les domestiques connaissaient mieux que moi ma propre maison !

— Allô ! Paul ?

— Ruby, je vais rentrer de bonne heure mais je voulais que tu saches tout de suite, débita-t-il avec animation. Il nous arrive un coup de chance… enfin je crois.

— Ah oui ? Et quoi donc ?

— Notre contremaître, à la conserverie, connaît une dame d'un certain âge qui vient juste de perdre son emploi de nourrice : ses patrons partent à l'étranger. Je viens de lui parler au téléphone. Elle vient à Bois Cyprès cet après-midi pour un entretien. J'ai également parlé à ses patrons, qui m'en ont dit le plus grand bien.

— Quel âge a-t-elle ?

— La soixantaine. C'est une veuve, elle a une fille mariée qui vit en Angleterre. Sa famille lui manque beaucoup et elle cherche ce genre d'emploi pour avoir des enfants autour d'elle. Si elle accepte de s'installer sur place, nous pourrions l'engager tout de suite et lui confier Perle pendant que nous serions à La Nouvelle-Orléans. Qu'en penses-tu ?

— Cela me semble un peu prématuré, Paul.

— Bon, nous verrons ça quand tu lui auras parlé. Puis-je lui dire de passer vers deux heures ?

— Entendu.

— Qu'est-ce qui te gêne, Ruby ? (Même au téléphone, Paul pouvait sentir si j'étais nerveuse ou inquiète, triste ou heureuse.) Cette solution ne te plaît pas ?

— Si, c'est juste que… les surprises se succèdent à une telle cadence, avec toi ! Tu ne me laisses même pas le temps de souffler.

Il éclata de rire.

— Ça fait partie de mon plan, figure-toi. T'entourer de prévenances, te noyer dans le bonheur, pour que tu ne regrettes jamais ce que nous avons fait, ni ce qui nous a poussés à le faire. Oh ! à propos… mon père déjeune avec nous. Il risque d'arriver assez tôt, alors…

— Ne t'inquiète pas pour ça.

— J'appelle Mme Fleming et je rentre. Qu'est-ce que Letty nous a mitonné ?

— Ma foi... j'ai oublié de le lui demander, avouai-je.

— Tu n'as qu'à lui dire que, si elle ne file pas droit, tu lui jettes un sort ! s'esclaffa-t-il.

Je raccrochai, toute pensive. J'avais l'impression de naviguer en pirogue dans le courant, sans avoir le temps de reprendre haleine entre deux rapides.

— La petite est réveillée, madame Tate ! m'annonça Holly par une fenêtre du premier.

— Je monte.

Et voilà, ça continuait. Pas une seconde pour réfléchir... Mais Paul avait sans doute raison : c'était peut-être mieux comme ça.

Pendant le déjeuner, ni le père de Paul ni moi ne laissâmes soupçonner que nous nous étions vus un peu plus tôt, mais nous étions aussi nerveux les uns que les autres. Paul fit presque tous les frais de la conversation, pour finir par entraîner son père dans une véritable discussion d'affaires.

A deux heures précises, Mme Fleming arriva en taxi. Octavius Tate était parti mais Paul était resté avec moi, pour accueillir la visiteuse. La première chose qui me frappa chez elle fut sa stature fluette, presque identique à celle de grand-mère Catherine. Haute d'un mètre soixante à peine, Mme Fleming avait elle aussi un petit visage aux traits fins, la bouche délicatement dessinée, le nez minuscule et de grands yeux gris-bleu pleins de lumière. Quelques mèches jaunes striaient ses cheveux argentés qu'elle coiffait en chignon lâche, avec des bandeaux soigneusement lissés.

Elle présenta sa lettre de références et nous passâmes au salon pour discuter. Mais toute l'expérience, toutes les références du monde n'auraient rien changé pour moi si Perle n'avait pas apprécié sa future nourrice. Pour un bébé, l'instinct et les sentiments sont tout, me disais-je. A l'instant où Perle et Mme Fleming se trouvèrent en présence l'une de l'autre, ma décision fut prise. Perle sourit et ne protesta pas quand la vieille dame la prit dans ses bras. On aurait dit qu'elles se connaissaient depuis que ma petite fille était venue au monde.

— Oh ! le joli petit trésor ! chantonna Mme Fleming. Tu sais que tu es un trésor, toi ? Une vraie perle, voilà ce que tu es.

Perle rit, me regarda comme si elle voulait voir si j'étais jalouse, puis fixa gravement les bons yeux de la nourrice.

— Je n'ai pas eu la chance de câliner beaucoup ma petite fille quand elle avait le même âge, observa celle-ci. Ma fille et moi nous écrivons et je vais en Angleterre de temps en temps, mais...

— Pourquoi n'allez-vous pas la rejoindre ? l'interrompis-je.

C'était une question assez personnelle, et je n'aurais peut-être pas dû la poser de façon aussi directe. Mais je voulais en savoir le plus possible sur la personne qui allait passer autant de temps que moi auprès de Perle, sinon plus.

Le regard de Mme Fleming s'assombrit.

— Oh ! elle a sa vie, maintenant ! Je ne veux pas m'en mêler. La mère de son mari habite chez eux, vous comprenez...

Je comprenais. « Deux grands-mères sous le même toit, c'est comme deux alligators dans une baignoire », aurait dit grand-mère Catherine.

— Où habitez-vous pour le moment ? s'informa Paul.

— Dans une pension de famille, cela me suffit, répondit Mme Fleming en jouant avec les petits doigts de Perle.

Paul m'adressa un regard entendu.

— Eh bien, madame Fleming, je ne vois pas pourquoi vous ne vous installeriez pas chez nous, proposai-je. Si cela vous convient, cela va de soi.

Ses traits s'illuminèrent.

— Oh ! oui, naturellement ! Merci, chère petite madame.

— J'enverrai un employé vous prendre à la pension,

déclara Paul. Il attendra que vous ayez rassemblé vos effets.

— Laissez-moi d'abord vous montrer où vous dormirez, madame Fleming, annonçai-je en lançant à Paul un regard appuyé. (Voilà qu'il recommençait à me bousculer, je n'avais pas le temps de me retourner!) Votre chambre communique avec celle de ma fille.

Perle se laissa faire sans broncher quand Mme Fleming la porta dans ses bras jusqu'à la nursery. Je continuais à croire qu'il se passait quelque chose de spécial entre elles deux, et je ne fus pas surprise de découvrir que Mme Fleming était gauchère; ce qui, pour les Cajuns, est souvent l'indication de pouvoirs spirituels. Ceux de Mme Fleming étaient sans doute d'une essence plus subtile, des pouvoirs d'amour plutôt que de guérison.

— Eh bien? s'enquit Paul quand la vieille dame fut partie avec l'employé désigné. Ton avis?

— Elle me semble parfaite, Paul.

— Alors tu ne seras pas trop inquiète si nous la laissons ici avec Perle? Nous ne serons absents qu'un jour ou deux. (Comme j'hésitais encore, il se mit à rire.) Tout peut s'arranger, ne t'inquiète pas. Simplement, j'ai encore besoin qu'on me rappelle de temps en temps à quel point je suis riche! Pardon: à quel point *nous* sommes riches.

— Que veux-tu dire?

— Que nous emmènerons Perle. Il suffira de réserver une chambre de plus, équipée d'un berceau et attenante à la nôtre. Peu importe le prix, du moment que tu es contente.

— Ô Paul! m'écriai-je avec transport.

Décidément, sa nouvelle fortune résolvait tous les problèmes! Je lui sautai au cou, l'embrassai sur la joue et ses yeux s'agrandirent de surprise ravie. Puis je reculai brusquement, comme si j'avais franchi une limite interdite, et une expression indéfinissable assombrit son regard.

— Ce n'est rien, Ruby. Nous pouvons nous aimer en

tout bien tout honneur. Nous ne sommes frère et sœur qu'à moitié, après tout. Il reste l'autre moitié.

— C'est cette moitié-là qui me tracasse, justement.

Il prit mes deux mains dans les siennes.

— Je veux seulement que tu saches que ton bonheur est ma seule raison de vivre, dit-il avec gravité, les yeux rivés aux miens.

— Je sais, Paul. Et cela me fait peur, quelquefois.

— Peur ! Mais pourquoi ?

— Parce que… c'est comme ça, voilà tout.

— Allons, pas d'idées noires, ce n'est pas le moment. Nous avons nos bagages à faire, des dispositions à prendre. Il faut que je voie le chef d'équipe du chantier de forage et que je retourne à la conserverie pour quelques heures. Entre-temps, dresse ta liste de courses et ne lésine pas. Ma famille sera ici à six heures et demie, me rappela-t-il en s'en allant.

Sa famille, c'est vrai. J'avais presque oublié. Je redoutais cette rencontre avec la mère de Paul, et mon cœur se remit à cogner sous mes côtes. Malgré ma promesse à Octavius Tate, je n'étais pas très douée pour les faux-semblants. C'était ma sœur jumelle, Gisèle, l'experte en la matière. Pas moi. Et pourtant, d'une façon ou d'une autre, il faudrait bien que je joue le jeu.

Je changeai cinq fois de robe avant de choisir celle que je porterais pour ce premier dîner avec ma nouvelle famille. J'étais incapable de décider si je relèverais mes cheveux ou non. Le moindre détail prenait soudain une importance fabuleuse : je voulais faire la meilleure impression possible. Finalement, j'optai pour les cheveux relevés, me coiffai avec soin et descendis juste au moment où les Tate arrivaient. Habillé pour dîner, Paul attendait déjà dans le hall.

Ses sœurs entrèrent les premières, Jeanne débordant d'excitation et impatiente de décrire les réactions de la communauté à la grande nouvelle. Derrière les deux jeunes filles, Gladys se suspendait au bras d'Octavius comme si elle était sur le point de s'évanouir. Elle embrassa Paul sur la joue et me suivit du regard quand je descendis les marches.

Presque de la même taille que son mari, Gladys Tate était une grande femme élancée, au port altier quasiment royal. Je savais qu'elle venait d'une riche famille cajun de Beaumont, dans le Texas. Après des études secondaires dans un collège très sélect, elle avait suivi des cours à l'université, où elle avait rencontré Octavius Tate. Je m'étais souvent étonnée que personne n'ait jamais soupçonné sa supercherie, ni remarqué l'absence de ressemblance entre elle et Paul. Bien plus maigre et plus sèche que lui, son visage affichait une dureté arrogante qui tenait à distance les autres femmes de notre communauté cajun, même les plus fortunées.

Elle était toujours impeccablement coiffée, vêtue à la dernière mode, et ce soir comme à son ordinaire. Mais elle se montrait si abattue et si déprimée que ni sa coiffure étudiée ni ses beaux atours ne pouvaient sauver les apparences. Elle avait l'air d'être venue pour une veillée mortuaire, et non pour un dîner de famille. Son regard anxieux scruta mon visage avec avidité quand je m'avançai vers elle.

— Bonjour, dis-je avec un sourire contraint. Je crois que je devrais dès maintenant vous appeler mère et père, non?

Octavius jeta un coup d'œil à sa femme. Et si elle parvint, devant ses filles, à esquisser elle aussi un sourire, elle reprit instantanément son air pincé.

— Où est le bébé? s'enquit-elle d'une voix dure, la question s'adressant plutôt à Paul qu'à moi.

— Là-haut, maman, avec sa nourrice. Une certaine Mme Fleming, que nous avons engagée aujourd'hui. Elle a déjà fait manger Perle, mais elle la descendra quand nous aurons fini de dîner.

— Une nourrice? releva Gladys, impressionnée.

— Elle est charmante, intervins-je avec diplomatie.

J'eus droit à un sourire ténu. L'atmosphère était

si épaisse entre Gladys et moi qu'on aurait pu la couper au couteau. Je m'empressai d'ajouter, à l'intention de Paul :

— Bon, je vais voir où en est le dîner. Si tu emmenais tout le monde à la salle à manger ?

— Je n'ai jamais vraiment visité ta maison, Paul, fit remarquer Gladys sur un ton de reproche.

— C'est juste. Laisse-moi en faire d'abord les honneurs à ma mère, Ruby.

— Entendu, opinai-je, saisissant cette occasion de m'esquiver.

Décidément, l'épreuve s'annonçait encore plus pénible que je ne l'avais imaginé !

Letty, comme si elle devinait nos plus noirs secrets, nous avait préparé un menu encore plus remarquable que le premier. Octavius ne cessait de répéter à quel point il nous enviait un pareil cordon-bleu. Quant à Gladys… elle fit les compliments d'usage, mais d'une voix si tendue, révélant un tel effort pour se maîtriser que je m'attendais à tout instant à la voir craquer. On sentait qu'un rien, le moindre prétexte, eût suffi à provoquer chez elle une véritable crise de nerfs. Nous étions sur des charbons ardents, Octavius, Paul et moi. Je me sentis soulagée quand nous vînmes à bout du dessert, un soufflé au chocolat et au rhum que le père de Paul déclara sublime.

Holly nous resservait du café quand Mme Fleming fit son apparition, Perle dans ses bras.

— N'est-elle pas adorable, maman ? s'écria Jeanne. Je trouve qu'elle a les yeux de Paul, pas toi ?

Gladys Tate me dévisagea longuement, avant de reporter son regard sur Perle.

— C'est un très beau bébé, observa-t-elle d'une voix neutre.

— Voulez-vous la prendre un moment, madame ? proposa Mme Fleming.

Je retins mon souffle. Par expérience, Mme Fleming savait combien il est doux pour une grand-mère de tenir son petit-enfant dans ses bras.

— Bien sûr, répliqua Gladys avec un sourire forcé.

Perle se tortilla dans ses bras, mal à l'aise, mais ne pleura pas. Gladys examina un instant ses traits, déposa un rapide baiser sur son front et, d'un signe, fit comprendre à sa nourrice qu'elle pouvait la reprendre. Mme Fleming fronça les sourcils mais s'empressa d'obéir.

— Quel effet ça fait d'être grand-mère, maman? demanda Jeanne.

Gladys étira les lèvres en une moue glacée.

— Si tu insinues que je dois me sentir plus vieille pour ça, Jeanne, eh bien, c'est non, contra-t-elle, en m'adressant un regard appuyé.

Sur quoi, Paul suggéra que nous passions tous dans la bibliothèque.

— Il n'y a pas encore grand-chose à voir, expliqua-t-il, pas plus que dans les autres pièces. Mais quand nous reviendrons de La Nouvelle-Orléans, Ruby et moi, cette maison va devenir un vrai palais.

— Pourquoi ne pas faire part de vos projets à votre mère, les enfants? suggéra Octavius. Chez nous, Gladys a réalisé presque toute la décoration, ajouta-t-il à mon intention.

— Je serai ravie que vous me donniez quelques idées, dis-je en me tournant vers elle.

— Je ne suis pas décoratrice!

— Allons, Gladys, pas de fausse modestie, répliqua Octavius avant de se tourner vers moi. Votre belle-mère s'y connaît très bien en ameublement et en décor d'intérieur, Ruby. Parcourez simplement la maison ensemble, et elle vous fournira assez d'idées pour l'aménager de haut en bas.

— Octavius!

Paul prit le parti de son père.

— Allez-y, toutes les deux. Les autres, je vous emmène à la bibliothèque.

Pendant un instant, Gladys parut sur le point d'exploser de rage. Puis elle s'aperçut que ses filles la dévisageaient, intriguées par sa réaction.

— Bien sûr, acquiesça-t-elle à contrecœur. Si cela fait vraiment plaisir à Ruby...

— Oui, vraiment, articulai-je, les lèvres tremblantes.

— Alors c'est parfait, dit Paul en se levant.

Je me tournai vers ma belle-mère.

— Qu'aimeriez-vous voir, pour commencer ?

— Tu devrais d'abord lui montrer votre chambre, suggéra Jeanne. Ils ont des chambres communicantes, maman, comme un couple royal ! C'est grandiose, tu ne trouves pas ?

Un silence plana, puis Gladys parvint à proférer :

— Oui, ma chérie. C'est le mot qui convient.

Dans l'escalier, puis dans le corridor du premier, ma belle-mère se tint légèrement derrière moi, silencieuse. Le cœur battant, je me creusai la cervelle pour trouver quelque chose à dire sans avoir l'air d'une idiote, ni trahir ma nervosité. Je me lançai dans des considérations verbeuses sur les couleurs, les harmonies de tons, le style des meubles et des accessoires... Quand nous fîmes halte sur le seuil de ma chambre, ma belle-mère daigna enfin me regarder.

— Pourquoi ? demanda-t-elle d'une voix sourde. Pourquoi avoir fait ça, puisque vous connaissiez la vérité ?

— Paul et moi avons toujours été très proches, mère. Une fois déjà, j'ai dû lui faire une peine immense afin de lui cacher cette vérité. Vous savez ce qu'il a enduré quand il l'a découverte.

— Et ce que *moi* j'ai enduré, vous y pensez ? Nous n'étions pas mariés depuis tellement longtemps quand Octavius a... quand il m'a été infidèle. Votre mère lui a jeté un sort, c'est évident. La fille de Catherine Landry ! Elle avait des pouvoirs occultes, elle aussi, j'en suis sûre.

J'avalai péniblement ma salive. Je voulais prendre la défense de la mère que je n'avais pas connue, mais je vis combien celle de Paul avait besoin de croire à sa propre histoire. Elle l'avait forgée pour supporter l'infidélité de son époux, et je n'avais pas le cœur de la détromper.

— Mais que pouvais-je faire ? poursuivit-elle. J'ai accepté, dissimulé, pour sauver l'honneur de la famille et protéger Paul. Et maintenant, tous les deux... vous passez là-dessus et vous... c'est un péché, dit-elle en secouant la tête. Oui, c'est un péché.

— Nous ne vivons pas ensemble de cette façon-là, madame. C'est pour cela que nous faisons chambre à part.

Elle me fixa de son regard dur, implacable, puis libéra un grand soupir et son expression changea. Je compris qu'elle s'apitoyait sur elle-même.

— Et maintenant, il faut que je recommence à tricher, que je ravale mon orgueil une fois de plus pour que la honte ne rejaillisse pas sur mes enfants. C'est trop injuste !

— Personne n'apprendra jamais rien de ma bouche, je vous le promets.

Elle eut un petit rire, aigre et tranchant.

— Et pourquoi iriez-vous raconter ça ? Regardez ce que vous avez, maintenant ! Cette maison, cette propriété, cette fortune... et un père pour votre enfant !

— Madame... mère, je vous assure que...

— Vous m'assurez, vraiment ! Je suis sûre, moi, que vous avez jeté sur Paul le même genre de sort que votre mère a jeté sur Octavius. Après la mère, la fille, seulement c'est moi qui paie tous les dégâts. Moi seule, et non mon cher mari, ni mon cher fils adoptif. Amusant, non ?

» Je n'ai jamais employé ce terme, reprit-elle après un silence. Pas une seule fois. Mais maintenant, ici et à vous, je ne peux dire que la vérité : mon fils adoptif.

— C'est faux ! me récriai-je. Vous aimez Paul comme si c'était vous qui l'aviez mis au monde, et il vous aime tout autant, lui aussi. Je vous promets, mère... maman Tate, de ne jamais être un obstacle à cet amour. Jamais, insistai-je en attachant sur elle un regard farouche et résolu.

Elle y répondit par un sourire sceptique.

— Mais il faut que vous sachiez que Paul aime Perle comme sa propre fille, crus-je devoir ajouter. J'espère que vous accepterez cela et l'aimerez vous aussi, comme une grand-mère.

— L'amour, soupira-t-elle avec lassitude. Tout le monde est en quête d'amour… rien d'étonnant à ce que nous soyons si fatigués, tous autant que nous sommes !

Gladys laissa échapper un nouveau soupir et, soudain, son visage se durcit. Elle inventoria ma chambre d'un œil critique.

— Avec de jolies tentures, vous devriez tirer quelque chose de ces fenêtres. Le soleil va donner de ce côté. Quant à votre choix de couleurs… je croyais que vous étiez censée être une artiste ! C'est du grège qu'il vous faut, décréta-t-elle, avec une touche de rose. Et puisque vous allez à La Nouvelle-Orléans, je connais un magasin sur Canal Street…

Je la suivis tandis qu'elle arpentait la pièce, trop heureuse de cette trêve survenue entre nous. Même si c'était aux conditions fixées par Gladys.

Nous partîmes de très bonne heure, le lendemain. Par chance, les nuages se dispersaient et de belles éclaircies bleues laissaient filtrer un brillant soleil, ce qui nous rendit le trajet plus agréable. Je détestais les longs parcours sous la pluie. Mais tandis que nous roulions sur l'autoroute, je fus assaillie malgré moi par l'impression déplaisante de revivre un vieux cauchemar. Tout me rappelait mon premier voyage, quand je m'étais sauvée pour échapper à grand-père Jack. J'étais arrivée à La Nouvelle-Orléans pendant le Mardi gras, et j'avais failli me faire violer dans une ruelle par un homme masqué, qui prétendait m'aider à trouver mon chemin.

Mais c'était aussi ce jour-là que j'avais rencontré Chris pour la première fois. Plantée devant la maison de mon père, j'étais sur le point de renoncer à tout et de m'en retourner quand Chris était apparu, beau comme un jeune premier de cinéma. Instantanément, je sus qu'il serait pour moi différent de tous les autres. Et à la façon dont il me dévisagea, quand il eut compris que je n'étais pas Gisèle, ma sœur jumelle, je sus aussi qu'il éprouva la même chose à mon égard.

Quand le lac Pontchartrain fut en vue, avec ses eaux vert sombre crêtées de vaguelettes, mon premier rendez-vous avec Chris resurgit dans ma mémoire, vibrant, vivace. Même alors, nous étions déjà passionnément attirés l'un vers l'autre...

Absorbée dans mes souvenirs, je ne m'aperçus même pas que nous étions en ville; je ne revins à la réalité que lorsque Paul se gara devant l'hôtel Fairmont. Perle avait dormi pendant tout le trajet, mais d'emblée tout la fascina: les bruits de la rue, la circulation, et l'activité qui nous environnait tandis qu'on nous conduisait à nos appartements. Paul nous avait réservé une chambre à deux lits, communiquant avec une autre où dormiraient Perle et sa nourrice. Après un déjeuner léger au restaurant de l'hôtel, Mme Fleming coucha mon bébé pour une petite sieste et nous partîmes pour notre tournée de courses, Paul et moi.

J'avais oublié à quel point j'adorais cette ville. Elle avait un rythme de vie bien à elle, qui changeait à mesure que le jour faisait place à la nuit. Le matin, elle pouvait être incroyablement calme. La plupart des magasins étaient encore fermés, surtout dans le célèbre quartier français, le Vieux Carré. Encore à demi baignées d'ombre, les rues y restaient relativement fraîches.

Mais en fin de matinée, quand s'ouvraient les boutiques, la foule y affluait. Les balcons ouvragés débordaient de fleurs, les camelots vantaient leur marchandise à la criée, les musiciens commençaient à jouer à la porte des restaurants et des bars pour attirer les touristes. Au cours de l'après-midi, le rythme ne cessait de s'accélérer. Les artistes de rue, jongleurs, guitaristes et danseurs de claquettes, prenaient position aux coins des trottoirs.

Paul exhiba une liste d'adresses, établie par sa mère, où figuraient jusqu'aux articles que nous devions acheter.

— Elle est tellement plus au courant de tout ça que nous, m'expliqua-t-il. Alors, qu'en penses-tu ?

— Je suis d'accord, approuvai-je, même si la plupart des objets mentionnés n'étaient pas spécialement ceux que j'aurais choisis.

Nous allâmes d'un magasin à l'autre, achetant les meubles, lampes, accessoires divers et jusqu'aux vêtements que Gladys Tate avait suggérés. J'en venais à me sentir aussi utile que la cinquième roue de la charrette.

— Ma mère a vraiment beaucoup de goût, tu ne trouves pas ? déclara Paul, avant que j'aie eu la moindre chance d'exprimer mon opinion.

— Oui, me bornai-je à répondre, avec la désagréable impression que Gladys en personne se tenait à nos côtés.

En fin d'après-midi, nous fîmes halte au café du Monde pour goûter les célèbres beignets qu'on y servait. De la terrasse, nous pouvions voir les artistes peintres à leur chevalet, et les touristes qui déambulaient, les yeux ronds et la caméra en bandoulière. Une brise fraîche montait du fleuve, et les pétales de magnolia qu'elle agitait de son souffle prenaient un éclat particulier dans la lumière.

— Nous dînons chez Arnaud, ce soir, annonça Paul. J'ai réservé une table.

— Chez Arnaud ?

— Oui, c'est une idée de mère. Tu trouves que c'est un bon choix ?

J'acquiesçai, retenant un sourire. Comment Paul aurait-il pu savoir que c'était précisément là, chez Arnaud, que Chris m'avait emmenée pour notre première sortie officielle ? Il me semblait que la ville entière conspirait à réveiller les moindres souvenirs de ma vie d'autrefois, bons ou mauvais.

Nous dégustâmes un excellent dîner chez Arnaud, et Perle fut très sage. De retour à l'hôtel, Paul eut envie d'un peu de musique et nous nous installâmes au salon pour écouter l'orchestre de jazz. Mais après cette journée chargée, active et fertile en émotions diverses, je me sentis plus fatiguée que je ne m'y attendais. Mes yeux se fermaient tout seuls. Paul s'en amusa et nous montâmes nous coucher.

C'était la première fois que nous passions la nuit dans la même chambre ; et même si nous avions des lits séparés, je ne pus m'empêcher d'éprouver un certain malaise. Tandis que je me démaquillais devant le lavabo, en sous-vêtements, j'aperçus Paul dans le miroir. Il m'observait, debout derrière moi. Ses yeux bleus s'étaient assombris, il me fixait avec une telle intensité que je me sentis nue. Quand il vit que j'avais saisi son regard, il recula précipitamment.

Je passai dans la salle de bains et me préparai pour la nuit. Paul était déjà au lit quand j'éteignis la lumière et me glissai sous mes couvertures.

— Bonne nuit, Ruby, chuchota-t-il.

— Bonne nuit.

L'ombre et le silence parurent s'épaissir entre nous. Tout ce qu'un homme et une femme unis par les liens du mariage étaient censés partager, nous le partagions, sauf une chose : nous-mêmes. Dans l'obscurité environnante, cette pensée ne cessait de me harceler, provocante, torturante. Je me tournai sur le côté, fermai les yeux... et quand le souvenir de mes amours passionnées avec Chris revint m'assaillir, je m'y abandonnai. Pour l'instant, c'était tout ce que j'avais.

Le lendemain, nous reprîmes notre tournée d'achats en nous conformant aux instructions de Mme Tate, sauf pour mon matériel de peinture. Je me rendis dans un magasin de fournitures pour artistes avec ma propre liste. Nos commandes achevées — tout devait nous être livré à domicile —, nous allâmes explorer le quartier français à la recherche de cadeaux pour la famille.

— Tu n'as pas l'intention de rendre visite à ta belle-mère ? s'étonna Paul. Tu n'en parles pas. Il faut bien la mettre au courant, à notre sujet.

— J'y pensais, justement. Mais j'avoue que je ne suis pas très pressée d'y aller.

— Je t'accompagnerai.

— Non, Paul. Je crois préférable d'y aller seule, pour cette fois.

— Entendu. J'appelle un taxi ou...

— Non, j'irai en tramway, décidai-je.

Je l'avais fait si souvent quand j'habitais chez mon père, dans la grande maison de Garden District. Je retrouvai tout le charme vieillot de ce curieux moyen de transport, mais dès que j'eus posé le pied dans la rue, mon cœur battit la chamade.

Aurais-je la force de retourner là-bas et d'affronter ma belle-mère, après m'être sauvée ? Je savais que Gisèle serait en classe, c'était une épreuve de moins. Mais revenir dans cette maison en sachant que mon père n'était plus là, que Nina était partie, que Chris était en Europe et fiancé à une autre... pourquoi m'infliger un tel supplice ?

Je m'arrêtai sur le trottoir d'en face et contemplai la grande bâtisse aux murs enduits de blanc ocré. Elle était telle que je l'avais quittée, figée dans le temps. Peut-être me suffirait-il de traverser la rue pour que tout ce qui s'était produit depuis mon arrivée s'efface, pour que tout recommence à partir de là ? Papa serait toujours vivant, beau et plein de vitalité. Nina Jackson serait dans la cuisine, remuant ses marmites, grommelant contre les mauvais esprits embusqués dans les placards. Et Otis viendrait m'ouvrir la porte pour me souhaiter la bienvenue. Du premier étage me parviendraient les cris aigus de Gisèle, toujours en train de récriminer...

J'étais sur le point de traverser quand la Rolls-Royce

familière s'avança dans l'allée carrossable et alla se garer devant l'entrée. J'en vis descendre Daphné.

Si quelque chose ou quelqu'un paraissait réellement figé dans le temps, c'était bien elle. Toujours aussi altière et distante, elle se redressa de toute sa hauteur, jeta un ordre au chauffeur et la voiture s'éloigna. Daphné gravit les quelques marches du perron. Un nouveau maître d'hôtel, nettement plus petit qu'Otis et grisonnant, ouvrit aussitôt la porte comme s'il montait la garde derrière elle et s'inclina. Puis, tel un prisonnier rêvant de liberté, il jeta au-dehors un regard nostalgique.

Tout à coup, rien ne me sembla plus effrayant et désagréable que la pensée de me retrouver en face de Daphné. Je pivotai sur moi-même et m'élançai en courant dans la rue, si vite que je dus avoir l'air de m'enfuir. Et au fond, c'était bien le cas. Je fuyais mes odieux souvenirs de cette femme, assez ignoble pour avoir tenté de me faire interner, pour jalouser l'amour que mon père me portait, pour m'avoir calomniée auprès des parents de Chris. Je fuyais le vide laissé dans cette grande maison par la mort de papa, et les ombres noires qui la peuplaient.

Je courus encore longtemps avant de reprendre un tramway et, en arrivant à l'hôtel, je faisais peur à voir avec mes cheveux en désordre, mon air anxieux et mes yeux hagards.

— Que se passe-t-il? s'effraya Paul en m'ouvrant la porte. Qu'est-ce qu'elle t'a fait?

Je me jetai sur mon lit et débitai d'une voix hachée:

— Rien. Je ne lui ai pas parlé. Je n'ai pas pu. Je lui écrirai. Ne m'en parle plus, Paul. Rentrons. Maintenant!

— Mais nous avons encore plusieurs choses à acheter, protesta-t-il. Mère pensait que nous allions...

— Ô Paul! m'écriai-je en lui saisissant la main. Ramène-moi chez nous, je t'en prie. Tu pourras revenir et terminer les achats sans moi, non?

Il eut un mouvement de tête compréhensif.

— Bien sûr, voyons. Nous partons tout de suite.

Ce ne fut pas avant d'avoir retrouvé le bayou et de nous être engagés dans le chemin de Bois Cyprès que je commençai à me sentir soulagée. En voyant notre grande maison toute neuve se dresser devant nous, je compris qu'elle était devenue mon foyer, mon chez-moi, même si c'était ma belle-mère qui se chargeait de la décorer à ma place. Plus que jamais, je me félicitai d'avoir pris la décision d'épouser Paul et de vivre ici. C'était assez loin de tout, assez isolé pour tenir à distance les hideux fantômes du passé.

Je brûlais d'impatience d'installer mon atelier pour me remettre au travail. Les marais me protégeraient, nos hectares de terre et nos puits de pétrole seraient mon rempart contre les démons. Ici, pensai-je dans un élan de gratitude, j'étais en sécurité. Sauvée.

5

Mauvaises nouvelles

Les six premiers mois de ma nouvelle vie en qualité de maîtresse de Bois Cyprès, chacune de mes journées fut si remplie que je n'eus pas le loisir de m'attarder sur moi-même. C'est à peine si je pris garde à la venue de l'hiver, et ce fut seulement en voyant s'envoler les oies sauvages que je repris conscience du temps : la saison froide était finie. Les premiers bourgeons éclataient, le printemps fleurissait dans un déploiement de splendeur que je n'avais jamais vu jusque-là.

Les meubles et les fournitures commandés à La Nouvelle-Orléans avaient été livrés peu après notre retour. Peintres, décorateurs, carreleurs et poseurs de moquette, tapissiers, miroitiers... bref, tous les artisans imaginables défilaient sans arrêt dans la maison. Chaque matin, à la première heure, Gladys Tate venait superviser les travaux. Et chaque fois que j'en faisais la réflexion à Paul, il se méprenait sur le sens de mes paroles ou éludait la question.

— C'est merveilleux que maman s'intéresse autant à nous, je trouve. Et pendant qu'elle parcourt la maison de haut en bas, tu peux t'occuper de ton atelier.

Effectivement, je m'en occupais beaucoup : c'était le seul endroit où Gladys ne mettait jamais les pieds. Paul aussi avait fort à faire, entre son travail à la conserverie et la surveillance des puits. Quinze jours après notre retour de La Nouvelle-Orléans, on en fora un nouveau qu'il baptisa puits de Perle, et dont il décida de placer les revenus sur un compte ouvert à son nom. Avant l'âge d'un an, elle était déjà plus riche que la plupart des gens à la fin de leur vie active.

Chaque week-end, nous donnions un grand dîner pour les gros bonnets du pétrole avec qui Paul entretenait des relations d'affaires. Maris et femmes, tous étaient impressionnés par Bois Cyprès, et surtout ceux qui venaient de Baton Rouge, de Houston et de Dallas. Un tel luxe dans le bayou cajun les surprenait, tous autant qu'ils étaient, on voyait qu'ils s'étaient attendus à moins. Très fier de moi, Paul vantait sans la moindre honte mes talents artistiques et mes succès.

Finalement, près d'un mois après ma tentative manquée pour aller voir Daphné, je me décidai à lui écrire. Jusque-là, quand Paul me demandait ce que j'attendais pour le faire, je répondais que c'était pour bientôt, que j'y réfléchissais. Il savait que je tergiversais, mais il n'insistait pas. Et un après-midi, où par hasard j'avais le temps de souffler, je m'installai sur la terrasse avec un bloc et un stylo et commençai ma lettre.

Chère Daphné,

Voici près d'un an que nous ne nous sommes ni parlé, ni écrit. Je sais que mon sort ne vous préoccupe pas beaucoup, mais pour l'amour de mon père et en souvenir de lui, je tiens à vous écrire cette lettre.

Après cette horrible expérience, dans la clinique sordide où vous m'aviez envoyée pour une interruption de grossesse, je me suis sauvée pour revenir là où sont mes racines : dans le bayou. Pendant des mois, j'ai vécu dans la vieille cabane de ma grand-mère en gagnant ma vie de la même façon qu'autrefois. J'y ai mis au monde une magnifique petite fille, que j'ai appelée Perle et, grâce à mon travail, je suis parvenue tant bien que mal à pourvoir à nos besoins.

J'ai compris que, dans l'ordre de mes responsabilités, ma fille et son bien-être passaient désormais avant tout, et c'est ce qui m'a décidée à épouser Paul Tate. Je ne m'attends pas que vous compreniez cela, mais nous menons ensemble une vie assez singulière. Nous sommes plutôt partenaires que mari et femme, veillant au bien-être de l'un et de l'autre, à son bonheur, à sa sécurité, et soucieux avant tout d'assurer l'avenir de Perle. Les terres que Paul a reçues en héritage se sont avérées très riches en pétrole et nous habitons une très belle maison, Bois Cyprès.

Je ne demande rien de vous, surtout pas votre pardon, et vous ne devez pas non plus interpréter cette lettre comme une absolution pour la façon dont vous m'avez traitée. Je devrais vous en vouloir, mais en réalité vous m'inspirez plutôt de la pitié. Quoi qu'il en soit, j'espère que les biens que mon père me destinait me seront remis. L'amour que j'éprouvais pour lui est resté le même. Il me manque infiniment.

Veuillez, je vous prie, communiquer ma nouvelle adresse à l'avoué chargé de mes intérêts.

Ruby.

Je ne reçus pas de réponse et n'en fus pas surprise, mais au moins j'avais donné signe de vie à Daphné. Elle ne pourrait pas prétendre que j'avais disparu de la circulation, ni coupé les ponts, ni fait obstacle en aucune manière à la succession de mon père. Je ne l'avais acceptée ni comme mère ni comme parente. C'était déjà une étrangère pour moi quand je vivais dans la maison Dumas, et elle l'était encore davantage à présent.

Jeanne venait plus souvent que Toby nous rendre visite et jouer avec Perle. Elle m'avait chaleureusement accueillie comme une sœur, se confiait plus volontiers à moi qu'à Toby et certainement plus qu'à sa mère. Un après-midi, nous sirotions une limonade sur la terrasse, tout en regardant Mme Fleming promener Perle dans les jardins. Jeanne était venue tout spécialement ce jour-là pour me parler de son soupirant du moment, James Pitot. Un jeune avocat, grand, brun et très beau garçon, dont le charme et la courtoisie me rappelaient un peu mon père.

— Je crois que nous allons nous fiancer, révéla Jeanne.

Et je devinai, à sa façon d'annoncer la nouvelle, que j'étais la première à l'apprendre.

— Tu crois, seulement ?

— C'est un engagement tellement grave que je meurs de peur ! s'exclama-t-elle, d'un air si convaincant que je ne pus m'empêcher de rire. Ce n'est pas drôle, Ruby. Je n'en dors plus, à force de me tourmenter !

— Tu as raison, Jeanne, je n'aurais pas dû rire.

— Toi, qu'est-ce qui t'a décidée à épouser Paul, finalement ?

M'aimerait-elle encore comme une sœur, si elle connaissait la vérité ? me demandai-je avec angoisse.

Mais déjà, elle reprenait :

— Tu comprends, je ne sais pas ce que c'est que l'amour. Pas vraiment. J'ai eu le béguin pour un tas de garçons, Danny Morgan par exemple. Tu t'en souviens ?

— Je m'en souviens.

— Mais il est devenu tellement… idiot ! James est différent. James est si…

— Oui ? Continue.

— Si prévenant, tendre, attentionné. Nous n'avons… nous n'avons jamais fait l'amour, ajouta-t-elle en rougissant. Il en avait envie, bien sûr, et moi aussi, mais je ne voulais pas faire ça avant le mariage. Je le lui ai dit et il ne s'est pas fâché. Il a compris.

— C'est parce qu'il tient à toi et qu'il veut vraiment ton bonheur, Jeanne. C'est ça, l'amour, ou en tout cas c'est le plus important. Le reste compte aussi, évidemment, mais il n'y a pas de quoi sonner les cloches chaque fois qu'on s'embrasse ! D'après mon expérience, c'est le terrain qui compte. Un amour solide et durable ne prend racine que dans une bonne terre.

— Mais pour Paul et toi, je suis certaine que toutes les cloches ont carillonné. Vous vous aimiez depuis si longtemps, tous les deux, je m'en souviens bien. Il expédiait son dîner pour sauter sur son scooter et aller te rejoindre, même pour te voir dix minutes. C'était comme si on voyait se lever le soleil sur sa figure ! Tandis que moi... Je n'éprouve rien d'aussi intense pour James, avoua-t-elle. C'est pour ça que j'ai peur de commettre une erreur monumentale, si j'accepte.

— Il arrive aussi qu'on aime trop, dis-je avec douceur.

— Je sais... comme Adam a aimé Eve. Il a goûté au fruit défendu après elle, simplement pour ne pas la perdre. Le père Rush me l'a expliqué, un jour.

— Oui, comme Adam, approuvai-je en souriant.

— Mais cela rend l'histoire si romantique, pour moi ! Je voudrais que mon mariage soit romantique, justement, comme le tien. C'est bien ce qu'il est, Ruby, n'est-ce pas ?

Je la dévisageai longuement. Etait-ce uniquement sa jeunesse qui l'empêchait de lire la vérité dans mes yeux, ou ma propre aptitude à mentir ?

— Oui, Jeanne, mais cela ne s'est pas fait en un jour. Et à ta façon de me parler de James, sans compter tout ce que tu m'en dis, je crois que vous serez heureux ensemble.

— Oh ! je suis si contente que tu me dises ça ! s'exclama-t-elle. Ton opinion compte plus pour moi que celle de n'importe qui, même celle de mère... et sûrement plus que celle de Toby.

— J'aurais préféré que tu parles d'abord à ta mère, quand même. Je ne veux pas influencer ta décision, elle doit s'appuyer sur ta conviction personnelle.

J'eus la vision fugitive du visage haineux de Gladys. Elle m'en voudrait à mort si elle savait que je donnais des conseils aussi intimes à sa fille !

— Ne t'inquiète pas pour ça, Ruby, ma conviction est faite. Je voulais seulement être sûre. Tu as hésité, toi aussi, je parie ?

— Oui, avouai-je sans détour.

— Tu ne parles jamais de ta vie à La Nouvelle-

Orléans. Tu as eu beaucoup d'amoureux là-bas, ou dans ton collège privé ?

— Non, pas beaucoup, répliquai-je en détournant les yeux.

Ce qui ne passa pas inaperçu de Jeanne.

— Mais tu en as eu un ?

— Eh bien... non, pas vraiment, répondis-je en affrontant son regard. Tu sais comment sont les jeunes gens là-bas, tous ces riches Créoles... Ils vous font des tas de promesses pour vous attirer dans leur lit, et vous lâchent aussitôt pour une autre conquête.

— Et tu l'as fait ?

— Fait quoi ?

— Tu t'es laissé séduire par l'un d'eux ?

— Jeanne !

— Excuse-moi, je croyais pouvoir te demander ça. Je croyais que nous serions comme des sœurs, plus proches que tu ne l'étais de ta sœur jumelle.

— Ça, ce ne devrait pas être très difficile ! rétorquai-je en riant. Non, ajoutai-je après un court silence, je ne l'ai pas fait.

Je savais que si j'avouais la vérité, je fondrais en larmes. Et le merveilleux univers que Paul avait créé pour nous deux, Perle et moi, éclaterait en mille morceaux.

Jeanne eut l'air soulagée.

— Alors j'ai raison de vouloir attendre jusqu'au mariage ?

— Si tu sens que c'est bien, alors oui : tu as raison.

Ma réponse parut la satisfaire. Quant à moi... j'étais plutôt gênée de conseiller quelqu'un en matière de sentiments et de mariage. Qu'est-ce qui m'en donnait le droit ?

Le lendemain, Jeanne revint annoncer ses fiançailles avec James Pitot. Ils en avaient fixé la date. En apprenant la nouvelle, Paul déclara que le mariage pourrait avoir lieu à Bois Cyprès, si cela faisait plaisir à sa sœur. Elle me décocha un regard complice et laissa éclater sa joie.

— Ruby m'aidera pour les préparatifs, n'est-ce pas, Ruby?

— Naturellement.

— Ô Paul! Tu as épousé la femme que tu aimes depuis toujours, tu nous as donné une ravissante petite nièce, et en plus tu nous donnes une sœur merveilleuse!

Nous nous embrassâmes avec effusion, et j'espérai ne pas m'être trompée, que Jeanne allait vraiment au-devant du bonheur. En attendant, nous avions un grand événement familial à préparer, ce qui semblait confirmer les prévisions de Paul. Ne nous avait-il pas prédit une vie palpitante, d'où seraient bannis la tristesse et l'ennui?

Ce soir-là, comme j'étais assise à ma coiffeuse et me brossais les cheveux, déjà en chemise de nuit, Paul frappa discrètement à la porte intérieure et entra dans ma chambre. Il portait son pyjama de soie bleu clair, un des cadeaux que je lui avais offerts pour son anniversaire.

— Je viens d'avoir un coup de fil de papa, m'annonça-t-il. A l'entendre, la maison est sur le pied de guerre. Ils ont déjà une liste d'invités longue comme le bras et dressent de véritables plans de campagne. On se croirait à la veille d'une bataille, paraît-il.

J'éclatai de rire.

— J'aurais tant voulu que nous ayons un grand mariage, Ruby. Tu mérites d'être traitée comme une princesse.

— C'est bien ainsi que tu me traites, Paul.

— Oui mais... (Il chercha mon regard dans le miroir.) Qu'en est-il de ton côté? Je veux dire... es-tu vraiment heureuse, Ruby?

— Bien sûr que oui, Paul.

Il m'observa d'un air pensif et finit par se dérider.

— En tout cas, merci d'avoir si vite adopté mes sœurs. Elles t'adorent. Et mère... mère a non seulement appris à t'accepter, mais à te respecter, je le sais.

Un tel aveuglement de sa part m'étonna. Ne voyait-il donc pas l'expression glaciale de sa mère, chaque fois qu'elle posait les yeux sur moi... où tenait-il tellement à entretenir ses illusions qu'il préférait l'ignorer ?

— Je l'espère, répondis-je, sans grande conviction.

— Mais c'est vrai, je t'assure.

Il s'approcha de moi et m'embrassa légèrement dans le cou.

— Bon, eh bien... je te laisse.

C'était la première fois qu'il m'embrassait ainsi depuis que nous étions mariés. La chaleur de ce contact diffusa des ondes vibrantes à travers mes épaules, ma poitrine... Je fermai les yeux. Quand je les rouvris, Paul était toujours là, les lèvres toutes proches de mon visage.

— Bonne nuit, chuchotai-je dans un soupir tremblé.

— Bonne nuit, Ruby.

Il se détourna, sortit très vite et je gardai longtemps les yeux fixés sur la porte, avant de me décider à me coucher.

Mais j'eus du mal à m'endormir, ce soir-là. Je me tournai et retournai dans mon lit, des heures durant, jusqu'à ce que la fatigue ait raison de moi.

Trois jours plus tard, l'allégresse qui flottait dans l'air s'évapora d'un coup, telle une bulle qu'on crève : Gisèle fit son apparition à Bois Cyprès. Elle et deux de ses soupirants remontèrent l'allée en Cadillac décapotable, si vite et klaxonnant si fort que le tapage attira tous les domestiques et moi-même à la fenêtre.

— Ce n'est que ma sœur jumelle, répondis-je au coup d'œil effaré de James. Ne vous dérangez pas, je vais lui ouvrir moi-même.

— Très bien, madame.

Il se retira, soulagé, et j'allai accueillir le groupe dans la galerie.

Il y avait longtemps que nous ne nous étions pas trouvées face à face, ma sœur et moi. Ses chevaliers servants, un brun et un blond aux yeux saphir — celui qui conduisait —, portaient tous deux un blazer bleu marine, avec l'emblème de leur fraternité brodé en or sur la poche de poitrine. De stature élancée, ils étaient aussi beaux garçons l'un que l'autre. Le brun sortit le premier, retint la portière pour Gisèle et s'inclina comme s'il saluait une altesse royale. Leur sourire béat laissait supposer qu'ils avaient bu, sinon fumé de l'herbe. Je ne pouvais pas m'attendre que ma sœur ait changé ou mûri depuis notre séparation, et pourtant on peut toujours croire aux miracles. Mais aucune métamorphose miraculeuse n'avait eu lieu.

— La voilà ! s'écria Gisèle dès qu'elle m'aperçut, ma jumelle bien-aimée, la maîtresse de Bois Cyprès. Je dois reconnaître, petite sœur, que tu ne te défends pas trop mal, pour une Cajun !

Les deux garçons éclatèrent de rire, et le chauffeur descendit pour rejoindre les autres.

— Alors, gouailla ma sœur, les poings sur les hanches, on ne dit pas bonjour ? Depuis le temps qu'on s'est quittées, tu pourrais au moins faire semblant d'être contente !

— Bonjour, Gisèle.

— Quoi ! Pas de bisous fraternels ? reprit-elle en escaladant les marches pour se jeter à mon cou. (Je répondis à son geste en la serrant dans mes bras.) Ah ! voilà qui est mieux ! Tu devrais nous admirer d'avoir fait tout ce voyage pour venir chez toi ! Un voyage ennuyeux au possible, entre parenthèses. Rien à voir, à part des cabanes sur pilotis, des barques pourries et des gamins crasseux qui jouent dans la poussière. Pas vrai, Darby ? ricana-t-elle en prenant à témoin le jeune homme aux cheveux noirs.

Il approuva d'un signe, les yeux braqués sur moi, et je pris la situation en main.

— Si tu faisais les présentations, Gisèle ?

Elle eut un sourire acidulé.

— Mais bien sûr, et dans la meilleure tradition de Greenwood, encore ! Darby Hennessy, nasilla-t-elle en imitant le ton affecté de notre professeur de maintien, de la richissime famille Hennessy, grands seigneurs de la Banque de La Nouvelle-Orléans.

Darby s'inclina en souriant.

— Et ce timide blondinet, à ma gauche, est Henry Howard, enchaîna-t-elle. Son père est un des plus grands architectes de Louisiane. Aucun de ces deux jeunes gens n'hésiterait à dissiper sa fortune pour mes beaux yeux, n'est-ce pas, messieurs ?

— J'en garderais juste assez pour continuer à me saouler au champagne, ironisa Darby, et le trio s'esclaffa de plus belle.

Les yeux rivés sur la façade, Gisèle recula d'un pas.

— Mais cette maison, Ruby... je n'aurais jamais cru ça. Tout ce luxe, alors que tu n'as pas encore touché un sou de l'héritage ! Tu imagines à quel point ma jumelle va être riche, Henry ?

L'interpellé promena autour de lui un regard de connaisseur.

— Cossu, je dois dire.

— Fabuleux, oui ! Henry prépare son doctorat de neurochirurgie, crut bon de préciser Gisèle, ce qui fit pouffer Darby. Bon, alors tu nous fais les honneurs de ton manoir ou tu nous laisses cuire à petit feu dans ton marais toute la journée ?

— Bien sûr que non ! Entrez, je vais vous faire visiter.

— Cela ne vous gêne pas que nous laissions la voiture devant le perron ? me demanda Henry.

— Et pourquoi pas ? riposta Gisèle sans me laisser le temps de répondre. Qu'est-ce que tu t'imagines ? Qu'elle a un valet de pied chargé de garer les voitures au parking ? En route pour la tournée ! clama-t-elle en glissant son bras sous celui de Darby. Suivons madame.

— Tu n'as pas changé d'un iota, Gisèle, constatai-je en secouant la tête.

— Et pourquoi aurais-je dû changer ? Je suis parfaite, pas vrai, Darby ?

— On ne peut plus vrai, opina-t-il docilement.

Sur quoi, je les introduisis dans la maison.

Gisèle contempla longuement la grande entrée dallée, mes toiles et mes statuettes, l'imposant escalier de marbre. Elle siffla ostensiblement devant l'élégant mobilier du séjour et du cabinet de travail, mais son attitude sarcastique changea progressivement à mesure que nous parcourions le rez-de-chaussée. Elle ouvrit des yeux ébahis quand elle vit les grands tableaux encadrés, les lustres, la cuisine immense et la salle à manger, dont la table eût pu facilement accueillir une vingtaine de convives.

— Cela dépasse tout ce que j'ai pu voir à Garden District, avoua Henry.

— C'est que tu n'en connais pas grand-chose ! cracha Gisèle, ce qui le réduisit au silence. Si tu nous faisais voir les chambres, maintenant, Ruby ?

— Par ici.

Je leur montrai d'abord la chambre d'amis, puis celle de Paul et enfin la mienne. Je passai celle de Perle, qui pour l'instant faisait la sieste.

— Des chambres séparées mais communicantes, fit remarquer Gisèle avec un sourire égrillard. Cette porte vous sert souvent ?

Je pâlis, mais je ne répondis rien. Ma sœur pouffa de rire et constata d'un air ravi :

— Je ne vois pas trace d'atelier, en tout cas.

— Oh ! l'atelier ? Il est dans le grenier, répliquai-je avec une nonchalance voulue.

— Dans le grenier ?

— Suivez-moi, dis-je en les devançant dans l'escalier.

Cette fois, Darby fut sincèrement impressionné.

— C'est incroyable ! Cet endroit est un vrai palais ! Regarde la vue qu'on a de cette fenêtre, Gisèle.

— Bof ! Ce ne sont jamais que des marais !

— Peut-être, mais c'est splendide, non ? Et cette piscine, toutes ces fleurs...

— Oh, ça va ! le rabroua ma sœur, verte de dépit. Ruby, si tu nous offrais à boire ? J'ai le gosier sec, moi.

— Bonne idée. Allons nous installer sur la terrasse, Holly nous apportera des rafraîchissements.

— Des rafraîchissements, singea ma sœur. Tu n'aurais rien d'un peu plus corsé, par hasard ?

— Tout ce que tu voudras, tu n'auras qu'à demander à ma femme de chambre.

— Sa femme de chambre. Non mais vous entendez ma petite Cajun de sœur ? « Tu n'auras qu'à demander à ma femme de chambre ! »

Nous sortîmes les premières et, sur le palier, Gisèle m'agrippa le bras.

— Où est le bébé de Chris ?

— Perle dort. Et personne ne la connaît comme le bébé de Chris, ici.

— Evidemment. Et où est notre frère, ton cher époux ? s'enquit ma jumelle avec un sourire satisfait.

Mon cœur manqua un battement.

— Au chantier de forage, pour le moment. Et si tu es venue pour nous créer des ennuis...

— Moi ? Quelle idée ! Je me moque bien de ce que tu as pu faire, même si tu ne l'as fait que par rancune envers Chris.

— Ce n'est pas vrai, Gisèle !

— Tu ne veux pas savoir ce qu'il devient ? (Je gardai le silence.) Il a rompu avec sa fiancée française, alors, tu vois... si tu ne t'étais pas jetée tête baissée dans cette histoire tordue, tu aurais pu l'avoir, acheva-t-elle en savourant chaque mot.

Le sang m'afflua au visage, si rapidement que je sentis mes jambes mollir et faillis trébucher dans l'escalier. Gisèle gloussa et passa le bras sous le mien.

— Mais oublions ces vieilles amourettes, parlons plutôt du présent. J'ai tant de choses à te raconter ! Certaines vont te faire plaisir et les autres... sûrement moins, insinua-t-elle avec un sourire en coin.

Et elle m'entraîna vers la terrasse, suivie de ses admirateurs prêts à lui obéir au doigt et à l'œil.

— Le mariage de Daphné a fait sensation, commença-t-elle dès qu'elle eut son *mint julep* en main. Ils n'ont pas regardé à la dépense ! Il y avait des centaines d'invités, l'église était pleine à craquer. La plupart des gens ne sont venus que par curiosité, remarque, ou pour ne pas manquer l'événement de la saison. Daphné n'a pas d'amis, en fait. Elle n'a que des relations, tu le sais aussi bien que moi, mais ça ne l'a jamais dérangée.

— Et ils sont heureux ?

— Heureux ? Pas vraiment, s'esclaffa-t-elle.

— Que veux-tu dire ?

— Bruce est toujours son petit toutou. Tu te rappelles comme je le mettais en boîte : « Va chercher, Bruce. Apporte, Bruce ! » Eh bien, ça continue. Et tu sais ce que j'ai découvert, en les écoutant discuter affaires, un soir ? Elle lui a fait signer ce qu'on appelle un agrément prénuptial. Si elle mourait la première, il n'hériterait de rien. Rien du tout. Et il ne peut ni divorcer ni la poursuivre en vue d'obtenir quoi que ce soit.

— Mais pourquoi l'a-t-elle épousé ?

Ma sœur émit un ricanement, les yeux au ciel.

— Pourquoi ? Qu'est-ce que tu crois... Pour lui fermer la bouche, tiens ! Ils volaient à tour de bras ce cher papa, tous les deux. Mais Daphné sait y faire. Elle garde le contrôle de tout, et Bruce est entièrement sous sa coupe.

» Elle a besoin d'un chevalier servant, c'est tout. Ils font chambre à part, comme vous... sauf qu'ils n'ont pas de porte intérieure ! acheva Gisèle en riant.

Elle regarda ses amoureux transis, qui sirotaient leurs boissons fraîches en lui souriant d'un air idiot, et leur jeta sans ménagement :

— Pourquoi n'allez-vous pas faire un tour du côté des puits, tous les deux ? Nous avons besoin de parler, ma sœur et moi. Entre filles.

Ils se levèrent docilement et s'esquivèrent aussitôt.

— Ils sont fous de moi, dit-elle en les suivant des

yeux, mais ils sont ennuyeux à mourir. Pas un brin d'imagination.

— Pourquoi rester avec eux, alors ?

— Pour passer le temps, répliqua-t-elle avec insouciance. (Puis elle approcha son fauteuil du mien.) Figure-toi qu'un jour, pendant que je prenais mon bain, voilà que je vois entrer Bruce.

— Non ! Et... que s'est-il passé ?

— A ton avis ?

Je ne savais pas trop s'il fallait la croire ou non, mais je me rappelais très bien le regard de Bruce, qui me déshabillait littéralement. Et aussi la façon dont je me crispais quand il me touchait.

Gisèle releva la tête et déclara d'un air fanfaron :

— J'ai connu beaucoup d'hommes plus âgés que moi, tu sais. J'ai même couché avec un de mes professeurs.

— Gisèle !

— Et alors ? Tu couches bien avec ton demi-frère, toi ! Tu trouves que c'est plus moral ?

— C'est faux, nous ne vivons pas ensemble de cette façon-là. Nous sommes mariés, d'accord, mais selon certaines conditions que nous avons acceptées tous les deux.

Ma sœur eut une grimace de dédain.

— A quoi bon être mariés, alors ?

— Paul m'a toujours aimée, comme je l'aimais moi-même avant de connaître la vérité. Il est aussi attaché à Perle que s'il était son véritable père. Nous vivons une relation très spéciale, voilà tout.

— Spéciale, ça oui. Et ennuyeuse au possible. Je suppose que tu as un amant, un beau Cajun au charme ténébreux qui se glisse la nuit dans ta chambre ?

— Bien sûr que non !

— Bien sûr que non. Pas toi, mademoiselle sainte-nitouche ! (Elle se renversa dans son fauteuil, les bras ballants.) J'ai écrit à Chris, au fait. Je lui ai raconté ton mariage et décrit ta fabuleuse richesse.

— Pour ça, je suis sûre que tu n'as pas perdu de temps !

— Et alors ? Tu t'es sauvée, non ? Tu aurais pu accepter l'avortement et vivre à La Nouvelle-Orléans. Mais même avec tout ça, tu es toujours dans tes marais, au bout du compte.

— Les marais sont beaux, Gisèle. La nature n'est jamais laide.

Elle aspira une longue gorgée de menthe et me lança tout à trac :

— Est-ce que je t'ai dit, pour l'oncle Jean ?

— Oncle Jean ? Non, tu ne m'en as pas parlé.

— Tu n'es pas au courant, alors ?

— Au courant de quoi, Gisèle ?

— Il s'est suicidé, m'annonça-t-elle négligemment.

Le sang quitta mes joues. Je me sentis brusquement des jambes de plomb.

— Quoi ?

— Un jour, en salle de loisirs, il a volé un de ces couteaux qui servent à couper l'argile et s'est entaillé les poignets. Il a saigné à mort avant qu'on s'en aperçoive. Daphné a fait tout un foin, bien sûr, et menacé d'attaquer l'institution. Je crois savoir qu'elle a fini par leur extorquer une espèce de dédommagement, ce qui ne m'étonnerait pas d'elle. Dès qu'il y a de l'argent à la clé, elle s'arrange pour mettre la main dessus.

— L'oncle Jean s'est suicidé... mais quand ça ?

Ma sœur haussa les épaules.

— Il y a déjà quelques mois.

Je me laissai aller sur le dossier de mon siège, abasourdie. La dernière fois que j'avais vu Jean, c'est quand je m'étais rendue à l'institution avec Chris, pour lui annoncer la mort de papa.

— Pourquoi n'ai-je pas été prévenue ? Tu aurais pu m'écrire.

— Daphné a dit qu'en te sauvant tu avais coupé les ponts avec la famille, et tu sais combien je déteste écrire. Surtout les mauvaises nouvelles... sauf quand elles concernent les autres, ajouta ma jumelle avec un rire léger.

— Pauvre oncle Jean ! Je n'aurais jamais dû lui parler de la mort de papa... Il suffisait d'inventer un prétexte pour expliquer son absence.

— Peut-être que c'est ta faute, commenta Gisèle, savourant ma détresse. Ou peut-être devrait-on te féliciter ? Après tout, ça vaut mieux pour lui !

— Comment peux-tu dire une chose aussi affreuse ? La mort est toujours une épreuve, même pour quelqu'un comme l'oncle Jean.

— En tout cas, j'aimerais mieux être morte que d'être enfermée à vie dans un endroit pareil, moi !

Je pensai à la solitude et à l'abandon de ce pauvre oncle Jean, et mes yeux s'emplirent de larmes. A ce moment même, une voix nous fit nous retourner toutes les deux à la fois.

— Tiens, tiens, voyez qui nous arrive ! s'écria Paul en sortant de la maison.

— Et voilà mon nabab de frère, riposta Gisèle d'un ton gouailleur... ou devrais-je dire « beau-frère » ?

Paul devint cramoisi, chercha mon regard et comprit tout de suite que quelque chose n'allait pas.

— Que se passe-t-il, Ruby ?

— Je viens d'apprendre que mon oncle Jean s'est suicidé.

— Oh ! je suis désolé...

Ma jumelle ne lui laissa pas le temps d'en dire plus.

— Je n'ai pas droit au baiser de bienvenue, alors ?

— Mais si, bien sûr.

Il se pencha pour l'embrasser sur la joue, mais elle tourna si vivement la tête que leurs lèvres se rencontrèrent. Il recula en hâte et Gisèle éclata de rire.

— Quand ce malheur s'est-il produit ? s'informa Paul.

— Ne me parle plus de ça, je déteste m'attarder sur les mauvaises nouvelles. Ruby était justement en train de m'expliquer votre... votre arrangement spécial, minauda ma sœur avec un sourire impudent.

Du coup, nous nous sentîmes tous les deux coupables.

— Ça suffit, Gisèle.

— Du calme, petite sœur ! Je me moque bien de ce que vous pouvez faire, tous les deux, riposta-t-elle en se tournant vers les marais. Paul, tu n'aurais pas vu deux jeunes et riches Créoles égarés parmi tes puits de pétrole, par hasard ?

— Qui ça ?

— Les amis de Gisèle, expliquai-je d'un ton sec.

— Ah !... Non.

— Peut-être qu'ils sont tombés dans un marécage, ricana ma jumelle en se levant. (Elle glissa son bras sous celui de Paul.) Si tu m'emmenais visiter ton domaine, cher frère ?

— Bien sûr...

— Tu comptes dîner avec nous, Gisèle ?

— Comment veux-tu que je le sache ? Si je m'ennuie, je pars, sinon... je reste, répliqua-t-elle avec un clin d'œil. En route, monsieur le magnat du pétrole.

Paul me jeta un coup d'œil impuissant.

— A mon avis, Gisèle, une promenade en voiture serait plus amusante pour toi. C'est la meilleure façon de lui montrer le marais, tu ne crois pas, Ruby ?

— Pardon ? Oh ! oui... répondis-je d'une voix absente, incapable de détourner mes pensées de l'oncle Jean.

— Pas question. Les marais, très peu pour moi ! Mais où sont passés ces deux ahuris ? grogna Gisèle en balayant le paysage du regard. (Nous les aperçûmes qui revenaient vers la piscine.) Darby, Henry ! glapit-elle. Revenez tout de suite !

Ils s'élancèrent au petit trot, comme si elle les tirait par une laisse invisible. A leur arrivée, Gisèle les présenta à Paul et tous trois se mirent aussitôt à parler des puits, Paul fournissant toutes sortes de détails sur le forage. Ma sœur montra instantanément des signes d'ennui.

— Il n'y a pas d'endroits où aller, dans le coin ? Pour danser par exemple, ou enfin... des trucs comme ça.

— Il y a un bar pas loin, avec un très bon orchestre zydeco, répondit Paul. Ruby et moi y allons souvent.

— Ce n'est pas très emballant, répliqua Gisèle d'un air dégoûté. Si nous allions plutôt dans un bon restaurant ?

Paul ne se tint pas pour battu.

— Notre cuisinière est un vrai cordon-bleu. Si vous voulez rester pour dîner, vous êtes les bienvenus.

— Je n'ai rien contre, s'empressa d'accepter Henry.

— Et moi non plus, renchérit Darby.

— Eh bien moi, si ! rétorqua Gisèle. Je veux rentrer à La Nouvelle-Orléans et aller dans un night-club. C'est mortel, ici, et cette odeur... il y a de quoi se boucher le nez.

— Cette odeur ?

Paul m'interrogea du regard, mais je ne lui répondis que par un battement de paupières excédé.

— Le marais pue, cracha Gisèle.

— Je ne sens rien, risqua prudemment Darby.

— Pas étonnant ! Si un putois se glissait dans ton lit, tu ne t'en rendrais même pas compte.

Henry éclata de rire.

— Oh si ! il s'en rendrait compte. Ce ne serait pas la première fois que ça lui arriverait.

Gisèle rit avec lui et lâcha le bras de Paul pour se suspendre au sien.

— En voiture, messieurs ! J'ai rendu visite à ma sœur et contemplé ses richesses. Ne t'inquiète pas, Ruby : j'en rajouterai des tonnes quand je ferai mon rapport à Daphné.

— Peu importe ce que tu lui raconteras, Gisèle. Je n'existe plus pour elle, de toute façon.

Déçue, ma sœur entraîna ses deux admirateurs dans la maison et nous les y suivîmes. A la porte de la terrasse, elle se retourna vers moi.

— Avant de partir, j'aimerais bien voir... comment l'appelez-vous déjà ?... Perle.

— Nous pouvons monter maintenant, elle fait la sieste, dis-je en la précédant.

Mme Fleming, qui somnolait dans un fauteuil près du berceau, se réveilla en sursaut et découvrit nos deux visages identiques. Ses yeux s'arrondirent de stupeur.

— Ma sœur jumelle, Gisèle, annonçai-je à voix basse. Gisèle, Mme Fleming.

— Enchantée, mademoiselle... salua courtoisement la nourrice en se levant. Mais quelle ressemblance incroyable ! On doit souvent vous confondre, je présume ?

— Pas si souvent que vous ne semblez le croire !

Sur cette repartie plutôt acide, Mme Fleming se retira discrètement dans la salle de bains. Gisèle alla droit au berceau et se pencha pour examiner Perle qui dormait comme un ange, ses petits poings nichés sous le menton.

— Elle a le nez et la bouche de Chris, constata-t-elle. Et la même couleur de cheveux. Tu sais quoi ? Je crois que je vais passer le reste de mes vacances en Europe. Je resterai quelque temps avec Chris, et comme ça... je pourrai lui faire un portrait fidèle de sa fille !

Si son petit sourire acerbe et satisfait me fit mal, je ne lui fis pas le plaisir de le montrer. Je l'entraînai vivement hors de la pièce. Mais, une fois dans le couloir, je me retournai : j'étais submergée par mes souvenirs de Chris, mon cœur battait comme un tambour. Chacune de ses pulsations trouvait un écho dans mes pensées.

Et j'éprouvai un soulagement immense, comme si une brise fraîche avait soufflé sur le bayou, quand la voiture qui emmenait le trio s'éloigna. Elle avait déjà disparu au tournant de l'allée que j'entendais toujours le rire haut perché de ma sœur. Quand il se tut, enfin, je me précipitai dans l'escalier, courus jusqu'à ma chambre et me jetai en travers de mon lit pour y sangloter tout mon soûl. J'étais si accablée par la mort tragique d'oncle Jean et ces nouvelles de Chris que je m'abandonnai sans retenue à mon chagrin. Je trempai mon oreiller de larmes...

C'est alors que Paul frappa doucement à ma porte et, me voyant pleurer, accourut à mon chevet.

— Ruby... chuchota-t-il en posant la main sur mon épaule.

Je me retournai brusquement et me jetai dans ses bras.

Depuis que nous étions mariés, c'est à peine si nous osions nous toucher. Nous redoutions trop que le moindre baiser, fût-ce le plus léger contact, ne nous rappelle ce que nous étions l'un pour l'autre, ce à quoi nous avions promis de renoncer. Mais en faisant cette promesse, nous avions oublié combien, de temps en temps, cette intimité-là pourrait nous être nécessaire. J'avais besoin de sentir les bras de Paul autour de moi, de me blottir contre lui, d'éprouver la caresse apaisante de sa main sur mes cheveux, la douceur de ses lèvres sur mon front et mes joues. Je voulais des mots doux pour me consoler, des baisers pour sécher mes larmes. Secouée de hoquets, je sanglotai plus fort que jamais tandis qu'il effleurait mes cheveux de la main, en me berçant tendrement contre lui.

— Ce n'est rien, Ruby, ce n'est rien...

— Ô Paul! Pourquoi a-t-il fallu qu'elle vienne m'annoncer toutes ces affreuses nouvelles? Je la déteste! Oui, je la déteste!

— Allons, allons... Elle est jalouse de toi, c'est tout. Elle a beau dénigrer tant qu'elle peut les Cajuns et le bayou, elle est malade d'envie. Elle ne sera jamais heureuse, et tu ne dois pas la détester. Elle ne mérite que la pitié.

Je m'adossai au chevet du lit et, du bout des doigts, écrasai quelques larmes.

— Tu as raison. Elle est pitoyable et ne sera jamais contente de rien. Mais je suis si malheureuse pour ce pauvre oncle Jean! Je comptais aller le voir bientôt, lui amener Perle et peut-être même... trouver un moyen de le faire sortir de cet endroit pour qu'il vienne vivre ici, avec nous.

— Je suis désolé pour toi, c'était une bonne idée,

mais tu n'as rien à te reprocher. Ce qui s'est produit est la conséquence d'événements antérieurs, et de décisions prises par d'autres, bien avant toi. (Il se pencha en travers du lit pour caresser ma joue.) Je ne supporte pas de te voir pleurer, Ruby, même pour quelques minutes. C'est plus fort que moi, je t'aime trop…

Je fermai les yeux, pressentant ce qu'il allait faire, et je ne fus pas surprise quand ses lèvres touchèrent les miennes. Je le laissai m'embrasser, puis je me renversai en arrière.

— Je suis un peu fatiguée, murmurai-je, le cœur battant.

— Repose-toi un moment, pendant ce temps-là je chercherai un moyen de te remonter le moral. A tout à l'heure.

Je sentis qu'il se levait du lit, puis je l'entendis sortir, et je roulai sur moi-même en étreignant mon oreiller.

Chris avait rompu ses fiançailles. Gisèle allait le voir et lui parler de moi. Que penserait-il alors, qu'éprouverait-il ? Loin de moi, de l'autre côté de l'océan, il regarderait vers l'Amérique en songeant à ce grand amour qui ne devait jamais finir et qu'il avait perdu… Que nous avions perdu.

Le chagrin me broyait le cœur. Mes nerfs vibraient, pareils à des cordes de violon trop tendues et prêtes à se rompre, mais je ravalai ma tristesse. Je suis une femme, pensai-je avec une lucidité amère. Une jeune femme ardente, et mes besoins sont beaucoup plus impérieux que je ne l'avais supposé.

Pour la première fois, depuis que j'avais conclu ce pacte singulier avec Paul, je me demandai si je n'avais pas commis une erreur tragique… une de plus. Je vivais entourée de beauté, dans une maison et un domaine splendides. Et malgré tout cela, je sentais que des murs se resserraient autour de moi, occultant le soleil, m'enfermant sous une lourde chape de regrets, aussi sombre et aussi déprimante qu'une prison. Une prison dont je craignais de ne jamais pouvoir sortir.

6

Mascarade

Après le départ de Paul, je restai prostrée sur mon lit à m'apitoyer sur moi-même. Le soleil déclinant plongeait vers la cime des saules et des cyprès, la chambre se remplissait d'ombres. Les yeux levés vers mes fenêtres, je pouvais voir le ciel virer peu à peu à l'émeraude, et les nuages épars se lustrer de reflets d'argent. Un calme profond régnait dans la maison. Ses murs épais isolaient parfaitement les pièces, et quand les portes étaient fermées au rez-de-chaussée, aucun bruit ne parvenait à l'étage. Quelle différence avec la cabane de mon enfance, où même de nos chambres du premier on pouvait entendre une souris trottiner dans le séjour!

Quelque chose pourtant vint troubler ce silence impressionnant. Un pas saccadé se fit entendre dans le couloir, se rapprocha de ma chambre, et je crus reconnaître le cliquetis métallique d'un sabre. Intriguée, je me redressai dans mon lit au moment où Paul franchissait la porte, en uniforme d'officier sudiste et l'épée au côté. Il portait même une fausse barbe, une petite barbiche rousse taillée en pointe, et je vis qu'il tenait un paquet sous le bras. Ce déguisement lui allait si bien que, l'espace d'un instant, j'hésitai à le reconnaître. Puis, malgré moi, je souris.

— Paul! Où as-tu déniché ce costume?

Il ôta son feutre gris et s'inclina, décrivant de la main un salut plein de grâce.

— Mille pardons, madame. Colonel William Henry Tate, pour vous servir. On vient de m'informer qu'une poignée de Yankees s'étaient introduits chez vous et vous avaient causé quelques désagréments. (Sur ce, il fronça les sourcils d'un air sévère.) J'ai besoin d'un rapport complet avant d'envoyer mes hommes aux trousses de ces gredins qui, je vous le promets, se balanceront au bout d'une corde avant le coucher du soleil.

» Donc, reprit-il en promenant le bout de l'index sur sa moustache, si vous étiez assez bonne pour en fournir une description satisfaisante à mon adjoint...

— Ô Paul ! m'écriai-je en battant des mains. Ce que tu es drôle !

Il s'approcha de moi, sérieux comme un pape.

— Je suis William Henry Tate, madame, et tout à votre service. Rien ne saurait honorer davantage un gentleman sudiste que de servir une dame, et en particulier une fille du Sud aussi élégante et aussi belle.

Là-dessus, il porta ma main à ses lèvres et me baisa le bout des doigts.

— Monsieur, vous me flattez, répliquai-je avec l'accent traînant de circonstance, entrant aussitôt dans le jeu. Jamais aussi bel officier n'est venu si rapidement à mon secours.

— Madame, daignez voir en moi votre dévoué serviteur, dit Paul en me baisant la main pour la seconde fois. Aurai-je l'audace de vous prier à dîner ce soir, sous ma tente ? Le couvert et les mets ne seront certes pas dignes d'une dame de votre rang, mais nous menons un combat désespéré pour maintenir nos traditions. Je suis sûr que vous comprendrez.

— Je consens volontiers à ce sacrifice, monsieur, ce sera ma contribution à l'effort de guerre. Toutefois, je ne saurais me passer de nappe et de linge fin, minaudai-je en battant des cils. Vous en avez, au moins ?

— Naturellement. Il n'est pas dans mes intentions de vous traiter comme une vulgaire marchande yankee ! A ce propos, puis-je me permettre de vous offrir cette robe, pour la circonstance ? Elle appartenait à ma défunte mère, la chère femme.

Il me tendit le paquet qu'il portait sous le bras et je le posai sur mes genoux pour l'ouvrir : il contenait une robe en taffetas rose thé. Je m'empressai de la déplier devant moi. Elle avait de longues manches bouffantes, resserrées au coude et garnies aux poignets de volants ornés d'exquises broderies. De leurs plis émergeait une pointe de batiste, délicatement brodée elle aussi, et dont le motif se répétait au bord du décolleté.

— Quelle toilette ravissante, monsieur ! Je serai très honorée de la porter, croyez-le.

— Tout l'honneur est pour moi, madame, déclara Paul en me gratifiant d'une autre courbette. Puis-je venir vous chercher disons… dans vingt minutes, pour vous conduire à mes quartiers ?

— Accordez-m'en vingt-cinq. Je dois me livrer à certains préparatifs…

— Madame, pour vous, les horloges s'arrêtent, dit-il en tirant de sa poche une antique montre de gousset en or ciselé. (Il l'ouvrit, d'un déclic, et un carillon fit entendre une délicieuse mélodie.) Je reviendrai à l'heure qui vous agrée.

— Paul ! m'écriai-je. Où as-tu trouvé tout ça ?

— Paul ? Mon nom est William Henry Tate, madame, rectifia-t-il avec le plus grand sérieux.

Et il tourna les talons.

Je restai un instant songeuse, le regard sur la porte et le sourire aux lèvres ; puis je reportai mon attention sur la robe, curieuse de savoir comment elle m'irait.

Elle m'allait à ravir. Je dus réduire un peu la taille avec des épingles à nourrice, mais le corsage et les manches semblaient coupés pour moi. Une fois dans mes nouveaux atours, le charme du jeu opéra et je commençai à réfléchir à ma coiffure. Je brossai rapidement mes cheveux et les séparai par une raie médiane avant de les remonter sur le haut de la tête, à la façon des femmes du Sud qu'on voyait dans les tableaux historiques. Le résultat fut très convaincant.

Debout devant le miroir en pied, je contemplai mon image en souhaitant que notre comédie n'en fût pas une. Si seulement tout cela était vrai, si je pouvais être une authentique aristocrate sudiste, s'apprêtant à aller dîner avec un galant officier...

On frappa doucement à la porte. J'allai ouvrir et me trouvai face à face avec un Paul radieux, toujours vêtu de son uniforme et tenant un bouquet de roses naines à la main.

— Madame, vous surpassez mon attente, déclara-t-il d'un ton pénétré. Qui n'a jamais vu ce visage et cette ravissante silhouette ignore ce qu'est la beauté !

J'éclatai de rire.

— En voilà des sornettes ! Où es-tu allé chercher ça ?

— Madame, je vous en prie... ce sont là paroles de gentilhomme, et un gentilhomme du Sud ne ment jamais.

— Pardonnez-moi, murmurai-je en esquissant une révérence.

Il éleva les roses à hauteur de ma poitrine.

— Vous permettez ?

Je restai absolument immobile tandis qu'il attachait le bouquet à mon corsage. Nos regards se croisèrent, et j'eus l'impression de dévisager un parfait inconnu. Il me sourit, recula d'un pas et m'offrit son bras.

— Madame...

Je posai la main sur sa manche et me laissai entraîner dans le couloir. Nous descendîmes l'escalier d'un pas digne, comme si nous étions bel et bien les maîtres d'un grand manoir. Paul avait dû donner le mot aux domestiques, car ni Holly ni James ne parurent s'étonner de nous voir ainsi déguisés. Holly se mordait la lèvre, mais tous deux se comportèrent comme si la soirée n'avait rien d'inhabituel.

Dans la salle à manger, les lampes étaient éteintes et des bougies brûlaient dans les chandeliers d'argent. La chaîne hi-fi diffusait une douce musique de table : Paul avait veillé à tout. Quand il m'eut conduite à ma place, il s'assit en face de moi et me versa un verre de vin.

— Très réussi pour un dîner en pleins champs, fis-je observer d'une voix chantante.

— A la guerre comme à la guerre, madame ! Les temps sont durs pour les gens de notre monde, j'y vois l'occasion d'éprouver notre courage. Loin de moi la pensée de diminuer le sacrifice de nos grandes dames, mais... le rang a ses privilèges, et j'ai pu me procurer cet excellent chablis. Contrebande, chuchota-t-il en se penchant, comme s'il était de première importance que les serviteurs n'entendent pas.

— Eh bien, mais... *plus haute est la grappe, meilleur est le vin*, comme dit le proverbe. N'est-il pas vrai, monsieur ?

— Tout à fait juste, madame. Porterons-nous un toast ? suggéra-t-il en élevant son verre à hauteur du mien. Aux jours meilleurs ! Que revienne le temps où un homme n'aura d'autre souci que le bonheur de celle qu'il aime.

Nous fîmes tinter nos verres et les vidâmes à petites gorgées, les yeux dans les yeux. Puis, tout en prenant bien soin de ne pas déplacer sa fausse barbe, Paul tamponna délicatement ses lèvres et fit signe à James et à Holly qu'ils pouvaient servir.

Je m'attendais à manger sans grand appétit, ce soir-là. Mais l'habile petite comédie de Paul, destinée à me donner le change et à me distraire, était si romanesque et si exquise que j'en oubliai mes idées noires. J'eus le sentiment qu'il y pensait depuis longtemps et se tenait prêt, au cas où.

Letty nous avait gâtés. Nous eûmes du canard laqué en entrée, une île flottante aux framboises comme dessert, accompagnée d'un savoureux café cajun. Pendant tout le dîner, Paul se montra charmant et drôle. Apparemment, il avait étudié de près les campagnes de son ancêtre, William Henry Tate, et il joua son rôle à merveille. Il chanta de vieux refrains de la guerre de Sécession, décrivit l'occupation de La Nouvelle-

Orléans par les Yankees et s'étendit longuement sur l'odieux général Butler. Lequel était si haï, m'apprit-il, que son visage décorait le fond des pots de chambre, dénommés depuis vases Butler.

Il sut si bien m'amuser que je n'eus guère le temps de penser à Gisèle et à ses déprimantes nouvelles. A la fin du repas, mon humeur avait changé du tout au tout et je pouffais de rire à tout propos. Paul se leva, m'offrit son bras et m'escorta jusqu'à la terrasse, où nous nous installâmes pour prendre quelques digestifs en contemplant les étoiles.

La beauté du spectacle me rendit rêveuse. Cent ans plus tôt, un officier confédéré s'était trouvé là, près de la dame de son cœur, et tous deux avaient levé les yeux sur les mêmes étoiles. Cent ans. Cela ne représentait pas grand- chose dans la vie d'une étoile, pas même ce que durait une seconde pour nous. Comme nous étions insignifiants, nous et nos grands problèmes, en regard de l'immensité céleste...

— Un dixie pour vos pensées, dit soudain Paul.

Un dixie, le billet de dix dollars émis en Louisiane bien avant la guerre de Sécession... L'idée me fit sourire.

— Mes pensées ont-elles tant de valeur à vos yeux ?

— Elles en ont tellement que vouloir les payer en argent n'a aucun sens. Mon dixie est purement symbolique.

— Je pensais simplement que nous sommes bien petits, nous qui nous tenons sous cette voûte étoilée. Bien peu de chose.

— Permettez-moi d'être d'un autre avis, madame. Vous voyez cette étoile, là ? Celle qui scintille plus que les autres ?

— Oui.

— Si elle scintille ainsi, c'est parce qu'elle est jalouse de l'éclat que vous répandez dans la nuit. Quelque part, sur une autre planète, en ce moment même deux personnes regardent le ciel nocturne. Et en voyant rayonner vos yeux, elles se disent que leur monde est bien petit.

— Ô Paul... murmurai-je, émue par ces paroles.

— William Henry Tate, madame, corrigea-t-il en frôlant mes lèvres d'un baiser furtif.

Ce fut si doux et si bref que j'aurais pu croire à la caresse de la brise ; mais quand je levai les yeux, son visage était toujours aussi près du mien.

— Je ne peux pas être heureux si tu ne l'es pas, Ruby, dit-il dans un souffle. Es-tu un peu plus heureuse, maintenant ?

— Oui, Paul, m'entendis-je répondre d'une voix troublée.

Je me sentais frissonner. Après l'alcool, le vin, ce repas délicieux, une douce chaleur se répandait à travers tout mon corps. La nuit, les étoiles et jusqu'à l'air que nous respirions, tout se liguait contre cette part de moi-même qui luttait encore, pour me rappeler combien j'étais près de me rendre.

— Tant mieux, chuchota Paul en déposant un baiser sur mon front.

Je fermai les yeux et il embrassa mes paupières. Puis sa bouche rejoignit la mienne et je tressaillis, les seins durcis, consciente que ce frémissement se propageait comme une onde, gagnait mon cou... là où les lèvres de Paul étaient déjà posées. Je gémis.

— Je suis fatiguée, dis-je un peu trop vite en le repoussant brusquement. Je crois que je devrais monter me coucher.

— Bien sûr.

Il se leva en même temps que moi et je souris, reprenant aussitôt le ton du jeu.

— Merci pour cette merveilleuse soirée, monsieur.

— La guerre finie, peut-être aurons-nous l'occasion de recommencer, madame. Et cette fois, l'accueil sera digne de vous, de votre rang et de votre beauté.

— Mais c'était parfait, je vous assure.

Il me salua de la tête et je rentrai dans la maison, le cœur battant. J'avais réellement l'impression de quitter un soupirant qui m'aurait fait la cour, et dont je serais amoureuse... de plus en plus amoureuse.

Holly avait éteint toutes les lampes, Mme Fleming avait fait manger Perle et l'avait mise au lit. Je grimpai l'escalier en hâte, courus jusqu'à ma chambre, fermai la porte derrière moi. Puis je m'y adossai pour reprendre haleine, les yeux clos, étourdie par le bouillonnement de mon sang dans mes veines.

Au bout d'un moment je m'approchai de ma coiffeuse, ôtai lentement ma robe et restai debout devant le miroir, en jupon, puis je détachai mes cheveux qui tombèrent sur mes épaules. Tout mon corps tremblait de désir et je n'y pouvais rien, moi qui avais si bien cru pouvoir me maîtriser. Fallait-il que je sois naïve! Tandis que j'enlevais un à un mes sous-vêtements, le rythme de mon cœur s'accélérait. Une fois nue, je contemplai longuement mon reflet, jouant pour moi seule une scène imaginaire. Un galant officier sudiste entrait, posait la main sur mon épaule et l'y laissait, jusqu'à ce que je me retourne et lui tende mes lèvres.

Finalement, j'éteignis la lumière et me glissai sous les draps, savourant la fraîcheur du linge contre ma peau brûlante. J'entendais encore les propos romantiques de Paul à propos des étoiles, et ces mots si doux me faisaient rêver. Je n'entendis pas la porte s'ouvrir, ni les pas qui s'approchaient de mon lit. Je ne m'avisai de la présence de Paul que lorsque le matelas se creusa sous son poids, et que ses lèvres vinrent effleurer mon cou.

— Paul.

— William, rectifia-t-il tout bas.

— S'il te plaît, il ne faut pas...

Je n'achevai pas. Ma voix s'étrangla dans ma gorge.

— Madame, chaque seconde est précieuse en temps de guerre. Si nous nous étions connus et épris l'un de l'autre avant, ou après, j'aurais consacré des semaines et des mois à vous faire ma cour. Mais demain matin, je conduirai mes troupes dans un combat désespéré dont bien des nôtres ne reviendront pas.

Je me retournai brusquement vers lui et il étreignit mes épaules, m'attira vers lui, puis nos lèvres se joignirent en un long baiser, ardent, fiévreux. Sa poitrine pesa sur mes seins nus, ses jambes s'insinuèrent entre les miennes, son sexe se durcit. Je tentai de secouer la tête mais, plus prompte, sa bouche avait atteint ma gorge et cette fois je ne résistai plus. Je me renversai sur l'oreiller, accueillant la caresse des lèvres qui descendaient le long de mon cou, frôlaient le bout de mes seins, en taquinaient les pointes qui déjà se dressaient de désir. C'est alors que j'entendis, par la fenêtre ouverte, des chevaux renifler d'impatience et frapper le chemin dallé de leurs sabots. Puis la voix de Paul s'éleva, tendre et fervente.

— Moi aussi, je pourrais ne pas revenir, madame. Mais si la mort vient à ma rencontre et croit m'en imposer, elle sera déçue dans son attente; car c'est votre nom qui sera sur mes lèvres et votre image dans mes yeux.

— Non, protestai-je... mais si faiblement!

Et après un instant je chuchotai, plus faiblement encore:

— William...

Quand il entra en moi, j'étouffai un cri et voulus me défendre, mais ses lèvres avaient déjà repris les miennes. Et mon corps épousa le mouvement du sien, s'accordant à son rythme, qui fut d'abord lent et doux pour s'accélérer de plus en plus, jusqu'à ce que nous parvenions ensemble au paroxysme de l'extase. Je m'entendis gémir.

Et nous nous étendîmes côte à côte, haletants, attendant que notre souffle s'apaise. Nous restâmes longtemps ainsi, sans faire un mouvement, puis Paul se leva.

— Dieu vous bénisse, madame, dit-il par-dessus son épaule en s'éloignant dans l'ombre de la chambre.

L'instant d'après, il était parti.

Je fermai les yeux, secouée par une véritable tempête d'émotions et de craintes. Une part de moi-même se tordait d'angoisse au souvenir du péché commis, une voix intérieure me hurlait des malédictions, je frémissais à la pensée des châtiments prêts à s'abattre sur ma tête. Mais je fis taire ces menaces et, bientôt, je n'entendis plus que les battements de mon cœur. Je m'endormis, le corps palpitant au rythme affolé de mon pouls, et ne me réveillai que lorsqu'un petit jour blanchâtre se coula par mes fenêtres, annonçant l'aube toute proche.

Etait-ce un bruit de canon qui résonnait dans le lointain ? Je m'assis lentement et tendis l'oreille, presque certaine de reconnaître un martèlement de sabots, comme si une troupe de cavaliers traversait la pelouse. Je me levai, m'approchai de la fenêtre et tirai le rideau. Du côté des puits, les gaz de pétrole enflammés rasaient les marécages, éclatant parfois en détonations sourdes évoquant le tir du canon. Il me sembla même entrevoir, au loin, une compagnie d'hommes à cheval qui s'enfonçaient entre les saules.

Et soudain le soleil apparut au-dessus de la ligne sombre qui barrait l'horizon, renvoyant mes rêves à leur domaine obscur... en attendant la nuit prochaine. Je regagnai mon lit et j'y restai, les yeux grands ouverts, jusqu'à ce que les premiers cris de Perle attirent Mme Fleming auprès d'elle ; puis je me levai, fis ma toilette et m'apprêtai à affronter la réalité. Une nouvelle journée commençait.

Paul prenait son café en lisant son journal quand nous descendîmes à la salle à manger, Mme Fleming, Perle et moi. Il replia vivement les pages du quotidien, le posa sur la table et sourit.

— Bonjour, vous trois ! Tout le monde a bien dormi ?

— La petite a fait sa nuit tout d'une traite, annonça Mme Fleming. Je n'ai jamais vu d'enfant aussi facile à vivre. J'ai l'impression de voler mon salaire en m'occupant de ce petit trésor.

Paul rit et tourna vers moi un visage rayonnant.

Comme il semblait à l'aise, dispos, vibrant de joie ! Ses traits ne révélaient pas la moindre trace de remords.

— Je m'attendais qu'il pleuve, hier soir, déclara-t-il. Tu as entendu le tonnerre sur le golfe, Ruby ?

— Oui.

A le voir et à l'entendre, on aurait pu croire que j'avais rêvé tout ce qui s'était passé entre nous. Se pouvait-il que ce soit le cas ?

— Moi aussi j'ai dormi d'une traite, confia-t-il à Mme Fleming. Un sommeil de plomb ! C'est sans doute l'effet du vin... En tout cas, je suis en pleine forme. Et toi, Ruby ? Tu as des projets pour la journée ?

— Ta sœur doit venir me montrer des modèles de robes, pour elle et pour les demoiselles d'honneur. A part ça, je compte travailler dans mon atelier.

— Parfait. Il faut que j'aille à Baton Rouge et je ne serai pas de retour avant le dîner. Ah ! s'exclama-t-il en voyant entrer Holly, chargée d'un plat fumant. J'ai une faim de loup, ce matin !

Là-dessus, il me gratifia d'un grand sourire et nous attaquâmes nos œufs brouillés aux lardons.

Le petit déjeuner fini, je montai dans mon atelier, où Paul vint me rejoindre pour me dire au revoir.

— Je regrette de devoir m'absenter si longtemps, s'excusa-t-il, mais les affaires sont les affaires : le pétrole n'attend pas. As-tu la moindre idée de ce que j'ai déposé sur nos différents comptes en banque, au fait ?

Je secouai la tête, sans quitter des yeux mon chevalet.

— Nous sommes plusieurs fois millionnaires, Ruby. Tu peux t'offrir tout ce que tu veux, pour toi et pour Perle, et...

— Paul, l'arrêtai-je en plein élan — et cette fois, je cherchai son regard —, aucun compte en banque ne pourra soulager ma conscience. Je sais ce que tu essaies de faire, et de me dire. Mais la vérité, c'est que nous avons violé notre pacte, cette nuit. Nous avions pris un engagement, tu te souviens ?

— Comment cela ? rétorqua-t-il avec un grand sourire. J'ai dormi tout d'une traite, moi, comme je viens de te le dire. Si tu as rêvé...

— Ô Paul !

— Non, s'il te plaît, Ruby...

Ses yeux me suppliaient de ne pas dénoncer son stratagème, et je compris la comédie qu'il se jouait. Aussi longtemps que je ferais semblant d'y croire moi-même, il pourrait vivre en paix avec sa conscience, malgré ce que nous avions fait.

— Qui peut savoir ce qui est réel ou ne l'est pas ? reprit-il avec espoir. Hier soir, quelqu'un est venu dans le parc à cheval, sur les pelouses que nous venons de planter. On voit encore les traces, tu peux vérifier si tu veux. Tu devrais peindre quelque chose... qui vienne de tes rêves, suggéra-t-il en m'embrassant sur la joue.

Et sur ces mots, il me quitta.

Pouvais-je vraiment faire ce qu'il demandait ? Imaginer que tout n'avait été qu'un rêve ? Si je n'y parvenais pas, ma conscience ne me laisserait pas en repos. Il nous faudrait partir, Perle et moi, et ils étaient si attachés l'un à l'autre... Quels que soient les péchés que j'avais commis, et risquais de commettre encore, j'avais donné à Perle un père aimant et dévoué.

Imposant le silence aux voix qui me hantaient, je décidai de m'en tenir à la suggestion de Paul : peindre les images qui vivaient en moi.

Je me mis au travail avec frénésie. Mon crayon courut sur la toile, composant un paysage de marais, recréant leur mystère. Des noirs cyprès voilés de mousse, je fis surgir un groupe de cavaliers fantomatiques, courbés sur l'encolure de leurs chevaux. Ils revenaient du combat, les rangs terriblement éclaircis. Des volutes de brume s'enroulaient aux jambes de leurs montures et, perchés dans les chênes tout proches, des hiboux les observaient d'un œil morose. A l'arrière-plan, des feux rougeoyaient encore et le ciel d'encre paraissait teinté de sang.

Le sujet m'inspirait, je résolus d'y consacrer toute une série de tableaux. Dans le prochain, je montrerais la femme de l'officier guettant son retour au balcon d'une maison coloniale, les yeux noyés d'angoisse et scrutant désespérément cette nuit de mort et de carnage. J'étais si absorbée par mon travail que je n'entendis pas le pas de Jeanne dans l'escalier, pas plus que je ne sus cacher mon ennui d'être interrompue.

Mais elle était tellement surexcitée par l'imminence de son mariage que je n'eus pas le cœur de la décevoir.

— Ne fais pas attention, m'excusai-je en voyant son air navré, tu me connais! Quand je suis lancée, le feu pourrait prendre à la maison sans que je m'en aperçoive. Allez, montre-moi ces modèles de robes, je meurs d'envie de les voir.

Elle se dérida instantanément, et nous passâmes le reste de l'après-midi à parler chiffons. Nous discutâmes aussi des menus cadeaux à faire aux demoiselles d'honneur et à leurs cavaliers, puis Jeanne me décrivit les projets de sa mère pour la réception.

Et plus je l'écoutais, plus mes regrets de n'avoir pas fait moi aussi un grand mariage se ravivaient. Jeanne elle-même exprima la déception générale à ce sujet: à l'entendre, tout le monde avait déploré notre union à la sauvette.

— Tu sais quoi, Ruby? me suggéra-t-elle avec animation. Vous devriez vous remarier! J'ai entendu parler de couples qui ont fait ça: une cérémonie privée, pour eux seuls, et une grande fête un peu plus tard pour les amis et les parents. Ce serait amusant, non?

— Oui, dus-je admettre, mais pour le moment une seule grande réception nous suffit, tu ne crois pas? Nous avons du pain sur la planche.

Pour en avoir, nous en avions, et les préparatifs étaient menés tambour battant. Les Tate venaient dîner à Bois Cyprès, puis la famille se réunissait au salon pour mettre au point tous les détails, du menu à la liste des invités, en passant par la décoration florale et le choix du lieu pour chaque séquence de la cérémonie. La musique fut l'objet de débats enfiévrés, les filles tenant pour le moderne et les parents de Paul pour un style plus classique. Chaque fois que l'on arrivait à une impasse, Paul insistait pour que je donne mon avis.

— Et pourquoi ne pas concilier les deux ? suggérai-je. Nous pourrions avoir un orchestre pour le dîner, quelque chose de traditionnel. Et ensuite un groupe rock ou zydeco pour danser, comme ça les jeunes pourraient s'amuser.

— Ridicule, grimaça Gladys. Beaucoup trop cher.

— L'argent est le cadet de nos soucis, mère, intervint Paul d'un ton conciliant.

Gladys me dévisagea longuement, puis elle haussa les épaules d'un air dégoûté.

— Si vous tenez à jeter l'argent par les fenêtres, ton père et toi, c'est votre affaire !

— Cela ne causerait pas tellement de frais supplémentaires, fit observer Octavius avec ménagement.

Sa femme pinça les lèvres et, pour toute réponse, me lança un regard noir. Lorsque la réunion s'acheva, ce soir-là, je dois dire que je n'en fus pas fâchée.

Le temps passait plus vite, depuis que j'avais entrepris ma série de tableaux. J'attendais impatiemment le matin pour commencer mon travail, et il m'arrivait même de m'y absorber jusqu'au soir sans désemparer. Plus d'une fois, ce fut en voyant le jour baisser que je sortis de ma transe et m'avisai qu'il était temps d'aller dîner. Je me reprochais de négliger Perle, mais Mme Fleming s'en occupait si bien ! Elle faisait vraiment partie de la famille, à présent, et je me reposais entièrement sur elle.

Quant à Paul, il ne revint jamais la nuit dans ma chambre, ne fit jamais allusion non plus à cette nuit-là, et j'en arrivai à me demander si vraiment je n'avais pas rêvé. Les préparatifs allaient bon train, mon travail m'enthousiasmait de plus en plus, il ne se passait pas un jour sans que Paul n'annonce quelque chose de nouveau, un achat, un projet... Bref, la vie à Bois Cyprès était plus remplie et plus animée que jamais.

Un soir, après un dîner en famille, je me retrouvai en tête à tête avec Gladys à l'heure du pousse-café, sur la terrasse. Paul et son père bavardaient toujours dans la maison, et les deux sœurs étaient allées rejoindre des amis. A table, Octavius avait révélé que sa femme et lui ambitionnaient pour Paul un avenir politique et, restée seule avec ma belle-mère, je l'interrogeai à ce sujet.

— On commence à s'intéresser aux Tate, dans les hautes sphères, annonça-t-elle en haussant les sourcils comme si le fait était connu de tous... sauf, naturellement, de moi ! Paul est très recherché par les politiciens, et il pourrait prétendre au poste de gouverneur s'il le voulait. Il a les capacités nécessaires.

— Vous pensez vraiment qu'il y tient ?

— Et pourquoi pas ? Naturellement, il ne fera rien en ce sens si vous vous y opposez, commenta-t-elle d'un air écœuré.

— Ce n'est pas moi qui l'empêcherai de faire une chose qu'il désire, Gladys. Je veux seulement être sûre que c'est bien lui qui le souhaite, et non vous.

— Bien sûr qu'il le souhaite ! riposta-t-elle âprement. Mais qu'est-ce qui vous dérange ? Auriez-vous peur de devenir la première dame de Louisiane ? Vous n'avez aucune raison de vous sentir inférieure à qui que ce soit, ne l'oubliez pas.

Je n'eus pas le temps de répondre : Paul et Octavius nous rejoignirent et Gladys prétexta une soudaine migraine pour demander à son mari de la ramener chez eux. J'aurais pu me froisser de ses propos, mais je riais toute seule en imaginant la réaction de Gisèle, si elle avait pu les entendre. Moi, première dame de Louisiane ? Rien qu'à imaginer cette possibilité, ma chère sœur aurait fait une jaunisse.

Il s'était écoulé un certain temps depuis sa visite, et je me demandais avec appréhension quel mauvais tour elle me gardait en réserve. La réponse arriva bien vite, et par la poste : une carte postale de la tour Eiffel. Je l'ignorais alors, mais je devais encore en recevoir d'autres de ma charmante jumelle, à raison d'une ou deux par semaine. Chacune d'elles fournissant de nouveaux détails sur les plaisirs qu'elle goûtait à Paris avec Chris, et m'atteignant comme un coup d'épingle dans une poupée vaudou. *Chère* Ruby, commençait la première, et ce début par un mot français me piqua au vif.

Chère Ruby,

J'ai fini par débarquer en France et devine qui m'attendait à l'aéroport ? Chris ! Tu ne le reconnaîtrais pas. Il porte une petite moustache, tout à fait Rhett Butler dans Autant en emporte le vent, *et il parle couramment le français. Il était si content de me voir, si tu savais ! Il m'a même apporté des fleurs. Il va me faire visiter Paris, en commençant par son appartement des Champs-Elysées, naturellement.*

Toute mon affection à Paul, embrasse-le de ma part. Et compte sur moi pour raconter à Chris tout ce qui concerne Perle.

Amour.

Gisèle.

A chaque missive de Gisèle, j'avais les larmes aux yeux et cela durait des heures, au point que je n'y voyais presque plus pour travailler. J'en vins à redouter d'aller chercher le courrier, de crainte d'y trouver une de ces maudites cartes postales ! Elle y décrivait les boîtes de nuit qu'ils fréquentaient, les cafés, les grands restaurants, et s'arrangeait toujours pour suggérer une intimité croissante entre Chris et elle.

« Aujourd'hui, Chris m'a dit que j'avais beaucoup mûri, se vantait-elle, et qu'il ne me trouvait plus si différente de toi qu'autrefois. N'est-ce pas charmant de sa part ? »

Elle s'étendait sur les bijoux qu'il lui offrait, la façon dont ils se tenaient la main en se promenant sur les rives de la Seine, le soir, après un de leurs dîners romantiques dans un café, tout en bavardant tendrement. A l'en croire, les autres couples d'amoureux les regardaient toujours avec envie.

« Je sais que Chris pense à toi quand il est avec moi, qu'il croit t'avoir retrouvée à travers moi et je devrais en être fâchée, mais pas du tout. Pourquoi ne pas me servir de son amour pour toi comme moyen de le reconquérir ? Ça m'amuse beaucoup. »

Sur la carte suivante, cependant, elle précisait :

« Je crois pouvoir dire avec certitude que Chris est vraiment en train de s'amouracher de moi, maintenant. Et pas seulement parce que je te ressemble, mais... parce que c'est moi ! Fantastique, non ? »

Une semaine plus tard, elle m'écrivit tout spécialement pour m'annoncer que Chris ne lui posait plus de questions à mon sujet.

Il a fini par accepter le fait que tu es mariée, et définitivement sortie de sa vie. Mais cela n'a plus d'importance pour lui, bien sûr. Il a autre chose en tête, maintenant qu'il m'a retrouvée.

Amour toujours.

Ta sœur Gisèle.

Je ne montrai aucune de ces cartes à Paul. Après les avoir lues — à contrecœur, mais c'était plus fort que moi —, je les déchirais et je les jetais. Il me fallait toujours des heures pour m'en remettre. Mais plus le mariage de Jeanne approchait, plus j'avais de quoi m'occuper l'esprit : c'était déjà ça. Tous les gros bonnets du pétrole et de la conserverie étaient invités, on attendait des gens de New York et même de Californie. Trois cents personnes en tout, en comptant la famille, les parents et les amis, naturellement.

Nous eûmes un temps superbe, ce jour-là. Chaud et pas trop humide, avec un ciel d'un bleu intense moucheté de légers nuages immaculés. Depuis l'aube, Bois Cyprès était en effervescence ; on s'activait à mille tâches, on circulait de tous côtés, de la cave au grenier. J'avais l'impression d'être la reine des fourmis.

Le père Rush et le chœur arrivèrent de bonne heure,

et toute la maisonnée se mit sur son trente et un pour accueillir les invités. Beaucoup d'entre eux n'avaient jamais vu Bois Cyprès, et Paul savoura leur surprise. Il rayonnait de joie et d'orgueil. La plupart des gens venaient en limousine, conduits par leurs chauffeurs, et il ne fallut pas longtemps pour que la grande allée fût littéralement envahie de luxueuses voitures. Les hommes étaient en smoking, les robes des femmes offraient un éventail de toutes les tendances de la mode, l'or et les diamants scintillaient d'un tel éclat au grand soleil qu'il fallait presque cligner des yeux pour ne pas en être éblouis.

Je cédai ma chambre à Jeanne, Paul donna la sienne à James et, naturellement, la tradition fut respectée. James ne vit pas sa future femme avant qu'elle n'apparaisse à la porte-fenêtre de la terrasse, aux accords du traditionnel *Voici venir la mariée*. Puis le père Rush commença le service, le chœur chanta des hymnes et, sous un dais de fleurs entrelacées, Jeanne et James prononcèrent leurs vœux.

Quelle différence entre leur mariage et le mien ! Ils pouvaient échanger leurs serments au grand jour, devant des centaines de gens, sans honte, sans peur et sans remords. Quand ils se retournèrent et reçurent une pluie de grains de riz, leurs visages n'étaient que sourire, attente émerveillée, pure allégresse. S'ils éprouvaient la moindre crainte au plus profond de leur cœur, elle était balayée par le flot puissant de leur amour.

Je baissai les yeux, accablée de tristesse. Ce moment ineffable dans la vie d'une femme m'était-il interdit ? Ou me l'étais-je interdit moi-même ? Quel maléfice avait-il donc tissé sa trame dans le bayou et jeté son ombre menaçante sur ma tête ?

Je me repris bien vite : l'heure n'était pas à la mélancolie. L'orchestre attaquait un premier morceau, les extra circulaient avec les plateaux de hors-d'œuvre, les danses commençaient. Nous nous réunîmes pour les photos de famille et je me répandis en sourires.

Seul, Paul devina ce que dissimulait cette fausse gaieté : il avait un sixième sens, en ce qui me concernait. Un peu plus tard, quand la fête battit son plein et qu'il fut mon cavalier pour une danse, il chuchota à mon oreille :

— Je sais à quoi tu penses, Ruby. Tu aurais voulu vivre cela, toi aussi. Je suis désolé.

— Ne t'excuse pas, Paul. Ce n'est pas ta faute.

— Attends que ce soit le tour de Perle et tu verras : nous aurons une réception grandiose, me promit-il en m'embrassant sur la joue.

Puis le rythme s'anima, l'orchestre entama un air cajun et tout le monde se laissa emporter par la joyeuse cadence des vieilles danses à deux temps.

Les festivités se prolongèrent très tard dans la nuit, bien après que James et Jeanne furent partis pour leur voyage de noces. Mais juste avant de monter dans leur voiture couverte d'inscriptions proclamant *Jeunes Mariés*, avec sa batterie de cuisine en remorque, Jeanne me prit à part.

— Je ne sais pas comment te remercier, Ruby. Je dois cette journée merveilleuse à tes efforts, à tes idées, mais avant tout à tes attentions et à tes conseils. Nous sommes vraiment sœurs, maintenant, conclut-elle en me serrant dans ses bras.

— Sois heureuse, murmurai-je en retour, les yeux embués de larmes de joie.

Et elle courut rejoindre son mari qui bouillait d'impatience.

Le jour pointait quand, les derniers invités partis, l'équipe de nettoyage engagée pour l'occasion eut achevé de tout remettre en ordre. Je montai me coucher, à bout de forces, et j'éteignis aussitôt. Mais quelques secondes plus tard, j'entendis le bruit léger de la porte intérieure et j'entrouvris les yeux, juste assez pour distinguer la silhouette de Paul, découpée par la lumière de sa chambre.

— Ruby ? souffla-t-il. Tu dors ?

Ne recevant aucune réponse, il libéra un gros soupir et ajouta sans élever la voix :

— Je voudrais tant que nous ayons une lune de miel, nous aussi. Je voudrais pouvoir t'aimer librement, complètement.

Il s'attarda encore un instant avant de tirer doucement la porte sur lui, et je fermai les yeux pour contenir mes larmes. Mais le sommeil, ce grand consolateur, ne se fit heureusement pas attendre, et imposa le silence à la voix lancinante de mes regrets.

Deux jours plus tard, je reçus la dernière carte que devait m'envoyer Gisèle. En fait, Chris et elle étaient déjà de retour quand elle me parvint, et ma sœur m'y exposait leurs projets. Chris allait s'inscrire en faculté de médecine à La Nouvelle-Orléans et Gisèle y reprendre ses études en collège privé. Daphné s'était arrangée pour l'y faire admettre, malgré ses résultats désastreux. Et elle promettait (ou devrais-je dire menaçait ?) de me rendre une seconde visite et peut-être même... accompagnée de Chris.

Cette seule idée me faisait frissonner. J'étais incapable d'imaginer par quels mots je pourrais l'accueillir, si jamais il se montrait à Bois Cyprès. Je le mettrais tout de suite en présence de Perle, naturellement. Elle commençait à marcher, à présent, et prononçait déjà quelques mots. Elle adorait s'asseoir au piano, sur les genoux de Mme Fleming, et tapoter sur le clavier. Tous ceux qui l'entendaient s'accordaient à dire qu'elle avait des dons pour la musique.

J'avais terminé quatre tableaux de ma série consacrée à la légende sudiste. Paul voulait que je les expose à La Nouvelle-Orléans, mais je n'étais pas pressée de m'en séparer ; à vrai dire, je redoutais même que quelqu'un les achète. En attendant, je continuais mes paysages du bayou et les envoyais régulièrement chez Dominique, la première galerie qui avait exposé mes œuvres, avec un succès immédiat.

Ces paysages se vendaient rapidement, à peine en avais-je terminé un qu'il trouvait amateur. Paul était enchanté. Sur son initiative, un critique d'art vint visiter mon atelier, y prit plusieurs photos de moi et de mes œuvres, et les publia quelques mois plus tard. Dans une revue artistique, d'abord, et peu de temps après dans le *New Orleans Time*. Cette publicité me valut une nouvelle lettre de ma sœur.

... Daphné a failli renverser son café quand elle a ouvert le journal et vu ta photo ! Bruce a été très impressionné. Quant à Chris... j'ignore ce qu'il en a pensé. Je ne lui en ai pas parlé, il n'y a pas fait allusion non plus. Nous nous voyons presque tous les jours, je crois qu'il est sur le point de m'offrir une bague de fiançailles. Tu seras la première à le savoir. Ça pourrait bien arriver d'ici à une semaine, car nous allons partir pour le ranch et Daphné a invité Chris.

En tout cas, plus que six mois à attendre avant de toucher notre héritage ! Tu es si scandaleusement riche depuis ton mariage que ça ne représente peut-être pas grand-chose pour toi, mais pour moi c'est la liberté. Ça fera une sacrée différence, et pour Chris aussi.

Enfin, je suppose que je dois te féliciter quand même. Alors... félicitations. Comment se fait-il que tu sois douée pour la peinture et pas moi, puisque nous sommes jumelles ?

Gisèle.

Je ne lui répondis pas, et pour cause : qu'aurais-je pu lui dire ? Si elle n'avait pas reçu de dons artistiques, elle n'avait pas reçu non plus de malédiction du ciel. Etait-ce un pur hasard si, née la première, c'est elle qu'on avait envoyée chez les Dumas, et moi qui étais restée pour découvrir toutes les turpitudes que recelait le passé ? J'eus bonne envie de lui envoyer ça en pleine figure, mais le souvenir de grand-mère m'en empêcha.

Elle m'avait été si chère... Si j'étais née la première, c'est moi qui ne l'aurais jamais connue.

Le bien et le mal n'allaient-ils donc jamais l'un sans l'autre ? me demandai-je. Le monde n'était-il rien de plus que l'équilibre des deux ? Pourquoi les anges n'étaient-ils pas plus nombreux que les démons ? D'après Nina Jackson, les démons l'emportaient en nombre, et c'est pour cela qu'il fallait s'en protéger par tous ces charmes, incantations, contre-sorts et poudres magiques. Grand-mère Catherine elle-même scrutait l'obscurité d'un œil méfiant, affirmant que les esprits mauvais rôdaient dans l'ombre et qu'il lui fallait rester sur ses gardes. Veiller, être prête au combat... était-ce le sort qui m'était dévolu, à moi aussi ?

Je détestais ces idées noires, mais je n'y pouvais rien. C'était l'effet que produisaient sur moi les lettres de Gisèle. Pourtant, rien de ce qu'elle m'avait écrit, ou m'écrirait encore, n'égalerait jamais l'impact de l'appel que je reçus d'elle une semaine plus tard.

Paul et moi finissions de dîner. Mme Fleming avait fait manger Perle et l'avait emmenée jouer, dans le petit salon qui servait de cabinet de travail. Après avoir servi le café, Holly s'était retirée en emportant les restes du framboisier de Letty, et nous nous lamentions sur les kilos superflus que nous valait sa cuisine. Mais ni lui ni moi n'aurions voulu nous en priver pour rien au monde, et nous nous moquions de nous-mêmes et de nos larmes de crocodile.

Paul commençait à m'entretenir des avances dont il était l'objet de la part des politiciens, quand James vint nous annoncer qu'on me demandait au téléphone. Nous étions si absorbés par notre conversation que nous n'avions même pas entendu la sonnerie.

— Qui est-ce, James ?

— Votre sœur, madame. Elle a l'air très émue et insiste pour vous parler tout de suite. J'ai décroché dans le hall.

Je fis la grimace. J'aurais pu jurer que Gisèle allait m'annoncer triomphalement ses fiançailles officielles avec Chris. De vive voix et à moi personnellement, bien sûr : pour ne rien perdre de ma réaction.

— Prends l'appel dans mon bureau, suggéra Paul.

Je m'y rendis, la mort dans l'âme, et me préparai à affronter le pire.

— Gisèle ? Qu'y a-t-il de si urgent ?

Ne recevant pas de réponse, je répétai :

— Gisèle ?

— Il y a eu... un accident, dit-elle d'une voix entrecoupée.

Chris ! Oh non ! pas ça... eus-je le temps de penser. Mais je ne proférai qu'un mot :

— Qui ?

— Daphné. Cet après-midi. Elle a fait une chute de cheval et sa tête a heurté un rocher.

Mon cœur se mit à cogner sous mes côtes.

— Et... et ensuite ?

— Elle est morte... presque tout de suite. Je n'ai plus de père, geignit ma sœur d'une voix lamentable. Je n'ai plus de mère... Je n'ai plus que toi.

7

Le prix du mensonge

En me voyant revenir, Paul comprit instantanément que les nouvelles étaient mauvaises.

— Que se passe-t-il, Ruby ?

— C'est Daphné. Elle... elle a fait une mauvaise chute de cheval et elle... elle est morte, articulai-je d'une voix atone, toujours sous le choc.

— Mon Dieu ! Comment Gisèle prend-elle ça ?

— Pas vraiment bien, mais je crois qu'elle a surtout très peur. Il faut que j'aille à La Nouvelle-Orléans.

— Bien sûr, approuva Paul sans hésiter. Je peux annuler mes rendez-vous de Baton Rouge et t'accompagner, si tu veux.

— Non, tu n'as pas besoin de venir tout de suite. Les obsèques n'auront lieu que mercredi. A quoi servirait-il que tu tournes en rond dans cette maison sinistre ?

— Tu es sûre ? (J'acquiesçai d'un signe.) Bon, alors je te rejoindrai là-bas. Et pour Perle, qu'est-ce que tu décides ?

— Je pense qu'il vaut mieux la laisser avec Mme Fleming.

— Je suis de ton avis... Mais quel drame affreux, vraiment !

— Oui. Je ne peux pas m'empêcher de penser à ce qu'aurait éprouvé papa si c'était arrivé de son vivant. Il était fou d'elle, je m'en suis aperçue dès mon arrivée.

Paul se leva pour venir me prendre dans ses bras.

— Pauvre Ruby !... Je te bâtis un petit paradis à

l'écart du monde, et les soucis trouvent le moyen d'en forcer la porte !

— Ce genre de paradis n'existe pas sur terre, Paul. On ne supprime pas les problèmes en les ignorant, nous ferions mieux d'en prendre conscience.

— Tu as raison. Et... quand pars-tu ?

— Demain matin, répondis-je d'une voix morne, en proie à toutes sortes d'idées plus lugubres les unes que les autres.

Paul m'embrassa sur le front et me serra contre lui.

— Je ne supporte pas de te voir triste, Ruby...

— Je ferais mieux d'aller m'occuper de mes bagages, soupirai-je d'une voix pitoyable.

Et je m'esquivai aussi vite que possible, avec l'impression d'avoir un grand vide à la place du cœur.

Le lendemain matin, après avoir embrassé Perle et promis à Mme Fleming d'appeler souvent, je rejoignis Paul près de ma voiture. Il avait déjà chargé ma valise dans le coffre et m'attendait, la mine inquiète et désolée. Ni lui ni moi n'avions bien dormi, cette nuit-là. A plusieurs reprises, je l'avais entendu s'approcher de la porte et aperçu dans la pénombre, mais je ne lui avais pas laissé voir que j'étais éveillée. J'avais trop peur que ses baisers réconfortants ne nous entraînent, une fois de plus, sur un terrain dangereux.

— Cela ne me dit vraiment rien de te laisser partir seule, Ruby. Je devrais t'accompagner.

— Et pour quoi faire... me tenir la main ? Arpenter la maison en te demandant ce que tu pourrais faire de plus ? Tu ne réussiras qu'à me rendre nerveuse, affirmai-je, ce qui le fit sourire.

— C'est bien de toi ! Même dans un moment pareil, il faut que tu penses d'abord aux autres...

Il m'embrassa sur la joue, me serra tendrement contre lui et je me glissai derrière le volant.

— Sois prudente, surtout. Je t'appelle ce soir.

— Au revoir, dis-je avec un calme apparent.

Et, non sans émoi ni angoisse, je me mis en route pour La Nouvelle-Orléans.

J'avais baissé la capote et serré mes cheveux dans un foulard de soie blanc. Quelle différence avec celle que j'étais il y a seulement un an! Les épreuves que j'avais traversées m'avaient changée, durcie, je commençais tout juste à m'en rendre compte. Un an plus tôt, partir toute seule en voiture pour La Nouvelle-Orléans m'aurait fait le même effet que d'aller dans la lune. Quelque part, tout au long de ce bref et dangereux voyage, j'avais laissé derrière moi la petite fille que j'étais. J'avais une tâche à accomplir, maintenant. Un travail de femme. Et j'avais assez de volonté, de force et de confiance pour y parvenir: je les tenais de grand-mère Catherine.

Malgré mes craintes à ce sujet, je ne me perdis pas dans les rues de La Nouvelle-Orléans. Mais quand je m'engageai sur l'allée circulaire et aperçus, devant le garage, la vieille Rolls-Royce de papa, je coulai un regard hésitant vers la grand-porte. Il me semblait que des années avaient passé, depuis la dernière fois que j'étais entrée dans cette maison. Je respirai un grand coup et descendis de voiture.

Le nouveau maître d'hôtel vint ouvrir dès mon coup de sonnette et battit des paupières d'un air effaré.

— Oh! s'exclama-t-il au bout d'un instant, vous devez être la sœur jumelle de mademoiselle.

— En effet. Je suis Ruby.

— Mon nom est Stevens, madame. Toutes mes condoléances.

— Merci, Stevens.

— Puis-je monter vos bagages?

— Volontiers, merci.

Je m'étais attendue à trouver l'allée encombrée de voitures, et le salon rempli d'amis de Daphné venus réconforter Gisèle et Bruce, mais non. Un calme absolu régnait dans la maison déserte.

— Où est ma sœur?

— Mademoiselle est en haut, dans sa chambre, me renseigna le maître d'hôtel en s'effaçant.

Je m'avançai dans le vaste hall et, pendant un instant, ce fut comme si je n'étais jamais partie, comme si tout ce qui s'était passé depuis n'avait été qu'un rêve. Je m'attendais presque à voir surgir Daphné, grimaçant un sourire contraint et voulant savoir où j'étais allée, vérifier quels vêtements je portais... Mais tout n'était que silence. La plupart des lampes étaient éteintes, les autres voilées. Les lustres pleuraient des larmes de glace. Des flaques d'ombre s'étalaient sur les marches du grand escalier, comme si la mort en personne rôdait dans la maison, semant ses traces derrière elle.

— Je prendrai la chambre contiguë à celle de ma sœur, Stevens.

— Très bien, madame.

Il alla aussitôt chercher ma valise et je m'engageai dans l'escalier. Je n'avais pas encore atteint le palier quand un éclat de rire fusa par la porte ouverte de Gisèle : ma sœur babillait au téléphone. Elle se retourna, me vit sur le seuil et son sourire s'évanouit. Instantanément, elle arbora la mine affligée d'une malheureuse orpheline.

— Je dois te quitter, Pauline. Ma sœur vient d'arriver, il faut que nous discutions d'un tas de trucs, l'enterrement et tout ça... Oui, c'est affreux, gémit-elle avec un soupir à fendre l'âme. Au revoir.

Puis elle raccrocha sans hâte et se leva pour m'accueillir.

— Je suis vraiment contente de te voir, Ruby ! s'exclama-t-elle en m'embrassant sur les deux joues. Quels moments terribles, vraiment ! Je suis à bout de forces, avec toutes ces émotions. Je ne sais pas comment je tiens encore debout.

— Bonjour, Gisèle, répondis-je avec sécheresse en balayant la pièce du regard.

Elle était jonchée de vêtements, jetés en vrac, et un plateau plein d'assiettes et de tasses vides trônait sur la table de nuit, à côté d'un magazine de cinéma.

— Je n'ai pas été capable de voir qui que ce soit, se

lamenta Gisèle, ni de m'occuper de rien. Tout m'est tombé dessus à la fois.

— Et Bruce ?

— Bruce ? (Elle émit un petit rire aigu.) Il est devenu nettement moins bravache, d'un seul coup. Un vrai ballon qui se dégonfle ! Et tu sais pourquoi ? L'assiette au beurre lui file sous le nez, le pauvre. Il a épluché tous les contrats en espérant y trouver une faille, mais il perd son temps. Et ça, je ne me suis pas gênée pour le lui dire !

— Mais c'était le mari de Daphné, quand même.

— Officiellement, pas plus, et seulement à titre de larbin. Elle gardait la haute main sur tout. Il partira d'ici avec ce qu'il avait en arrivant et pas une miette de plus, fais-moi confiance. Chris a parlé à nos avoués, qui...

— Chris ?

— Parfaitement. C'est uniquement grâce à lui que j'ai tenu le coup : il a été fantastique, depuis la première minute. Tu ne sais pas par quoi j'ai passé, tu n'étais pas là, toi ! cracha ma sœur sur un ton de reproche. Ils étaient sortis à cheval, tous les deux. Celui de Daphné a bronché, elle a vidé les étriers, et Bruce est revenu au grand galop en hurlant comme un putois. Chris et moi étions encore au lit, précisa-t-elle avec un sourire suave. En l'entendant gémir, nous nous sommes habillés en vitesse et il nous a conduits où était Daphné. Elle était étendue par terre, avec une horrible meurtrissure à la tempe ; et Chris, qui se débrouille déjà un peu en médecine, a dit à Bruce de ne pas la remuer mais d'envoyer chercher une ambulance. Il lui a pris le pouls, m'a regardé d'un drôle d'air et annoncé que c'était grave.

» Je suis rentrée à la maison pour mettre des vêtements plus chauds, l'ambulance est arrivée, on a mis Daphné sur la civière et on l'a emmenée, mais c'était trop tard. Le temps d'arriver à l'hôpital, elle était morte.

» Bruce était dans tous ses états, il pleurnichait que

tout était sa faute. Qu'il n'aurait pas dû prendre le cheval le plus doux mais qu'elle n'avait rien voulu savoir... tu parles ! Ça m'étonnerait qu'il ait insisté pour monter Fury, cette chiffe molle !

— Où est-il, en ce moment ?

— En bas, dans le bureau... en train de se saouler à mort, je suppose. Je lui ai permis de rester jusqu'à la fin des funérailles.

— Tu veux dire qu'il n'aurait aucun droit sur la maison ?

— Aucun. C'est assez compliqué, en fait, elle fait partie de ce qui est maintenant notre héritage. D'après Chris, nos avoués pensent pouvoir accélérer notre... comment déjà ? Notre entrée en possession de nos biens. Ça représente beaucoup d'argent, tu sais. Tu te souviens comme Daphné se montrait grippe-sous avec nous, après la mort de papa ? Eh bien, elle ne peut plus serrer les cordons de la bourse, maintenant, pas vrai ? observa Gisèle avec satisfaction.

Sur quoi, elle passa brusquement du coq à l'âne :

— Tu as vu comme mes cheveux ont poussé ? (J'avais vu : ils étaient presque de la même longueur que les miens.) Chris aime beaucoup ça.

— Et... comment va-t-il ?

— Il est en pleine forme... et très heureux, s'empressa-t-elle d'ajouter. Alors ne t'avise pas de dire ou de faire quoi que ce soit pour gâcher les choses entre nous, sinon... les gens pourraient bien découvrir quelle vie de pécheresse tu mènes, conclut-elle en me décochant un regard venimeux.

— Gisèle ! Comment peux-tu penser à me menacer en un moment pareil ?

— Je ne te menace pas : je t'avertis, c'est tout. Ne te mets pas en travers de mon chemin. Tu as fait ton choix, tu es heureuse comme ça, tant mieux pour toi. J'ai droit au bonheur, moi aussi. Tout comme Chris.

— Je ne suis pas venue pour gâcher les chances de qui que ce soit, voyons !

— Ravie de l'entendre, persifla-t-elle en désignant

la porte d'un mouvement de la tête. Paul n'est pas avec toi ?

— Il viendra pour les obsèques.

— Et la petite... quel est son nom, déjà ?

— Perle, répondis-je avec froideur. (Comme si elle ne le savait pas !) J'ai cru préférable de la laisser à la maison.

— Parfait. Comme ça, nous pouvons nous occuper de nos affaires tout de suite.

— Où se trouve...

— Le corps ? A l'institution funéraire. Tu n'imagines pas que j'allais la garder à la maison, quand même ? Beurk ! J'ai déjà subi ça une fois avec papa, ça m'a suffi. La seule corvée qui aura lieu ici sera la réunion des amis et relations, après l'enterrement, et je compte faire les choses en grand. J'ai déjà passé commande chez un traiteur. Et il y aura des montagnes de fleurs, évidemment. Les gens les envoient par fournées, mais je les fais porter directement aux pompes funèbres. Et j'ai déjà dressé la liste des invités.

— Comment ça, les invités ? Il ne s'agit pas d'une surprise-partie, Gisèle !

— Et qu'est-ce que tu crois ? Ce sera une réception tout ce qu'il y a de plus mondaine, pour nous aider à oublier cette affreuse tragédie. Alors ne viens pas jouer les trouble-fête en promenant partout une figure de carême ! Tu la détestais, et elle le savait bien. Je ne peux pas dire que je l'aimais beaucoup non plus, mais j'ai certainement plus de raisons de la regretter que toi. Elle a été ma belle-mère plus longtemps que la tienne, en somme.

Je dévisageai longuement ma jumelle. Daphné méritait peut-être une telle fille, après tout. Cet égoïsme, c'était elle qui en avait semé les graines et donné l'exemple. Je poussai un grand soupir. J'avais hâte de voir tout ceci terminé, maintenant, les funérailles et le reste... J'accueillis avec soulagement l'apparition de Stevens.

— Quelle bonne idée ! s'exclama Gisèle en voyant

qu'il apportait ma valise. Nous allons être de nouveau voisines, comme autrefois. C'est dans les moments difficiles que je suis vraiment heureuse d'avoir une sœur, déclara-t-elle, assez haut pour que le maître d'hôtel puisse l'entendre.

— Mme Gidot vous fait savoir que le déjeuner est prêt, mademoiselle, annonça-t-il. Dois-je vous le monter ou...

— Non. Prévenez-la que ma sœur est arrivée, Stevens, et que nous déjeunerons dans la salle à manger. *Tout de suite,* ajouta Gisèle en français, avec un coup d'œil triomphant à mon adresse. Comme tu vois, Ruby, j'ai appris un peu de français à Paris, avec Chris.

Le maître d'hôtel en savait largement autant qu'elle.

— *Très bien,* mademoiselle, répondit-il en se retirant.

— Qu'est-ce qu'il a dit, Ruby ?

— Qu'il était à tes ordres. Qui est Mme Gidot ?

— La cuisinière française qui remplace Nina Jackson.

— Où est Nina, maintenant ?

— Comme si j'étais censée savoir ce que deviennent les domestiques ! se hérissa ma sœur. Franchement, Ruby... Bon, j'espère que tu as faim. Mme Gidot est une excellente cuisinière et je suis sûre que nous allons nous régaler.

— J'aimerais me rafraîchir un peu, d'abord.

— Et moi aussi. J'ai tellement pleuré que je dois être affreuse à voir... et Chris ne va pas tarder.

Mon cœur entama une sarabande effrénée. La seule idée de me retrouver face à face avec Chris me donnait des frissons, mais je m'efforçai de cacher mon appréhension à Gisèle.

— Tant mieux, commentai-je avec un sourire trompeur.

Et je me précipitai dans la chambre qui m'avait tant émerveillée jadis ; celle où Chris m'avait embrassée pour la première fois, et où il m'avait bercée dans ses bras pour me réconforter, pendant la veillée mortuaire de papa. Le portrait de la jeune fille au chien, toujours accroché au mur, m'arracha un sourire. Puis j'allai à la fenêtre et laissai mon regard errer sur les courts de tennis et les parterres, qui m'avaient tellement éblouie, le premier soir. Je me prenais vraiment pour une princesse. Tout me semblait si luxueux, si féerique... Comment aurais-je pu me douter que la tristesse et le malheur planaient sur la somptueuse maison Dumas, prêts à fondre sur nos têtes ?

Sur le chemin de la salle à manger, je m'arrêtai pour jeter un coup d'œil dans le bureau. Gisèle avait raison : Bruce était là, feuilletant fébrilement une liasse de papiers, une bouteille de bourbon à portée de la main. Sa cravate était desserrée, ses cheveux en bataille, et on aurait dit qu'il ne s'était pas rasé depuis une semaine. Quand il releva la tête, je compris qu'il me prenait pour Gisèle mais cela ne dura pas. Son regard s'aiguisa et il me reconnut.

— Ruby ! s'exclama-t-il en se levant d'un bond.

Il heurta le coin du bureau dans sa hâte à s'approcher de moi, et son haleine empestée de whisky m'atteignit en pleine figure. Il me serra brièvement dans ses bras et recula d'un pas.

— C'est affreux, gémit-il. Affreux ! Je n'arrive pas encore à y croire.

— Pourquoi ? ripostai-je abruptement. C'est arrivé à papa, et aussi à oncle Jean.

Il battit des paupières et secoua la tête.

— Oui, leur perte fut une chose tragique, c'est vrai... mais Daphné ! Elle était dans la fleur de l'âge, plus belle que jamais. Elle était...

— Je sais combien vous la trouviez merveilleuse, Bruce. Je suis désolée pour ce qui est arrivé, c'est une chose que je ne souhaiterais à personne. Il y a déjà bien assez de malheur dans le monde sans que nous y prenions part.

— Je savais que tu réagirais comme ça, mais ta sœur... (Il eut une grimace désabusée.) Elle est devenue enragée, ma parole, et avec ce garçon... ils conspirent contre moi, tous les deux. J'ai besoin de ton aide, Ruby.

— Mon aide? Vous me demandez mon aide?

Pour un peu, j'en aurais ri.

— Tu as toujours été la plus raisonnable des deux, reprit Bruce. Et maintenant que tu es riche, tu dois comprendre. Nous avions pris certaines dispositions pour l'avenir, ta belle-mère et moi... oh! pas par écrit, bien sûr! Mais c'était un accord entre nous. Il était entendu que si quelque chose arrivait à l'un de nous deux, l'autre serait de droit son exécuteur testamentaire. Si tu veux faire examiner les papiers par les avoués chargés de la succession...

— Ne me parlez pas de conspirateurs, Bruce, l'interrompis-je d'une voix cassante. Depuis des années, c'est vous deux qui conspiriez contre mon père. Vous avez truqué les comptes, triché sur tous les tableaux. Mais apparemment, votre complice était encore plus retorse que vous, et pour finir...

Je désignai du regard la pile de documents.

— Vous voilà légalement dépouillé du fruit de vos crimes. J'en suis navrée pour vous, mais je ne lèverai pas le petit doigt pour vous aider. Prenez ce que vous avez réussi à voler à mon père, Bruce, et disparaissez.

Il en resta pantois.

— Mais... tu sais pourtant que je t'aimais bien, mon petit Rubis. Je t'ai toujours défendue quand Daphné se montrait trop dure avec toi.

— Quand ça? Vous n'avez jamais osé lui tenir tête, ni quand elle se montrait dure envers moi, mon oncle Jean, ou même envers Gisèle! N'attendez aucune complaisance de ma part, Bruce.

Je vis ses yeux se rétrécir.

— Ne comptez pas vous en tirer comme ça, toutes les deux. Moi aussi j'ai des avoués et des avocats, grassement payés, haut placés dans la magistrature et qui sont mes associés en affaires.

— Franchement, Bruce, je m'en moque éperdument. Je laisse toutes ces turpitudes à Gisèle.

Il eut un sourire torve.

— Elle t'a chipé ton amoureux, tu sais ?

— Je suis mariée, Bruce, rétorquai-je avec raideur.

Mais sans pouvoir m'empêcher de rougir, et le vilain sourire de Bruce s'élargit.

— Nous verrons bien qui aura le dernier mot ! gronda-t-il en retournant s'asseoir.

Je rejoignis Gisèle à table et lui relatai ma conversation avec lui.

— Bof ! Je laisse ces histoires à Chris et aux avoués, déclara-t-elle en haussant les épaules. Mais je pense à racheter ta part de la maison et de nos propriétés de La Nouvelle-Orléans. Avec tout ce que tu as déjà, tu n'y vois pas d'inconvénient, je suppose ?

— Si tu y tiens... consentis-je. D'accord pour moi.

Les traits de ma sœur s'illuminèrent.

— Je savais que cette épreuve nous rapprocherait ! Il faut nous soutenir, pas vrai, petite sœur ? Qu'est-ce que tu comptes mettre pour l'enterrement ? Tu as ce qu'il faut ? Mes placards débordent de vêtements neufs, alors si tu veux te servir... Tu es un peu plus forte des hanches que moi, depuis que tu as eu un bébé, mais tu devrais trouver ton bonheur.

— J'ai apporté le nécessaire, je te remercie.

Nous nous retournâmes toutes les deux quand Bruce apparut dans l'encadrement de la porte, les bras chargés de paperasse.

— Je sors pour un moment, annonça-t-il. Je vais consulter mes avocats.

— N'espérez pas pouvoir détruire certaines pièces, lui lança Gisèle. Je sais que mère en a confié le double à Simons et à Beauregard, qui sont *nos* avocats, maintenant.

Il pivota d'un mouvement furieux et plusieurs feuillets lui échappèrent. En le voyant s'agenouiller pour les ramasser, Gisèle éclata de rire et il se releva en grommelant, puis il fila sans demander son reste.

— Bon débarras ! s'égaya Gisèle. Tu sais quoi, Ruby ? Je pense fermer la maison pour un mois et voyager un peu. A Londres, peut-être. Délicieux, ces artichauts… et ce vol-au-vent ! Tu sais ce que c'est qu'un vol-au-vent, au moins ? ajouta-t-elle sur un ton prétentieux.

Le repas était excellent, mais je n'étais pas d'humeur à savourer la cuisine, ni à me réjouir de quoi que ce soit. Après le déjeuner, Gisèle monta pour appeler quelques amis et je me mis à errer dans la maison. Comme elle avait peu changé ! De pièce en pièce, je retrouvais pratiquement chaque chose à la même place qu'autrefois… Avec un soupir lourd de nostalgie, je pris lentement le chemin de mon ancien atelier.

Là non plus, rien n'avait changé, mais apparemment on avait condamné la pièce. Une épaisse couche de poussière s'étalait partout, et des toiles d'araignée festonnaient les angles et les fenêtres. Les tubes avaient séché, les pinceaux durci. Après un bref regard pour mes dessins laissés en plan, j'allai me camper devant mon chevalet.

Et le temps remonta en arrière, jusqu'à ce jour où Chris avait tant insisté pour que je le dessine d'après le nu. Je le revis sur le canapé, avec ce petit sourire provocant qui lui relevait le coin de la lèvre et faisait scintiller ses yeux. Pendant toute la séance de pose mon cœur avait battu comme un fou, mais j'étais parvenue à m'absorber dans mon travail. Et à réussir un portrait si vivant, si ressemblant que lorsque Daphné l'avait trouvé, elle n'avait eu aucun mal à découvrir l'identité du modèle, ni à deviner ce qui s'était passé.

C'est ce jour-là, peu après que j'eus terminé le dessin, que nous avions fait l'amour pour la première fois, Chris et moi. Le souvenir de ses baisers, de ses caresses et de nos étreintes passionnées me revint en force, au point que même en cet instant le souffle me manqua. Hypnotisée, je m'avançai vers le canapé comme si je nous voyais réellement tels que nous étions ce jour-là, et revivant tout. Nos instants d'extase, notre union dans un acte d'amour si total que nous nous étions perdus l'un en l'autre, et juré un amour que nous croyions éternel.

Les jambes fauchées par l'émotion, je me laissai tomber sur les coussins et je restai de longues secondes ainsi, les yeux clos, attentive aux battements désordonnés de mon cœur. Puis je me repris, respirai à fond, me tournai vers la fenêtre. Je m'abîmai dans la contemplation du parc et des grands chênes, retrouvant la joie que j'avais éprouvée, cette toute première fois où j'avais dessiné ici, dans *mon* atelier...

— Deux sous pour tes pensées...

Au son de cette voix vibrante et douce, je me retournai brusquement : Chris était debout sur le seuil. Chris, avec ses boucles blondes cascadant sur son front, ses yeux d'outremer dont son hâle avivait l'éclat si lumineux... Il portait un blazer bleu marine, un pantalon sport kaki, une chemise blanche au col négligemment ouvert. Comme son beau visage m'était familier ! Ces lèvres sensuelles au dessin parfait, ce nez sans défauts et ce menton aux lignes énergiques...

Pendant quelques instants, je fus incapable de faire le moindre geste, fascinée par le rayonnement de son sourire ensorcelant, qui déjà se muait en rire.

— On dirait que tu as vu un fantôme, dit-il en s'avançant vers moi, les mains tendues pour m'aider à me relever.

Nous échangeâmes une accolade et, reprenant mes mains, il s'éloigna un peu pour me regarder.

— Tu n'as pas changé... si ce n'est que tu es encore plus belle. Eh bien ? Dis quelque chose.

— Bonjour, Chris.

Nous éclatâmes de rire en même temps, mais Chris redevint très vite sérieux, redressa les épaules et pinça les lèvres.

— Je suis content de te trouver seule, Ruby. Je voulais t'expliquer ce qui s'est passé, pourquoi je suis parti quand on a découvert que tu étais enceinte.

— Je ne te demande pas d'explications, dis-je en détournant les yeux.

— Un gentleman du Sud n'abandonne pas la femme qu'il aime dans la détresse. Je me suis conduit comme un lâche, il n'y a pas d'autre mot. Mes parents étaient aux quatre cents coups, ma mère a failli faire une dépression nerveuse. Elle croyait que le scandale ferait le tour de la ville et qu'ils ne pourraient plus vivre à La Nouvelle-Orléans. Je n'ai jamais vu mon père aussi abattu.

» Puis ils ont eu une entrevue avec Daphné, qui leur a promis de résoudre le problème s'ils m'envoyaient à l'étranger sur-le-champ. J'ai essayé de t'appeler avant de partir, mais je n'ai pas pu. J'étais pratiquement gardé à vue. En quelques heures, ils avaient tout réglé. Le voyage, les billets d'avion, le lycée, l'appartement de Paris... tout.

» Je n'avais pas un sou à moi, à cette époque, je dépendais entièrement d'eux. Si je les avais défiés, ils m'auraient déshérité, et qu'est-ce que j'aurais pu faire pour toi, pour le bébé, pour nous ?

» J'ai eu peur, c'est vrai. Avant de comprendre ce qui m'arrivait, je survolais l'Atlantique. Mes parents m'avaient interdit tout contact avec toi, mais je t'ai quand même écrit, au début. Tu as reçu mes lettres ?

— Non. Je n'étais plus là, et Daphné ne se serait sûrement pas donné la peine de les faire suivre.

— Je n'avais jamais esquivé mes responsabilités, avant ça, plaida Chris. Et mes parents, Daphné, tout le monde m'affirmait que tout se passerait très bien pour toi.

— Très bien ? répétai-je, réprimant un rire amer.

Cette fois, je cherchai son regard, et je le vis s'assombrir de tristesse.

— Qu'est-il arrivé ? demanda-t-il dans un souffle.

— Daphné m'a envoyée dans une clinique minable, pour me faire avorter. Quand j'ai vu cet endroit horrible, j'ai compris ce que j'allais faire et je me suis sauvée. Je suis retournée dans le bayou.

— Où tu as mis au monde...

— Perle. C'est une enfant superbe, Chris.

— Et où tu t'es mariée ?
— Oui.
Il baissa les yeux.
— Quand j'ai appris ton mariage, j'ai décidé de rester en Europe. En fait, je n'avais plus envie de revenir au pays mais... ce n'était pas très réaliste. Et puis Gisèle est arrivée. (Il hasarda un sourire, quêtant mon approbation.)
» Elle a changé, tu ne trouves pas ? Je crois qu'elle mûrit, finalement. Ce genre d'épreuves vous oblige à sortir de l'enfance. Elle sait qu'elle doit se conduire en personne responsable, maintenant. Elle a une fortune à gérer.
— Tu l'as déjà beaucoup aidée, si j'ai bien compris ?
— Je fais ce que je peux. Tu as vu Bruce ?
— Oui. Il n'a que ce qu'il mérite, affirmai-je.
— Ne t'inquiète pas, je veillerai à ce qu'il n'emporte pas un sou de plus que ce qui lui est dû.
— L'argent n'a plus tellement d'importance pour moi, Chris. Et même avant, il comptait bien plus pour Gisèle que pour moi.
— Je sais. J'ai vu l'article à ton sujet, dans le journal. As-tu un atelier, comme ici ?
— Oui, mais avec une vue magnifique sur les canaux. Il est situé dans le grenier de la maison.
— Ça doit être fantastique. Gisèle m'a tenu au courant de tout, et à la façon dont elle décrit... Bois Cyprès, c'est bien ça ? (Je hochai la tête.) A l'entendre, c'est carrément fabuleux.
— J'ai toujours été plus heureuse dans le bayou, en pleine nature. Tout ça fait trop partie de moi pour que je puisse jamais y renoncer.
— Même pour moi ? chuchota-t-il, les yeux brillants de larmes contenues.
— Chris...
— Pardon, je deviens injuste. Je n'ai aucun droit de t'interroger ni de réclamer quoi que ce soit. Et tu as le droit de me mépriser pour t'avoir abandonnée. Je

mérite tout ce qui m'est arrivé, tout ce qui m'arrivera encore.

— Nous sommes tous deux coupables et tous deux victimes, Chris, répliquai-je avec douceur.

Nos regards se nouèrent, et ce fut comme s'ils nous attiraient invinciblement l'un vers l'autre.

— Ruby, soupira-t-il.

Et il s'apprêtait à m'entourer de ses bras quand Gisèle fit irruption dans l'atelier.

— Ah te voilà ! glapit-elle. J'aurais dû me douter que tu la trouverais. Stevens m'a dit que tu étais arrivé, et comme je ne te voyais nulle part, je me suis demandé : « Où pourrait-il aller ? » Et voilà, c'est aussi simple que ça.

— Bonjour, Gisèle, dit Chris avec le plus grand calme.

Elle se suspendit à son cou et l'embrassa en plein sur la bouche, le regard braqué sur moi, puis elle recula légèrement la tête et déclara :

— Tu m'as manqué, ce matin. Quand es-tu parti ?

Cette fois, je le vis rougir.

— Très tôt. J'avais rendez-vous avec vos avoués, tu sais bien.

— Ah oui ! c'est vrai. J'ai la cervelle en marmelade, aujourd'hui. Bon ! Et si tu nous racontais ce qui est ressorti de tout ça ? Allons en discuter dans le bureau, décida-t-elle en saisissant la main de Chris. (Et, avec un sourire satisfait à mon adresse, elle ajouta :) Ça te va, Ruby ?

— Tout à fait, affirmai-je en leur emboîtant le pas.

Quand nous fûmes installés dans le bureau, Chris nous exposa les conclusions des avoués. Comment Daphné avait amené Bruce, avant leur mariage, à signer les documents qui lui interdisaient toute prétention à sa fortune ou à la nôtre demeurait un mystère à leurs yeux. Mais il les avait signés, c'était un fait, et selon eux la validité de ces pièces était incontestable.

— Toutes les manœuvres qu'il pourra tenter ne lui

serviront à rien, affirma Chris. Bien entendu, il s'écoulera un certain temps avant que vous n'entriez légalement en possession de votre héritage. Mais puisque vos avoués sont les exécuteurs testamentaires, vous pouvez dès à présent disposer de votre argent.

— Alors nous pouvons le dépenser comme nous voulons, acheter tout ce qui nous plaît? s'enquit avidement Gisèle.

— Mais oui.

— Ouah! Finies les restrictions! Je veux une voiture grand sport, pour commencer. Daphné n'a jamais voulu que j'aie la mienne, se plaignit-elle. Et toi, Ruby, fais le tour de la maison pour choisir ce que tu emportes dans ton bayou. Mais que ça ne traîne pas, sinon je fais vendre tout ça aux enchères! Ah, il y a encore le ranch, nos immeubles en ville...

J'interrompis net sa tirade.

— Gisèle, sommes-nous vraiment obligées de discuter de tout ça maintenant?

— Que nous en discutions ou pas, je m'en moque! Tu n'as qu'à nous envoyer ton avoué, si tu veux, il s'arrangera avec les nôtres. N'est-ce pas, Chris?

— Si c'est ce qu'elle préfère... répondit-il en me consultant du regard.

Toutes ces émotions m'avaient épuisée. Le retour à la maison, le choc des souvenirs, et cette rencontre avec Chris pour couronner le tout... c'était trop pour mes nerfs. Il me semblait que j'aurais pu dormir pendant une semaine.

— Laissons cela de côté pour l'instant, suggérai-je. Il faut que je me repose et que je téléphone à la maison, pour prendre des nouvelles de Perle. Je crois que je vais monter.

— Eh bien, vas-y, acquiesça Gisèle. Moi, je ne suis pas fatiguée du tout. Quelques heures dehors me feraient du bien, on étouffe dans cette baraque sinistre! Emmène-moi prendre un café et des beignets à Jackson Square, Chris.

— Si tu y tiens...

— Et comment ! Merci, Chris, susurra-t-elle en me gratifiant d'un grand sourire satisfait.

Chris n'avait pas l'air enchanté de partir, mais il s'exécuta, et j'appelai Mme Fleming. Tout allait bien à la maison. Je regagnai la chambre qui avait été la mienne, m'allongeai sur le lit où j'avais tant de fois rêvé de Chris et de moi, unis, heureux... et je glissai presque instantanément dans le sommeil.

Un rire qui montait du hall me réveilla : je tendis l'oreille.

— Viens nous chercher d'ici une heure ! cria Gisèle.

Puis son pas retentit sur les marches, s'arrêta devant ma porte et je m'assis en me frottant les yeux.

— Salut ! me lança-t-elle du seuil de la chambre. Nous avons bien baguenaudé, sur la promenade, à regarder les touristes et les artistes. Il y avait une de ces petites brises fraîches, au bord du fleuve ! Tu aurais dû venir. Tu t'es bien reposée ? J'espère, parce qu'il va falloir partir pour la veillée funèbre. Je ne veux personne à la maison avant la fin des funérailles.

— Oui, je me sens mieux.

— Alors habille-toi, Chris passe nous prendre dans une heure.

Elle disparut dans une pirouette, et je me demandai comment elle pouvait être si insouciante en un pareil moment. On aurait pu croire qu'elle allait à une surprise-partie ! A la veillée, pourtant, elle se conduisit avec décence, pleurant à volonté comme si elle faisait jaillir ses larmes sur commande. Quant à Bruce... malgré le vilain rôle qu'il avait joué, il me fit pitié, tout seul dans son coin. Apparemment, la nature de ses rapports avec Daphné n'était un secret pour personne. Et maintenant qu'elle était morte, tout le monde semblait savoir qu'il n'était qu'un fantoche, sans grande fortune, sans influence, et finalement sans grande importance.

Toutes les relations de Daphné vinrent nous présenter leurs condoléances, y compris les hommes d'affaires avec qui elle traitait, et que nos avoués se chargeaient de nous présenter. Gisèle supportait mal cette ambiance lugubre, et donnait des signes de fatigue. Au bout d'une heure elle voulait déjà partir, mais Chris la supplia de rester un peu plus longtemps. Le défilé continuait, fit-il valoir, il restait encore beaucoup de gens à saluer. Et elle capitula. Ce qui me fit comprendre, et j'en souris toute seule, à quel point elle subissait l'influence bienfaisante de Chris.

Assez souvent, mes yeux cherchaient les siens, nos regards se nouaient et mon cœur s'emballait dans ma poitrine. Je redoutais que mon visage ne trahisse l'émotion qui m'étouffait quand j'étais près de lui, quand il m'adressait la parole, et je m'efforçai de l'éviter. Mais autant vouloir éloigner un verre d'eau fraîche de ses lèvres après avoir marché des jours et des jours en plein désert! Malgré moi, mon regard s'orientait sur lui. Et dès que j'entendais sa voix, je me taisais, cessant d'écouter la personne qui me parlait pour ne plus rien entendre d'autre. Cette voix, entre toutes, plus douce à mes oreilles que la plus délicieuse musique... comme elle vibrait encore en moi! Mais il n'était pas facile de nous retrouver en tête à tête, ce fut même impossible. Et le lendemain, Paul arriva de bonne heure pour m'accompagner aux funérailles.

Beaucoup de gens avaient entendu parler de mon mariage, de ma nouvelle vie dans le bayou, et je savais que nous étions l'objet d'une intense curiosité, mais je ne m'en souciais guère. Quand le cercueil de Daphné fut introduit dans le caveau de famille, mes pensées s'envolèrent vers papa. Mon cœur me disait qu'il aurait aimé reposer auprès de Gabrielle, ma vraie mère. J'espérais que leurs âmes, là où elles étaient allées pour l'éternité, s'étaient retrouvées, réunies, et que Daphné serait... expédiée ailleurs.

Après l'enterrement, la plupart des vieux amis de Gisèle revinrent avec nous à la maison. La première heure s'écoula dans le calme, mais je voyais bien que Bruce buvait trop, et qu'il ne cessait de s'adresser en marmonnant à ses voisins en nous lorgnant d'un air furibond, Gisèle et moi. J'avais déjà expliqué à Paul la raison de sa conduite.

Soudain, Bruce jeta brutalement son verre qui se fracassa sur le sol. Toutes les conversations cessèrent. Et Bruce, le sourire aux lèvres, fit quelques pas en titubant.

— Qu'est-ce que vous regardez comme ça, vous autres ? Inutile de continuer à chuchoter derrière mon dos, je sais ce que vous pensez ! Que j'avais fait mon trou et que je vais me faire larguer, c'est ça ?

— Bruce, intervins-je en m'avançant vers lui. Ce n'est vraiment pas le moment.

— Non, le Rubis, ce n'est pas le moment. Mais si ta sœur et toi arrivez à vos fins, ce ne sera jamais le moment, je me trompe ? Alors profitez bien de ce que vous avez maintenant, parce que vous ne l'aurez pas toujours. J'ai des droits, je le sais, malgré tout ce que vos chicaneaux peuvent raconter, lança-t-il à la cantonade.

Personne ne souffla mot, et il plongea dans une courbette exagérée.

— Je tire ma révérence à cette noble assemblée, sachant que je suis devenu indésirable, déclama-t-il. Ce qui, soit dit en passant, ne fut pas toujours le cas, mais passons. Pour le moment, ajouta-t-il en tournant les talons, si brusquement qu'il manqua trébucher.

Et il partit en tanguant vers la porte, encadré par deux de ses associés qui le soutenaient chacun par un bras. Instantanément, les conversations reprirent.

— Bon débarras ! fulmina Gisèle, rouge de colère. Je ne vois pas de quoi il se plaint, avec tout ce qu'il a déjà raflé. Chris ! appela-t-elle d'une voix mourante. (Il accourut à ses côtés.) Quelle scène épouvantable ! Comment a-t-il pu ?...

— Il est saoul, tout simplement.

— C'est la goutte qui fait déborder le vase, je n'en peux plus. Je t'en prie, Chris, geignit-elle, aide-moi à monter dans ma chambre.

Et elle se laissa conduire hors de la pièce, la tête

appuyée sur l'épaule de Chris, murmurant des excuses à tous ceux qui s'approchaient d'elle. Après cela, les gens commencèrent à se retirer.

— Je veux rentrer, Paul, déclarai-je tout à coup. Ce soir.

— Vraiment ? Mais je croyais...

— Tant pis pour les histoires d'argent, je m'en moque, et du reste aussi. Je veux rentrer, c'est tout.

Il fit un signe d'assentiment. Il était venu de Baton Rouge en avion, nous allions devoir prendre ma voiture pour le retour. Je montai aussitôt préparer ma valise. J'étais occupée à plier mes vêtements quand on frappa doucement à la porte, que j'avais laissée entrouverte.

— Oui ?

Chris s'avança dans la pièce.

— Alors... tu pars ce soir ?

— Oui, Chris. Je ne peux pas rester davantage. C'est la première fois que je quitte Perle aussi longtemps.

— J'aurais tant voulu que tu m'en dises plus sur elle ! J'aurais dû te le demander, mais j'avais l'impression que... je n'avais pas le droit.

— C'est ta fille, pourtant.

— Je sais. Paul semble avoir tellement bien accepté la situation... Enfin je crois, d'après les quelques mots que nous avons échangés.

— Il aime Perle, c'est vrai.

— Et il t'aime, toi.

Je baissai les yeux sur ma valise et un silence plana, que je me décidai enfin à rompre.

— Gisèle essaie de se conduire autrement quand elle est avec toi, Chris. Peut-être que tu lui fais du bien.

— Ruby, murmura-t-il en se rapprochant de moi. La seule raison qui m'a fait renouer avec elle, c'est qu'en la voyant j'ai presque réussi à imaginer que c'était toi. Je rêve toujours de parvenir à la transformer en... en toi, mais c'est un rêve stupide. Personne d'autre ne peut être toi, et je ne supporte pas de t'avoir perdue. Cela me rend fou de penser à la vie que nous aurions pu avoir ensemble.

Mes yeux s'embuaient de larmes, et pour les cacher je gardai la tête obstinément baissée. La gorge nouée, je m'appliquai à terminer ma valise en protestant tout bas :

— Non, Chris, je t'en prie.

— C'est plus fort que moi, Ruby. Je n'ai jamais cessé de t'aimer. Et si cela signifie que je dois vivre à tout jamais dans l'illusion, j'accepte l'illusion. Ce sera mon lot.

— Les illusions ne durent pas, Chris. Et une fois dissipées, elles nous laissent plus misérables que si nous avions affronté la réalité.

— La réalité ! Je ne peux pas l'affronter sans toi, Ruby. Maintenant, je le sais.

Un pas se fit entendre dans le couloir et je refermai bruyamment ma valise, à l'instant précis où Paul atteignait la porte. Son regard soupçonneux s'arrêta d'abord sur Chris, puis sur moi.

— La voiture est prête, Ruby.

— Parfait. Au revoir, Chris. Tâche de venir nous rendre visite dans le bayou, un de ces jours.

— J'essaierai.

— Tu m'accordes une minute pour aller dire au revoir à Gisèle, Paul ?

— Entendu, acquiesça-t-il en empoignant ma valise.

— Je descends avec toi, décida Chris.

Ils s'éloignèrent dans le couloir et je passai dans la chambre de Gisèle que je trouvai au lit, un mouchoir humide plaqué sur le front.

— Je m'en vais, Gisèle.

Les yeux papillotants, elle mima une surprise hésitante. On aurait pu croire qu'elle entendait des voix.

— Quoi ? C'est toi, Ruby ?

— Oui. Je rentre à Bois Cyprès, ce soir.

— Pourquoi ? s'écria-t-elle en se redressant, subitement guérie de sa faiblesse. J'ai prévu un déjeuner fabuleux pour demain. Et peut-être même une sortie à quatre, histoire de s'amuser un peu, pour changer !

— Je ne peux pas rester longtemps loin de Perle, et Paul a beaucoup de travail.

— Oh ! arrête tes salades. Dis plutôt que tu en as marre de l'ambiance et de toutes ces histoires avec Bruce !

— C'est vrai aussi, je l'avoue.

Son expression s'adoucit et je vis trembler ses lèvres.

— Et moi, alors ? Qu'est-ce que je deviens ?

— Tu as Chris, maintenant. Tout ira bien pour toi.

— Oui, admit-elle avec un sourire épanoui. Ça c'est bien vrai !

Je sortis en toute hâte, le cœur chaviré. Comme elle jubilait en me rappelant ce qui me faisait si mal !... Pour la seconde fois, j'avais perdu Chris.

8

De mal en pis

Durant tout le trajet de retour, Paul fit de son mieux pour me distraire. Après avoir tenté d'engager la conversation, il se rabattit sur les nouvelles, les changements survenus dans nos affaires ou la politique. Mais je n'écoutais que d'une oreille, remplissant chaque silence de la voix de Chris, projetant sur l'asphalte les images que je gardais de lui, de son sourire, de son regard cherchant le mien. Son beau regard où je lisais tant de détresse... et tant d'amour.

Les premiers jours furent difficiles à vivre, et je m'efforçai de m'occuper pour ne pas penser, mais j'étais incapable de tracer une ligne. Les yeux fixés sur ma feuille blanche, c'était encore et toujours Chris que je voyais. Je m'appliquai à dessiner et à peindre; des animaux, des fleurs, des arbres, n'importe quoi mais surtout pas des personnages. Car je savais trop bien que si j'essayais de faire un portrait d'homme, cet homme-là aurait les traits de Chris.

Et pour tout arranger, Perle lui ressemblait de plus en plus. Peut-être était-ce parce qu'il m'obsédait, depuis les funérailles, mais lorsque Perle éclatait de rire ou souriait, j'entendais le rire de Chris et c'était son sourire que je voyais.

Par un bel après-midi, quelques semaines après notre retour, j'étais assise sur la terrasse avec un livre que je m'efforçais en vain de lire, tandis que Mme Fleming jouait avec Perle sur la pelouse. C'était un de ces jours où la brise souffle à peine, ce qui est rare dans le bayou, et où les nuages semblent collés sur le bleu tendre du ciel. Tout le monde se sentait pris de langueur, y compris les oiseaux : on les aurait crus empaillés à les voir ainsi, totalement immobiles sur leurs branches. Etouffé par la distance, le halètement sourd des pompes arrivait jusqu'à moi, parfois dominé par les cris des ouvriers qui s'interpellaient. A part cela, tout était calme. Et le rire léger de Perle, ricochant sur les pelouses en trilles argentins, me donnait l'impression irréelle de vivre au pays merveilleux des jouets.

Brusquement, James sortit de la maison, une grande enveloppe à la main.

— On vient d'apporter ceci pour vous, par courrier spécial, madame, annonça-t-il avec animation.

— Merci, James.

Il se retira et je déchirai la bande adhésive, sous le regard curieux de Mme Fleming, puis je haussai les épaules.

— Ce n'est qu'un journal de La Nouvelle-Orléans, déjà vieux de deux jours !

Je le dépliai, en me demandant pour quelle raison quelqu'un avait pris la peine de me l'envoyer en exprès, quand une marque rouge dans les pages intérieures attira mon attention. Elle encerclait d'un trait épais une annonce de mariage que je dévorai d'un regard. *Christophe Andréas et Gisèle Dumas*... Chris et Gisèle s'étaient mariés, sans crier gare et en privé, exactement dans les mêmes conditions que moi !

Je relis le paragraphe pour me convaincre que mes yeux ne me trompaient pas et, brusquement, ce fut comme si l'atmosphère autour de moi venait de s'évaporer. Je ne trouvais plus mon souffle. Un grand vide s'était soudain creusé dans ma poitrine et je sentis mon cœur sombrer dans ce gouffre glacé, telle une pierre.

— Mauvaises nouvelles ? s'enquit Mme Fleming avec sollicitude. J'espère que non.

Quelques secondes me furent nécessaires pour retrouver ma voix.

— C'est... c'est ma sœur, balbutiai-je. Elle vient de se marier, sans prévenir personne.

— Oh! Avec un jeune homme sympathique, au moins ?

— Oui. Un jeune homme très bien, Mme Fleming. Excusez-moi, repris-je en me levant, il faut que je monte un moment.

Et, retenant mes larmes, je m'engouffrai dans la maison et grimpai l'escalier au pas de charge pour aller me jeter sur mon lit, la tête enfouie dans l'oreiller. Je savais que cela risquait d'arriver, bien sûr, mais je m'étais bercée de l'espoir que Chris reprendrait ses esprits, qu'il saurait repousser la tentation. A présent, certaines de ses paroles me revenaient en mémoire et j'en comprenais tout le sens.

« C'est plus fort que moi, Ruby. Je n'ai jamais cessé de t'aimer. Et si cela signifie que je dois vivre à tout jamais dans l'illusion, j'accepte l'illusion. Ce sera mon lot. »

Et apparemment, il avait franchi le pas. Chaque fois qu'il embrasserait ma sœur, il fermerait les yeux en imaginant qu'il prenait mes lèvres. Chaque matin, en s'éveillant à ses côtés, il s'efforcerait de croire qu'il voyait mon visage et non le sien. Comment n'être pas malheureuse en sachant cela ? C'était moi qu'il aimait, qu'il avait toujours aimée. Je n'ignorais pas que Gisèle croyait avoir remporté une sorte de victoire en l'amenant à l'épouser ; mais au fond de son cœur, elle savait qu'il n'en était rien. Que Chris l'utilisait comme un miroir magique, dans lequel il cherchait le reflet de celle qu'il aimait vraiment.

Mais cela lui était bien égal. La seule chose qui comptait pour elle était de me rendre malheureuse, même s'il lui fallait épouser un garçon qu'elle n'aimait pas sincèrement... et pour cause, pensai-je avec amertume : elle n'aimait qu'elle-même. Je m'efforçai d'en éprouver plus de colère que de chagrin, mais ce fut en vain. J'en avais le cœur brisé. Je pleurai tout mon soûl, au point d'en avoir mal dans la poitrine, et je trempai mon oreiller de larmes.

Un coup frappé à la porte me fit me retourner brusquement et ravaler mes sanglots : le visage sombre et tourmenté, Paul était déjà près de moi.

— Que se passe-t-il, Ruby ?

— Rien, répondis-je en essuyant mes joues du revers de la main.

Sans me quitter des yeux, il exhiba le journal qu'il avait jusque-là tenu derrière son dos.

— C'est à cause de ça, n'est-ce pas ? Je l'ai trouvé dans le hall, où tu l'as laissé tomber. Non, ne dis rien ! explosa-t-il, rouge de colère et de frustration. Je sais que tu es toujours folle de lui.

— Paul...

— Inutile. Je vois bien que mon argent ne peut pas lutter contre ça. Même si je te bâtissais une maison deux fois plus grande, remplie de choses dix fois plus coûteuses, tu serais toujours en train de te lamenter en rêvant à Chris Andréas.

» Je croyais que ma dévotion, la sécurité que je t'offre pourraient remplacer un amour passionné, mais il fallait être idiot pour espérer ça ! soupira-t-il avec accablement. Et finalement, ma mère avait raison.

— Cette histoire est finie pour moi, Paul, affirmai-je sur un ton résolu. Il a épousé ma sœur, un point c'est tout.

Ses traits s'illuminèrent.

— C'est comme ça que tu devrais prendre les choses, Ruby. Après tout, il ne s'est pas inquiété de toi ni du bébé quand tu vivais dans la cabane de ta grand-mère, n'est-ce pas ?

— Non, admis-je avec tristesse.

— Et il n'a pas non plus cherché à savoir ce que tu devenais ensuite, non ? Il est aussi égoïste que ta sœur, et ils sont bien assortis, tous les deux. Je n'ai pas raison ?

Bien à contrecœur, je fis signe que oui, et il observa d'une voix lasse :

— Mais cela ne t'empêche pas de continuer à l'aimer.

— L'amour ne... ne se laisse pas toujours commander, Paul.

— Je sais. Je suis heureux que tu t'en rendes compte.

Pendant quelques instants nous nous dévisageâmes sans mot dire, puis il jeta le journal sur la commode et tourna les talons.

Je m'approchai de la fenêtre, toute songeuse. Nous avions encore plus de choses en commun qu'autrefois, Paul et moi : tous les deux, nous aimions quelqu'un d'un amour que l'autre ne pouvait pas nous rendre... Je poussai un soupir accablé, tout comme il venait de le faire, puis j'allai chercher le journal et le jetai dans la corbeille à papier.

Les jours suivants, et malgré nos efforts pour nous remonter réciproquement le moral, une atmosphère lugubre prit possession de Bois Cyprès. Les nuits nous semblaient plus noires, la pluie plus lourde que jamais. Je me remis au travail, essayant d'échapper au monde réel en me réfugiant dans celui que je créais. Je repris ma légende sudiste, consacrée à l'officier amoureux et à sa belle, mais le tableau suivant fut vraiment très mélancolique. J'y montrais le soldat blessé, ramené du combat sur un brancard. Il ressemblait à Chris, bien sûr, et on pouvait presque lire mon nom sur ses lèvres. Son regard lointain, tout embrumé de rêve, était celui d'un homme qui a évoqué de toutes ses forces l'image de sa bien-aimée, en sachant qu'à tout moment la lumière peut s'éteindre pour lui. Que le visage de son amie, sa voix, le parfum de ses cheveux, la douceur de ses lèvres... tout cela va lui être ravi à jamais, englouti par les ténèbres.

Je pleurais pour de bon en peignant cette scène. Et quand je l'eus terminée, j'allai m'asseoir à la fenêtre et contemplai les canaux en étreignant mes épaules, secouée de sanglots silencieux.

Dans le tableau suivant, je représentai la jeune femme à l'instant où elle apprend la terrible nouvelle.

Le visage ravagé, elle tordait un mouchoir entre ses doigts, auxquels s'enroulait une chaîne : celle de la montre de poche que lui avait donnée son fiancé. Le messager lui-même tenait la tête basse, accablé de chagrin.

Je peignis ces deux scènes en teintes plus sombres que les autres. Et dans les pans de mousse espagnole, suspendus aux branches noires des cyprès comme de sinistres toiles d'araignée, je laissai entrevoir la mort au sourire triomphant.

La première fois qu'il vit ces tableaux, Paul ne fit aucun commentaire. Après les avoir observés un moment, les yeux rétrécis, il alla se camper devant la fenêtre et s'abîma dans la contemplation du paysage et des canaux. Ces mêmes canaux où nous avions si souvent navigué ensemble, en évoquant ce que nous ferions plus tard, quand nous serions adultes et libres d'agir à notre guise. Quand il parla enfin, sa voix était infiniment triste.

— J'ai fait une chose terrible, Ruby. Je t'ai enfermée dans une autre sorte de prison.

— Non, Paul. Tu as seulement essayé de nous offrir la meilleure vie possible, à Perle et à moi. Ne te reproche rien.

Il se retourna, et je ne l'avais jamais vu si désemparé, si vulnérable.

— Je ne voulais que ton bonheur, Ruby.

— Je le sais bien, affirmai-je en souriant.

— Mais je me sens tout à fait comme cet homme qui avait capturé un oiseau moqueur et l'avait mis en cage. Il le chérissait, l'entourait des soins les plus tendres, et pourtant… Un matin, il l'a trouvé mort, les yeux tournés vers la fenêtre et la liberté qu'il avait perdue. Je sais maintenant que l'on peut aimer trop.

— Ce n'est pas moi qui m'en plaindrais, Paul ! Et je ne veux pas te voir triste à cause de moi : je vais jeter ces tableaux.

— Ah non ! Ce sont peut-être tes meilleurs. Ne

t'avise pas de faire ça, surtout : cette série va te rendre célèbre.

— Tu sembles attacher plus d'importance que moi à ma réussite, on dirait.

— Bien sûr ! Le talent d'une Cajun surdouée met en ébullition l'univers de l'art, déclama-t-il en traçant des lettres en l'air, comme s'il composait un gros titre.

J'éclatai de rire et il suggéra aussitôt :

— Si nous allions écouter de la musique après le dîner, ce soir ? Il y a longtemps que nous ne nous sommes pas offert ce genre de sortie, et je veux un menu de gala.

— Excellente idée, Paul.

— Au fait, ajouta-t-il avec désinvolture, je ne t'ai pas dit ? J'ai acheté de nouveaux terrains, ce matin.

— Ah bon ? Lesquels ?

— Toute la terre qui s'étend au sud des canaux, ce qui fait de nous les plus gros propriétaires de la paroisse de Terrebonne. Pas mal pour deux rats des marais, comme disent les citadins ! se rengorgea-t-il.

Et il sortit en riant pour aller commander à Letty un menu particulièrement soigné. Ce fut ce soir-là, juste au moment de descendre pour dîner, que je reçus un coup de fil de Gisèle.

— J'attendais que tu m'appelles pour me féliciter, commença-t-elle abruptement. Pour mon mariage.

— Félicitations, me bornai-je à répondre.

— On dirait que ça t'écorche la bouche ?

— Pas du tout. Si c'est vraiment ce que vous désiriez, je vous souhaite bonheur et santé à tous deux.

— Nous sommes à nouveau la coqueluche de la ville, maintenant ! Tout le monde nous invite, et quand nous entrons dans un restaurant, les gens s'arrêtent de manger pour nous regarder. Nous sommes un couple célèbre et très réussi, et notre nom figure dans toutes les chroniques mondaines. Chris prétend que nous devrions nous occuper d'un tas d'œuvres de charité. Ça fait chic, je trouve, et il a l'impression d'avoir des activités importantes. Ne me demande pas lesquelles, par exemple ! Moi, ces trucs-là, je m'en moque éperdument.

— Et qu'est-ce qu'il fait, en ce moment ?

— Comment ça, qu'est-ce qu'il fait ?

— Dans la vie, je veux dire. Il voulait être médecin, tu te souviens ?

— Oh ! il est suffisamment occupé à gérer ma fortune ! C'est un homme d'affaires et il gagne plus d'argent que s'il était médecin. Et ne viens pas me dire qu'il est trop jeune, ajouta précipitamment ma sœur. Regarde comme Paul a réussi, lui.

— Mais Chris parlait tout le temps d'aider les gens, de leur faire du bien, constatai-je avec tristesse. Il disait que ce serait très gratifiant pour lui.

— Et après ? C'est moi qu'il aide et à moi qu'il fait du bien, maintenant. Et c'est très gratifiant pour lui, figure-toi. Bon, il faut que je te laisse. Je n'ai plus rien à me mettre et j'ai rendez-vous avec un couturier. Je devrais porter des créations, tu ne trouves pas ? Mais tu as de la chance, toi. Tu vis dans un trou, tu n'as pas besoin de te soucier de la mode ! Dis bonjour à Paul pour moi, lança ma sœur d'une voix suave, juste avant de raccrocher.

J'eus bonne envie de projeter le combiné sur le mur, mais je me dominai. Je le reposai doucement sur sa fourche. Puis je descendis rejoindre Paul, refoulant à l'arrière-plan de mes pensées les paroles et la voix provocante de ma jumelle. J'étais bien résolue à les oublier.

Mais une semaine plus tard, Paul monta jusqu'à l'atelier pour m'annoncer que Chris avait téléphoné.

— Il m'apprend que vos avoués ont terminé les comptes de succession et il souhaite nous rencontrer pour le partage, Ruby. J'ai pensé que ce serait plus pratique de régler ça ici.

— Chez nous ? Tu les as invités à Bois Cyprès ?

— Oui, pourquoi ? Cela te contrarie ?

— Non, mais... attends de voir la réaction de Gisèle ! Il va rappeler pour décommander, tu verras.

Mais Chris ne rappela pas. Gisèle et lui venaient à Bois Cyprès, et il allait enfin avoir l'occasion de voir sa fille.

Ils arrivèrent dans la Rolls-Royce de papa. J'étais occupée à tailler les rosiers, m'appliquant à tous les menus travaux qui pouvaient m'empêcher de penser. Mme Fleming se trouvait de l'autre côté de la maison, avec Perle. J'avais moi-même choisi la toilette de ma fille, une de ses plus jolies robes, et noué un ruban rose dans ses cheveux. Mme Fleming ne savait pas qui était Chris, bien sûr. Mais elle se rendait compte, à ma nervosité, qu'il s'agissait d'un invité pas comme les autres.

Paul était allé à la conserverie, en promettant de rentrer de bonne heure. Mais il n'était toujours pas là quand j'entendis klaxonner la voiture et me retournai, pour voir la Rolls familière s'approcher le long de la grande allée. J'ôtai mes gants et m'avançai à la rencontre des visiteurs.

— Où sont les domestiques ? lança ma sœur d'un ton hautain. Ils devraient déjà être à nos ordres !

— Nous ne sommes pas aussi formalistes dans le bayou, Gisèle, expliquai-je en me tournant vers Chris. Bonjour, Chris. Comment vas-tu ?

— Très bien. Et la description de Gisèle est au-dessous de la vérité, constata-t-il en regardant autour de lui. C'est fantastique ! Il faut le voir pour y croire. Je comprends pourquoi tu es si heureuse ici, Ruby.

— Bien sûr qu'elle est heureuse ! Elle a une maison moderne et elle vit dans son cher marais, persifla ma sœur. (Et, apercevant James sur le perron, elle ajouta :) Ton maître d'hôtel, je suppose ? Comment s'appelle-t-il ?

— James.

— James ! appela-t-elle aussitôt. Déchargez nos bagages, voulez-vous ? J'ai besoin de me rafraîchir. Ce long voyage et la chaleur du marais n'ont pas arrangé mes cheveux, on dirait de la paille de fer.

— Très bien, madame, s'empressa James, qui avait déjà reçu mes instructions.

Chris ne m'avait pas quittée du regard.

— Je meurs d'envie de voir le reste de la maison, Ruby.

— Bien sûr. Je vous montre le chemin...

— Nous ne resterons qu'une nuit, se hâta de préciser Gisèle. Chris a apporté tous les papiers, tu n'auras qu'à signer. Pas vrai, Chris ?

— En effet, acquiesça-t-il, les yeux toujours fixés sur moi.

Ma sœur le dévisagea d'un air furibond.

— Je tiens à me débarrasser de cette corvée au plus vite, moi. Pas question de revenir patauger dans ce marécage !

— Nous ferons au mieux pour que tout soit réglé au plus tôt, à la satisfaction de tous, la rassurai-je.

— Non mais tu l'entends, Chris ? On croirait Daphné. N'essaie pas de nous snober avec tes airs de grande dame riche, ma chère sœur ! ironisa Gisèle. Et maintenant, James, montrez-nous le chemin, ordonna-t-elle avec sécheresse.

Et nous suivîmes James à l'intérieur.

A peine entré, Chris exprima tout haut son admiration. Et plus il s'exclamait, plus l'irritation de ma sœur augmentait.

— Tu as vu des maisons bien plus belles à La Nouvelle-Orléans, Chris ! Je ne vois pas pourquoi tu fais semblant d'être aussi impressionné.

— Je ne fais pas semblant, *chérie*, releva-t-il sans se fâcher. Tu dois reconnaître que Ruby et Paul ont réalisé quelque chose de remarquable.

— Ecoute-le ! s'extasia ma sœur. Il est adorable quand il parle français. Bon, d'accord. J'admets que c'est pas mal... pour une cabane du bayou ! Mais où est passé James ?

Je désignai le palier d'un signe de tête.

— Il vous attend là-haut, avec vos bagages.

— Comment ? Tu n'as pas de femme de chambre ?

— Ne t'inquiète pas, tous mes domestiques seront à ton entière disposition, affirmai-je.

Sur quoi, enfin satisfaite, elle s'engagea dans l'escalier.

— Tu habites une maison superbe, commença Chris, et le paysage est tout aussi beau...

Puis il se tut, les yeux rivés aux miens, et un silence épais s'établit entre nous.

— Viens, murmurai-je enfin. Je vais t'emmener voir... Perle.

Son regard s'éclaira et je le conduisis sur la terrasse, où Perle jouait dans son parc sous la surveillance de Mme Fleming. Je m'acquittai rapidement des présentations.

— Madame Fleming, voici mon beau-frère : Chris Andréas.

— Ravie de vous connaître, monsieur.

Ils échangèrent une poignée de main, mais tout en formulant les politesses d'usage, Chris n'avait d'yeux que pour sa fille.

— Et voici Perle, annonçai-je un ton plus bas.

Déjà, il s'avançait vers elle et quand il s'agenouilla près du parc, elle cessa aussitôt de jouer pour l'observer avec une attention concentrée. Se pouvait-il qu'une enfant si jeune reconnaisse instantanément son véritable père ? Voyait-elle dans ses yeux quelque chose d'elle-même ? Alors qu'en général elle n'accordait aux nouveaux venus qu'un regard bref, elle examina Chris, ébaucha un petit sourire et quand il se pencha pour la soulever dans ses bras, elle ne pleura pas. Il embrassa ses cheveux, puis ses joues, et elle tendit les bras pour saisir ses boucles et toucher son visage, comme pour s'assurer qu'il était bien réel.

J'avais les larmes aux yeux, mais je m'interdis de pleurer.

— Elle est ravissante, chuchota Chris.

Je hochai la tête en me mordant la lèvre. Mme Fleming nous observait avec intérêt, souriant d'un air indécis. Avec la sagesse de l'âge, elle pressentait quelque chose et se posait des questions, j'en étais sûre.

— Elle vous aime beaucoup, monsieur, constata-t-elle.

— J'ai du succès auprès des jeunes personnes, plaisanta-t-il en reposant Perle dans son parc.

Instantanément, et à la grande surprise de Mme Fleming, elle se mit à pleurer.

— Voyons, Perle, la grondai-je avec douceur, sois gentille. J'aimerais montrer les jardins à ton oncle Chris, maintenant.

Et là-dessus, j'entraînai « l'oncle Chris » vers la piscine et le pavillon de bains.

— Ruby, commença-t-il quand nous nous fûmes suffisamment éloignés, quelle merveilleuse petite fille ! Elle est plus adorable que je n'aurais jamais pu l'imaginer. Je ne m'étonne plus que Paul en soit fou. C'est ton portrait tout craché.

— Non, c'est à toi qu'elle ressemble le plus, affirmai-je.

Et, cela dit, je m'empressai de changer de sujet.

— Voilà notre piscine, comme tu peux le voir. Paul envisage d'installer un court de tennis à côté, le mois prochain. Et par là, indiquai-je, nous avons une jetée sur le canal.

J'avais besoin de parler, c'était le seul moyen pour moi de ne pas fondre en larmes, mais Chris ne m'écoutait pas.

— Pourquoi n'ai-je pas tenu tête à mes parents ? J'aurais dû me sauver avec toi, et commencer une nouvelle vie dans le bayou.

— Ne dis pas de sottises, Chris. Qu'est-ce que tu aurais bien pu faire, ici ? T'asseoir au bord de la route et vendre des objets d'artisanat, toi aussi ?

— J'aurais trouvé un emploi honorable. J'aurais peut-être fini par travailler pour les Tate, ou je me serais fait pêcheur, ou même...

— Avec un enfant, un vrai bébé en chair et en os, il n'est plus question de vivre de rêves, répliquai-je.

Un peu trop durement, peut-être : Chris ravala ses projets chimériques et baissa la tête.

— Tu as raison, bien sûr.

— Cela te ferait plaisir de voir mon atelier ? lui proposai-je pour faire diversion.

— Oh ! oui, s'il te plaît !

Je le ramenai dans la maison sans cesser un instant de bavarder. Le temps de monter l'escalier, il savait tout sur les affaires de Paul, les avances dont il était l'objet de la part des politiciens, l'avenir qui s'ouvrait devant lui.

— Tu es très fière de Paul, n'est-ce pas ? demanda-t-il en arrivant en haut des marches.

— Oui, Chris. Il a toujours été très responsable, plus mûr que les garçons de son âge, et c'est un homme d'affaires très avisé. Mais ce qui compte le plus à mes yeux, c'est qu'il nous aime infiniment, Perle et moi. Et qu'il ferait n'importe quoi pour nous rendre heureuses, achevai-je en ouvrant la porte du grenier.

— J'ai acheté plusieurs de tes tableaux, tu sais, Ruby ? Je les ai accrochés dans ce qui est maintenant mon bureau, et je commence chaque journée en contemplant une œuvre de toi.

— Comme tu peux voir, fis-je observer comme si je n'avais pas entendu, j'ai une vue superbe sur les canaux.

Le regard de Chris dériva vers la fenêtre.

— Maintenant que je vois ce que tu vois toi-même chaque jour, il me sera encore plus facile d'évoquer ta présence.

— Et voilà ma nouvelle série, continuai-je, décidée à faire la sourde oreille. La légende du soldat sudiste.

— Ces toiles sont magnifiques ! s'exclama Chris après les avoir étudiées longuement. Il me les faut, toutes. Combien en veux-tu ?

J'éclatai de rire.

— Elles ne sont pas terminées, Chris, et je n'ai pas

la moindre idée de ce qu'elles valent. Probablement beaucoup moins que nous ne l'imaginons.

— Ou beaucoup plus. Quand les envoies-tu à La Nouvelle-Orléans ?

— Dans le courant du mois.

— Ruby, commença-t-il en saisissant mes mains, et la voix si vibrante que je ne pus lui dérober mon regard. Je veux que tu saches pourquoi j'ai épousé Gisèle. Il fallait que je trouve un moyen de rester près de toi, même si je t'avais perdue. Ta sœur est ce qu'elle est, mais dans l'intimité il arrive... qu'elle te ressemble plus que tu ne crois. Elle est très seule, très vulnérable, et son attitude prétentieuse et égoïste n'est qu'un masque. Elle essaie de cacher qu'elle a peur. Peur de n'avoir personne pour l'aimer.

» Quand elle est comme ça, c'est à toi que je pense. J'ai l'impression de te tenir dans mes bras, de te réconforter, d'embrasser tes joues mouillées de larmes. Je l'ai même incitée à porter ton parfum préféré. Alors, quand je ferme les yeux... toi seule occupes mes pensées, Ruby.

— Tu as tort, Chris. C'est très mal.

— Je sais. Maintenant, je le sais. Elle n'est pas stupide, elle sent très bien tout ça, mais elle en a pris son parti. Enfin, c'était le cas, jusqu'à maintenant. Depuis quelque temps, elle... redevient comme avant. Elle rejette tout ce qu'elle a appris, toutes ses bonnes habitudes, comme on jette du lest quand un bateau coule.

» Elle recommence à boire, elle invite ses anciens amis chez nous pour des soirées qui durent jusqu'au milieu de la nuit... Non, franchement, soupira Chris, je ne voyais pas les choses comme ça, et je reconnais que je me suis trompé. Je ne peux pas la transformer en toi, mais... ce ne sera peut-être plus nécessaire.

— Que veux-tu dire ?

— J'ai loué un appartement rue Dumaine, dans le quartier français. Gisèle n'en sait rien. Je voudrais que tu m'y retrouves quand tu viendras à La Nouvelle-Orléans.

— Chris ! m'écriai-je en dégageant mes mains des siennes.

— Mais il n'y aurait rien de mal à ça, Ruby. Nous nous aimons, je le sais, profondément et sans restrictions. Je suis au courant de ton arrangement avec Paul. Ce n'est qu'un simulacre de mariage, et je t'ai dit ce qu'il en est du mien. Sous un certain rapport, c'est le vide, pour toi comme pour moi, et nous ne pouvons pas laisser un tel désir inassouvi. S'il te plaît, Ruby, reviens-moi. Je t'en supplie.

Pendant quelques instants, je restai sans voix. Les images qui surgissaient en moi étaient si bouleversantes que j'en avais le feu aux joues. Rejoindre Chris, me blottir dans ses bras, l'étreindre et sentir ses lèvres sur les miennes ; l'écouter chuchoter des mots tendres et percevoir le battement de son cœur, connaître à nouveau l'extase que nous avions partagée... Non, jamais je n'aurais cru cela possible, même en rêve.

— Je ne peux pas, murmurai-je. Paul serait...

— Personne n'en saura rien. Nous prendrons toutes les précautions nécessaires et ne ferons de mal à personne, Ruby. Il y a des jours que j'y réfléchis, je ne pense qu'à ça ! Hier, en louant cet appartement, je savais que c'était possible, que nous devions le faire. Tu viendras, n'est-ce pas ? Tu viendras ?

— Non, dis-je en battant en retraite vers la porte. Il ne faut pas. Et dépêchons-nous de descendre, Paul doit être arrivé.

— Ruby !

J'étais déjà dans l'escalier, fuyant les tentations qui m'assaillaient. Je ne m'arrêtai qu'au bas des marches pour y attendre Chris.

— Ruby, reprit-il en me rejoignant, et sur un ton plus raisonnable cette fois. Si...

— Ah vous voilà ! fit la voix de Gisèle, rentrant de la terrasse en compagnie de Paul.

— Je faisais visiter mon atelier à Chris, expliquai-je précipitamment.

— Ah ! (Paul lui jeta un regard bref, déposa un baiser sur ma joue et je vis ses yeux s'assombrir.) Lui as-tu montré ta nouvelle série ?

— Elle est fantastique, dit Chris avec chaleur. J'ai déjà proposé d'acheter l'ensemble, mais Ruby m'a fait observer qu'il était trop tôt pour fixer un prix.

— Tu as déjà payé trop cher les tableaux d'elle que tu as, lui reprocha vertement Gisèle. Si elle était célèbre, encore, je comprendrais !

— Oh ! mais elle le sera, rétorqua Paul. Et vous serez aussi fiers d'elle que je le suis moi-même.

Ce nouveau compliment ne fut pas du goût de ma sœur.

— Bien, venons-en à nos affaires. Je ne me suis pas traînée jusqu'ici pour visiter le marais, moi. Une fois m'a suffi.

— Mais tu n'as pratiquement rien vu, protesta Paul. Si vous voulez, je vous emmène faire un grand tour en hors-bord et là, vous verrez les canaux dans toute leur splendeur.

— Pour me faire dévorer toute crue par les moustiques ? Merci bien !

— Nous avons une excellente lotion protectrice, ne t'inquiète pas. Accepte de jouer les touristes, ne serait-ce qu'un moment. Je tiens absolument à t'impressionner.

— Personnellement, ça me plairait beaucoup, affirma Chris.

— Alors c'est décidé. Après le déjeuner, en route pour une virée sur les canaux. En attendant, si nous passions dans mon bureau pour débrouiller un peu la paperasse ?

— Entendu, acquiesça Chris en prenant le bras de Gisèle, ce qui eut le don d'apaiser sa mauvaise humeur.

Tous deux nous précédèrent dans le hall et Paul me demanda tout bas :

— Tout va bien, Ruby ?

— Oui, Paul. Tout va bien.

— Alors tant mieux, dit-il en saisissant ma main pour m'entraîner vers le bureau.

Gisèle ouvrit la discussion en déclarant que tous nos biens de La Nouvelle-Orléans devraient lui revenir.

— Chris et moi pensions vous offrir en échange des propriétés qui soient... comment déjà, Chris ?

— De valeur comparable.

— C'est ça : de valeur comparable.

— Ton avis, Ruby ? s'enquit Paul aussitôt.

— D'accord pour moi. Je ne tiens pas plus que ça à posséder quoi que ce soit à La Nouvelle-Orléans.

— Papa, ou Daphné plus exactement, a acheté des immeubles un peu partout. Nous sommes de gros propriétaires, n'est-ce pas, Chris ?

— Vous êtes à la tête d'un portefeuille considérable, opina-t-il en nous présentant les premières pages du dossier. Voici la liste de toutes les propriétés, avec leur estimation. Ce terrain sur le lac Pontchartrain vaut de l'or.

Paul se pencha pour étudier la liste, et bientôt Chris et lui furent plongés dans une discussion à deux, nous laissant bavarder entre nous. Pour ma part, je ne tenais pas spécialement à devenir propriétaire, et vendre tous ces biens faisait tout à fait mon affaire.

— Et que devient Bruce ? m'informai-je au bout d'un moment.

— Il n'a plus donné signe de vie depuis que son avoué a rencontré le nôtre. Il a dû se rendre compte qu'entamer une procédure serait jeter son argent par les fenêtres.

— Il vit toujours à La Nouvelle-Orléans ?

— Oui. Il possède un immeuble locatif et il a quelques autres sources de revenus, mais rien à voir avec la fortune qu'il aurait empochée si Daphné n'avait pas pris ses précautions.

— Mais pourquoi a-t-elle fait cela, finalement ? Elle ne tenait certainement pas à ce que l'argent nous revienne.

— Ça, j'en suis sûre !

Chris donna son avis sur la question.
— Peut-être... avait-elle peur de lui, qui sait ?
— Peur ? releva Paul. Qu'entends-tu par là ?
— Peur qu'il ne soit tenté, comment dirais-je... d'accélérer sa mort pour hériter plus vite ?
Un silence plana. Gisèle elle-même réfléchissait à la signification des paroles de Chris.
— Elle savait ce dont il était capable, reprit-il. Nous avons trouvé trace de certaines malversations auxquelles ils se sont livrés avant la mort de Pierre. Documents falsifiés, rapports truqués... bref, un joli sac d'embrouilles !
— Alors Bruce n'a que ce qu'il mérite, conclut Paul.
Et tous deux se replongèrent dans les détails du partage. Gisèle, qui s'était montrée si pressée de commencer la réunion, s'impatientait de plus en plus. D'un commun accord, il fut décidé de suspendre la séance pour passer à table.
Nous déjeunâmes sur la terrasse. Paul tint Chris en haleine avec ses considérations sur la politique et le pétrole, et ma sœur se lança dans les potins mondains. Elle me raconta les faits et gestes de ses amis, ce qu'ils achetaient, quels voyages ils avaient faits... tout y passa. Quand Mme Fleming nous amena Perle, je retins mon souffle, redoutant une réflexion déplacée de ma sœur, mais je m'alarmais à tort. Elle tint sa langue et, se découvrant un intérêt subit pour sa nièce, joua son rôle de tante à la perfection. Je la trouvai plus convaincante lorsqu'elle annonça :
— Je crois que je vais attendre un peu pour avoir des enfants. Ils vous abîment la silhouette, et je ne suis pas encore prête à supporter ça. Chris et moi sommes bien d'accord là-dessus, n'est-ce pas, Chris ?
— Pardon ? Oh... oui ! Bien sûr, *chérie*.
— Dis quelque chose en français, Chris. Une de ces jolies phrases romantiques, comme tu m'en disais quand nous nous promenions au bord de la Seine. Tu veux bien ?
Chris hésita un instant et son regard chercha le mien.

— *Chaque fois que je te voyais entrer dans une pièce*, énonça-t-il avec lenteur, *mon cœur battait la chamade.*

— Oh ! comme c'est charmant ! minauda ma sœur. Qu'est-ce que ça veut dire, Chris ?

Il garda les yeux fixés sur moi pendant quelques brèves secondes, puis sourit à Gisèle.

— Qu'il me suffit de te voir pour que mon cœur s'emballe comme un fou, traduisit-il.

— Est-ce que vous parlez d'amour en français aussi, chez les Cajuns ? demanda-t-elle en s'adressant à Paul.

— Un peu, mais notre accent est tellement différent que tu ne comprendrais sans doute pas. Bon, et cette promenade en bateau ? Vous êtes prêts ?

— Sûrement pas, se lamenta ma sœur d'un ton geignard.

— Tu seras fascinée malgré toi, tu verras.

— Mais qu'est-ce que je vais mettre ? Pas les vêtements que j'ai apportés, en tout cas : je ne tiens pas à ce qu'ils soient pleins de boue et d'huile !

— Je te prêterai un vieux pantalon et un T-shirt, la rassurai-je. Allez viens, il est temps de nous préparer.

Elle recommença ses jérémiades, maugréa dans l'escalier, grogna en se changeant, et en redescendant elle bougonnait encore. Paul lui tendit un flacon de lotion antimoustiques.

— Et si ça me donne une crise d'urticaire, ton truc ?

— Pas de danger. C'est une vieille recette cajun.

— Qu'est-ce qu'il y a dedans, d'abord ?

— Ça… il vaut mieux que tu ne le saches pas.

— Mais ça pue…

— C'est exprès, sourit Chris. Pour faire fuir les insectes.

— Pour faire fuir tout le monde, oui !

Sa repartie déclencha un éclat de rire général — et elle rit avec les autres —, puis elle se badigeonna soigneusement le visage et les bras et nous descendîmes au ponton pour embarquer. Chris prit place entre elle et moi, et elle poussa les hauts cris quand le bateau s'éloigna du bord. Mais elle se calma presque aussitôt, et son intérêt s'éveilla. Paul désignait du doigt les serpents d'eau, les alligators, les loutres et les oiseaux, les berges couvertes de chèvrefeuille. C'était un guide merveilleux, on sentait passer dans sa voix son admiration et son amour pour toutes les formes de vie qui peuplaient le marais. Il coupa le moteur et nous dérivâmes au creux de petits lacs d'eau stagnante, observant les rats musqués occupés à bâtir fébrilement leurs petites huttes d'herbe sèche. Ce fut encore Paul qui nous signala le rocher où une vipère se chauffait au soleil, son front triangulaire luisant comme un vieux sou de bronze.

L'agitation soudaine d'une nichée de canards sauvages attira notre attention, et quelques secondes plus tard la tête d'un vieil alligator émergea de l'eau, environnée d'un vol de libellules. Nous glissâmes entre des îlots de nénuphars, sous les branches tombantes des saules pleureurs. Chris bombardait Paul de questions sur la flore et la faune sauvages, la manière de se repérer dans le réseau des canaux, curieux de savoir ce qu'il lui restait à découvrir. Et Gisèle fut bien forcée de reconnaître qu'elle avait apprécié la promenade.

— C'était comme si on naviguait dans une espèce de zoo, commenta-t-elle. Pas mal du tout... Mais je suis pressée de prendre un bain et de me débarrasser de cette marmelade !

Une fois habillés pour dîner, nous nous retrouvâmes dans la bibliothèque pour l'apéritif. Chris et Paul se lancèrent aussitôt dans une discussion politique, et Gisèle me fit un véritable discours sur la mode. J'eus droit aux descriptions détaillées des tout derniers modèles, et en particulier ceux qu'elle comptait porter en avant-première. Puis nous passâmes à table, et Chris exprima sans réserve son admiration pour les talents de Letty. Autant que Paul et que moi-même, il semblait redouter le silence, et tous les trois nous nous donnions beaucoup de mal pour l'éviter. Gisèle seule paraissait à l'aise et détendue.

Il en fut de même quand nous revînmes dans le

salon pour le pousse-café, mais cela ne pouvait pas durer. Nous avions tous un peu trop bu, trop mangé, trop parlé, les émotions de la journée nous avaient épuisés. Ma sœur elle-même donnait des signes de fatigue : elle bâilla ostensiblement.

— Nous ferions mieux d'aller dormir, comme ça nous pourrons nous lever de bonne heure.

— De bonne heure ? s'effara Chris. Toi ?

— Eh bien, disons... assez tôt pour régler toutes ces histoires et rentrer à La Nouvelle-Orléans. Nous allons au gala des Artistes, demain. Tenue de soirée de rigueur, crut-elle devoir préciser. Tu as déjà été à ce genre de réception, Paul ?

— Une fois, à Baton Rouge, oui. Chez le gouverneur.

— Ah !... (La mine de ma sœur s'allongea.) Je suis fatiguée, Chris. J'ai trop mangé.

— Nous montons tout de suite, dit-il en se levant. Merci pour cette journée bien remplie et cette agréable soirée.

Gisèle se mit péniblement debout et lui agrippa le bras.

— Bonne nuit, tous les deux, roucoula-t-elle en se laissant guider vers le hall, la démarche mal assurée.

Paul la suivit des yeux en secouant la tête et, quand nous fûmes seuls, reprit place dans son fauteuil.

— Est-ce que ces décisions te conviennent, Ruby ? Je ne voulais pas me mêler de tes affaires, mais...

— Ce sont tes affaires autant que les miennes, Paul. Pour ce genre de choses, je me repose entièrement sur toi. Je suis sûre que tu as choisi les meilleures solutions.

Il sourit avec satisfaction.

— Si Chris imaginait qu'il allait négocier avec un Cajun arriéré, il est tombé sur un bec ! Crois-moi, nous nous en tirons mieux qu'eux, et franchement... je m'attendais que ce soit plus difficile ! annonça-t-il avec une arrogance qui ne lui ressemblait pas.

Puis il se carra dans son fauteuil et reprit après un bref silence :

— Et... où en êtes-vous, tous les deux ?

— Paul, je t'en prie !

— Un accident de naissance, maugréa-t-il à voix basse. Une malédiction. Si mon père n'était pas allé s'égarer dans ce marais, s'il n'avait pas trompé ma mère...

— Paul...

— Je sais. Je te demande pardon. Mais... tout ça me paraît tellement injuste ! Nous devrions avoir notre mot à dire dans notre histoire, non ? En tant qu'esprits, nous aurions dû pouvoir choisir avant de naître. Et ne ris pas, Ruby ! Ta grand-mère Catherine croyait que les esprits sont présents avant la naissance, que leur vie précède celle du corps.

— Je ne ris pas, Paul, mais je ne veux pas que tu te tortures avec ça. Je vais très bien, et nous avons tous un peu trop bu. Allons nous coucher.

Il hocha pensivement la tête.

— Monte, toi. J'ai du travail à terminer.

— Paul... commençai-je en me levant.

— Je n'en ai pas pour longtemps, affirma-t-il en se levant à son tour. Je te le promets.

Il me serra dans ses bras, se détourna en soupirant et je me hâtai de sortir. J'avais le cœur lourd en montant l'escalier. J'allai jeter un coup d'œil sur Perle et me mis au lit en pensant aux deux hommes qui occupaient les chambres voisines... Deux hommes qui mouraient du désir d'être près de moi. J'avais l'impression d'être le fruit défendu, inaccessible, mis hors d'atteinte par la religion, la morale et la loi écrite. Bien des années plus tôt, mes parents n'avaient écouté que celle de leur cœur. Malgré les interdits et le poids du péché qu'ils allaient commettre, ils étaient allés l'un vers l'autre, impatients de sentir leurs doigts se nouer, de savourer la douceur d'un baiser...

Etais-je d'une autre trempe que la leur, plus forte, douée de plus de sens moral ? Ou, plus important encore, souhaitais-je réellement l'être, au plus profond de moi ? Ou voulais-je me jeter dans les bras de mon amant, sans me soucier de ce qu'il adviendrait au matin, ni des jours qui suivraient, ni des nuits hantées de remords ?

Ce n'était pas notre faute. Ce ne pouvait pas être notre faute si nous nous aimions, et si les circonstances avaient fait de cet amour un péché. C'étaient les circonstances qui avaient tort, me répétais-je obstinément.

Mais cela ne m'aidait en rien. Je n'y trouvais aucun réconfort pour affronter l'aube du jour à venir, ni la détresse qu'elle ne manquerait pas de m'apporter. La lancinante souffrance du désir inassouvi...

9

Le fruit défendu

Bien que Gisèle ait annoncé son intention de se lever tôt, nous étions déjà tous les trois à table en train de prendre le café quand elle fit son apparition, en se plaignant de n'avoir pas fermé l'œil.

— J'ai rêvé toute la nuit que des sortes de créatures se faufilaient dans la maison, grimpaient à l'étage et se glissaient dans mon lit ! gémit-elle en se laissant tomber sur sa chaise avec un frisson théâtral. Je savais que je n'aurais pas dû faire cette promenade. Il va me falloir des mois pour me débarrasser de ces cauchemars, maintenant !

Paul prit la chose en riant.

— Franchement, Gisèle, tu es bien impressionnable pour une fille de la ville ! Quand on pense à la criminalité qui règne dans les rues... Les créatures des marais sont prévisibles, au moins. Essaie d'apprivoiser une vipère, tiens : tu sauras tout de suite à quoi t'en tenir.

Chris éclata de rire à son tour, ce qu'elle n'apprécia pas du tout.

— C'est peut-être très drôle pour vous, les hommes, mais les femmes sont plus délicates, riposta-t-elle en quêtant mon soutien du regard. (Et comme je n'intervenais pas, elle ajouta :) En tout cas, celles de La Nouvelle-Orléans !

Puis elle se déclara trop lasse pour manger beaucoup, et annonça qu'elle se contenterait d'un café. Pour notre part, nous mangeâmes de bon appétit et, le déjeuner terminé, nous retournâmes dans le bureau pour y terminer les formalités en cours. Je signai tous les documents nécessaires et Chris promit de nous tenir au courant de la procédure.

Avant de partir, il demanda à revoir Perle et je le conduisis dans sa chambre. Mme Fleming venait juste de la changer, elle avait noué ses cheveux bien brossés d'un ruban rose. Ses yeux brillèrent en apercevant Chris. Sans un mot, il la souleva dans ses bras, déposa un baiser dans ses boucles blondes, et aussitôt elle tendit les bras vers ses cheveux pour essayer d'y fourrer ses petits doigts. Il la dévorait des yeux.

— Quelle enfant éveillée ! Regardez-la : tout l'intéresse.

— Descends-la, lui suggérai-je. Elle pourra vous dire au revoir en même temps que nous.

Il acquiesça et nous revînmes dans le hall, où Gisèle se trouvait déjà : elle accablait James de recommandations superflues à propos de ses bagages. Une fois dans la galerie, Chris me tendit Perle et serra la main de Paul.

— Merci pour votre accueil, j'ai passé une journée passionnante. J'ai appris beaucoup de choses sur le bayou, et j'avoue que j'en ai une bien meilleure opinion qu'avant.

— Vous serez toujours les bienvenus chez nous, répondit aimablement Paul, avec un sourire ambigu à mon adresse.

Gisèle était déjà dans la voiture, et manifestement pressée de partir.

— Chris ! appela-t-elle avec humeur. Ça va durer longtemps, ces adieux ? Il commence à faire chaud, et les moustiques arrivent en bataillons de ce sacré marais !

Paul se hâta vers la voiture pour lui dire au revoir, et Chris se pencha comme pour embrasser ma joue, mais ce fut ma bouche que ses lèvres effleurèrent.

— Merci pour ces bons moments, chuchota-t-il en prenant ma main.

Et quand il la libéra, je sentis un petit morceau de papier dans ma paume. J'allais lui demander ce que cela signifiait, mais son regard croisa le mien et je compris : j'eus l'impression que ma peau brûlait comme si je tenais une allumette enflammée. Avec un bref coup d'œil en direction de Paul et de Gisèle, je fis disparaître le papier dans ma poche et Chris dévala les marches.

— Merci encore ! cria-t-il en s'engouffrant dans la voiture.

Gisèle agita joyeusement la main.

— Salut, vous deux ! Si l'occasion se présente, venez faire un tour dans la civilisation. Chauffeur, à la maison !

Avec un sourire indulgent, Chris mit le moteur en marche.

— Ta sœur est impayable, commenta Paul en secouant la tête. Je n'envie pas Chris de vivre avec elle, mais si j'envisage la question sous un autre aspect... alors là oui, je l'envie. Plus qu'il ne pourra jamais savoir, ajouta-t-il en me dévisageant, si intensément que je détournai les yeux d'un air coupable. Bon, je retourne au travail.

Il nous embrassa rapidement, Perle et moi, et partit à grands pas vers sa voiture.

Dès que je fus rentrée dans la maison, Mme Fleming me reprit Perle et je montai dans mon atelier. Je n'avais pas spécialement envie de peindre, mais la solitude et le calme du grenier convenaient tout à fait à mon humeur du moment. Les yeux fermés, je restai un instant adossée à la porte, évoquant le furtif baiser d'adieu de Chris : et de nouveau, je revis son regard et sentis son amour.

Mon cœur battait quand je tirai le papier de ma poche et le dépliai. Il ne comportait qu'une adresse et une date. Le mardi de la semaine à venir. Je le froissai dans mon poing et fis quelques pas pour le jeter dans la corbeille à papier, sous mon chevalet, mais on aurait dit qu'il était enduit de colle, tout à coup : il ne voulait pas quitter ma main.

Je le replaçai dans la poche de poitrine de ma blouse et, bien décidée à l'oublier, je me mis au travail. Mais à chaque seconde qui passait, il semblait devenir de plus en plus chaud, et communiquer à mes seins des picotements fébriles. J'avais l'impression que c'étaient les doigts de Chris qui me touchaient, ses lèvres qui se posaient là, et mon cœur s'emballait, le souffle me manquait. J'étais incapable de travailler ou de me concentrer sur quoi que ce soit.

Je finis par abandonner pour aller m'asseoir près de la fenêtre. Je restai bien une heure dans mon fauteuil, sans rien faire d'autre que regarder les canaux, ou suivre le vol tournoyant des hérons. Les doigts tremblants, je tirai de nouveau le billet de ma poche et l'étudiai, gravant l'adresse dans ma mémoire, puis j'allai le glisser dans un tiroir. Je n'avais pas pu me résoudre à le jeter.

Paul ne rentra pas pour déjeuner. Je réussis à travailler un peu, mais la plupart du temps j'écoutais les voix qui se disputaient en moi. L'une d'elles était douce, implorante, tentatrice. Elle essayait de me convaincre que j'avais droit à l'amour de Chris, que nos sentiments étaient trop purs et trop sincères pour être entachés de péché.

Mais la seconde, dure et coupante, incisive, me rappelait combien je ferais souffrir Paul qui nous aimait d'un amour si total et si fidèle, Perle et moi. Pense à tous les sacrifices qu'il a faits pour ton bonheur, insistait-elle, implacable.

Raison de plus pour garder vos rendez-vous secrets, soufflait l'autre.

Trahison !

Non, pas si tu agis pour protéger un être aimé, pour l'empêcher de souffrir davantage.

Mais tu vas tricher, mentir, dissimuler. Est-ce que Paul se conduirait ainsi avec toi ?

Non, mais vous avez conclu un accord, Paul et toi.

Vous vous êtes engagés à ne pas faire obstacle aux sentiments de l'autre, si l'un de vous rencontre un autre amour. Paul est malheureux et frustré, mais compréhensif. Il ne veut pas te rendre malheureuse, ni t'empêcher d'être heureuse.

Mais...

Oh! assez de mais et de si! m'emportai-je contre moi-même.

Et je m'enfuis du grenier, dont la solitude ne faisait qu'aggraver mon débat intérieur. J'allai me promener dans le parc. Et brusquement, sur une impulsion, je rentrai dans la maison et annonçai à Mme Fleming que j'emmenais Perle faire un tour en voiture.

Sitôt dit, sitôt fait. Je fixai son siège à côté du mien et mis le cap sur la cabane de grand-mère Catherine. Le temps se couvrait, à présent. La brise du sud charriait de gros nuages qui s'assombrissaient à vue d'œil, laissant présager la pluie.

— Tu te souviens de cet endroit, Perle? lui demandai-je en l'emportant vers la galerie branlante.

L'herbe avait poussé dru, des toiles d'araignée festonnaient mon vieil éventaire au bord de la route. J'entendais les rats des champs détaler dans la maison à mon approche, en quête d'un refuge où se cacher. Le plancher fléchit sous mon pas. La porte moustiquaire grinça sur ses gonds rouillés quand j'entrai dans ce qui m'apparut comme une pièce minuscule. Et dire que j'avais grandi là, que cet endroit était mon univers et qu'il me semblait immense! Maintenant, j'avais des penderies plus vastes que ce living-room et la réserve à provisions de Letty était plus grande que cette cuisine.

J'errai dans la maison, dans l'espoir que ma venue y ramènerait l'esprit de grand-mère Catherine et qu'elle saurait me conseiller. Si seulement elle m'envoyait un signe, ou un avertissement, implorai-je silencieusement. Mais je n'entendis que l'écho de mes pas résonnant dans la cabane déserte, aussi vide qu'un cimetière abandonné. Mes souvenirs eux-mêmes y semblaient déplacés, car elle avait perdu ce qui faisait sa vie. La chaleur, la musique, le parfum du gombo et de la jambalaya, les voix... tout s'en était allé. Il ne restait plus rien, rien que le bruit du vent secouant les planches disjointes et les tôles du toit.

Je ressortis et m'abîmai dans la contemplation du canal.

— C'est ici que maman jouait quand elle était petite, Perle. Maman marchait au bord de l'eau pour voir les animaux et les poissons, les alligators et les tortues. Quelquefois, les chevreuils venaient même brouter jusqu'ici et me regardaient d'un air mélancolique.

Perle observait tout d'un regard émerveillé, plus tranquille qu'à l'ordinaire, comme si elle percevait ma tristesse pensive. Puis je vis ses yeux s'élargir, pleins de surprise et d'intérêt. Comme si lui aussi comprenait le sens de mes paroles, un faon surgit d'entre les buissons et leva la tête vers nous. Il était magnifique et ne bougeait pas plus qu'une statue, seul un tressaillement soudain agitait parfois ses oreilles. Et même lorsque Perle laissa échapper un cri de plaisir, il continua à nous examiner avec curiosité, mais sans crainte. Puis, aussi furtivement qu'il était apparu, il fit demi-tour et s'évanouit comme un rêve.

Comme ce monde était innocent et pur ! méditai-je. Il le resterait, si on le laissait à lui-même, seulement voilà... cela se passait rarement ainsi, hélas ! Je me promenai quelque temps autour de la cabane, puis je me décidai à rentrer. Cela ne servait à rien de chercher ici la solution de mon dilemme. Si elle se trouvait quelque part, c'était en mon propre cœur.

Quelques jours plus tard, au dîner, Paul m'apprit qu'il devait se rendre à Dallas, dans le Texas.

— Je serai absent trois jours, et j'aimerais que tu m'accompagnes, avec Perle. Tu pourrais emmener Mme Fleming, naturellement... à moins que tu n'aies d'autres projets ?

— A vrai dire... je comptais apporter ma série sudiste à La Nouvelle-Orléans. J'en ai déjà parlé à

Dominique et il estime que c'est le bon moment pour une nouvelle exposition. Il compte inviter ses meilleurs clients et faire une publicité monstre.

— C'est merveilleux, ça, Ruby!

— Je ne suis pas sûre d'être prête pour ça, mais...

— Tu ne te crois jamais prête, de toute façon. Mais si Dominique l'est, pourquoi ne pas te lancer?

Je tripotai nerveusement ma serviette.

— Bon, alors si j'y allais pendant que tu seras à Dallas? Je ne resterai qu'une nuit.

— Chez Gisèle?

— Franchement, j'aimerais mieux pas! Je descendrai probablement au Fairmont.

— Parfait.

Nous nous dévisageâmes un instant sans mot dire. Paul devinait-il mes véritables intentions? Je n'avais jamais su lui cacher mes sentiments et mes pensées. S'il savait, il n'en montra rien. Il se contenta de sourire. Je m'en voulais à mort d'agir ainsi, mais ma voix tentatrice avait trouvé le bon argument en me disant que j'éviterais de faire souffrir Paul.

Il était déjà parti quand je me levai, le lendemain. Je préparai ma valise, descendis déjeuner, puis James m'aida à emballer mes tableaux et à les caser dans le coffre. Mme Fleming avait amené Perle sur le perron, pour me dire au revoir. Elle agita sa menotte en signe d'adieu et je la regardai une dernière fois dans le rétroviseur. Notre fille, à Chris et à moi... comme elle était belle! Non, l'amour dont cette enfant ravissante était le fruit ne pouvait pas être mauvais, décidai-je. Et sur cette pensée réconfortante, je démarrai. Quelques minutes plus tard, lancée à bonne vitesse sur l'autoroute, je dénouai le ruban de mes cheveux et les laissai flotter au vent, ivre d'allégresse et de liberté.

— J'arrive, Chris, murmurai-je avec un sentiment de joie sauvage. Et tant pis pour tout le reste... J'arrive!

Il faisait un temps exquis à La Nouvelle-Orléans. Les gros nuages et la pluie de la nuit précédente n'étaient plus qu'un souvenir, et le ciel bleu resplendissait, à peine moucheté de flocons de mousse blanche. Dès que je fus garée devant l'hôtel et que le portier bondit pour m'accueillir, je perçus le rythme trépidant de la ville. Nerveuse comme je l'étais, il n'en fallait pas plus pour porter ma tension à l'extrême et tous mes sens s'aiguisèrent. Quand j'entrai dans le hall, il me sembla que tout le monde m'examinait, que mes talons résonnaient bruyamment sur le sol de marbre. Une fois dans ma chambre, j'allai droit à ma coiffeuse. Je lustrai mes cheveux, rafraîchis mon rouge à lèvres... et soudain, comme une collégienne à son premier rendez-vous, j'éprouvai le besoin de me brosser les dents.

J'en ris toute seule, mais mon cœur ne se calma pas pour autant, et mes joues conservèrent leur beau rouge pivoine. En voyant mes yeux agrandis de frayeur, je me demandai si tous ceux qui me croiseraient devineraient mon émoi et ma situation... Celle d'une femme mariée sur le point d'aller retrouver son amant. A tout instant, je consultais la pendule. Je me changeai trois fois, avant de décider que la première toilette que j'avais choisie était la bonne. Et finalement, il fut temps de partir. J'ouvris la porte en tremblant, la claquai derrière moi et marchai vivement vers l'ascenseur.

J'avais choisi de faire le chemin à pied. Canal Street était aussi encombrée qu'à l'ordinaire, la foule qui s'écoulait vers le quartier français me bousculait sans arrêt, mais j'aimais autant ça. Prise dans ses remous, j'avais l'impression qu'ils me portaient, m'aidaient à tenir debout. Je tournai dans Bourbon Street et me dirigeai vers la rue Dumaine.

Les bonimenteurs étaient déjà en pleine action, vociférant à la porte des restaurants et des bars pour attirer les touristes, et je humai au passage des effluves de pain frais, de crevette et de café fort. Des marchands des quatre-saisons vendaient leurs fruits et leurs légumes sur les trottoirs. A un coin de rue, par la porte grande ouverte d'un restaurant, une alléchante odeur de gombo me fit venir l'eau à la bouche. Je n'avais rien mangé depuis le matin, et encore. Emue comme je l'étais, je n'avais pas pris grand-chose au petit déjeuner. Je passai devant un café, d'où jaillissaient des accords de jazz et, dans un autre, quelques pas plus loin, un orchestre attira mon attention. Quatre hommes en chapeau de paille jouaient à cœur joie de leurs quatre instruments : guitare, mandoline, accordéon et violon.

L'air était électrique, ici, vibrant d'excitation et de vie, comme une fête perpétuelle. Les gens y étaient plus décontractés qu'ailleurs. Ils mangeaient trop, buvaient trop, chantaient et dansaient trop longtemps et trop tard. C'était comme si j'avais quitté le monde des règlements et des responsabilités, pour plonger dans un autre tout différent, sans soucis, ni lois ni contraintes. Ici, le plaisir seul avait droit de cité. Pas étonnant que Chris ait choisi cet endroit ! m'avouai-je.

J'arrivai enfin à l'adresse qu'il m'avait indiquée. Une jolie bâtisse blanche à deux étages encadrant une cour dallée, dont tous les appartements possédaient un balcon ventru en fer forgé, donnant sur la rue. L'arôme des touffes de menthe qui poussaient au bas des murs me monta aux narines, frais et piquant. L'immeuble était tranquille, suffisamment en retrait des rues animées mais pas trop loin non plus ; juste ce qu'il fallait pour que ses habitants puissent aller faire un tour au restaurant ou s'offrir une soirée de musique. Je restai sur place, hésitante.

Chris pouvait être absent... ou avoir changé d'avis. Je ne décelai aucun signe de vie : pas un rideau ne bougeait aux fenêtres. Je coulai un regard derrière moi. Si je m'en retournais, serais-je plus heureuse ? Ou me demanderais-je jusqu'à la fin de mes jours ce qui serait arrivé si j'étais entrée ? Peut-être nous serions-nous contentés de parler ? Peut-être aurions-nous repris nos sens à temps ? Peut-être... ? Comme un plongeur sur le point de sauter, je fermai les yeux, m'avançai dans la cour, puis je les rouvris et marchai vers la grand-porte. Je vérifiai le numéro sur le tableau d'affichage, gravis le petit escalier jusqu'à un palier étroit et m'immobilisai devant la porte. Puis, après avoir respiré un grand coup, je frappai.

Pendant un moment, je n'entendis rien et je commençai à me dire que Chris n'était pas là. Il avait bel et bien changé d'avis, finalement! J'en fus à la fois déçue et soulagée. La partie raisonnable de moi-même, celle qui m'avait conseillé de m'abstenir me poussait maintenant à m'enfuir au plus vite. Mais l'autre, celle qui avait soif de vivre un grand amour, celle-là m'emplissait d'un tel désarroi que je sentis mon cœur défaillir.

J'allais me retourner, résignée, quand la porte s'ouvrit à la volée devant Chris. Chris en chair et en os, vêtu d'un pantalon en fin lainage bleu marine et d'une chemise en coton blanc d'aspect soyeux. Il battit des paupières, comme pour se convaincre qu'il ne se trompait pas, que c'était bien moi.

— Ruby, dit-il tout bas. Je te demande pardon, j'ai dû m'endormir dans mon fauteuil en rêvant de toi. Je croyais que tu ne viendrais plus.

— J'ai hésité, avouai-je. Même une fois arrivée devant chez toi, j'ai failli repartir.

— Mais tu es là. Tu es venue. Entre, je t'en prie.

Il s'effaça devant moi et je pénétrai dans le petit appartement. Il ne comportait qu'une chambre, une cuisine minuscule et un living-room dont les portes-fenêtres donnaient sur le balcon. Le décor et le mobilier, simples et modernes, avaient cet air un peu fatigué qu'on leur voit dans les motels. Sur les murs nus, seule une reproduction de nature morte apportait sa note de couleur.

— Ce n'est pas grand-chose, s'excusa Chris en suivant la direction de mon regard. Juste un refuge discret.

— Assez original, je trouve. Ça manque un peu de chaleur, c'est tout.

— Rien n'échappe à ton œil d'artiste! s'exclama Chris en riant. Assieds-toi. (Il me désigna du geste le petit canapé.) Tu as fait bon voyage?

— Oui. Je deviens une voyageuse très expérimentée, tu sais!

Pour un peu, j'aurais souri. Nous tenions les propos banals qu'on échange à une première rencontre… et il était le père de mon enfant! Mais le temps, la distance et les événements avaient fait de nous des étrangers.

— Tu es venue seule? s'informa-t-il prudemment.

— Oui. Je suis descendue au Fairmont. Dominique veut organiser une exposition pour moi et je lui ai apporté ma série sudiste.

— Fantastique. Mais je te préviens: je tiens à être le seul acheteur de ces tableaux. Peu importe leur prix, je les veux tous. Mais j'oublie de t'offrir à boire, excuse-moi. J'ai du vin blanc bien frais, tu en prendras?

— Volontiers.

Il se leva pour aller dans la cuisine et revint presque aussitôt avec nos deux verres pleins.

— Alors Paul sait où tu es, si je comprends bien?

— Oui. Il est à Dallas pour une réunion d'affaires.

— Et le bébé?

— C'est Mme Fleming qui la garde. Elle s'en occupe très bien.

— J'ai vu ça. Vous avez de la chance d'avoir trouvé une femme comme elle, de nos jours, commenta Chris en me tendant un verre.

Nous bûmes lentement quelques gorgées, les yeux dans les yeux, puis il reprit d'une voix assourdie:

— Tu es plus belle que jamais, Ruby. La maternité te réussit.

— Pour ça aussi, j'ai eu de la chance. J'aurais pu devenir comme tant de malheureuses du bayou, usant mes forces et mon espoir à gagner péniblement ma vie.

— Je sais. Comment pourrais-je réparer mes torts envers toi? Quelles excuses puis-je t'offrir qui soient acceptables?

— Je te l'ai déjà dit, Chris, je ne te reproche rien.

— Eh bien, tu devrais, soupira-t-il en se levant pour venir s'asseoir près de moi. J'ai failli détruire nos deux vies.

— Et... où est Gisèle, en ce moment ?

— En train de faire la fête avec ses vieux amis, je suppose. Elle avait changé, pourtant, surtout quand nous étions en France. Elle affirmait que l'épreuve lui avait permis de mûrir. Elle était vulnérable, douce, et crois-le ou non, pleine d'égards. Elle m'a bien manœuvré, en fait, ou peut-être... peut-être me suis-je prêté à son jeu.

» J'étais très seul, et très déprimé depuis ton mariage. Je me rendais compte que la seule personne capable de remplir ma vie venait de me filer entre les doigts. J'étais... comme un petit garçon qui a lâché son cerf-volant et s'épuise à courir après. Je le voyais toujours devant moi, et c'était ton image qu'il me montrait, emportée loin de moi par le vent.

» J'ai bu plus qu'il n'aurait fallu, pour m'étourdir et essayer d'oublier. Puis Gisèle est entrée en scène et c'est toi que j'ai vue devant moi. Tes cheveux, tes yeux, tes traits... même si Gisèle continue à croire que les siens sont plus délicats et ses yeux plus brillants que les tiens !

Chris contempla pensivement son verre et reprit après un bref silence :

— En fait, j'avais un ami à Paris, un étudiant en psychologie. Un jour, il m'a dit que beaucoup d'hommes s'éprenaient d'une femme qui leur rappelait leur premier amour. Celle qu'ils aimaient vraiment, qui avait laissé en eux une empreinte indélébile, qu'ils auraient pu passer une vie entière à chercher. Cela m'a convaincu, et je me suis à nouveau rapproché de Gisèle.

» Voilà toute mon histoire, acheva-t-il en souriant. Et la tienne ?

— La mienne est bien plus simple, Chris. J'étais seule avec un bébé, j'avais peur, et Paul était toujours là, prêt à m'aider. Tout le bayou savait que nous nous étions aimés avant. Tout le monde croyait que Perle était sa fille. Il m'adore et, malgré mes protestations, il veut se sacrifier pour moi. Je ne veux pas le blesser, si je peux l'éviter.

— Bien sûr que non! protesta Chris. C'est un garçon très bien et j'ai beaucoup apprécié sa compagnie, même si je l'envie. (Il haussa les sourcils en me voyant sourire.) Qu'est-ce qui t'amuse ?

— C'est exactement ce qu'il m'a dit de toi.

— Lui, m'envier ? Mais pourquoi ?

Je sondai son regard et ce fut comme si je remontais le temps.

— Parce qu'il sait combien je t'aime, combien je t'ai toujours aimé... et t'aimerai toujours, murmurai-je.

Ce fut assez pour briser la tension nerveuse qui subsistait entre nous. Les yeux de Chris brillèrent, il posa son verre et m'entoura de ses bras. Et ce premier baiser d'amants après une si longue attente fut comme un commencement, plein de joyeuse excitation et de fraîcheur.

— Ô Ruby! ma Ruby, souffla Chris, je croyais t'avoir perdue pour toujours.

Il promena ses lèvres dans mes cheveux, sur mes yeux, sur le bout de mon nez. Il m'embrassa dans le cou et sur la pointe du menton, sans discontinuer, comme s'il était affamé d'amour autant que je l'étais moi-même, ou craignait à tout instant de me voir disparaître en fumée.

— Chris, murmurai-je, et c'était là tout ce que je souhaitais dire. Prononcer son nom m'était un réconfort, un plaisir indicible, et la preuve que j'étais bien là moi aussi, entre ses bras.

Il se leva sans me lâcher la main, m'entraînant dans son geste, et je le suivis dans la petite chambre. Les rideaux de coton tamisaient le soleil, la pièce baignait dans une douce lumière d'après-midi, accueillante et chaude. Les yeux fermés, je me laissai déshabiller par Chris. Un instant plus tard, comme si nos corps subissaient une attraction magnétique, nous étions étendus sur le lit, soudés l'un à l'autre, gémissant, soupirant, balbutiant des mots tendres et des promesses d'amour éternel.

Nos caresses furent d'abord avides, impatientes, hâtives, puis notre fébrilité s'apaisa peu à peu. Chris pressa ses lèvres sur mes seins, traça un sillon de baisers jusqu'au creux de ma taille et je me renversai en arrière quand il s'étendit sur moi. Je tressaillis en sentant son érection brûlante contre moi, je criai quand il me pénétra. Et il sut m'apaiser par ses cajoleries, ses gestes tendres et ses mots doux.

Puis une ivresse nous jeta l'un contre l'autre et nous emporta, éblouis par la joie que chacun donnait à l'autre et qui montait en nous, triomphante, extatique. Rien ne comptait plus que le corps de Chris, sa voix, ses lèvres... tout le reste n'existait plus. Il me semblait que nous flottions dans l'espace.

— Ruby, chuchota-t-il. Ruby... tu es bien ?

Je me serrai contre lui sans répondre. Là où notre étreinte m'avait transportée, j'étais si merveilleusement bien que je ne voulais pas en revenir.

— Ruby ! répéta-t-il, alarmé par mon silence.

Je levai sur son visage inquiet un regard encore empli de rêve.

— Tout va bien, Chris. C'est juste que... je ne voulais pas redescendre sur terre.

— Je t'aime, murmura-t-il en souriant, et je veux que cela dure toujours.

— Je le sais, Chris, et c'est pareil pour moi. Je ne veux jamais cesser de t'aimer.

Il roula sur lui-même et nous restâmes étendus l'un près de l'autre, la main dans la main.

— Cet endroit sera notre nid d'amour, déclara-t-il, les yeux au plafond. Tu pourras l'arranger à ta guise. Cet après-midi, nous irons faire des courses et j'achèterai des tableaux de toi pour décorer. Il nous faudra du linge, un tapis...

Je l'interrompis d'un éclat de rire.

— Qu'est-ce qui t'amuse? s'indigna-t-il. Tu me trouves idiot?

— Pas du tout! C'est ton exubérance qui me fait rire. Tu m'installes d'un coup au milieu de tes rêves, sans même me laisser le temps de souffler.

— Et alors? Ça m'est bien égal! Il n'y a que toi qui comptes, affirma-t-il en se haussant sur un coude. Tu pourrais amener Perle, la prochaine fois, et nous passerions la journée ensemble.

— Hum!... peut-être.

— Tu n'as pas l'air très convaincue. Où est le problème?

— C'est simplement que... je ne voudrais pas la perturber. Elle croit que Paul est son vrai père, pour l'instant.

Chris se laissa retomber sur l'oreiller et resta un instant silencieux, son beau sourire évanoui.

— C'est juste, dit-il enfin, chaque chose en son temps. Il faut que j'apprenne à dominer mon enthousiasme.

— Je suis désolée, Chris. Je ne voulais pas...

— Non, tu as raison. C'est très bien comme ça. Je n'ai pas le droit d'exiger davantage de toi. Restons-en là, insista-t-il en se penchant pour m'embrasser. Tu as faim?

— Une faim de loup! J'ai oublié de déjeuner.

— Parfait. Je connais un petit café, tout près d'ici, où on sert les meilleurs sandwichs de la ville.

— Et après, il faudra que je passe chez Dominique. Je suis venue pour ça.

— Bien sûr. Je t'accompagnerai, si tu veux.

— Je crois qu'il vaudrait mieux que j'y aille seule, Chris. Dominique connaît Paul et...

— Je comprends, m'interrompit-il en hâte. Bon, habille-toi et allons manger un morceau.

Chris avait raison pour les sandwichs. Crevettes sautées, fromage, huîtres en sauce, émincés de tomates et d'oignons... un vrai délice. Nous nous installâmes en terrasse pour les savourer en regardant passer les touristes, puis je retournai à l'hôtel et appelai à la maison pour avoir des nouvelles de Perle. Mme Fleming me rassura : tout allait bien. Tranquillisée sur ce point, je demandai ma voiture et apportai mes tableaux chez Dominique, à qui ma série sudiste plut énormément.

— Vous êtes fin prête pour faire votre entrée dans la sphère artistique de La Nouvelle-Orléans, affirma-t-il.

Sur quoi, nous discutâmes des conditions de mon exposition, puis je repris le chemin de l'hôtel pour prendre une douche et me changer avant d'aller dîner avec Chris. J'y trouvai un message de Paul qui m'indiquait où le joindre.

— Alors, comment ça se passe avec Dominique ? s'informa-t-il dès qu'il eut décroché.

— A merveille, et tu avais raison : il me propose une exposition. Nous sommes en train de mettre ça au point, précisai-je, comme si cela me prenait tout mon temps.

— C'est magnifique, Ruby.

— Et toi, ta réunion ?

— Tout marche encore mieux que je ne l'espérais, mais je regrette de ne pas être avec toi.

— Ne t'inquiète pas pour moi, je rentre demain en fin de matinée. Dominique et moi prenons le petit déjeuner ensemble, crus-je nécessaire d'ajouter.

Mais le mensonge fut difficile à passer.

— Je vois, dit Paul après quelques instants de silence. Alors à bientôt. Je te souhaite un bon voyage de retour.

— Moi aussi, Paul. A bientôt.

Le combiné me parut pesant comme une pierre quand je raccrochai. J'avais mal dans la poitrine et les yeux brûlants de larmes. Grand-mère disait que la tromperie était un jardin où ne poussait que la mauvaise herbe, et qu'en y semant on ne récoltait que le malheur. J'espérais de toutes mes forces que cette récolte-là ne serait pas pour Paul, car pour rien au monde je n'aurais voulu lui faire de mal.

Chris connaissait un charmant petit restaurant français, tout près de Jackson Square. Je pris un taxi pour le rejoindre à notre nid d'amour, et de là nous fîmes le chemin à pied. Le repas fut exquis : cailles au vin, crème brûlée à l'orange et café fort, dont nous bûmes plusieurs tasses chacun. Après quoi, rassasiée, j'insistai pour faire une longue promenade.

Main dans la main, nous partîmes à l'aventure à travers le quartier français, tout bruissant de vie nocturne. L'ambiance avait changé, les femmes étaient plus provocantes, la musique plus obsédante et nostalgique, et la voix de certains chanteurs vous arrachait des larmes. Ailleurs, là où s'attroupaient les plus jeunes touristes, régnait une excitation plus trépidante. Le tempo fiévreux du jazz donnait le rythme, on riait, on criait, on s'échauffait dans une quête frénétique du plaisir, quel qu'il soit. Toutes les boutiques de mode et de souvenirs étaient éclairées, vagabonds et musiciens en mal d'emploi jalonnaient les trottoirs. A chaque coin de rue se tenait un mendiant que tout le monde ignorait, comme si son rôle était d'être là, tel un élément du décor, et d'autres oiseaux de nuit rôdaient dans les parages, en quête d'une proie facile. L'un d'eux nous interpella.

— Pardon, m'sieurs-dames, vous voulez parier que je devine d'où vous venez ? Dix dollars pour vous si je me trompe, sinon vous m'en devez vingt. Tenez, voilà mon billet de dix.

— Merci, mais nous savons très bien d'où nous venons, rétorqua Chris en souriant.

J'adorais marcher ainsi avec lui dans tout ce mouvement, et en pensée je m'accordais le droit d'avoir une double vie. Une vie secrète où nous ferions de notre refuge un nid douillet, où nous profiterions ensemble des plaisirs de la ville, et où nous déjouerions les pièges du destin.

Nous fîmes durer la promenade avant de regagner notre petit appartement ; et là, mue par une impulsion soudaine, je décidai d'y passer la nuit près de Chris. Nous avions à peine refermé la porte que nous étions déjà dans les bras l'un de l'autre, et avant même d'avoir atteint la chambre nous étions nus tous les deux. Chris me souleva dans ses bras, me porta jusqu'au lit, m'y déposa doucement et je fermai les yeux quand il s'agenouilla près de moi pour me couvrir de baisers. Il commença par le bout de mon pied, remontant avec une lenteur affolante jusqu'à mes lèvres, déjà brûlantes et gonflées de désir.

La musique, les rires et les voix de la rue bercèrent nos jeux amoureux. C'était comme un flot montant vers nous qui nous portait, nous communiquait un incessant élan de joie. J'étreignais Chris en chuchotant son nom, murmurant des serments d'amour éternel, et l'émotion me fit venir les larmes aux yeux quand nous retombâmes l'un près de l'autre, terrassés par une délicieuse lassitude.

Nous nous levâmes tôt le lendemain, et nous allâmes prendre le petit déjeuner au café du Monde, puis Chris me reconduisit à l'hôtel. Nous avions projeté de nous revoir la semaine suivante, lorsque je reviendrais voir Dominique pour lui apporter quelques tableaux supplémentaires et mettre au point les détails de l'exposition. Après notre baiser d'adieu, je le quittai à l'entrée de l'hôtel pour aller préparer ma valise.

Je redoutais de trouver un message de Paul, qui aurait pu chercher à me joindre en mon absence, mais il n'y en avait pas. Soulagée, je fis promptement mes bagages, montai en voiture et, quelques minutes plus tard, je roulais sur le chemin du retour. Je me sentais toute ragaillardie, débordante de vie et d'ardeur, exactement comme l'avait prévu Chris, mais cette allégresse fut de courte durée. A l'instant où je me garai devant la maison, elle s'éteignit. La mine consternée de James m'avertit qu'il se passait quelque chose de grave, et ma première pensée fut pour Perle.

— Que se passe-t-il, James ? Qu'est-il arrivé ?

— C'est Mme Fleming, madame. Elle a reçu de mauvaises nouvelles, j'en ai peur. Elle vous attend dans la nursery.

Je ne fis qu'un bond jusqu'à la chambre d'enfant où

je trouvai la gouvernante affalée dans le rocking-chair, pâle et défaite. Perle dormait paisiblement dans son berceau.

— Que se passe-t-il, madame Fleming ? m'enquis-je avec douceur.

Elle eut un geste désolé comme pour balayer loin d'elle d'invisibles toiles d'araignée, me désigna Perle endormie et se leva pour m'entraîner dans le couloir.

— C'est ma fille, chuchota-t-elle, retrouvant enfin la force de parler. Elle a été gravement blessée dans un accident de voiture. Il faut que j'aille en Angleterre.

— Bien entendu. Quel malheur ! Je me charge de tous les arrangements pratiques, affirmai-je. Ne vous inquiétez pas.

— Je me suis déjà occupée de l'essentiel, madame. Je n'attendais plus que votre retour.

— Oh ! Je suis vraiment navrée, croyez-le.

— C'est très gentil, merci. Cela m'ennuie beaucoup de devoir partir, vraiment. Vous m'avez traitée comme si je faisais partie de la famille, je sais combien votre carrière artistique vous tient à cœur et que vous avez besoin de moi.

— Ne dites pas de sottises, voyons. Vous devez partir. Je prierai pour vous et pour votre fille, madame Fleming.

Elle se mordit les lèvres et baissa la tête, le visage inondé de larmes.

— C'est quand même triste, non ? Dire qu'il faut un malheur pour vous rapprocher de ceux qui vous sont chers !

Je la serrai dans mes bras et l'embrassai sur les deux joues, affectueusement. Son bagage était prêt. James le descendit après avoir monté le mien et, à ma demande, il appela un taxi qui ne se fit pas attendre.

— Embrassez la petite pour moi chaque matin, me recommanda la brave gouvernante.

— Vous allez beaucoup lui manquer, madame Fleming. Tenez-nous au courant, et si nous pouvons vous aider en quoi que ce soit, faites-le-nous savoir.

Elle s'y engagea, s'en alla sur cette promesse, et son départ eut sur moi un effet foudroyant. Il me sembla qu'un ouragan venait de ravager mon foyer. Le destin punissait-il ceux qui m'étaient proches pour les péchés que j'avais commis ?

Nina Jackson, la cuisinière de la maison Dumas, prétendait que jadis quelqu'un avait dû nous jeter un sort en brûlant une chandelle noire. Le mal nous avait épargnés, du vivant de grand-mère Catherine : ses pouvoirs de guérisseuse spirituelle nous en avaient protégés. Mais depuis sa mort, le démon — Papa Là-Bas comme le nommaient les adeptes du vaudou — était revenu rôder dans les parages, à l'affût. Prêt à s'insinuer à nouveau dans ma vie à la première occasion.

Et moi... ne venais-je pas de lui en offrir une ?

10

Chassé-croisé

Ce soir-là, Paul téléphona de Baton Rouge.

— Je rentre, décida-t-il quand je lui eus appris la nouvelle.

— Tu n'y es pas obligé, Paul. Nous allons bien. Je suis seulement triste pour Mme Fleming.

— Je tiens à être auprès de toi quand tu es triste, Ruby. Je n'aime pas te savoir seule en pareille situation.

— Tu ne peux pas me protéger contre chaque difficulté qui se présente, voyons ! D'ailleurs je n'avais pas de nurse à la cabane, et la vie était bien plus pénible.

Je m'étais exprimée un peu plus durement que je ne l'aurais voulu, et Paul fut sensible à la nuance.

— Désolé, Ruby. Je ne voulais pas suggérer que tu ne savais pas te débrouiller seule.

— Ne t'excuse pas, Paul, je ne suis pas fâchée. Je suis désolée pour cette pauvre Mme Fleming, c'est tout.

— Et c'est bien pour ça que je voudrais être à la maison, insista-t-il.

— Fais d'abord ce que tu as à faire là-bas, et ne t'inquiète pas pour moi. Tout ira bien, je t'assure.

— D'accord. De toute manière, je devrais pouvoir me mettre en route demain avant le déjeuner.

Paul se tut quelques instants, avant de me demander comment s'était passée ma dernière entrevue avec Dominique.

— Très bien. Nous avons tout mis au point pour l'exposition, mais je crois que je vais la repousser jusqu'à ce que les choses soient rentrées dans l'ordre à Bois Cyprès.

— C'est inutile, voyons ! Nous commencerons à chercher une autre nurse dès mon retour.

— Nous verrons cela plus tard, Paul. Je ne suis plus si pressée que ça, et je ne tiens pas non plus à remplacer Mme Fleming au pied levé. Attendons d'avoir de ses nouvelles.

— Comme tu voudras, Ruby.

— En fait, je crois que je peux très bien être mère à part entière et artiste en même temps, non ?

— Entendu. Je serai là aussitôt que possible.

— Ne conduis pas trop vite, surtout ! Nous n'avons pas besoin d'un autre accident de voiture.

— Promis. A très bientôt, alors. J'arrive.

— Au revoir, Paul.

Le trajet du retour et cette douche écossaise émotionnelle m'avaient épuisée et je ne veillai pas longtemps ce soir-là. Dès que j'eus couché Perle, je me glissai dans mon lit. Je restai longtemps étendue, les yeux ouverts, en me demandant si oui ou non j'allais téléphoner à Chris, retenue par la crainte que Gisèle ne devine qui appelait. Finalement, j'y renonçai. J'attendrais qu'il m'appelle, décidai-je en fermant les yeux. Mais malgré mon extrême fatigue, le bon sommeil réparateur que j'espérais ne vint pas. Je me tournai et me retournai sans cesse, assaillie de cauchemars dans lesquels d'horribles choses arrivaient, tantôt à Chris et tantôt à Paul. J'en gardai un sentiment pénible de la fragilité de la vie, qui me rendit méditative. Si tout ce que nous possédions, tout ce que nous avions appris et construit pouvait être en un instant réduit en poussière, à quoi valait-il la peine de s'attacher, finalement ? Cette question m'obsédait encore à mon réveil.

Paul rentra peu de temps après l'heure du déjeuner, si tôt qu'il avait dû conduire très vite malgré sa promesse, j'en eus la certitude. Mais quand je le lui reprochai, il affirma qu'il avait pu se libérer plus tôt que prévu. Je prenais le café dans la véranda et Perle était confortablement installée dans son parc avec ses coloriages. Elle ne faisait que barbouiller les silhouettes et les visages, en fait, mais elle prétendait « dessiner comme maman », et levait de temps en temps les yeux vers moi pour s'assurer que je la regardais... et que j'admirais son travail.

— Une autre artiste dans la famille, je vois ! s'exclama Paul en se laissant tomber sur une chaise.

— C'est en tout cas ce qu'elle pense, admis-je en souriant. Alors, comment s'est passée cette réunion ?

— J'ai signé un nouveau contrat. Je ne te dis pas ce qu'il nous rapporte, tu prétendrais encore que c'est un scandale.

— Mais c'en est un, Paul. Je me sens coupable d'avoir tant d'argent alors que tant de gens manquent du nécessaire.

— C'est vrai, mais la bonne gestion de notre exploitation permet de créer des centaines d'emplois, et donc de faire vivre énormément de gens.

— D'accord, capitulai-je. Tu commences à devenir un grand homme d'affaires, ma parole.

— Je suppose que j'ai ça dans le sang. Tu te rappelles, quand je n'avais que dix ans et que je revendais les crevettes séchées de la conserverie au bord du chemin ?

— Oui. Tu étais mignon comme tout, tiré à quatre épingles, avec ta boîte à cigarettes pleine de petite monnaie.

Il sourit à ce souvenir.

— Je ne voulais jamais vous faire payer, ta grand-mère et toi, mais c'était toujours elle qui insistait. « Tu ne réussiras jamais dans le commerce à ce train-là », me disait-elle. Je l'entends encore.

Je hochai la tête, attendrie, et Paul demeura un long moment silencieux. Il observait Perle. Quand il se retourna vers moi, son regard s'était assombri et j'y lus comme une hésitation.

— Ne crois surtout pas que je te surveille, Ruby. J'ai appelé pour savoir comment tu allais, c'est tout.

— Appelé ? Quand ? Où ?

— Hier soir, à ton hôtel de La Nouvelle-Orléans.

Mon cœur entama une sarabande effrénée.

— A quelle heure ? demandai-je dans un souffle.

— Après onze heures. Je ne voulais pas appeler trop tard de peur de t'éveiller, mais...

Je détournai la tête.

— Je te le répète, ne t'imagine pas que je te surveillais. Tu ne me dois aucune explication.

Au-dessus des cyprès qui bornaient le marais, je vis un épervier se laisser tomber telle une pierre sur une invisible proie, dispersant une demi-douzaine d'étourneaux. Au-delà des arbres un front nuageux tourmenté s'avançait lentement dans notre direction, laissant présager l'averse avant la fin du jour. J'eus l'impression qu'à l'intérieur de ma poitrine un nuage crevait, déversant une pluie glaciale. Une pluie qui noyait mon cœur, s'infiltrait dans tous mes membres, m'emplissait d'une torpeur froide et brumeuse.

— Je n'étais pas à l'hôtel, Paul, proférai-je d'une voix sourde. J'étais avec Chris.

Je me retournai brusquement, anxieuse de m'assurer qu'il avait bien entendu. Il était livide. Il avait déjà deviné, j'en étais sûre, tout en ne voulant pas savoir. Mais maintenant, il savait. Il tentait d'affronter la réalité, espérant encore qu'elle ne serait pas celle qu'il redoutait. Le chagrin que je lus dans ses yeux me fit mal.

— Comment as-tu pu ? Comment as-tu pu retourner auprès d'un homme qui t'avait abandonnée ?

— Paul...

— Non, je ne veux pas savoir. N'as-tu donc aucun amour-propre ? Il t'a laissée seule, enceinte de son enfant, pendant qu'il s'amusait à Paris... avec je ne sais pas combien de femmes, si ça se trouve ! Puis il a épousé ta sœur, hérité de la moitié de ta fortune. Et toi, tu cours te jeter dans ses bras, et en cachette encore !

— Paul, je ne voulais pas te mentir, je t'assure...

Il ne me laissa pas achever.

— C'est pour ça que tu es allée à La Nouvelle-Orléans, n'est-ce pas? Ta peinture n'était qu'un prétexte pour courir le retrouver. Avez-vous projeté de vous revoir?

— J'allais t'en parler, justement. C'est possible.

Il se redressa et se carra sur son siège.

— C'est certain. Qu'avez-vous décidé, tous les deux?

— Décidé?

— Va-t-il divorcer?

— Nous n'en avons pas parlé, mais nos croyances religieuses s'y opposent, et sa famille n'y consentirait pas. Gisèle non plus, d'ailleurs, du moins je ne le pense pas. Et toi?

— Je ne le pense pas non plus.

— Je l'imagine plutôt en train de faire un scandale, et même de dicter les gros titres aux journalistes. *Sa sœur jumelle lui vole son mari*... une vraie révolution mondaine, je vois ça d'ici. Et ce ne serait pas juste pour toi, Paul. Les gens d'ici en feraient toute une histoire...

— Vraiment? railla-t-il avec un rictus amer.

— Paul, je t'en prie... je me sens déjà tellement coupable! Je ne supporte pas l'idée de te faire du mal.

Il se détourna pour me cacher sa rage et les larmes qui lui brûlaient les yeux.

— Je n'ai que ce que je mérite, grommela-t-il. Mère m'avait prévenu que cela risquait d'arriver.

Et là-dessus, il s'enferma dans le silence.

— Ne reste pas assis comme ça sans rien dire, Paul. Fâche-toi, chasse-moi de chez toi, mais réagis.

Il se retourna lentement, et la vue de son visage ravagé par la douleur me serra le cœur.

— Je ne ferais jamais une chose pareille, Ruby, tu le sais. Je ne peux pas m'empêcher de t'aimer.

— Je le sais, soupirai-je. Et je le regrette. Je voudrais que tu puisses me haïr.

Il eut un sourire sans joie.

— Autant vouloir que la terre s'arrête de tourner, ou le soleil de se lever le matin et de se coucher le soir.

Nos regards se nouèrent et je songeai à la cruauté du destin. C'était son destin d'éprouver cette passion pour moi. De mourir de soif au bord de la fontaine, près de l'eau fraîche qu'il n'avait pas le droit de boire. Quelle ironie ! Si seulement il pouvait me haïr... J'en souffrirais, bien sûr, mais ce serait tellement mieux pour lui. Entre nous pesaient la tristesse et les regrets, telle une blessure impossible à guérir.

— Bon, laissons tout cela de côté pour le moment, dit-il enfin. C'est trop navrant et nous avons déjà bien assez de problèmes. Tu es sûre de ne pas vouloir une autre nurse ?

— Pour l'instant, oui. J'en suis sûre.

— D'accord, mais ça m'ennuie de te voir négliger ta carrière. Je suis censé être l'époux d'une célèbre artiste cajun, et je m'en suis beaucoup vanté, à Baton Rouge. Je connais au moins une douzaine de magnats du pétrole qui meurent d'envie d'acheter une de tes toiles.

— Ô Paul ! Tu n'aurais pas dû. Je suis loin d'être aussi douée que ça.

— Mais si, tu l'es, affirma-t-il en se levant. Bon, je dois passer voir mon père à la conserverie, mais je rentrerai tôt.

— Tant mieux, parce que j'ai invité Jeanne et James à dîner. Elle a téléphoné, ce matin, et elle semblait très désireuse de nous voir.

— Ah oui ? J'en suis ravi, commenta-t-il en se penchant pour m'embrasser.

Mais son geste fut presque machinal, un bref baiser sur la joue comme si j'étais sa sœur ou sa mère. Un nouveau mur venait de se dresser entre nous. Et comment savoir s'il n'allait pas se renforcer encore et nous séparer davantage, au cours des jours et des semaines à venir ?

Je me retrouvai seule, au bord des larmes. Sans l'avoir voulu, Paul m'avait accablée de culpabilité en me prouvant sa tendresse. Je me répétais que je l'avais averti. Que je n'avais pas pris les mêmes engagements que lui, à notre mariage. Il avait peut-être fait vœu de chasteté, comme un prêtre, mais moi je n'étais pas une nonne. J'étais une femme comme les autres, mon sang était aussi ardent que le leur, et pas plus qu'une autre je ne pouvais brider ou renier la passion qui flambait dans mes veines.

Et surtout, je ne le voulais pas. Même en cet instant, je brûlais du désir d'être entre les bras de Chris, de sentir ses lèvres sur les miennes. Dévorée de frustration, j'étouffai un soupir et ravalai mes larmes. Ce n'était pas le moment de m'attendrir sur mon sort, mais de me montrer forte. Et de relever les défis que le destin s'amusait à me jeter à chaque détour du chemin.

Un bon gri-gri m'aurait été bien utile, m'avisai-je subitement. Une des poudres porte-bonheur de Nina Jackson, par exemple, ou son fameux talisman Sang-Dragon, dont elle faisait grand cas. Autrefois, elle m'avait donné une pièce de monnaie trouée enfilée sur un lacet, à porter à la cheville en guise de protection. Je l'avais rangée depuis longtemps, mais où ? En montant coucher Perle pour sa sieste, je la cherchai, la trouvai et la nouai autour de ma cheville gauche.

Bien des gens se seraient moqués de moi pour cela, je le savais. Mais ces gens-là n'avaient pas vu grand-mère Catherine faire tomber la fièvre d'un enfant malade en lui imposant les mains. Ils n'avaient jamais senti un esprit mauvais s'esquiver dans la nuit, chassé par ses paroles et ses élixirs. Et ils n'avaient jamais entendu les incantations d'une mama vaudoue, ni constaté leurs résultats. Le monde était plein de mystères, peuplé d'esprits bons ou mauvais, et toute magie capable de procurer la santé ou le bonheur était bonne à mes yeux, même si elle faisait sourire. Les railleurs étaient presque toujours des gens qui ne croyaient en rien, de toute façon ; ou qui n'avaient d'autre religion que leur plaisir, comme ma sœur Gisèle. Et je savais déjà, moi, mieux que la plupart des gens de mon âge, à quel point le bonheur est fragile et fugace.

Je vis bien ce soir-là combien Paul tenait à ce que notre dîner fût réussi, parfait en tout point. Il voulait dissiper cette ombre qui avait surgi entre nous, l'extirper de nos cœurs jusqu'à la dernière trace. Il commanda lui-même un menu tout spécial à Letty, choisit le vin parmi nos meilleures bouteilles, et James et lui y firent largement honneur. A table, la conversation fut joyeuse et ponctuée de rires, mais Jeanne me parut préoccupée malgré ses efforts d'insouciance, et je sentis qu'elle souhaitait me parler en privé. Dès que Paul proposa de passer au salon pour les liqueurs, j'annonçai que je voulais montrer à Jeanne une nouvelle robe achetée à La Nouvelle-Orléans.

— Avoue que tu cherches un prétexte pour fuir nos discussions politiques ! plaisanta Paul.

Mais il vit à mon expression que je tenais à m'isoler avec Jeanne et entraîna James au salon, nous laissant monter à l'étage. Dès que nous nous retrouvâmes seules dans ma chambre, Jeanne fondit en larmes et je m'empressai de la faire asseoir à mes côtés, sur le canapé.

— Que se passe-t-il ? m'informai-je avec douceur en lui passant un bras autour des épaules.

— Ô Ruby, je suis si malheureuse ! Moi qui voulais un mariage romantique, comme le tien, j'ai été bien déçue. Pas les deux premières semaines, bien sûr. Mais aussitôt après... finie la romance ! James ne pense qu'à son travail. Il rentre souvent à dix ou onze heures du soir, je dîne toute seule et, quand il arrive, il est si fatigué qu'il monte tout droit se coucher.

— Tu lui as dit ce que tu ressentais ?

— Oui, mais il se contente de dire que... (Elle respira un grand coup, ravalant ses sanglots.)... qu'il est au début de sa carrière et que c'est à moi de comprendre. Un jour il m'a même crié dessus. « Je n'ai pas eu la chance de ton frère, moi ! Je n'ai pas hérité de terrains pétrolifères, et il faut que je gagne ma vie. »

» Je lui ai dit que Paul aussi gagnait la sienne. Je ne connais même personne qui travaille autant. Il ne s'imagine pas que tout lui est dû, lui, n'est-ce pas, Ruby ?

— Paul s'imagine plutôt qu'il y a vingt-cinq heures dans une journée ! répliquai-je en souriant.

— Mais ça ne l'empêche pas de rester un mari attentionné, non ? Il suffit de vous regarder ! On voit tout de suite combien vous êtes proches, tendres et pleins d'égards l'un pour l'autre. Paul a beau travailler dur, il a toujours du temps pour toi, n'est-ce pas ? Et son absence ne te pèse pas autant, je me trompe ?

Je me détournai pour lui dérober mon visage, croisai les bras comme le faisait grand-mère Catherine et fis mine de réfléchir. Jeanne guettait anxieusement ma réponse.

— Tu as raison, dis-je enfin, mais c'est sans doute parce que je suis très prise par ma peinture.

— C'est ce que m'a dit James. Il pense que je devrais me trouver une occupation, mais c'est de lui que je voulais m'occuper, moi, et de notre mariage ! La vérité... (Elle se tamponna les joues avec son mouchoir.) ... c'est que la passion est finie entre nous, voilà !

— Voyons, Jeanne... je suis sûre que ce n'est pas si grave...

— Cela fait deux semaines que nous n'avons pas fait l'amour ! C'est beaucoup pour des jeunes mariés, non ? insista-t-elle en m'interrogeant du regard.

Je baissai les yeux et m'appliquai à lisser ma jupe. Grand-mère Catherine disait toujours qu'on lisait en moi comme dans un livre.

— Eh bien... je ne crois pas qu'il y ait de règle en ce domaine. Même pour des jeunes mariés, précisai-je, mais en pensant à Chris. C'est une chose qui doit répondre à un désir spontané, impulsif.

— James est très catholique et il tient pour la méthode de température, me confia Jeanne. Je dois prendre la mienne avant que nous ayons des rapports. Vous ne faites pas ça, vous, n'est-ce pas ?

Je connaissais cette méthode de contrôle, mais je ne

trouvais pas cet usage très romantique, il faut bien le dire. Je secouai la tête.

— Alors tu vois pourquoi je suis si malheureuse, conclut Jeanne.

— Et James, est-ce qu'il ne s'en rend pas compte ? (Elle haussa les épaules.) Tu devrais lui en parler, Jeanne. C'est vous deux que cela concerne, et vous seuls. Personne ne peut vous aider, sinon vous-mêmes.

— Mais si la passion n'existe plus...

— La passion... d'accord, il en faut. Mais il faut aussi savoir faire des compromis. C'est cela le mariage, insistai-je, en songeant combien c'était vrai pour Paul et pour moi. Un compromis. Un sacrifice mutuel et librement consenti, pour le bien de l'autre. Mais il faut que ce soit réciproque, ajoutai-je en pensant à papa et à Daphné, cette fois. Sinon ça ne marche pas.

— Je ne crois pas que James envisage les choses comme ça, se désola Jeanne.

— Je suis sûre que si, mais ça ne se fait pas en un clin d'œil. Il faut du temps pour construire une relation solide.

Elle parut un peu plus convaincue.

— Oui, Paul et toi vous connaissez depuis longtemps. C'est pour ça que votre mariage est si parfait, tu crois ?

Je ressentis un curieux pincement au cœur. Un mensonge en entraînant un autre, je me voyais prise dans cet engrenage infernal et je détestais cela.

— Rien n'est parfait, Jeanne.

— Mais vous êtes aussi proches qu'on peut l'être, Paul et toi, et depuis le début ! Il te voue un véritable culte. Pour être franche... j'espérais que James m'aimerait avec la même ferveur, avoua-t-elle tristement. Je suppose que j'ai tort de le comparer à mon frère.

— Personne ne devrait vouer un culte à qui que ce soit, Jeanne, dis-je à mi-voix.

Mais la façon dont elle nous voyait, l'idée que tout le monde se faisait de notre couple m'accablait de remords. Quel choc ce serait si jamais la vérité venait à transpirer, et quelle catastrophe pour Paul ! Il ne s'en remettrait pas.

Cet entretien avec Jeanne m'ouvrait les yeux. Ma relation avec Chris ne menait à rien, elle ne pourrait que détruire Paul à petit feu. J'avais choisi, accepté son amour et sa dévotion. A moins d'être la pire des égoïstes, il me fallait vivre avec ce choix et l'assumer.

— Peut-être devrais-je parler sérieusement à James, admit Jeanne. Tu as sans doute raison... Il faut du temps.

— Comme pour tout ce qui en vaut la peine, Jeanne.

Elle ne pouvait pas voir à quel point je me languissais d'un autre, heureusement. Elle était bien trop absorbée par ses propres problèmes.

— Merci, murmura-t-elle en me prenant la main. Merci de m'avoir écoutée, réconfortée.

Nous échangeâmes une étreinte affectueuse, qui me rendit pensive. Pourquoi m'était-il si facile d'aider les autres, et si difficile de m'aider moi-même ?

— Au fait, déclarai-je en me levant, j'ai vraiment une nouvelle robe à te montrer !

Je lui fis admirer la fameuse toilette, puis nous descendîmes rejoindre Paul et James au salon. Jeanne sourit quand son mari l'entoura de son bras et l'embrassa sur la joue, elle rougit quand il se pencha pour lui parler à l'oreille. Peu de temps après, ils annoncèrent qu'ils étaient fatigués et souhaitaient rentrer chez eux. Sur le pas de la porte, Jeanne me remercia une fois de plus et je vis à l'éclat de ses yeux qu'elle était heureuse.

— Tu veux rester un peu dehors ? me demanda Paul quand leur voiture eut disparu au tournant de l'allée.

Je hochai la tête et nous allâmes nous asseoir sur le banc. La nuit grésillait du chant des cigales, qu'interrompait de temps à autre le hululement bref d'un hibou.

— Jeanne avait besoin des conseils d'une grande sœur, ce soir, on dirait ? interrogea Paul.

— Oui, mais je ne suis pas certaine d'être la personne la plus qualifiée pour en donner.

— Bien sûr que si ! James aussi attendait un conseil de moi, d'ailleurs. Du coup, je me suis senti plus vieux que mon âge. Ils nous voient comme un couple idéal, tous les deux.

— Je sais.

— Si seulement c'était vrai ! soupira-t-il en prenant ma main. Alors, qu'est-ce qu'on décide ?

— N'essayons pas de tout résoudre ce soir, Paul. Je suis fatiguée, moi aussi, et je n'ai pas les idées très claires.

— Comme tu voudras. (Il déposa un baiser sur ma tempe et soupira.) Ne m'en veux pas de t'aimer tant, Ruby...

J'aurais voulu le serrer contre moi, l'embrasser, apaiser son âme tourmentée, mais je ne sus que verser quelques larmes et contempler la nuit, le cœur aussi lourd qu'une pierre. Et pour finir, nous nous levâmes pour regagner chacun notre chambre.

Quand j'eus éteint la lumière, je restai un moment devant la fenêtre et laissai mon regard se perdre dans le ciel. Je pensais à Jeanne et à James, pressés de rentrer chez eux après un délicieux repas, excités par le vin, impatients d'achever cette belle soirée dans les bras l'un de l'autre.

Et pendant ce temps-là, seul dans sa chambre, Paul étreignait son oreiller tandis que moi, de mon côté, je me berçais du souvenir de Chris.

Le lendemain, très peu de temps après le départ de Paul pour son travail, Chris appela. Il était tellement surexcité à propos de notre prochain rendez-vous, m'accablant de détails et de projets sans même prendre le temps de respirer, que j'avais du mal à le suivre.

— Tu n'imagines pas à quel point ma vie a changé, Ruby ! Tu m'as donné un but, une raison de vivre, le courage de supporter le poids des jours... et des nuits !

— Chris, j'ai de mauvaises nouvelles, réussis-je enfin à glisser dans ce flot de paroles, avant de l'informer du départ de Mme Fleming. Je crains d'avoir à différer notre rendez-vous.

— Mais pourquoi ? Tu n'as qu'à venir avec Perle.

— Non. C'est impossible.

— Il y a autre chose, c'est ça ? Une autre raison ?

— Oui, avouai-je. Il y a Paul.

— Alors... il sait tout ?

— Oui, Chris.

— Gisèle est devenue très méfiante, elle aussi, depuis quelque temps. Elle a même proféré des menaces plus ou moins voilées, ou pas voilées du tout.

— Alors il vaudrait mieux attendre un peu, suggérai-je. Le temps que les choses se tassent. Nous devons penser à ceux que nous pourrions blesser, Chris.

— Oui, admit-il d'une voix misérable.

Et je me dis que si les mots avaient un poids, la ligne qui nous reliait se serait brisée sous la charge. Je ne pus que murmurer :

— Je regrette, Chris.

Il poussa un soupir à fendre l'âme.

— Enfin !... Gisèle réclame sans arrêt d'aller passer quelques jours au ranch, je pense que nous irons la semaine prochaine. D'ailleurs, cette maison m'est odieuse, sans toi. Elle me rappelle trop les moments que nous y avons vécus ensemble. Chaque fois que je passe devant ta chambre, je m'arrête devant la porte et je me souviens du passé.

— Suggère à Gisèle de la vendre, alors, et recommencez une nouvelle vie ailleurs.

— Inutile, elle se moque bien de tout ça. Ô Ruby ! Qu'avons-nous fait ? Que nous sommes-nous fait l'un à l'autre ?

— Nous sommes tombés amoureux, Chris, tout simplement.

— Ruby...

— Il faut que je te quitte, Chris. Je t'en prie.

— Ne me dis pas au revoir, implora-t-il. Raccroche, c'est tout.

J'obéis, mais je restai assise à côté du téléphone

en pleurant à gros sanglots, jusqu'à ce que j'entende gazouiller Perle à l'étage. Elle avait terminé sa sieste et m'appelait. J'essuyai vivement mes larmes et, dès cet instant, ma décision fut prise. Je m'absorberais dans mon travail et ferais en sorte qu'il emplisse ma vie, mes pensées, mes jours et mes nuits, sans laisser la moindre place aux regrets.

Je finis par glisser dans une résignation sereine, un peu comme si j'étais entrée au couvent. Je passais de longues heures à peindre, à dessiner ou à écouter de la musique, dans un état de méditation tranquille. Et bien sûr, ma tâche de mère à plein temps accaparait une grande partie de mes journées, elle aussi. Perle était très vive, curieuse de tout. Il me fallait veiller à écarter tout risque d'accident pour elle, mettre les bibelots fragiles hors de sa portée, m'assurer qu'elle ne puisse toucher à rien qui fût dangereux. Holly me remplaçait quelquefois pour la surveiller, pour que je puisse faire quelques courses, ou me ménager quelques heures de solitude. De son côté, Paul travaillait plus que jamais, probablement pour des raisons analogues aux miennes.

Il se levait à l'aube et bien souvent, quand je descendais pour le petit déjeuner, il était déjà parti. Parfois, il arrivait même qu'il ne rentre pas à temps pour dîner. Son père se faisait de moins en moins présent à la conserverie, m'expliqua-t-il, et songeait à prendre sa retraite. Je lui suggérai d'engager un gérant et il promit d'y penser, mais je voyais bien que le travail lui était nécessaire. Tout comme moi, il détestait les loisirs, qui lui laissaient trop de temps pour réfléchir à la faillite qu'était devenue sa vie.

Je me disais qu'il en irait ainsi jusqu'à la fin de nos jours. Je nous imaginais, devenus vieux, contemplant le bayou en nous balançant dans nos fauteuils et en réfléchissant à notre vie manquée. A tout ce qu'elle aurait pu être si nous n'avions pas pris, dans la fougue de la jeunesse, certaines décisions plutôt que d'autres. Mais cela ne devait pas durer. Un soir, après le dîner, vers la fin du mois, le téléphone sonna. Paul avait déjà pris place dans son fauteuil favori et déplié son journal, Perle dormait, je lisais un roman. James apparut à la porte du salon :

— C'est pour madame.

Paul haussa un sourcil intrigué, je haussai les épaules en signe d'ignorance et me levai pour aller répondre.

— C'est sans doute Jeanne, suggérai-je.

Mais c'était Chris, et sa voix me fit frissonner. On aurait dit qu'elle venait d'outre-tombe.

— Que se passe-t-il, Chris ?

— C'est Gisèle. Nous sommes au ranch, depuis une semaine.

— Ah ! Et elle sait tout, c'est ça ?

— Non.

— Mais alors, qu'y a-t-il ?

— Elle s'est fait piquer par des moustiques, et nous n'y avons pas attaché trop d'importance. Tu sais comme elle se plaint, dans ces cas-là... Je l'ai badigeonnée à l'alcool et n'y ai plus pensé. Et puis...

Je sentis mes genoux mollir.

— Et puis ?

— Elle a commencé à souffrir de violents maux de tête, accompagnés de fièvre, et rien ne parvenait à la soulager. Elle a pratiquement avalé un flacon d'aspirine. La nuit dernière sa fièvre a monté, elle a eu des hallucinations et j'ai dû appeler le médecin du village. Le temps qu'il arrive, elle était paralysée.

— Paralysée !

— Oui. Et elle délirait tellement qu'elle ne m'a même pas reconnu. Elle ne sait même plus qui elle est. Le docteur a identifié tout de suite sa maladie : c'est l'encéphalite de Saint-Louis, une inflammation du cerveau due à un virus transmis par les moustiques.

— Mon Dieu ! m'exclamai-je, le cœur chaviré. Elle est hospitalisée ?

— Non.

— Comment ça, non ?

— Le docteur est très pessimiste. Il dit qu'il n'existe aucun traitement connu quand la maladie est causée par une autre infection virale que l'herpès simplex virus, pour citer ses termes exacts.

— Qu'est-ce que ça signifie, au juste ? Que va-t-il arriver à Gisèle ?

— Elle peut rester longtemps dans cet état, dit-il d'une voix presque indifférente et dépourvue d'intonation. Mais à La Nouvelle-Orléans, personne n'est au courant. Ce médecin et les domestiques du ranch sont les seuls à connaître la situation.

Je retins mon souffle.

— A quoi penses-tu au juste, Chris ?

— Il m'est venu à l'idée tout à l'heure, en la regardant dormir, que nous pourrions... Elle te ressemble énormément quand elle dort, tu sais ? Personne n'y verrait rien.

Mon cœur manqua un battement, avant de s'emballer à un rythme si fou que je crus défaillir. Je changeai nerveusement le combiné de main. J'avais compris.

— Chris... tu veux que je me fasse passer pour elle ?

— Et que tu sois ma femme pour la vie entière, oui. Ne vois-tu pas que c'est une chance unique ? ajouta-t-il précipitamment. Les secrets du passé pourront dormir en paix là où ils sont, et personne n'en souffrira.

— Excepté Paul.

— Mais si nous sommes tous malheureux, tu trouves que c'est mieux ?

Mon esprit s'enfiévrait de plus en plus. Etait-ce possible ? Serait-ce vraiment mal d'agir ainsi ?

— Et que devient Gisèle, dans tout ça ?

— Il faudra la placer dans une institution. En secret, bien sûr, mais cela ne devrait pas être trop difficile.

— Ce serait affreux. Daphné a tenté de faire la même chose avec moi, rappelle-toi.

— C'était tout à fait différent ! Tu étais en pleine santé, tu avais toute la vie devant toi. Mais qu'est-ce que ça changerait, pour Gisèle ? Sans le vouloir, elle nous offre un cadeau merveilleux, une sorte de réparation pour tout le mal qu'elle a commis. Si le destin ne voulait pas redresser les choses, crois-tu qu'il nous fournirait une occasion comme celle-ci ? Reviens-moi, Ruby, je t'en supplie. Près de toi, je peux retrouver la paix de l'esprit et le respect de moi-même. Ne gâchons pas cette chance.

Je me tournai vers la porte du salon, toute songeuse.

— Je ne sais pas, Chris... laisse-moi y réfléchir. Il faut que j'en parle avec Paul.

— Bien sûr, acquiesça-t-il. Mais n'attends pas, et rappelle-moi tout de suite après.

Il me donna le numéro, qui se grava dans ma mémoire, et reprit d'une voix fervente :

— Ruby, je t'aime et tu m'aimes, il faut que nous vivions ensemble et le destin le veut aussi. Qui sait ? Là où elle se trouve à présent, ta grand-mère Catherine est peut-être en train d'agir en notre faveur, à moins que ce ne soit le charme protecteur de Nina Jackson qui opère.

— Je ne sais pas, Chris. Tout arrive si vite et c'est si compliqué...

— Parles-en avec Paul. C'est une bonne chose et c'est notre droit. Cela devait finir comme ça, voilà tout.

Quand nous eûmes raccroché, je restai longtemps debout près du téléphone, le cœur battant. Tant de possibilités se présentaient à moi, mais aussi tant de dangers ! Il me faudrait assumer l'identité de Gisèle, mais nous étions si différentes... Serais-je capable de jouer son rôle, assez bien pour rester pour toujours avec Chris ? Quand il est assez fort, l'amour vous donne le pouvoir d'accomplir l'impossible, me répétais-je. Peut-être en irait-il ainsi pour nous ? Je respirai profondément, plusieurs fois de suite, et regagnai lentement le salon pour aller m'expliquer avec Paul.

Il écouta mon récit des événements, puis mon incroyable proposition, avec une attention soutenue et un calme impressionnant. Puis il se leva, marcha vers une fenêtre et resta là, le regard au loin. J'attendis patiemment qu'il rompe le silence.

— Tu ne cesseras jamais de l'aimer, murmura-t-il

d'une voix morne. Faut-il que je sois fou pour avoir cru le contraire! Pourquoi n'ai-je pas écouté ma mère?

Puis, avec un grand soupir, il se retourna vers moi.

— Je ne peux pas m'empêcher de l'aimer, Paul.

Cette fois encore, il laissa passer quelques secondes avant de parler.

— Peut-être faut-il que tu vives avec lui pour savoir quel genre d'homme il est vraiment, Ruby? Peut-être cela te fera-t-il comprendre en quoi nous sommes différents, lui et moi?

— Paul, je t'aime pour ton amour pour moi, pour tout ce que tu as fait pour nous, mais notre mariage n'en est pas vraiment un. D'ailleurs, ne sommes-nous pas convenus que si l'un de nous voulait vivre avec un autre une relation totale, l'autre ne s'y opposerait pas?

Il hocha lentement la tête.

— Quel rêveur j'étais quand j'ai fait ce serment dans la galerie de ta grand-mère, ce soir-là! Eh bien, j'aurai quand même réussi à te rendre pleinement heureuse, constata-t-il avec une ironie amère. Mais j'y pense... (Une lueur farouche passa dans son regard)... je peux même faire encore plus!

Ma gorge se noua.

— A quoi penses-tu, Paul?

— A faire venir Gisèle ici. Dis-le à Chris quand tu l'appelleras.

— Quoi!

— Il a raison: qu'est-ce que cela changerait pour elle, maintenant? Demain après le déjeuner, nous irons au ranch, où j'aurai une affaire importante à régler. Nous annoncerons que nous prenons quelques jours de vacances et je reviendrai avec Gisèle, en répandant la nouvelle de ta maladie. Je l'installerai confortablement à l'étage et nous aurons des infirmières à plein temps. Comme elle a perdu la mémoire et souffre de confusion mentale, cela ne devrait pas poser de problèmes.

— Tu ferais ça pour moi? m'effarai-je, incrédule.

Il eut un sourire poignant.

— Je t'aime assez pour cela, Ruby. Peut-être que tu commences à t'en rendre compte, maintenant ?

— Je ne peux pas accepter, Paul. Ce serait trop dur pour toi, et trop injuste.

— Mais non. Dans cette grande maison, c'est à peine si je remarquerai ces nouveaux aménagements.

— Je ne parlais pas seulement de ça. Tu as ta vie, toi aussi.

— Et je compte bien la vivre... à ma façon. Allez, maintenant, rappelle Chris.

Il avait un air si étrange en me disant cela ! J'eus le sentiment qu'il croyait s'assurer un moyen de me ramener à lui, un jour ou l'autre. Quoi qu'il en soit, cette solution facilitait singulièrement mon échange d'identité avec Gisèle.

Je m'éloignais pour téléphoner quand une pensée m'arrêta net. J'avais oublié un problème : le plus gros de tous.

— Nous ne pouvons pas faire ça, Paul. A cause de Perle. Si je suis Gisèle, qu'est-ce qu'elle devient dans tout ça ?

Il ne lui fallut qu'un instant pour trouver une solution.

— Compte tenu de ta soi-disant maladie et du départ de notre nurse, je l'enverrai chez sa tante jusqu'à ce que tout soit rentré dans l'ordre à Bois Cyprès. Vu les circonstances, tout le monde trouvera ça très normal.

— Ô Paul, tu es si bon ! Je ne mérite pas que tu te sacrifies ainsi, m'écriai-je, au bord des larmes.

— Tu viendras quand même rendre visite à ta pauvre sœur de temps en temps, non ? demanda-t-il en trouvant la force de sourire.

Et je compris que, par cet arrangement bizarre, il espérait pouvoir garder un lien entre nous deux.

— Bien sûr, même si Gisèle n'est pas en état de s'en rendre compte.

— Attention ! me mit-il en garde, et cette fois son sourire se fit presque enjoué. Ne sois pas trop gentille, sinon les gens s'étonneront, je crois déjà les entendre.

« Mais qu'est-ce qui lui arrive ? On ne la reconnaît plus, ces temps-ci ! »

— Tu as raison, acquiesçai-je, mesurant la difficulté du combat qui m'attendait.

Je n'avais pas grande confiance en moi-même. Ma seule chance de bonheur, ma seule arme pour soutenir ce défi était mon désir d'être la femme de Chris, maintenant et à jamais. Cela suffirait-il ? Pour l'amour de Perle et pour mon salut, je priai le ciel de m'accorder cette chance.

DEUXIÈME PARTIE

11

Rien n'est laissé au hasard

Si Chris fut ravi par la proposition de Paul, elle me laissa perplexe. Qu'avait-il en tête ? Quel résultat en attendait-il ? Ces questions angoissantes me hantèrent toute la nuit. Que se passerait-il si les choses tournaient mal et si notre supercherie était découverte ? Les gens voudraient en savoir plus, toutes les noirceurs du passé remonteraient au grand jour. Et la honte rejaillirait non seulement sur Perle et sur moi, mais aussi sur la famille Tate. Nous courions des risques énormes, et Paul devait en être aussi conscient que moi. Mais il était bien résolu à conserver un lien avec moi, fût-ce par ce moyen des plus étranges.

En m'éveillant le lendemain il me sembla que tout cela n'était qu'un rêve, jusqu'au moment où Paul frappa à ma porte pour m'avertir que nous partirions vers deux heures. Il estimait qu'il nous en faudrait trois pour nous rendre à la maison de campagne des Dumas. Il était temps de faire mes préparatifs, et un frisson me parcourut l'échine. Je tremblais encore en allant et venant dans ma chambre pour choisir ce que j'emporterais. Bien peu de chose, en fait, car mes goûts en matière de toilette étaient trop différents de ceux de Gisèle, mais je tenais à mes bijoux et à mes souvenirs personnels. Quant aux vêtements de Perle, j'en pris autant qu'il me fut possible sans attirer l'attention :

nous n'étions pas censés nous absenter plus d'une semaine, après tout.

Tout en remplissant sa petite valise, je songeais à l'effet bizarre que cela me ferait de passer pour sa tante. Elle continuerait à m'appeler « maman », bien sûr. Mais elle était encore assez bébé pour que les gens attribuent cette confusion à son jeune âge, et je prétendrais qu'il valait mieux la laisser faire pour ne pas la perturber. C'était ce qui se passerait plus tard qui m'effrayait. Quand elle serait assez grande pour comprendre, il faudrait bien lui dire la vérité. Lui expliquer pourquoi nous avions agi ainsi, son père et moi, pourquoi j'avais pris le nom de ma sœur, et alors... que penserait-elle de nous ?

Je passai le reste de la matinée à parcourir Bois Cyprès avec elle, m'imprégnant de chaque détail comme si je ne devais jamais revoir la maison. Je savais que, lorsque je reviendrais, tout serait différent à mes yeux. Ce ne serait plus mon foyer mais celui de ma sœur, un endroit où je ne passerais qu'en visiteuse et que je serais censée ne pas aimer. Je devrais me comporter comme si le bayou m'était aussi étranger que la Chine, car c'était bien ainsi que le voyait Gisèle.

Et c'était cela, j'en pris conscience, qui me serait le plus difficile : feindre de détester le bayou. Même en répétant mon rôle, je ne serais sûrement pas très convaincante. Mon cœur ne me permettrait pas de tourner en dérision le monde où j'avais grandi et que j'avais chéri toute ma vie.

Pendant la sieste de Perle, je montai dans mon atelier pour mettre à l'abri ce qui m'était le plus précieux. Une fois devenue Gisèle, il ne serait plus question de peindre, sinon en secret. Et quand l'invalidité de Ruby serait connue, il me faudrait renoncer à exposer, mais je m'en consolai facilement. Je n'avais jamais pratiqué mon art en vue du succès, mais pour mon seul plaisir.

Paul revint pour le déjeuner, qui fut un moment pénible. Même si nous évitions d'y faire allusion, nous savions tous deux que c'était notre dernier repas ensemble, en tant que mari et femme. Et devant les domestiques il nous fallait agir avec naturel, ce qui n'était pas facile. Nous nous comportions l'un envers l'autre avec une politesse exagérée, comme si nous nous connaissions à peine, et à deux reprises il nous arriva de commencer une phrase en même temps, pour nous excuser avec gêne.

— Continue, me dit Paul quand cela se reproduisit.

— Non, c'est à toi de parler.

— Je voulais te rassurer pour l'atelier : je veillerai à ce qu'il reste en ordre. Peut-être viendrez-vous passer des vacances ici, Chris et toi, et tu pourras y peindre en cachette. Je laisserai croire que les tableaux dataient d'avant ta maladie.

Je fis un signe d'assentiment, tout en sachant que c'était peu probable. Cela me faisait un effet bizarre de parler de moi comme d'une personne gravement malade. Je ne pourrais pas voir la réaction des gens, puisque je serais partie, mais je l'imaginais fort bien. Les sœurs de Paul seraient probablement très affectées, alors que sa mère se réjouirait. Mais Octavius aurait de la peine car nous nous entendions très bien, tous les deux, malgré l'aversion que sa femme éprouvait envers moi. Et les domestiques aussi seraient tristes, j'en étais sûre.

Dès que la nouvelle se répandrait dans le bayou, tous ceux qui me connaissaient seraient bouleversés ; la plupart des amies de grand-mère iraient à l'église brûler un cierge pour moi. Toutes sortes d'images affligeantes se présentaient à mon esprit et je me sentais de plus en plus coupable. Je commençai à m'agiter sur mon siège.

— Ça va, Ruby ? s'enquit Paul avec sollicitude.

— Oui, prétendis-je, mais c'était loin d'être le cas. Des larmes brûlantes s'amassaient sous mes paupières et j'éprouvais des bouffées de chaleur intolérables. J'avais l'impression que la température montait dans la pièce.

— Je reviens tout de suite, m'écriai-je en me levant brusquement.

— Ruby!

Je sortis précipitamment et courus vers les lavabos, pour m'asperger le front et les joues d'eau froide. Quand je levai les yeux vers le miroir, je vis que le sang s'était retiré de mon visage: j'étais blanche comme un linge.

— Tu seras punie pour ce que tu fais, murmurai-je à mon reflet. Un jour, tu seras peut-être gravement malade, toi aussi.

Je ne savais plus où j'en étais. Fallait-il faire marche arrière pendant qu'il en était encore temps?

— Ruby? fit la voix de Paul à travers la porte. Chris est au téléphone. Tu te sens bien?

— Oui, merci. Ça ira, Paul. J'arrive.

Je tamponnai rapidement mes joues et sortis, pour aller prendre la communication dans le bureau.

— Chris?

— Paul m'apprend que tu as un malaise. Ça va mieux?

— Non.

— Tu es toujours décidée, j'espère? s'alarma-t-il.

Et, sans me laisser le temps de répondre, il ajouta en toute hâte:

— Tout est prêt. J'ai fait aménager la fourgonnette comme une ambulance pour transporter Gisèle à Bois Cyprès, comme si c'était toi. Paul et moi suivrons dans sa voiture pour aider à l'installer. Il n'a pas changé d'avis, au moins?

— Non, mais... je ne suis pas sûre de pouvoir faire ça, Chris!

— Tu peux et tu dois le faire, Ruby. Je t'aime et tu m'aimes. Nous avons une fille à élever, ensemble, et une chance de déjouer le destin. Ne la laissons pas passer. Je te soutiendrai, je te le promets. Je ferai tout pour que ça marche.

Ses paroles me réconfortèrent, je repris possession

de moi-même. Je sentis que mes joues retrouvaient leurs couleurs et l'agitation de mon cœur se calma.

— Ça ira, Chris. Tu peux compter sur nous.

— Bien. Je t'aime, dit-il très vite avant de raccrocher.

Un second déclic m'avertit que Paul avait écouté d'un autre poste, mais je fis comme si je ne m'étais aperçue de rien et il sortit pour faire quelques courses de dernière minute. J'en profitai pour aller chercher Perle et lui donner son repas, puis je remontai avec elle dans ma chambre pour attendre. Mon cœur se serra quand je vis mon petit sac de voyage et mon fourre-tout : j'emportais si peu de chose avec moi ! Mais après tout, me dis-je avec philosophie, quand j'étais revenue dans le bayou, mon bagage était encore bien plus léger...

Les minutes s'étiraient, la nervosité me gagnait, mes yeux se tournaient sans arrêt vers la fenêtre. De gros nuages sombres arrivaient de l'ouest, le vent soufflait de plus en plus fort et je compris qu'un orage se préparait. Secouée de frissons, j'étreignis frileusement mes épaules. Etait-ce un mauvais présage ? Le bayou cherchait-il à m'empêcher de commettre l'irréparable ? C'est ce qu'aurait dit grand-mère Catherine, si elle s'était trouvée là. Au moment où cette pensée me traversait, un éclair zébra le ciel et un roulement de tonnerre ébranla toute la maison.

— Prête, Ruby ? s'informa Paul en passant la tête par la porte entrebâillée.

Je regardai une dernière fois autour de moi et fis un signe d'assentiment. Mes genoux tremblaient, j'avais l'estomac noué, mais je soulevai Perle au creux d'un bras et me penchai pour prendre mon sac.

— Je m'en occupe, s'interposa Paul en devançant mon geste.

Et il me dévisagea pour deviner ce que je ressentais en cet instant, mais je détournai vivement les yeux.

— Bois Cyprès te manquera, Ruby, affirma-t-il en attachant sur moi son regard pénétrant. Tu auras beau essayer de te faire croire le contraire, tu regretteras le bayou. Il fait partie de nous-mêmes, c'est aussi vrai pour toi que pour moi. C'est pour cela que tu y es revenue quand les choses allaient mal pour toi.

— Ce n'est pas comme si je ne devais jamais revenir, Paul.

— Mais jamais plus en tant que Ruby, me rappela-t-il sur un ton incisif.

— Je sais.

— Faut-il que tu l'aimes pour te lancer dans une aventure pareille !

Sa voix trahit sa jalousie et, comme je ne répondais pas, il tourna les yeux vers la fenêtre en soupirant. Pauvre Paul ! m'apitoyai-je. Une part de lui-même écumait de rage contre Chris et moi, mais l'autre, celle qui m'aimait, lui interdisait d'exprimer cette colère. Et la frustration le dévorait.

— Oublie ce que je viens de dire, marmonna-t-il en se retournant vers moi. Si jamais il te maltraite ou te trahit, je saurais trouver le moyen de te ramener. Je remuerais ciel et terre pour que tu me reviennes, Ruby.

Etait-ce pour cela qu'il se montrait si coopératif ? Parce qu'il s'attendait que les choses tournent mal ? Mon intuition m'avertissait que, malgré les apparences, il n'avait pas renoncé à moi et n'y renoncerait jamais.

Il alla dans la chambre de Perle pour y prendre sa valise et nous descendîmes sans tarder. Il était temps de partir.

Il avait commencé à pleuvoir, et ce fut au bruit monotone des essuie-glaces que nous nous éloignâmes dans la grande allée. Combien d'adieux nous fallait-il faire tout au long d'une vie ? pensai-je alors en me retournant vers la maison. Aux gens que nous avions aimés, à ceux que nous avions toujours connus, mais aussi aux lieux qui étaient devenus partie intégrante de nous-mêmes. J'avais déjà quitté une fois le bayou, sans savoir si j'y reviendrais. Mais j'avais toujours cru que si j'y retournais, je le retrouverais tel qu'il avait toujours été pour moi. Cette fois, c'était différent :

j'avais le sentiment de le trahir. Et je me demandais si, tout comme les gens, les lieux pouvaient réellement vous en vouloir de les abandonner, et vous refuser leur pardon.

La pluie tombait à seaux, maintenant, et je craignis que Perle n'ait froid. Mais non, elle semblait parfaitement à l'aise. Moi seule, je frissonnais.

— C'est fou ce qu'on est capable de faire pour vivre avec ceux qu'on aime ! observa soudain Paul d'une voix concentrée. Un adulte se conduit comme un gamin, et un gamin se donne un mal fou pour agir en adulte. On est capable de risquer sa réputation, de sacrifier ses biens, de braver ses parents et jusqu'à ses croyances. On commet les pires folies pour un instant de ce que l'on s'imagine être l'extase !

— Oui, c'est vrai, approuvai-je. Mais savoir que c'est vrai ne nous empêche pas de commettre ces folies.

— Je le sais bien, répliqua-t-il avec amertume. Je te comprends mieux que tu ne l'imagines. Je sais aussi que tu ne m'as jamais vraiment compris, mais j'ai l'impression que tu te rends mieux compte de ce que j'éprouve pour toi, maintenant.

— Tu as raison.

— Tant mieux. Parce que tu sais quoi, Ruby ? demanda-t-il en me transperçant du regard. Un jour, tu reviendras.

Et il était si sûr de lui que mon cœur se glaça.

Comme nous arrivions à l'embranchement de l'autoroute, il accéléra subitement, et j'en eus le souffle coupé : avec quelle hâte il me projetait vers mon nouveau destin !

Perle s'endormit, ce qui lui arrivait presque toujours en voiture. Après environ deux heures de voyage, la pluie cessa et un soleil timide perça la couche de nuages. Paul consulta les notes que lui avait dictées Chris un peu plus tôt, s'orienta, et moins d'une heure plus tard nous étions sur le chemin qui menait au ranch.

C'est ainsi que Daphné appelait sa maison de campagne, mais la grande bâtisse me fit l'effet d'un château avec ses pignons, ses tourelles, ses portes et ses fenêtres ogivales. Une faîtière en métal ouvragé ornait son haut toit pointu, que couronnaient deux imposantes cheminées. Deux petits cottages destinés au logement des domestiques se dressaient sur la droite, un peu à l'écart, à bonne distance des communs. Tout cela se détachait sur un fond de prairies vallonnées et de bosquets, véritable écrin de verdure dont un ruisseau traversait le coin nord.

L'ensemble évoquait un château de la campagne française, avec ses jardins somptueux, ses belvédères et ses fontaines. Les gardiens — un couple d'un certain âge — étaient occupés à tailler les haies qui cernaient la pelouse du devant. Ils levèrent la tête à notre passage, le temps de nous jeter un regard curieux, et se remirent instantanément à l'ouvrage.

Nous n'étions pas encore garés que Chris accourut sur le seuil, en nous invitant du geste à rentrer au plus vite. Perle dormait toujours, ses paupières battirent quand je la soulevai dans mes bras pour suivre Paul à l'intérieur. Chris s'effaça devant nous et me sourit avec tendresse.

— Tout va bien, Ruby ?

— Oui, chuchotai-je, niant la bizarre faiblesse qui me paralysait soudain.

Les deux hommes s'observèrent un instant sans mot dire, puis je vis s'assombrir le regard de Chris.

— Allons, il vaut mieux nous dépêcher !

— Nous te suivons, répliqua Paul avec sécheresse.

Et nous avançâmes dans le hall immense, décoré de tapisseries et de grands tableaux. L'ameublement présentait un mélange de moderne et d'ancien, on y retrouvait le même style rustique français qu'à la maison Dumas. Les lumières étaient tamisées, les rideaux tirés. Des ombres obscurcissaient le grand escalier, que nous gravîmes en toute hâte.

— Occupons-nous d'abord de Perle, dit Chris en nous conduisant vers une chambre d'enfant. Elle dormira dans l'ancien berceau de Gisèle. Daphné recevait de temps en temps des couples avec bébé, semble-t-il, et elle tenait à sa réputation d'hôtesse.

Perle grogna quand je la déposai dans le berceau, et j'attendis un moment pour voir si elle allait s'éveiller ; mais elle se tourna sur le côté, soupira et continua son somme.

— Je me suis procuré un chariot pliant, et personne n'a le moindre soupçon, déclara Chris. L'argent fait des miracles.

— Mais il ne résout pas tous les problèmes, riposta Paul avec rudesse.

Ne trouvant rien à répondre, Chris hocha la tête en silence et nous conduisit à la chambre des maîtres. Gisèle paraissait toute menue dans le grand lit à colonnes. La courtepointe remontée jusqu'au menton, les cheveux épars sur l'oreiller, elle était d'une pâleur de cire.

— Elle est pratiquement dans le coma, nous expliqua Chris. Elle ne reprend connaissance que de temps en temps.

— Ô Chris ! m'écriai-je, le cœur serré. Il faut absolument l'hospitaliser.

— Paul peut consulter son médecin, s'il y tient. Le mien estime que ce n'est pas indispensable, si elle a une bonne infirmière à domicile.

— J'y veillerai, déclara Paul, qui n'avait pas quitté Gisèle des yeux. Elle recevra tous les soins nécessaires.

— Alors, allons-y !

Chris paraissait très pressé d'agir avant qu'un de nous deux ne change d'avis, et Paul se décida. Il passa du côté du lit près duquel se trouvait le chariot de manière à pouvoir aider Chris, qui glissa doucement les mains sous les aisselles de Gisèle. Ses paupières battirent, mais elle n'ouvrit pas les yeux et il la fit glisser vers le bord du lit. Puis il adressa un signe à Paul, qui souleva les jambes de ma sœur, et tous deux la déposèrent sur la couchette. Elle portait une chemise de nuit blanche à longues manches froncées, au corsage brodé de fleurs, et je devinai pourquoi Chris l'avait choisie : j'aurais pu porter la même. Il étendit une couverture sur elle et leva les yeux vers moi.

— Il faut échanger les alliances, maintenant. Je lui ai déjà ôté la sienne.

J'eus l'impression que la bague me brûlait la paume quand il me la tendit, et je sentis peser sur moi le regard de Paul. On aurait dit qu'il guettait chacun de mes mouvements pour voir ce que j'allais faire, et ce que je ressentirais en le faisant. Je fis tourner plusieurs fois l'anneau à mon doigt, mais j'avais les mains gonflées : il refusa de glisser.

— Passe-le sous l'eau fraîche, me conseilla Chris en m'indiquant d'un signe la direction de la salle de bains.

Je croisai le regard de Paul. Il paraissait heureux de voir que j'avais tant de mal à accomplir ce geste de séparation symbolique. L'eau froide aidant, l'anneau consentit quand même à quitter mon doigt et Chris le passa rapidement à celui de Gisèle.

— Tu n'as pas d'autres bagues, Ruby ?

— Non, pas d'autres que je porte tout le temps.

— Et elle changeait si souvent de bijoux, à part son alliance, que personne ne remarquera rien, affirma-t-il.

Et il roulait déjà le chariot vers la porte quand il s'arrêta brusquement, pour ajouter :

— Je vais chercher la fourgonnette et la garer juste devant le perron. Attendez-moi là, je reviens tout de suite.

Quand nous fûmes seuls, Paul regarda longuement Gisèle avant de relever les yeux sur moi.

— Et voilà ! soupira-t-il. Nous y sommes.

Mon cœur battait si violemment que j'avais du mal à respirer.

— Fais tout ce que le médecin conseillera, Paul.

— Tu n'as pas besoin de me le dire, voyons ! D'ailleurs... j'en ai déjà consulté un sur la question.

— Tu as vraiment fait ça ?

— Oui, ce matin, à Baton Rouge.

— Et... ?

— Elle a des chances de guérir, annonça-t-il en attachant sur moi un regard significatif.

Voilà donc en quoi il mettait son espoir ! La guérison de Gisèle me forcerait à revenir à Bois Cyprès, et dans ce cas... autant renoncer tout de suite à cet échange d'identité. Je n'en eus pas le temps.

— Reste avec elle un moment, dit Paul avant que j'aie pu ouvrir la bouche.

Et il sortit pour descendre parler à Chris. Demeurée seule avec ma sœur, je m'approchai d'elle et lui pris la main.

— Gisèle, murmurai-je à mi-voix, je ne sais pas si tu peux m'entendre, mais je veux que tu saches une chose. Je n'ai jamais voulu te faire de mal, ni avant ni maintenant. Même dans ton état, tu dois comprendre que c'est le destin qui a voulu tout ça. Je regrette que tu sois si malade. Je n'ai rien fait pour que cela t'arrive, à moins que mon amour pour Chris n'ait été assez fort pour que les esprits décident de nous réunir. Nous sommes faits l'un pour l'autre, et je suis sûre qu'au fond de ton cœur, tu le sais, toi aussi.

Je déposai un baiser sur son front, et un instant plus tard j'entendis les pas de Paul et de Chris dans le couloir.

— Amène-la sur le palier, indiqua Chris à Paul. Une fois là, je replierai les pieds du chariot et nous la transporterons en bas.

Ils eurent quelque peine à descendre les marches. Mais ils y parvinrent en un temps record et Chris remit aussitôt le chariot sur pied, puis ils roulèrent Gisèle jusqu'à la grand-porte. Du perron, je les regardai la véhiculer jusqu'à la fourgonnette, la hisser à l'arrière et refermer les portes. Après quoi, tous les deux restèrent un instant immobiles à me regarder en silence, et Paul s'avança vers moi.

— Je crois que c'est le moment de nous dire au revoir... pour l'instant, acheva-t-il en m'embrassant sur la joue.

Puis il s'éloigna rapidement vers la fourgonnette et je me rapprochai de Chris.

— Je reviens dès que possible, me promit-il.

— Chris... commençai-je en baissant la voix. Il croit qu'elle va guérir et que nous devrons reprendre notre véritable identité.

— Non. Mon médecin affirme que c'est impossible.

— Pourtant...

— Il est trop tard pour revenir en arrière, Ruby. Mais ne te fais pas de souci, tout est dans l'ordre. C'était écrit.

Sur ces mots rassurants il m'embrassa, partit en direction de la voiture et revint aussitôt sur ses pas. Je retins mon souffle, espérant l'entendre annoncer qu'il renonçait, mais je me trompais. Il ne s'agissait que de détails pratiques.

— Au fait, j'oubliais de te dire... au cas où. Les gardiens s'appellent Gerhart et Anna Lenggenhager. Ils ont un accent allemand épouvantable et tu ne comprendras sans doute pas un mot de leur jargon, mais ne t'inquiète pas. Gisèle n'a jamais essayé, elle ne s'adressait à eux que pour leur donner des ordres, mais ils sont très gentils. La bonne s'appelle Jill, la cuisinière Dorothée. J'ai laissé des instructions pour qu'on te monte le dîner dans ta chambre, ce qui ne surprendra personne. Gisèle se faisait souvent servir en haut.

— Et pour Perle ?

— Tu n'auras qu'à indiquer à Jill ce qu'il faut lui préparer. Ils savaient que nous attendions notre nièce et tout est prévu. Ne t'inquiète pas, répéta-t-il en m'embrassant une dernière fois, avant d'aller rejoindre Paul.

Je regardai s'éloigner la voiture et, quand elle eut disparu, j'aperçus Gerhart et Anna qui m'observaient, plantés sur la pelouse. Ils détournèrent vivement la tête et s'en furent précipitamment vers leur cottage.

Mon cœur battait quand je rentrai dans la maison. J'eus un instant l'idée de l'explorer, mais je préférai monter voir si Perle dormait toujours. Si elle s'éveillait dans une chambre inconnue, elle aurait peur, je le savais. N'avais-je pas peur moi-même de me trouver là ?

Quand Jill vint chercher ses instructions, un peu plus tard, je vis tout de suite qu'elle redoutait Gisèle. Perle s'était réveillée, je l'avais prise avec moi dans la grande chambre. Jill frappa si discrètement que je ne l'entendis pas tout de suite.

— Oui ? répondis-je enfin.

Elle ouvrit la porte avec une lenteur précautionneuse et fit quelques pas dans la pièce.

C'était une grande fille brune au petit visage mobile et aux cheveux coupés court, dont les yeux perçants très enfoncés me firent penser à ceux d'un oiseau.

— Dorothée voudrait savoir si madame désire quelque chose de spécial, ce soir.

J'hésitai un instant. Ce serait la première fois qu'il me faudrait parler comme si j'étais Gisèle, et je m'obligeai à imaginer sa réaction. Elle prenait toujours un ton hautain pour s'adresser aux domestiques.

— Je veux quelque chose de léger, ordonnai-je d'une voix aussi distante que possible. Du poulet grillé, du riz, un peu de salade et de l'eau minérale. Avec des glaçons.

— Et pour l'enfant ?

Je commandai le repas de Perle avec la même sécheresse et Dorothée s'éclipsa promptement, l'air tout heureuse de s'en tirer à si bon compte. Quelle harpie avait dû être Gisèle pour inspirer une telle terreur ! Je doutais fort de parvenir à me comporter en tout point comme elle.

Quand elle revint apporter le plateau et mettre la table, Jill se risqua à sourire à Perle, qui l'observait avec un intérêt manifeste. Mais presque aussitôt, elle me jeta un coup d'œil furtif, comme si elle s'attendait à une réprimande pour s'être laissé distraire. La brusquer eût été au-dessus de mes forces : je me contentai de garder le silence.

— Madame aura-t-elle besoin d'autre chose ?

— Pas pour le moment, répondis-je brièvement.

Et je me retins juste à temps de dire merci, car Gisèle ne remerciait jamais, sinon pour se montrer sarcastique. Jill n'en espérait pas tant, d'ailleurs. Elle se dirigeait déjà vers la porte.

Je ne m'attendais pas à avoir très faim, mais j'avais l'estomac si serré que je crus plus sage de me forcer à avaler quelque chose. Bien que le repas fût délicieux, je mangeai de façon machinale et sans plaisir. Je me demandais comment Chris et Paul s'en tiraient ; j'imaginais la réaction des gens quand Paul leur apprendrait qu'il était arrivé quelque chose de grave et qu'il avait fallu me ramener d'urgence. Je me rongeai d'inquiétude pendant des heures et des heures, jusqu'au moment où un pas retentit dans l'escalier. Je courus ouvrir la porte et me précipitai sur le palier, pour voir Chris escalader les marches. Il leva la tête et son visage s'éclaira.

— Tout va bien ! s'exclama-t-il, hors d'haleine. L'histoire est passée comme une lettre à la poste, les domestiques n'ont pas eu le moindre soupçon. (Il prit mes mains et les serra dans les siennes.) Bienvenue dans ta nouvelle vie, madame Andréas, la vie que le sort nous devait !

Oui, pensai-je en plongeant mon regard dans le sien. Je suis Mme Andréas. Mme Christophe Andréas.

Il m'attira dans ses bras et me garda contre lui pendant de longues secondes avant de déposer un baiser sur mon front. Puis ses lèvres descendirent jusqu'aux miennes et il m'embrassa fermement sur la bouche.

Notre première nuit en tant que mari et femme fut loin d'être aussi romantique, à vrai dire, que nous l'avions espéré l'un et l'autre. Chris avait beau triompher, il était aussi harassé que moi par ce que nous venions de vivre. Après nous être mis au lit, et quand nous eûmes passé un long moment à nous serrer l'un contre l'autre et à nous embrasser, il m'avoua enfin combien l'épreuve avait été dure pour lui.

— Je n'étais pas sûr que Paul irait jusqu'au bout, Ruby. Pour être franc, je m'attendais même qu'il s'arrange pour tout faire capoter, surtout après ce que tu m'avais appris sur le perron. A ce moment-là, j'ai commencé à comprendre qu'il n'avait jamais accepté de te perdre.

— Je l'ai vu te parler avant de monter dans la voiture. Qu'est-ce qu'il t'a dit ?

— De quoi m'a-t-il menacé, tu veux dire !

— Menacé ? Pourquoi ? De quoi ?

— Il a dit que s'il acceptait tout ça, c'était uniquement pour toi, parce qu'il était convaincu d'agir selon ton désir et pour ton bonheur. Mais que, s'il entendait le moindre propos négatif au sujet de notre relation, si je faisais quoi que ce soit qui te rende malheureuse, il révélerait publiquement la supercherie. Il m'a certifié qu'il se moquait éperdument de sa réputation et des conséquences que cela entraînerait pour lui, et je le crois. Alors ne t'avise pas de lui dire du mal de moi ! conclut Chris avec un sourire ambigu.

— Il n'y aura jamais rien de mal à lui raconter, Chris.

— Non, jamais, promit-il en m'embrassant.

Et il commença à me couvrir de caresses, mais j'étais trop lasse et trop nerveuse pour y répondre.

— Gardons notre lune de miel pour La Nouvelle-Orléans, décida-t-il, compréhensif.

Et nous nous endormîmes dans les bras l'un de l'autre.

Nous avions prévu de rentrer aussitôt à La Nouvelle-Orléans, et mis au point une explication simple de la situation. Un malheur s'était produit, Ruby était dans un état grave et nous comptions prendre soin de sa fille en attendant son rétablissement. Au ranch, personne ne parut regretter ce départ précipité, au contraire. Je crus lire un certain soulagement dans les traits d'Anna et de Gerhart, et une joie manifeste sur ceux de Jill.

Mais qu'en serait-il à la maison Dumas ? Pendant le

trajet du retour, Chris m'apprit qu'il en avait renvoyé tout le personnel.

— Oh, non! m'exclamai-je, vraiment navrée pour ces gens.

— Ne t'inquiète pas, me rassura Chris. Ils n'étaient pas spécialement ravis de servir Gisèle, et je leur ai versé une indemnité de six mois de salaire. Les choses seront bien plus faciles avec de nouveaux domestiques, insista-t-il, et je fus bien obligée d'en convenir.

Pour moi, ce retour à la maison Dumas était sans doute la séquence la plus redoutable de notre scénario. Nous arrivâmes en ville sous un ciel maussade, à peine éclairé par de rares percées de soleil. L'ombre s'amassait sous les chênes des avenues, et Garden District lui-même, malgré la splendeur de ses jardins et l'élégance de ses demeures, me parut déprimant au possible.

Tous les volets étaient fermés sur la façade blanc ivoire de la grande maison, le foyer où mon père avait été heureux. Au-dedans comme au-dehors, aucun signe d'activité n'était visible, tout respirait l'abandon. Quand nous avançâmes dans l'allée, mon cœur se serra et je levai les yeux vers le perron, m'attendant presque à voir Daphné surgir sur le seuil et nous demander ce que nous faisions là. Mais personne ne se montra, rien ne bougea, si ce n'est un écureuil gris intrigué par notre arrivée.

— Nous voici chez nous, dit Chris en me prenant la main pour la secouer, comme si par ce geste il pouvait chasser l'angoisse qui m'habitait. Allons, détends-toi. Tout ira bien.

Je me forçai à sourire et rencontrai son regard clair, brillant d'espoir et plus bleu que jamais. Nous en avions fait du chemin depuis ce jour lointain où j'étais arrivée du bayou, à l'insu de tous, et où il m'avait trouvée à cet endroit même. Plantée devant la grande maison, j'ouvrais des yeux ébahis devant tant de merveilles, le cœur battant à l'idée de connaître enfin mon véritable père. A présent, je voyais une certaine ironie du sort dans cette rencontre, ou même un signe prophétique. C'était le soir du Mardi gras, et Chris m'avait prise pour Gisèle, déguisée en pauvresse pour le bal.

Tandis qu'il rassemblait nos bagages et fermait la voiture, je pris Perle dans mes bras et l'embrassai en lui murmurant à l'oreille :

— C'est ici que tu vas vivre, maintenant, ma chérie. J'espère que tu y seras plus heureuse que je n'y ai été.

— Ça, je te le garantis, me promit Chris avec ferveur.

Il alla ouvrir la grand-porte, pressa un interrupteur et, instantanément, le vaste hall s'illumina ; les lustres scintillèrent, des reflets ambrés jouèrent sur les dalles de marbre, les peintures et la grande tapisserie française apparurent en pleine clarté. Perle ouvrit des yeux ronds et observa chaque chose avec intérêt, mais sans cesser un instant de se cramponner à moi.

— Par ici, madame ! lança Chris d'une voix qui retentit dans la maison vide.

Et il nous précéda dans le grand escalier circulaire, allumant toutes les lampes qu'il rencontrait au passage.

Derrière lui, mon pied foula sans bruit le tapis moelleux, ma main glissa sur la rampe d'acajou sculpté. Malgré ses beaux meubles anciens, ses tableaux de maîtres et tout son luxe, cette maison n'avait jamais été un foyer pour moi. Je m'y étais toujours sentie étrangère, et c'est en étrangère que j'y revenais. Mais cette fois, j'y retrouvais tant de mauvais souvenirs qu'il me faudrait déployer des efforts bien plus grands, je le savais, pour la rendre accueillante, douillette, chaleureuse... et pour m'y sentir enfin chez moi.

— J'ai pensé que tu aimerais changer cette pièce en nursery pour Perle, annonça Chris d'un petit ton désinvolte.

Et, avec un sourire de conspirateur, il ouvrit la porte de ce qui avait jadis été ma chambre. La première chose que je vis fut un berceau, copie conforme de celui qu'avait Perle à Bois Cyprès. Puis j'aperçus la commode assortie, le bureau et la petite chaise.

— Mais comment...

— Sitôt après t'avoir téléphoné, je suis retourné dare-dare à La Nouvelle-Orléans et, en doublant le prix, je me suis arrangé avec un marchand de meubles pour que tout soit prêt pour elle en temps voulu. Après quoi, je suis revenu au ranch.

Comme je restais muette, il reprit avec douceur et fermeté :

— Je veux que ça marche, Ruby. Pour nous tous.

— Ô Chris ! m'écriai-je, les larmes aux yeux.

Perle semblait toute contente, et très pressée d'explorer son nouvel environnement.

— Et maintenant, reprit Chris, je vais devoir passer quelques coups de fil. Nous avons besoin d'un maître d'hôtel, d'une femme de chambre et d'une cuisinière. L'agence va nous envoyer des candidats.

— Que vont penser les gens, quand ils sauront que tous nos domestiques sont partis ?

— Rien. Ça ne surprendra personne. Je suis sûr qu'ils se plaignaient déjà de Gisèle depuis longtemps. Elle était devenue tellement tyrannique après la mort de Daphné qu'ils me faisaient pitié. Le fait est que... j'ai dû souvent les supplier de rester, avoua-t-il.

Et, après une brève hésitation, il ajouta :

— Nous occupions la chambre de Pierre et de Daphné. Tu ferais mieux d'aller t'installer tout de suite.

Je repris Perle dans mes bras et le suivis dans le couloir. On n'avait pas changé grand-chose dans la chambre des maîtres. J'y retrouvai le grand lit à colonnes, et les doubles rideaux de velours au drapé savant. Mais un désordre affreux régnait sur la coiffeuse et des vêtements traînaient sur les fauteuils, jetés en vrac.

— Gisèle n'était pas particulièrement soigneuse, commenta Chris. Elle n'en éprouvait pas le besoin, puisqu'elle se rachetait toujours du neuf. Nous nous disputions toujours à ce sujet, d'ailleurs.

Par la porte de la penderie, restée entrouverte, je pouvais voir une profusion de vêtements accrochés de guingois sur leurs cintres, ou même tombés en tas sur le plancher.

— Gisèle va changer brusquement de caractère, annonçai-je.

Chris éclata de rire.

— Pas trop vite, quand même !

La sonnerie du téléphone retentit, et nous nous tournâmes tous les deux vers l'appareil.

— Nous ne sommes pas obligés de répondre, Ruby.

— Et si c'était Paul ? Il faut que je me jette à l'eau, de toute façon, alors pourquoi pas tout de suite ? Si je ne suis pas de taille, au moins nous serons fixés.

Il acquiesça d'un signe et je m'approchais déjà du téléphone quand il m'arrêta.

— Attends ! Si c'est un de ses amis, je saurai tout de suite qui c'est, dit-il en décrochant. Oui ? Bonjour, Pauline. Elle est là, je te la passe. Attention, chuchota-t-il en couvrant l'appareil. Elle peut être très garce !

Je hochai la tête et pris le combiné d'une main tremblante.

— Allô !

— Gisèle ? J'ai appelé au ranch et on m'a dit que tu étais rentrée. Je croyais que tu devais rester une semaine de plus et qu'il était question d'une fiesta ! Peter était d'accord pour venir, gémit Pauline, encore une chance que j'aie appelé ! Que se passe-t-il ? Pourquoi ne m'as-tu pas prévenue ?

Je respirai un grand coup et rassemblai tous mes souvenirs de Gisèle.

— Ce qui se passe ? Oh ! rien, juste une catastrophe.

— Quoi ?

— Ma sœur est venue nous voir et s'est fait piquer par des moustiques, cette idiote !

— Et c'est une catastrophe ?

— Elle a attrapé... comment déjà, Chris ? (Il m'encouragea d'un sourire.) L'encéphalo-machin-chose, dis-je après avoir fait mine d'écouter. Elle est dans le coma et j'ai dû prendre le bébé.

— Toi ? T'occuper d'un bébé ? s'effara Pauline.

— Jusqu'à ce que j'aie engagé quelqu'un, oui. Pourquoi ?

— Pour rien, sinon que je sais très bien ce que tu penses des enfants.

Je pris mon ton le plus Gisèle possible.

— Alors tu ne sais pas encore tout à mon sujet, Pauline.

— Pardon ?

— Tu es pardonnée.

— Non, je voulais dire...

— Je sais ce que tu voulais dire. Ecoute, je n'ai pas le temps de débiter des âneries au téléphone, pour le moment. J'ai des choses plus importantes à faire.

— Désolée. Je ne veux pas te déranger.

— Parfait. Ciao ! lançai-je en raccrochant.

— Epoustouflant, me félicita Chris. Pendant un moment, j'ai cru que c'était Gisèle et que j'avais vraiment ramené Ruby à Bois Cyprès.

Perle elle-même levait sur moi un regard perplexe, et je soupirai de soulagement. Peut-être ne serait-ce pas si difficile, après tout ? En fait, Chris était tellement impressionné par ma performance qu'il voulut passer à l'action tout de suite. Il suggéra que nous allions dîner dans un des restaurants chics qu'ils fréquentaient, Gisèle et lui, afin de commencer à répandre notre histoire.

Du coup, la panique s'empara de moi.

— Tu ne crois pas que c'est un peu tôt, Chris ?

— Pas du tout ! Prépare-toi pendant que j'expédie quelques affaires urgentes, et choisis une toilette à la Gisèle, surtout. Bienvenue à la maison, ma chérie ! acheva-t-il en se penchant pour effleurer mes lèvres.

Le cœur battant, je le regardai s'éloigner, puis j'allai passer en revue la penderie de ma sœur.

12

Double jeu

Notre première soirée en tant que Chris et Gisèle Andréas fut un triomphe. Je portais un fourreau noir au bustier bien trop audacieux pour mon goût, mais presque toutes les toilettes de ma jumelle avaient un décolleté provocant. Chris avait ri de ma réaction quand je m'étais vue dans le miroir.

— Ta sœur avait le don de frôler le scandale, je pense qu'elle prenait plaisir à choquer la bonne société.

— Eh bien, pas moi !

— N'empêche que tu es délicieuse, avait-il insisté avec un sourire sensuel. Et Gisèle adorait qu'on se retourne sur son passage quand elle entrait dans un grand restaurant.

— Mais moi je rougirai comme une pivoine, et on devinera tout de suite qui je suis.

— Mais non ! Les gens penseront que c'est sa nouvelle façon de flirter, tu verras.

Ce qui est sûr, c'est que les têtes se retournèrent à notre entrée. Chris portait Perle, adorable dans le petit costume marin que nous lui avions acheté. J'essayais d'imiter la mimique arrogante de Gisèle et son balancement des hanches, mais quand je croisais le regard de quelqu'un, je baissais aussitôt la tête en rougissant. Pourtant, aucun des amis de Chris et de Gisèle ne parut s'apercevoir de rien ; ou s'ils remarquèrent ma conduite étrange et ma nervosité, ils l'attribuèrent aux circonstances. Gisèle avait toujours aimé donner des signes de souffrance ostentatoires. Malgré tout, je vis bien que les marques de sympathie s'adressaient plutôt à Chris qu'à moi. Et je devinai que, s'ils avaient des amis, c'étaient en fait surtout ceux de Chris.

Il s'en tira très bien, en l'occurrence, et salua chacun par son nom avant que j'aie eu le temps d'ouvrir la bouche.

— Marcus, Lorraine! Comment allez-vous? s'écria-t-il comme nous approchions d'une table.

Et tout le monde autour de nous de s'écrier:

— Quel ravissant bébé! Mais qui est-ce?

— La fille de ma sœur, répliquai-je avec une grimace ennuyée. Mais pour l'instant, elle est sous ma responsabilité.

— Ah bon?

A partir de là, Chris eut beau jeu de fournir toutes les explications nécessaires. Et si l'on m'adressa quelques paroles de sympathie, à moi aussi, ce fut pour me plaindre d'avoir un tel fardeau à porter.

— Tu vois bien, me fit observer Chris sur le chemin du retour, la plupart des relations de Gisèle sont des gens superficiels et sans cervelle. C'est à peine s'ils écoutent les autres parler.

— *Qui se ressemble s'assemble*, comme disait grand-mère.

— Exactement.

Nous étions si transportés par mon succès que nous avions le cœur léger ce soir-là, en rentrant à la maison. Chris était pressé d'engager de nouveaux domestiques, et il comptait recevoir plusieurs candidats le lendemain. Je couchai Perle dans son nouveau berceau, et il me fut doux de penser qu'elle occuperait la chambre qui avait été la mienne. Mon père s'était montré si fier et si heureux de ma réaction enthousiaste, quand j'y étais entrée pour la première fois! Le décor élégant, la vue sur les jardins et le grand parc, tout m'enchantait; c'était comme si une porte s'ouvrait pour moi, donnant accès au pays des merveilles. De tout mon cœur, je souhaitai qu'il en soit ainsi pour ma petite Perle.

— Heureuse ? chuchota Chris derrière moi, en posant la main sur mes épaules.

— Un peu, admis-je comme à contrecœur.

Il rit et me fit pivoter vers lui pour m'embrasser longuement sur la bouche ; et quand il releva la tête, une petite étincelle de malice dansait au fond de ses yeux.

— Tu sais que tu es très attirante, ce soir ?

— Pas devant la petite, protestai-je quand sa main glissa dans mon dos pour abaisser la fermeture de ma robe.

Il me souleva dans ses bras, me porta jusqu'à notre chambre et me déposa doucement sur le lit, puis recula d'un pas sans me quitter du regard, un étrange petit sourire aux lèvres.

— Qu'y a-t-il, Chris ?

— Faisons comme si c'était vraiment notre nuit de noces, Ruby. Notre toute première nuit. Nous n'avons encore jamais fait l'amour. Nous nous sommes déjà embrassés, caressés avec passion, mais tu m'as demandé d'attendre et je t'ai toujours respectée. Maintenant, nous sommes enfin mari et femme, et le moment est venu.

— Ô Chris...

Il s'agenouilla et posa le bout des doigts sur mes lèvres.

— Ne dis rien. Les mots n'ont plus de sens, maintenant.

Docilement, je le laissai abaisser doucement le haut de ma robe. La lune presque pleine versait une clarté argentée dans la chambre, baignant mes épaules de reflets satinés. Chris y posa doucement les lèvres, détacha mon soutien-gorge, le jeta loin de lui et resta un long moment immobile à me couver des yeux. Mon cœur battait à coups précipités, si violents que je me demandai un instant s'il pouvait les voir. Puis, lentement, ses mains s'approchèrent de moi et je me renversai dans les oreillers en gémissant sous ses caresses. J'avais fermé les yeux, attentive au bruissement léger de ses vêtements. Et quand il acheva de me déshabiller, je restai ainsi, parfaitement immobile, jusqu'au moment où son corps nu se pressa contre le mien.

C'est alors que je compris tout le pouvoir de l'illusion, car ce fut vraiment comme si nous faisions l'amour pour la première fois. Chaque baiser fut le premier, chaque attouchement eut la saveur de la nouveauté. Nous guettions nos gémissements et nos soupirs comme s'ils nous apprenaient des secrets sur nous-mêmes et nous révélaient l'un à l'autre. Notre passion fut si ardente et si profonde qu'elle m'arracha des larmes d'extase. Inlassablement, nous reprenions ces assauts amoureux, nous offrant l'un à l'autre le plus intime de nous-mêmes et nous déclarant notre amour.

Plus rien n'existait que cette communion totale, les problèmes ne comptaient plus. Ce furent des instants ineffables et qui nous laissèrent épuisés, mais heureux et comblés, car un tel amour ne pouvait être que béni, protégé, invincible. Le sommeil nous surprit dans les bras l'un de l'autre et, le cœur confiant, je me laissai emporter par mes rêves.

Ce fut la sonnerie du téléphone qui nous éveilla le lendemain, au petit matin. Perle dormait encore et pendant quelques instants je clignai des yeux en me demandant où j'étais. Chris grogna et décrocha en tâtonnant.

— Allô ! fit-il d'une voix râpeuse.

Puis, après quelques secondes pendant lesquelles j'achevai de me réveiller, il couvrit le combiné de la main.

— C'est Paul, chuchota-t-il. (Et il écouta encore un bon moment.) Oui, tu as bien fait, tiens-nous au courant. Ruby ? Non, elle dort encore… Je lui dirai. Merci, acheva-t-il en reposant le combiné sur sa fourche.

— Que se passe-t-il, Chris ?

— Son médecin lui conseille de faire hospitaliser Gisèle pour un scanner. Ce docteur est du même avis que le mien pour l'essentiel, mais il n'est pas aussi pessimiste.

— Comment a-t-elle passé la nuit ?

— Elle a eu quelques brèves périodes de conscience, mais ses propos étaient trop incohérents pour éveiller les soupçons.

— A quoi faut-il s'attendre, d'après toi ?

— Aucune idée. Mon médecin avait l'air si sûr de son diagnostic... Je ne crois pas que les choses puissent évoluer autrement.

— Nous n'allons tout de même pas souhaiter que son état s'aggrave, Chris... ou qu'elle en meure ! Je ne pourrais pas être heureuse si mon bonheur dépendait d'un souhait pareil.

— Je sais. Mais ce que tu peux souhaiter n'a aucune importance, crois-moi. Tout ça ne dépend ni de nous ni de Paul. Allons, autant nous lever tout de suite et commencer la journée ! acheva-t-il en sautant du lit.

Mais je restai à ma place, toute songeuse. Comme le matin avait tôt fait de balayer les illusions de la nuit, constatai-je une fois de plus. Un rayon de soleil, et toute la magie du clair de lune s'évaporait... Les pleurs de Perle me décidèrent à me lever, mais mon humeur mélancolique persista.

Il y avait longtemps que je n'avais pas fait la cuisine, mais c'était comme la bicyclette : une fois qu'on savait, ça ne s'oubliait pas. Dès que j'eus mis la main à la pâte, tout me revint avec aisance et non seulement je préparai notre petit déjeuner, mais je commençai un gombo. Et pourtant, Chris n'était pas certain de pouvoir rentrer pour le déjeuner.

— Depuis le départ de Bruce, c'est moi qui gère la fortune des Dumas, m'expliqua-t-il. La participation de Gisèle consistait surtout à la dépenser, les affaires l'ont toujours ennuyée.

— C'était Paul qui dirigeait les nôtres, mais je ne demande qu'à prendre ma part du travail, proposai-je aussitôt. Je serais ravie d'être ta partenaire.

Mais il secoua la tête avec énergie.

— Pas question. Tous nos employés connaissent trop bien les façons de faire de Gisèle.

— Dis-leur que les récents événements m'ont changée. Raconte-leur… que je suis devenue meilleure, que je reviens à la religion, tout ce que tu voudras.

— Gisèle, revenir à la religion ? Personne ne croira jamais ça, fais-moi confiance !

— Alors fais-leur croire qu'une mama vaudoue m'a jeté un sort, improvisai-je sur un ton mi-sérieux, mi-plaisant.

Il éclata de rire.

— D'accord, nous inventerons une histoire pour justifier ta nouvelle lubie. Mais il faudra y aller progressivement, je te préviens, pour ne pas éveiller la méfiance. Pour le moment, occupons-nous du plus urgent : les domestiques. J'attends trois candidats cet après-midi. Un maître d'hôtel, une bonne et une cuisinière.

— Je peux très bien me charger de la cuisine.

— Gisèle ne savait pas faire cuire un œuf, rappelle-toi.

J'avais l'impression d'être une danseuse étoile, obligée de troquer ses chaussons pour des sabots. Il me faudrait donc cacher tous mes talents ? Triste perspective…

Dès que Chris fut parti, j'emmenai Perle faire le tour de notre nouvelle maison. Elle apprécia beaucoup les vérandas, les fontaines et les jardins, mais ce fut en entrant dans mon ancien atelier qu'elle montra le plus d'enthousiasme. A la vue des chevalets, des cadres, des toiles, des tubes et des tables à dessin, elle s'illumina et battit des mains. Je la posai par terre, lui donnai des crayons de couleur et du papier pour qu'elle puisse s'amuser, puis j'entrepris de réorganiser la pièce.

J'étais si absorbée par mon travail que je ne prêtai pas tout de suite attention aux coups frappés à la fenêtre. Comme ils se répétaient avec insistance, je me retournai, pour apercevoir un jeune homme brun et bouclé qui me souriait de toutes ses dents. Grand et mince, le teint mat et les yeux noirs, il portait un jean et une chemise bleue largement ouverte, qui laissait voir un médaillon d'or suspendu à sa chaîne.

— Ouvre la fenêtre ! me cria-t-il.

Je m'approchai de lui sans hâte et soulevai l'espagnolette.

— Pauline m'apprend que tu es rentrée. Pourquoi ne m'as-tu pas téléphoné ? demanda-t-il en enjambant le rebord de la fenêtre.

Je reculai, trop surprise pour répondre. Il ne fit qu'un bond jusqu'à moi, me saisit par les épaules et m'embrassa goulûment sur la bouche. Je me dégageai sans douceur, ce qui parut l'étonner.

— Qu'est-ce qu'il y a ? Je ne sais pas ce que Pauline t'a raconté, mais elle a menti. Hélène Delmaro n'a passé que deux jours en ville et ses parents sont des amis des miens, c'est tout. Je me soucie autant d'elle que toi de ta sœur !

— Pauline ne m'a rien dit.

— Ah ! Mais qu'est-ce que... (Il entendit gazouiller Perle et repéra aussitôt le coin où elle était assise, en train de gribouiller.) D'où sort ce bébé ?

— C'est la fille de ma sœur, et la raison de mon retour. Ma sœur est tombée gravement malade. Elle est à l'hôpital et je m'occupe de la petite.

— Tu plaisantes ? Tu t'es proposée pour garder un enfant, toi ?

— Proposée... enfin, si on veut.

— Je vois ! s'esclaffa-t-il. Bon, enfin, c'est comme ça. Alors je te pardonne, reprit-il en se rapprochant de moi.

Et naturellement, je reculai d'autant.

— Qu'est-ce que tu as, encore ? J'ai guetté pendant des heures et des heures pour m'assurer que Chris était parti. Où est-il allé ? A son bureau ?

— Non, et il ne va pas tarder à rentrer.

— Dommage, grommela-t-il d'un air déçu. Je pensais qu'on pourrait rattraper le temps perdu, et l'endroit me paraissait bien choisi. On s'est payé du bon temps dans cette pièce, ajouta-t-il en promenant autour de lui un regard suggestif, et en particulier sur ce canapé.

» Je ne sais pas pourquoi tu tenais tellement à ce que

ça se passe là, d'ailleurs, c'était plutôt inconfortable. Mais loin de moi l'idée de m'en plaindre, rassure-toi !

Je dus avoir l'air si éberluée qu'il en fut intrigué.

— Eh bien quoi ? Aurais-tu oublié, par hasard ? Voilà ce que c'est de faire l'amour dans tous les coins : ça ne laisse même pas de trace dans ton souvenir.

— Je n'ai rien oublié du tout, ripostai-je avec raideur.

Il hocha la tête d'un air entendu et reporta son regard sur Perle.

— Alors, quand est-ce qu'on se revoit ? Tu crois pouvoir passer à mon appartement ?

— Non, répondis-je instantanément.

Un peu trop vite, sans doute, car il m'examina d'un œil plus curieux que jamais. Je rougis, et mon cœur se mit à battre à grands coups.

— Toi, tu as quelque chose, observa-t-il pensivement. Je ne sais pas ce que c'est mais tu es bizarre.

— Tu ne serais pas bizarre, toi, si ta sœur était sur le point de mourir et que tu devais garder son bébé, parce que son mari a perdu la tête ?

— Sur le point de mourir ? Je suis désolé, je n'avais pas compris que c'était si grave.

— Eh bien, ça l'est, ripostai-je avec hargne.

Il marqua une pause avant de demander :

— Pourquoi ne pas engager quelqu'un pour garder la petite ?

— C'est bien ce que je compte faire, mais pas tout de suite. Il faut que j'aie l'air concernée, au moins au début.

— J'avoue qu'elle est mignonne, mais les bébés sont ce qu'ils sont, soupira-t-il. On n'y peut rien !

Et une fois de plus il se rapprocha de moi, le regard langoureux et la moue provocante.

— Tu m'as manqué, Gisèle. Et moi, est-ce que je t'ai manqué aussi ?

— C'est ma liberté qui me manque, si tu veux le savoir !

Ma riposte cinglante ne fut pas de son goût. Il fit la grimace.

— Tu ne disais pas ça le dernier soir, avant de partir. Tu gémissais même tellement fort dans mes bras que j'ai failli avoir des ennuis avec mes voisins.

— Vraiment ? Eh bien, tu peux rassurer tes voisins, ripostai-je, les poings sur les hanches à la manière de Gisèle. A partir de maintenant, je gémirai sans toi.

— Quoi ?

— Tu as très bien entendu. Et maintenant, file ! lançai-je d'une voix coupante. Décampe avant que Chris ne rentre et ne te fiche une raclée, ça t'évitera d'avoir à expliquer tes bleus et tes bosses à tes parents.

— Je me demande qui est la plus malade des deux, ta sœur ou toi, marmonna-t-il entre ses dents.

— Dehors.

Je pointai le doigt vers la fenêtre, mais il ne bougea pas pour autant.

— Tu changeras d'avis, Gisèle, affirma-t-il en souriant. Et c'est toi qui m'appelleras... quand tu t'ennuieras.

— Compte là-dessus.

Cette fois, il parut complètement désarçonné. Je le vis froncer les sourcils, cherchant une explication, jusqu'au moment où une idée fusa dans sa cervelle.

— Il y a quelqu'un d'autre, c'est ça ? Qui est-ce ? Kurt Peters ? Non, il est trop balourd pour toi, je ne l'imagine pas dans ton lit. Je vois... c'est Henri Maurin !

— Non.

— Mais bien sûr que si, s'obstina-t-il comme pour se convaincre lui-même. J'aurais dû m'en douter quand tu m'as dit que tu le trouvais mignon ! Alors, comment est-il au lit ? Aussi doué que moi ?

— Je ne couche qu'avec Chris ! répliquai-je impulsivement, ce qui parut l'amuser beaucoup.

— Toi, te contenter d'un seul homme ? Ne me fais pas rire ! Enfin ! (Il haussa les épaules avec indifférence.) Nous avons pris du bon temps, et Carey Littlefield m'a dit de ne pas m'attendre que ça dure. Comme tu vois, ta réputation te précède et ton cher Chris Andréas paraît être le seul à l'ignorer... à moins qu'il ne s'en fiche éperdument et qu'il n'aille voir ailleurs, lui aussi.

— Dehors! répétai-je, si âprement cette fois que Perle me dévisagea d'un air craintif.

— Ne t'inquiète pas, je m'en vais. Mais dépêche-toi de trouver quelqu'un pour garder cette petite, ça vaudra mieux pour elle. Je n'oublierai jamais la façon dont tu te pâmais quand j'embrassais ce petit grain de beauté que tu as sous le sein, railla-t-il en s'éloignant vers la fenêtre.

Sur ce, avec un petit salut de la main, il disparut aussi rapidement qu'il était entré.

A cet instant seulement je libérai mon souffle, et je me laissai brutalement tomber sur le canapé. Ainsi, Gisèle avait eu des amants après son mariage avec Chris! Il ne devait pas le savoir, sinon il m'en aurait parlé. Combien d'hommes risquais-je de voir s'introduire ainsi dans la maison, à combien d'appels clandestins me trouvais-je exposée à répondre? Pour cette fois, j'avais eu de la chance, mais le prochain de ces messieurs pouvait être moins facile à berner.

J'aurais dû me douter que Gisèle resterait la même. Elle n'avait épousé Chris que pour me faire du mal et pouvoir l'exhiber. Même au temps où il était son soupirant en titre, elle voyait déjà d'autres garçons derrière son dos. Et l'inconnu que je venais d'éconduire avait raison: un homme ne suffisait pas à ma sœur. Elle voulait toujours ce qu'elle n'avait pas.

Eh bien, elle allait changer de conduite, et ses amis n'avaient pas fini de commenter sa transformation subite. Tout ce que j'espérais, c'est qu'aucun d'eux ne serait assez avisé pour en soupçonner la raison.

Je maîtrisai mon trouble, me remis au travail, et moins d'une heure après cet incident Chris appela pour annoncer que, finalement, il rentrait déjeuner. Il perçut tout de suite ma nervosité.

— Quelque chose ne va pas, Ruby?

— J'ai eu un visiteur. Un des anciens amants de Gisèle, déclarai-je tout à trac.

— Ah!... J'aurais dû t'y préparer, observa Chris après un bref silence.

— Tu savais!

— Disons que j'avais de sérieux soupçons.

— Pourquoi ne pas m'avoir prévenue, alors? Tu craignais que je ne refuse de jouer le jeu, si j'étais au courant?

— C'est un peu ça, oui.

— Tu aurais dû me le dire, Chris. Cela aurait pu mal finir.

— Je sais, je suis désolé. Comment t'en es-tu tirée? Tu n'as pas été obligée de...

— Bien sûr que non. Je lui ai fait sentir qu'il m'ennuyait et je l'ai mis dehors. Il m'a accusée d'avoir un autre amant. Je ne sais même pas son nom!

— A quoi ressemblait-il?

Je décrivis rapidement l'intrus et Chris éclata de rire.

— Georges Denning! Pas étonnant qu'il se soit montré si aimable avec moi, ces temps-ci. J'aurais cru que ta sœur avait meilleur goût.

— Ça ne te fait donc rien d'apprendre que tes soupçons étaient justifiés?

— Non. Tu es là, maintenant. Le passé ne compte plus. Il n'y a plus que le présent... et l'avenir.

— Chris, glissai-je en hâte avant qu'il ne mette fin à la conversation, as-tu eu des aventures, de ton côté?

— Oui, admit-il sans hésiter. Avec toi, tu te rappelles?

— Je voulais dire... avec d'autres femmes?

— Non. Je ne voyais que toi et ne pensais qu'à toi, Ruby.

— Reviens vite, Chris. Toute cette histoire m'a un peu secouée.

— J'arrive tout de suite, dit-il en raccrochant.

Jusque-là, nous avions franchi tous les obstacles haut la main, mais je m'attendais au pire et non sans raison. A table, Chris m'avoua que nous devions nous préparer à l'épreuve la plus redoutable de toutes.

— Il va falloir aller dîner chez mes parents, Ruby. Leurs vacances en Europe sont terminées, ils seront là dans deux jours.

— Ô Chris ! me lamentai-je. Ils feront tout de suite la différence et tu sais combien ils me méprisaient, Daphné avait tout fait pour ça.

— Ils s'y tromperont comme tout le monde, tu verras. Nos rapports s'étaient singulièrement espacés depuis mon mariage. Ta sœur n'appréciait pas beaucoup ma mère, et mon père était beaucoup trop collet monté pour son goût. Elle n'ouvrait pas souvent la bouche en leur présence, je dirais plutôt qu'elle faisait la tête. D'ailleurs nous n'aurons pas à les voir beaucoup, conclut-il pour me rassurer.

Mais il eut beau faire et beau dire, mon appréhension persista, et l'entrevue avec les candidats que nous envoyait l'agence de placement fut une heureuse diversion. Le maître d'hôtel était un Anglais bon teint, aux cheveux gris et aux grosses lunettes d'écaille qui n'arrêtaient pas de lui tomber sur le bout du nez. Grand et mince, d'allure distinguée, Aubrey Renner disposait d'excellentes références et son sourire franc et chaleureux me plut d'emblée.

La femme de chambre se nommait Sally Petersen. Grande et mince elle aussi, la quarantaine bien sonnée, elle avait un nez en lame de couteau, la bouche mince et de gros yeux ronds. Je vis tout de suite qu'elle ne considérait pas son état comme un simple gagne-pain, mais comme une profession qu'elle exerçait avec plaisir. Son air efficace et compétent inspirait confiance.

Notre cuisinière était quarteronne. Elle avouait soixante ans, mais je la soupçonnai d'être plus près des soixante-dix ans. C'était une petite boulotte aux gestes vifs, aux traits gracieux et aux dents de perle, qui avait dû être très jolie dans sa jeunesse. Elle nous confia qu'elle n'aimait pas son prénom, Delphina, qu'elle trouvait un peu trop prétentieux, et préférait être appelée Mme Swann.

Quand nous les eûmes engagés tous les trois, Chris déclara qu'il était temps de chercher une nourrice pour Perle ; mais je ne fus pas de son avis, cette fois-ci. J'estimais qu'il était encore trop tôt.

— C'est pourtant ce qu'aurait fait Gisèle, me rappela-t-il.

Et comme par hasard, un de ses amis connaissait une Française, qui avait exercé le double emploi de gouvernante et de nourrice et cherchait justement du travail. Il la convoqua pour le lendemain.

Edith Ferrier avait été veuve très tôt et n'avait pas d'enfants. Agée de cinquante-quatre ans, elle avait des cheveux poivre et sel coupés court, un visage affable, et ses yeux bruns s'illuminèrent à la vue de Perle. Au cours de notre entretien, je compris que la mort prématurée de son mari dans un accident ferroviaire l'avait affectée à tel point qu'elle avait renoncé à l'idée de se remarier. Prendre soin des enfants des autres était devenu toute sa vie, et ils remplaçaient pour elle ceux qu'elle n'avait jamais eus. Au début, Perle resta sur la défensive ; mais la voix douce de Mme Ferrier fit sa conquête, et elle vint spontanément lui apporter son nouveau puzzle pour solliciter son aide.

Chris avait rencontré chacun des postulants avant moi et leur avait exposé la situation. Ils s'étaient montrés peu curieux, et comme aucun d'eux n'avait connu Gisèle, je n'aurais pas à jouer la comédie en leur présence. Chris avait également insisté sur le prix qu'il attachait à leur discrétion, et chacun d'eux savait que le moindre bavardage sur les affaires de famille serait un motif de renvoi.

Nous étions enchantés de nos nouveaux domestiques, et notre nouvelle vie s'annonçait bien. Mais à peine avais-je commencé à me rassurer que Chris me rappela combien cette détente était fragile ; ses parents étaient de retour et le fameux dîner aurait lieu le lendemain.

Je n'avais jamais fréquenté les Andréas, autrefois,

quand j'étais venue vivre à La Nouvelle-Orléans. Dès le début ils m'avaient considérée comme une moins que rien, et cela grâce à Daphné, ma belle-mère. Par contre, ils avaient une très haute opinion d'eux-mêmes et de la place qu'ils tenaient dans la bonne société. On les voyait à tous les galas de bienfaisance et autres manifestations du même genre, et leur nom était régulièrement cité dans la chronique mondaine.

— Tu pourras t'habiller de façon plus conforme à tes goûts, si tu veux, m'assura Chris. Gisèle connaissait ceux de mes parents et consentait à faire un effort pour ne pas les provoquer. Elle se maquillait plus discrètement et portait quelques-uns des bijoux de Daphné.

— J'aimerais mieux porter les miens, si tu veux bien. Tes parents ne feront pas la différence.

Le fait est que j'éprouvais une véritable répugnance à toucher à ce qui avait appartenu à ma redoutable belle-mère, même si tout était du plus grand luxe et du meilleur goût.

Nous décidâmes qu'il serait plus simple pour nous de laisser Perle à la maison, mais malgré tout je n'en menais pas large quand nous arrivâmes en vue de celle des Andréas. C'était une de ces vieilles demeures de Chesnut Street, datant de la première moitié du XIXe siècle, qui faisaient la gloire de Garden District. Parfait exemple de l'architecture néoclassique, sa façade présentait deux galeries à colonnes superposées, aux pures lignes grecques. Chris insista beaucoup sur le fait que son père en était très fier.

— Il ne manque pas une occasion de rappeler son histoire, mais Gisèle ne l'écoutait jamais. Je l'ai même vue bâiller pendant qu'il lui expliquait certaines subtilités de style.

— Mais j'ignore tout de ces questions, moi ! Il s'en apercevra tout de suite.

— Ne t'inquiète pas pour ça. Mes parents savent très bien que nos conversations ennuyaient Gisèle, et mon père ne t'emmènera pas visiter la maison. Il l'a déjà fait avec Gisèle et son manque d'enthousiasme l'a franchement déçu.

— Alors ils ne l'aimaient pas tellement, eux non plus ?

— Pas vraiment, reconnut-il avec un sourire amusé.

Mais ma nervosité redoubla. Savoir que ses parents n'approuvaient pas notre mariage n'arrangeait rien. Je ne savais plus sur quel pied danser.

Le maître d'hôtel vint nous ouvrir et nous suivîmes le long couloir qui menait au salon, où les parents de Chris nous attendaient. Son père avait beaucoup vieilli depuis la dernière fois que je l'avais vu. Ses tempes avaient blanchi, mais sa haute silhouette et ses traits patriciens, dont Chris avait hérité, n'avaient rien perdu de leur noblesse. Toujours aussi soigneux de sa personne qu'autrefois, il portait ce soir-là une veste de smoking blanche avec une écharpe de soie noire nouée en cravate, d'une élégance raffinée. Un léger hâle avivait l'éclat de ses yeux d'outremer.

La mère de Chris était presque aussi grande que son mari, mais je notai qu'elle commençait à s'empâter. Ses cheveux châtain clair étaient impeccablement coiffés, comme à son ordinaire. Elle appartenait à cette génération de femmes du monde qui se préservaient soigneusement du soleil, estimant que le hâle « faisait peuple ». Et ses yeux d'émeraude, son meilleur atout, conféraient un certain éclat à son délicat visage au teint de porcelaine.

— Vous êtes en retard, observa le père de Chris en repliant son journal.

— Désolé, s'excusa Chris en s'avançant vers Mme Andréas. Bonsoir, mère.

Puis il alla serrer la main de son père, et je lançai brusquement, à la façon cavalière de Gisèle :

— Nous aurions été à l'heure, sans ce bébé !

— Ne disais-tu pas que vous alliez engager quelqu'un pour elle, Chris ? interrogea sa mère.

— C'est fait, mais...

— Cette petite est affreusement gâtée, l'interrompis-je, révulsée par mes propres paroles. Il a fallu que je la calme.

Le père de Chris haussa un sourcil.

— Vous ? Eh bien, peut-être allez-vous enfin vous décider à avoir des enfants à vous, tous les deux. Je compte bien avoir un petit-fils.

— Si tous les bébés sont comme celui de ma sœur, j'aime autant entrer au couvent ! ripostai-je, comme si Gisèle parlait par ma bouche.

Un sourire pétilla dans les yeux de Chris : il était ravi.

— Nous pouvons passer à table, annonça son père. Le dîner est servi.

— Qu'est-il arrivé à cette petite Cajun, au juste ? demanda Mme Andréas à son fils tandis que nous nous dirigions vers la salle à manger.

Chris la renseigna dans toute la mesure du possible, mais son père insista :

— Et vous pensez qu'elle n'a aucune chance de s'en remettre ?

— Cela ne s'annonce pas très bien, père.

— Mais qu'allez-vous faire de l'enfant ? Pourquoi ne pas la renvoyer à son père ? suggéra Mme Andréas. Pierre et Daphné ont déjà essayé d'élever une Cajun, et ils ont vu ce qu'il leur en coûtait.

— Elle est assez perturbée en ce moment, mère.

— Mais c'est à cette famille cajun de s'en occuper, non ? Enfin, Chris ! Quand vous aurez vos propres enfants à élever, Gisèle et toi...

— Pour le moment, ce n'est pas un problème, n'est-ce pas, Gisèle ?

— Pour le moment, répliquai-je avec sécheresse.

Et cette fois, Mme Andréas parut assez satisfaite de moi.

— Parlez-nous plutôt de votre voyage, reprit Chris pour faire diversion.

Il y parvint si bien que, pendant tout le dîner, il ne fut pratiquement pas question d'autre chose. Vers la fin de la soirée, Chris et son père entamèrent une discussion d'affaires et Mme Andréas proposa de me montrer certaines choses qu'elle avait rapportées d'Europe.

— D'accord, acquiesçai-je sans enthousiasme.

Gisèle n'en aurait pas montré non plus, à moins que les achats ne soient pour elle. Je suivis la mère de Chris dans la chambre des maîtres, où elle étala devant moi les toilettes, chemises de nuit et autres accessoires de luxe qu'elle avait achetés à Paris. Elle m'annonça fièrement que toutes ces frivolités n'étaient pas encore à la mode à La Nouvelle-Orléans, puis elle me tendit un cadeau.

— J'espère que cela vous plaira, nous vous l'avons rapporté d'Amsterdam. C'est le meilleur endroit pour se procurer ce genre de choses.

J'ouvris la boîte et découvris un bracelet en diamants, d'un travail exquis. Il avait dû coûter une fortune, mais je savais que cela n'aurait pas impressionné Gisèle. Ma sœur considérait que tout lui était dû.

— Charmant, dis-je en glissant le bracelet à mon poignet.

— Charmant ?

— Je veux dire... superbe. Merci, mère.

Mme Andréas écarquilla les yeux : apparemment, Gisèle ne l'appelait jamais ainsi. J'avalai péniblement ma salive.

— Eh bien... je suis contente qu'il vous plaise.

— Allons-le montrer à Chris, proposai-je, pressée de mettre fin à ce dangereux tête-à-tête.

Le fait est que je commençais à avoir la chair de poule.

Chris ayant montré l'enthousiasme voulu, sa mère parut enfin satisfaite, mais j'éprouvai quand même un soulagement immense quand il fut temps de nous retirer.

— Je crois que j'ai fait un faux pas quand ta mère m'a offert ce bracelet, dis-je à Chris dès que nous fûmes seuls. En la remerciant, je l'ai appelée mère.

— En effet, Gisèle ne l'appelait jamais ainsi. Elle disait Mme Andréas, ou Edith. Ma mère ne se lie pas facilement avec d'autres femmes, et Gisèle n'a pas fait beaucoup d'efforts pour se conduire en belle-fille attentionnée. Mais je trouve que tu t'en es très bien tirée.

— Moi ? Je n'ai pratiquement pas ouvert la bouche.

— Justement ! Gisèle ne parlait presque jamais. Mon père est très vieux jeu, il n'aime pas les femmes qui se mêlent de tout. Il ne faisait qu'une exception à la règle : Daphné. Elle était si compétente en affaires qu'il s'entendait parfaitement avec elle. Je crois même que ma mère en était un peu jalouse.

Ce que je me gardai bien de dire (mais je n'en pensai pas moins), c'est que le père de Chris et Daphné auraient fait un couple parfait, tous les deux.

— En tout cas, observa Chris en prenant ma main, voilà un autre test de passé. Félicitations.

Il avait raison, les choses se passaient plutôt bien. Mais à peine étions-nous arrivés à la maison qu'il nous fallut déchanter. Paul avait téléphoné en notre absence et insisté pour que nous le rappelions.

— Il a dit que c'était urgent, madame.

— Merci, Aubrey. Je te demande une minute pour aller voir Perle, Chris, dis-je en m'élançant vers l'escalier.

Elle dormait comme un loir, et Mme Ferrier sortit de la chambre voisine pour m'annoncer que tout s'était bien passé. Rassurée, je rejoignis Chris qui m'attendait dans son bureau, et j'appelai Paul. J'éprouvai un choc en entendant sa voix sourde et comme éraillée. Il trébuchait sur certains mots, on aurait dit qu'il avait bu.

— C'est plus grave que nous ne le pensions, Ruby. Le docteur dit que c'est le cas le plus sévère qu'il ait vu dans toute sa carrière. Elle a eu plusieurs crises d'épilepsie et maintenant, elle est dans le coma.

— Oh non ! Et quel est le diagnostic du médecin ?

— Il dit que si elle vit, son cerveau restera probablement atteint et qu'elle aura toujours des crises d'épilepsie.

— Mon Dieu ! Que comptes-tu faire, Paul ?

— Et que veux-tu que je fasse ? Qui pourrait faire

quoi que ce soit ? cracha-t-il avec une amertume que je ne lui connaissais pas.

— Oh ! non...

— Ça signifie quoi, non ? Ne m'as-tu pas dit que tu étais allée voir une mama vaudoue pour lui jeter un sort ?

Pourquoi fallait-il qu'il me rappelle cela maintenant ?

— C'était il y a longtemps, Paul, et je l'ai regretté tout de suite.

— Eh bien, le sort est toujours efficace, apparemment. Je m'en réjouis pour vous deux.

— Paul...

— Il faut que je te laisse, maintenant. J'ai des tas de choses à faire.

Je n'eus pas le temps de répondre : il avait raccroché.

— Que se passe-t-il ? interrogea Chris, voyant que je gardais la main crispée sur le combiné, les yeux hagards.

Mon cœur battait à tout rompre. Il me semblait que le sang s'était retiré de mes joues. Je répétai à Chris tout ce que Paul venait de m'apprendre.

— Je ne comprends pas. C'est exactement ce que je lui avais annoncé, il me semble.

— Il ne l'a pas cru. Je sais qu'il espérait la voir guérir, pour que je sois forcée de revenir.

— Et que va-t-il faire ?

— Je n'en sais rien, soupirai-je en replaçant le combiné sur son support. Il avait l'air si bizarre... Je ne l'ai pas reconnu, Chris. Je crois qu'il avait bu.

— Il a conclu un accord avec nous, me rappela-t-il d'un ton résolu. J'ai bien l'intention de m'y tenir.

Il s'avança vivement pour me serrer dans ses bras et je posai la tête sur son épaule. Il m'embrassa les cheveux, les caressa, chuchota toute une litanie de mots tendres et doux contre mon oreille.

— Ce n'est rien, tout va s'arranger. Cela devait arriver, insista-t-il encore, mais rien n'y fit.

Les paroles amères de Paul m'avaient glacé le sang.

— Je ne peux pas m'empêcher de me sentir coupable, Chris. Je t'aime, je veux vivre avec toi et que Perle aussi vive près de toi, mais je n'y peux rien. On dirait qu'un nuage noir nous poursuit et nous cache le soleil.

— Cela se passera, je te le promets. Accorde-toi au moins une chance ?

— Je crois que nous ferions mieux de passer voir Paul la semaine prochaine, Chris. Nous pourrions lui amener Perle, qu'en penses-tu ?

— Tu as peut-être raison, acquiesça-t-il, mais je vis bien que c'était du bout des lèvres.

Les jours suivants, j'appelai Paul chaque après-midi pour avoir des nouvelles, mais il n'était presque jamais à Bois Cyprès : j'appris qu'il montait la garde à l'hôpital. Au début il ne répondit pas à mes appels. Mais quand il le fit, je trouvai sa façon de parler de plus en plus étrange, lointaine, et comme vidée de toute émotion.

— Elle est en état de coma profond, m'annonça-t-il sur un ton absent qui me fit mal. Il est question de la placer dans un poumon artificiel.

— Paul, reprends-toi, tu te fais du tort à toi-même. James me dit que tu n'es presque plus jamais chez toi, que tu passes le plus clair de ton temps à l'hôpital.

— Dans un moment pareil, un homme devrait être aux côtés de sa femme, tu ne crois pas ? (Il émit un petit rire qui me fit froid dans le dos.) Il devrait la réconforter, lui tenir la main, l'encourager, la supplier de revenir à elle, ne serait-ce que pour l'amour de son enfant. A l'hôpital, tout le monde comprend ça. Les gens sont désolés pour moi, l'infirmière a même pleuré cet après-midi. Je l'ai vue essuyer ses larmes.

Pendant un moment, j'eus l'impression que c'était moi, celle qui ne pouvait plus respirer. Mon cœur se glaça dans ma poitrine. Je m'efforçai d'avaler ma salive, mais je n'y parvins pas. J'entendis Paul soupirer.

— Tu n'as jamais compris, n'est-ce pas ? Enfin, pas vraiment. Tu es mariée, mais que signifie le mariage pour toi ? Une convention, un moyen pratique de parvenir à tes fins égoïstes ? acheva-t-il d'une voix sifflante qui me cingla comme un coup de fouet.

— Paul, je t'en prie...

— Tu devrais voir ta sœur dans ce lit d'hôpital, Gisèle, voir à quel point elle dépérit. On dirait qu'elle fond. J'ai l'impression de voir une fleur se faner sous mes yeux.

— Quoi ! Comment m'as-tu appelée ?

— Tu sais ce que j'ai dit aux gens ? Que les anges étaient jaloux de notre amour. Rien n'est parfait, même au paradis, et c'est la jalousie du ciel qui a provoqué cette tragédie. Mais je suis peut-être trop romantique pour toi, Gisèle ? Le romantisme n'est pas ton affaire, c'est vrai.

» Qu'est-ce qu'un homme représente, pour toi ?... Un partenaire de lit, un mannequin pour te faire les griffes, un souffre-douleur ! Tu jalousais ta sœur parce qu'elle savait aimer, ce que tu n'as jamais su faire. Je me trompe ?

» Quel horrible poison que l'envie, Gisèle ! Il vous ronge de l'intérieur, tu verras. Je le regrette pour toi, et pour toutes les femmes qui n'ont pas reçu le don d'aimer, comme Ruby l'avait.

Cette tirade insensée s'acheva subitement, me laissant dans une sorte d'état hypnotique. J'éprouvais une étrange sensation d'irréalité.

— Que se passe-t-il, Paul ? Y a-t-il quelqu'un près de toi ? Pourquoi me dis-tu toutes ces choses ?

— Pourquoi ? Parce que je n'en peux plus d'être celui qui endure tout et ne profite de rien, et que j'en crève ! Mais merci d'avoir appelé, maintenant tu as fait ton devoir. Tu peux avoir la conscience tranquille et retourner à tes plaisirs.

— Paul !

— Je suis fatigué. J'ai besoin de boire un coup et de dormir un peu. Bonne nuit, Gisèle. Oh, j'oubliais ! Salue ton séducteur de mari pour moi, l'heureux veinard. Ce n'est pas sa femme qui est à l'agonie, je suis sûr qu'il est conscient de sa chance.

— Paul ! m'écriai-je avec désespoir.

Mais je parlais dans le vide, il n'y avait plus personne au bout de la ligne. Je contemplai fixement le combiné comme si je tenais un oiseau mort dans la main, puis je raccrochai brutalement et courus rejoindre Chris dans son bureau. Plongé dans l'examen d'un dossier, il leva sur moi un regard surpris et demanda immédiatement :

— Que se passe-t-il, Ruby ? Qu'est-il arrivé ?

Je le mis brièvement au courant et il resta silencieux pendant quelques secondes, puis il haussa les épaules.

— On dirait qu'il a décidé de prendre son rôle au sérieux, et nous devrions lui en être reconnaissants. Il s'en tire à merveille.

— Non, Chris. Tu ne comprends pas. Tu ne connais pas Paul, il ne m'aurait jamais parlé comme ça. Il ne va pas bien, il faut que j'aille à Bois Cyprès. Nous irons demain, Chris, et n'essaie pas de m'en dissuader.

— Très bien, calme-toi... nous irons. Tu es certaine qu'il n'est pas en train d'essayer de t'attendrir, en te prenant par les sentiments ?

— Ça m'étonnerait. Il était si bizarre, Chris ! Il m'appelait Gisèle et parlait d'elle en disant Ruby.

— Et alors ? Il jouait le jeu, c'est normal.

— Mais personne n'écoutait, j'en suis sûre. Il n'avait aucune raison de m'appeler Gisèle.

— Peut-être qu'il avait bu, suggéra Chris après avoir réfléchi un instant. Il n'avait plus les idées claires.

— Il m'a donné le frisson, je t'assure. Mon Dieu, qu'avons-nous fait, Chris ? Qu'avons-nous fait ?

Chris bondit de son siège, courut à moi et me saisit fermement par les épaules.

— Arrête, Ruby ! Arrête ça tout de suite. Tu te mets dans tous tes états, et ça n'en vaut pas la peine. Paul a du mal à s'adapter à la situation, d'accord. Mais il s'y fera, et tout s'arrangera comme nous l'avons décidé. Tu n'es pas responsable de la maladie de Gisèle. C'est arrivé, nous avons profité de cette chance et c'est tout. Paul a accepté, il nous a aidés, maintenant il s'apitoie sur lui-même. Eh bien, j'en suis désolé pour lui, mais il est trop tard pour revenir en arrière et il va falloir qu'il le comprenne. Toi aussi, Ruby.

Je réussis à retenir mes larmes.

— Oui, Chris. Tu as raison, j'en suis sûre, et je te demande pardon. Je me conduis comme une hystérique.

— Ruby, tu as été sensationnelle. Tu as subi une tension terrible et je m'en rends compte, mais ce n'est pas le moment de tout gâcher.

— D'accord, Chris. Ça ira, ne t'en fais pas.

— Tu en es bien sûre ?

— Oui.

Il me serra étroitement contre lui, embrassa mes cheveux, les flatta de la main. Et quand nos regards s'unirent, le sien me fut doux comme une caresse.

— Je ne laisserai aucun contretemps se produire, Ruby, et je ne veux plus jamais te perdre. Je t'aime plus que tout au monde.

Nous échangeâmes un long baiser, puis il m'entraîna hors de la pièce, un bras autour de mes épaules. Au pied de l'escalier, nous nous embrassâmes encore. Et quand j'eus gravi quelques marches et me retournai sur lui, son sourire me réchauffa le cœur. Il avait raison, tout allait s'arranger. Demain nous irions voir Paul et nous saurions l'apaiser, lui aussi.

« C'est le destin », chantait une petite voix dans ma tête quand je repris mon ascension. C'est le destin... Il devait en être ainsi.

13

Sur des charbons ardents

Nous partîmes pour Bois Cyprès le lendemain en fin de matinée, dès que Chris fut rentré de son travail. Plongée dans mes pensées, je gardai le silence pendant presque tout le voyage et Chris tenta de me distraire en m'initiant aux affaires de la famille Dumas. Puis, juste avant d'arriver, il me révéla que Bruce Bristow l'avait appelé. Mon ancien beau-père menaçait de faire des révélations sur les malversations de Daphné s'il ne recevait pas un prix suffisant pour son silence.

— Et que lui as-tu répondu ?

— Qu'il pouvait faire tout ce qu'il voulait, je sais à quoi m'en tenir. Il est en fâcheuse posture, à ce qu'on raconte. Il a perdu au jeu presque tout ce qu'il avait gagné dans l'immobilier. La banque l'a même menacé de saisie.

— Il te fera des ennuis, Chris, tu verras. Il sera aussi gênant qu'un caillou dans ta chaussure. Tu te déchausses, tu crois t'en être débarrassé, pouvoir marcher tranquille... et il est toujours là.

Chris éclata de rire.

— Ne t'en fais pas, je le secouerai de la belle manière ! Il n'est pas si redoutable que ça.

Son arrogance m'étonna, m'inquiéta même. J'eus le sentiment qu'il avait vécu trop longtemps avec Gisèle.

Le ciel était devenu presque noir quand nous pénétrâmes sur les terres de Bois Cyprès, et l'absence d'activité que j'y constatai aggrava mes craintes. Où étaient passés les jardiniers, les ouvriers, les employés ? Paul était si fier de la propriété, il n'aurait pas toléré de voir une mauvaise herbe dans le parc. Chris observa comme moi que certains puits ne travaillaient plus avec autant d'efficacité qu'avant. Une sorte d'inertie s'était abattue sur la maison et ses alentours, aussi pesante et oppressante qu'un brouillard.

— Tout a l'air abandonné, marmonna Chris quand nous nous arrêtâmes devant la grande maison. (Perle s'était endormie, et il se pencha pour la prendre.) Je m'occupe d'elle.

La terreur sourde que m'inspirait ce retour à Bois Cyprès en tant que Gisèle s'avérait fondée. Je me sentis étrangère dans ce lieu qui avait été mon foyer bien-aimé. J'allais devoir sonner à la porte, attendre. C'est en étrangère que je serais reçue par ceux qui viendraient m'ouvrir. Et mon désir de leur crier la vérité serait si fort que mon cœur manquerait d'éclater.

Chris perçut aussitôt mon malaise. Tout en portant Perle endormie sur une épaule, il saisit ma main, la serra et sourit pour me rassurer.

— Tout ira bien, ne t'en fais pas.

Mais rien ne put dissiper l'angoisse qui m'habitait. Nous avançâmes jusqu'à la grand-porte, je pressai la sonnette et James vint nous ouvrir sans tarder.

Ses traits s'étaient creusés, son air hagard trahissait une douleur sincère et je n'en fus pas étonnée. Nos domestiques faisaient plus ou moins partie de la famille, et tout ce qui nous concernait les touchait de près. Incapable de m'adresser à lui avec la hauteur que montrait Gisèle envers les employés, même si ce n'étaient pas les siens, je le saluai poliment.

— Bonjour, James.

Il n'eut pas l'air de reconnaître ma voix, n'ayant aucune raison de penser que je n'étais pas Gisèle, et s'inclina légèrement devant nous.

— Bonjour, madame. Monsieur...

Puis il vit Perle et son regard s'éclaira.

— Comment va la petite ?

— Très bien. M. Tate est-il à la maison ?

— Il vient de rentrer de l'hôpital, madame. Mlle Tate et Mme Pitot sont au salon avec lui.

Je lançai un bref coup d'œil à Chris. Ce serait la première fois que les sœurs de Paul me verraient en tant que Gisèle. Je redoutais la confrontation.

James nous précéda dans le hall et ce fut pour moi une expérience étrange de contempler ainsi toutes les choses qui m'avaient appartenu. Devant l'escalier, je levai les yeux vers l'étage et Chris et moi échangeâmes un nouveau regard. J'avais les joues en feu, mon cœur battait à coups redoublés, je voyais bien que Chris s'inquiétait pour moi.

— Tout va bien, le rassurai-je à voix basse.

Nous étions arrivés à la porte du salon et James annonça :

— Monsieur et madame Andréas.

Puis il s'effaça devant nous, et je vis Paul. Il était affalé dans un coin du canapé, un verre de bourbon à la main. Il avait les cheveux en broussaille et on aurait dit qu'il avait dormi tout habillé. Jeanne était assise en face de lui, les yeux gonflés de larmes, et Toby se tenait à l'autre bout du canapé, la mine lugubre.

Mais à notre entrée le visage de Jeanne s'éclaira, et mon cœur fit une embardée dans ma poitrine. M'avait-elle reconnue ? Pendant un instant je le souhaitai presque, puis je compris : elle avait vu Perle.

— La petite ! s'exclama-t-elle en se levant. Comment va-t-elle ?

— Tout à fait bien, répondit Chris.

Perle avait pris conscience que nous ne bougions plus. Elle releva la tête, jeta un petit coup d'œil en coin et fronça le nez comme un lapin.

— Oh ! l'adorable petite chérie ! s'écria Jeanne. Je peux la prendre ?

Chris la lui tendit et Perle la reconnut instantanément : elle sourit. Jeanne la serra tendrement dans ses bras, en faisant pleuvoir des baisers sur ses joues.

— Mais quel honneur ! jeta soudain Paul avec un rictus amer. Monsieur et madame Andréas en personne.

Sans relever le sarcasme, je demandai précipitamment :

— Rien de nouveau, Paul ?

— De nouveau ?

Comme si j'avais posé la question la plus anodine qui soit, il se tourna nonchalamment vers Toby.

— Y a-t-il du nouveau, Toby ?

— Pas d'amélioration, en tout cas, répondit-elle avec accablement. Ce matin, ils ont décidé de la placer dans un poumon artificiel.

Paul ne fit pas de commentaires. Il leva son verre et fixa Chris d'un air sombre.

— Je te sers à boire ? Ou est-il trop tôt pour un Créole ?

— Paul ! s'indigna Jeanne. Pourquoi ne dis-tu pas bonjour à ta fille ?

— D'accord, amène-la-moi.

Elle s'approcha de lui, mais au lieu de prendre Perle dans ses bras il se leva, lui caressa les cheveux et l'embrassa sur la joue. Puis il se rassit et poussa un soupir à fendre l'âme. Jeanne annonça aussitôt :

— Je vais l'emmener faire une promenade et lui chercher quelque chose à manger.

— Si cela ne vous dérange pas, intervint Chris. Je ne voudrais importuner personne.

— Du dérangement ? persifla Paul. Quelqu'un serait-il importuné par quoi que ce soit, dans cette maison ?

Toby s'approcha de nous et grimaça un pauvre sourire.

— Il boit beaucoup depuis qu'on a emmené Ruby à l'hôpital, expliqua-t-elle. Il néglige son travail et reste assis à se lamenter. Mes parents sont effondrés, surtout ma mère. Elle ne mange plus et ne dort plus, à force de se tracasser pour lui. Si vous croyez pouvoir faire quelque chose… je suis désolée.

— Ne vous en faites pas, dit doucement Chris, je comprends.

— Pardon ? cracha Paul de son coin, quelqu'un aurait-il dit qu'il ne fallait pas s'en faire ? Ben voyons ! Tout va si bien !

Toby partie, j'allai me camper devant lui, croisai les bras et le toisai d'un œil sévère.

— Qu'est-ce que tu cherches à prouver, Paul ? Pourquoi te faire du tort à toi-même ? Où veux-tu en venir ?

— A rien, et je ne veux rien prouver. J'accepte le destin que le sort m'a choisi, c'est tout. Depuis le début je cours après un rêve, soupira-t-il en haussant les épaules. Et chaque fois que je crois l'avoir réalisé, le sort m'envoie une bonne giclée de boue, et hop ! Voilà mon rêve englouti dans le marais.

Il marqua une pause et, les yeux rétrécis, attacha sur moi un regard inquiétant.

— Tu n'as pas connu la grand-mère de Ruby, mais tu sais ce qu'elle disait ? Qu'en voulant nager à contre-courant, on se noie !

J'eus l'impression de recevoir un coup dans la poitrine.

— Ça suffit, Paul, tu en fais trop. Nous connaissons tous les trois la vérité, inutile de jouer la comédie pour nous.

— La vérité ? C'est toi qui parles de vérité ? Voilà un mot qui sonne bizarrement dans ta bouche... ou dans celle de n'importe qui, d'ailleurs. Ça veut dire quoi, la vérité ? Que l'amour est un jeu cruel, une épée que nous nous enfonçons nous-mêmes dans le cœur pour nous tourmenter à plaisir ? Ou que seuls quelques élus, quelques favoris de la fortune ont droit à toutes les joies de ce monde ? Sous quelle étoile êtes-vous né pour avoir droit au bonheur, monsieur Chris Andréas ?

— Je l'ignore, Paul, répondit Chris à voix basse. Mais je sais que tu as fait une promesse à Ruby, et que tu dois la tenir.

— Oh ! je tiens toujours mes promesses, riposta-t-il en levant de nouveau les yeux sur moi. Je ne suis pas de ceux qui les oublient, moi.

— Paul, je t'en prie...

— C'est bon, n'en parlons plus. Il faut que j'aille m'étendre un moment, marmonna-t-il en vidant son verre. (Il se leva en titubant, retomba et parvint péniblement à se remettre sur pied.) Faites comme chez vous, tous les deux. Mes sœurs prendront soin de vous.

J'adressai à Chris un regard de détresse.

— Ecoute, Paul, commença-t-il d'une voix mesurée. Laisse-nous t'aider, ce fardeau est trop lourd pour toi. Nous allons faire hospitaliser Gisèle à La Nouvelle-Orléans et...

— La transférer à La Nouvelle-Orléans, simplement pour alléger mon fardeau ? (Paul agita sous le nez de Chris un index vacillant.) C'est de ma femme bien-aimée que tu parles. J'ai juré de lui être fidèle, dans la maladie et la santé, jusqu'à ce que la mort nous sépare.

— Paul...

— Il faut que j'aille m'allonger, déclara-t-il en me repoussant de côté.

Puis, d'un pas mal assuré, il sortit pour gagner sa chambre.

— Laissons-le dormir, me conseilla Chris. Quand il sera dessaoulé, il se montrera plus raisonnable.

J'acquiesçai d'un signe de tête, mais quelques secondes plus tard un bruit de chute retentit dans l'escalier. Nous nous précipitâmes dans le hall, pour découvrir que Paul avait roulé au bas des marches et restait là, les bras en croix. James était déjà sur place et tentait de le relever.

— Paul ! m'écriai-je.

Chris et James le remirent debout, passèrent chacun un de ses bras sur leurs épaules et le transportèrent à l'étage, inerte, la tête ballottante. Je m'affalai sur un banc et j'enfouis mon visage entre mes mains.

— Il va bien, me rassura Chris en revenant. Nous l'avons mis au lit.

— Mais c'est affreux, Chris ! Nous n'aurions jamais dû le laisser prendre tout ça sur lui. A quoi pensais-je en acceptant ça ?

— Il voulait le faire, et ça simplifiait tout. Nous

n'avons pas à nous reprocher sa conduite. Il aurait très bien pu réagir de la même façon si tu étais partie, Ruby. D'ici à quelque temps, il retrouvera la raison, tu verras.

— Je n'en sais rien, me lamentai-je, prête à abandonner la partie et à tout révéler.

— Nous devons aller jusqu'au bout, Ruby. Nous n'avons pas le choix. Sois forte, m'encouragea Chris d'une voix ferme.

Puis il se redressa en souriant : Jeanne revenait avec Perle, la mine affligée.

— Elle n'arrête pas de réclamer sa mère, c'est trop triste.

— Donnez-la-moi, Jeanne.

— Vous savez, dit-elle en la déposant dans mes bras, je crois qu'elle vous prend pour Ruby. Je n'aurais jamais pensé qu'un enfant puisse se tromper là-dessus.

Mon regard croisa celui de Chris et, une fois de plus, il parvint à sourire.

— C'est simplement parce que tout est allé trop vite, avança-t-il. Le voyage, la nouvelle maison... elle est perturbée, c'est normal.

— C'est pourquoi je voulais vous proposer de nous la laisser. Je sais quelle charge représente un bébé...

— Pas du tout ! l'interrompis-je aussitôt. Nous avons déjà engagé une nourrice pour elle.

— Vraiment ? Toby avait bien dit que vous le feriez !

— Et pourquoi pas ? glissa vivement Chris. Nous n'aurions pas dû ?

— Oh ! ce n'est pas ce que je veux dire. J'aurais probablement fait comme vous si...

— Tout est prêt ! annonça Toby en surgissant derrière sa sœur. Nous pouvons déjeuner sur la terrasse, si cela vous convient.

— C'est parfait pour moi, acquiesça Chris. Gisèle ?

Je poussai un soupir excédé. J'en avais bien besoin pour libérer ma tension, après toutes ces émotions, mais il fallait surtout tenir mon rôle de pimbêche devant les sœurs de Paul. Elles échangèrent un coup d'œil éloquent.

— Si vous y tenez... rétorquai-je d'une voix dolente. Ce n'est pas que j'aie tellement faim, remarquez. Les longs trajets en voiture me coupent l'appétit.

Ironie du sort, ce fut un soulagement pour moi d'endosser la personnalité de Gisèle. Elle au moins ne s'embarrassait pas de scrupules, c'était toujours ça de gagné. Pour la première fois, je m'avisai que c'était sans doute l'explication de sa conduite et, pour un moment au moins, je compris son égoïsme. J'allai même jusqu'à l'envier. Elle ne souffrait jamais de la peine des autres. Le monde n'était pour elle qu'un terrain de jeux, un lieu enchanté dédié au plaisir, et tout ce qui menaçait cet univers magique était à ignorer ou à proscrire. Elle n'était donc pas si sotte que cela, finalement.

J'étais prête à le croire, mais une petite phrase de grand-mère me trottait dans la tête. « Les êtres les plus solitaires de tous sont les égoïstes : à l'automne de la vie, ils n'ont plus personne autour d'eux. »

Je me demandai si, dans les ténèbres où elle sombrait, Gisèle avait enfin compris cela... en supposant qu'elle eût encore la moindre lueur de conscience, naturellement.

Après le déjeuner, pendant que Perle faisait la sieste, nous allâmes prendre le café sur la pelouse avec les sœurs de Paul, qui nous firent part de leurs inquiétudes. La conduite de leur frère produisait un effet désastreux sur leur mère. Gladys Tate refusait de voir qui que ce soit et ne sortait plus de chez elle.

— Est-elle allée voir Ruby à l'hôpital ? m'informai-je avec intérêt.

— Mère déteste les hôpitaux, expliqua Toby. Elle a voulu que Paul naisse à la maison, mais l'accouchement a été difficile. Il a fallu que papa la supplie pour qu'elle nous mette au monde à la clinique.

Chris et moi échangeâmes un regard entendu. Voilà donc comment les Tate s'y étaient pris pour cacher la véritable identité de la mère de Paul...

— Irez-vous rendre visite à Ruby ? s'enquit Jeanne.

Je repris aussitôt mon rôle : Gisèle répondait toujours la première.

— Pour quoi faire ? Elle dort tout le temps, de toute façon !

— Mais c'est votre sœur et... elle est mourante, dit Jeanne en fondant en larmes. Désolée, c'est plus fort que moi. J'aimais profondément Ruby.

Toby lui passa un bras autour des épaules, la berça et lui prodigua des mots de réconfort. Mais elle me lançait de tels regards de reproche que je me levai brusquement, mal à l'aise. Rester assise là, les voir si malheureuses et jouer l'indifférence étaient au-dessus de mes forces.

— Peut-être devrions-nous passer à l'hôpital, Chris ?

Il me suivit dans la maison et, quand il m'eut rejointe au salon, ce fut à mon tour d'éclater en sanglots.

— Ô Chris, nous n'aurions jamais dû venir. Je ne supporte pas de les voir souffrir comme ça, je me sens trop coupable.

— Enfin, Ruby ! Ce n'est pas ta faute si Gisèle est malade. Eh bien, réponds ! Est-ce ta faute, oui ou non ?

Je balayai les larmes qui roulaient sur mes joues.

— Paul m'a rappelé que j'étais allée voir une mama vaudoue avec Nina Jackson, autrefois. Elle a jeté un sort sur Gisèle. Peut-être qu'il agit encore ?

— Voyons, tu ne vas tout de même pas croire...

— Si, Chris. J'ai toujours cru aux pouvoirs spirituels, et certaines personnes en ont. Ma grand-mère Catherine en avait. Je l'ai vue guérir des gens, les réconforter, leur rendre l'espoir, et cela rien qu'en leur imposant les mains.

Chris eut une moue sceptique.

— Bon, alors, qu'est-ce que tu décides ? Tu veux aller à l'hôpital ?

— Oui. Je dois y aller.

— Entendu, nous irons. Tu préfères attendre que Perle s'éveille ou...

— Non. Nous demanderons à Jeanne et à Toby de s'en occuper jusqu'à notre retour.

— D'accord.

— Attends-moi une seconde. Il faut que j'aille chercher quelque chose. Je reviens tout de suite.

— Chercher quoi ?

— Quelque chose, répliquai-je d'un ton résolu.

Je grimpai rapidement à l'étage, me faufilai discrètement dans ce qui avait été ma chambre et allai droit à la commode. J'ouvris le tiroir du bas, celui où je rangeais les talismans que m'avait donnés Nina Jackson ; un sachet d'herbe-à-cinq-doigts pour écarter l'esprit du mal, et une pièce de monnaie trouée, enfilée sur un lacet pour être attachée à la cheville, comme porte-bonheur.

Je les glissai tous deux dans ma poche, puis j'allai ouvrir sans bruit la porte de communication et jetai un coup d'œil sur Paul. Il dormait profondément, un oreiller dans les bras. Au-dessus de sa tête, accroché au chevet du lit telle une précieuse icône, j'aperçus mon portrait dans un cadre en argent. J'en eus les larmes aux yeux tant c'était pathétique, et mon cœur se serra. J'eus l'impression que je m'étais jetée moi-même dans une fournaise, et qu'il dépendait de moi de ne pas être brûlée vive.

Très doucement, je refermai la porte et descendis, pour trouver Chris au bas des marches.

— J'ai déjà parlé à Jeanne et à Toby, elles sont d'accord pour garder Perle en notre absence.

— Parfait.

Chris ne me demanda pas ce que j'étais allée chercher en haut. Nous partîmes aussitôt pour l'hôpital et, une fois là, une hôtesse d'accueil nous indiqua la chambre de Gisèle. L'infirmière que Paul avait engagée pour elle était assise à son chevet, un ouvrage au crochet dans les mains, et elle ne fut pas peu surprise en nous voyant entrer. Elle ouvrit des yeux ronds, et il lui fallut quelques secondes pour reprendre contenance.

— M. Tate m'avait dit que sa femme avait une sœur jumelle, mais franchement... vous êtes sa copie conforme.

— Pas si conforme que ça ! ripostai-je aigrement.

C'est ce que faisait toujours Gisèle, en s'arrangeant pour mettre les gens mal à l'aise. L'infirmière s'empressa de s'esquiver pour nous laisser seuls avec ma sœur, et je ne m'en plaignis pas. C'est exactement ce que je voulais.

Dès qu'elle fut sortie, je m'approchai du lit. Gisèle avait un tube à perfusion dans le bras, et un tuyau dans chaque narine. Ses yeux étaient fermés, on aurait dit qu'elle s'était encore amenuisée depuis la dernière fois que je l'avais vue, et ses cheveux eux-mêmes avaient changé. Ils étaient devenus ternes, et son teint avait la pâleur de la cire.

Les yeux attachés sur elle, je lui pris la main et la serrai. Je ne sais pas ce que j'avais espéré, mais elle ne donna pas le moindre signe de conscience. J'attendis, en vain. Puis, avec un gros soupir, je tirai le sachet d'herbe-à-cinq-doigts de ma poche et le glissai sous l'oreiller.

— Qu'est-ce que c'est ? voulut savoir Chris.

— Quelque chose que Nina Jackson m'a donné, une plante dont la feuille est divisée en cinq segments. Elle procure un bon sommeil et protège contre les démons, un pour chaque doigt de la main.

— Tu crois vraiment à toutes ces histoires ?

— Oui, affirmai-je.

Puis je soulevai la couverture et nouai rapidement le talisman à la cheville de Gisèle.

— Mais qu'est-ce que tu fabriques ?

— Cette pièce est un porte-bonheur, elle écarte le mal.

— Ruby ! Que diront les gens quand ils découvriront ces choses, à ton avis ?

— Ils penseront que les amies de ma grand-mère sont venues, probablement, et qu'elles lui ont laissé ça comme protection.

— J'espère bien. Gisèle n'aurait jamais porté ce genre de trucs, elle se moquait bien de tout ça.

— N'empêche que je devais le faire, Chris.

— Bon, mais ne restons pas trop longtemps, décida-t-il nerveusement. Je ne veux pas rentrer trop tard en ville.

Sans lâcher la main de Gisèle, je priai un moment en silence puis je lui caressai le front. Je crus sentir battre ses paupières, mais peut-être étais-je trompée par mon espoir… ou mon imagination.

— Au revoir, Gisèle, chuchotai-je en me penchant sur elle. Je regrette que nous n'ayons jamais été de véritables sœurs.

Une larme roula sur ma joue. Je la cueillis du bout du doigt et la déposai doucement sous la paupière de Gisèle. Tout au fond d'elle-même, peut-être est-elle en train de pleurer, finalement? pensai-je tristement. Oui, maintenant, enfin, peut-être pleure-t-elle aussi pour moi?

Et je me ruai hors de la pièce, incapable de supporter plus longtemps la vue de ma sœur mourante.

Paul dormait encore quand nous revînmes à Bois Cyprès, mais Perle était levée. Elle jouait au salon avec Jeanne et Toby. A ma vue, ses yeux s'illuminèrent et je voulus m'élancer pour la prendre dans mes bras, mais Gisèle n'aurait jamais fait ça. Je m'en abstins et annonçai abruptement:

— Il faut que nous rentrions à La Nouvelle-Orléans.

— Comment cela s'est-il passé à l'hôpital? s'informa Toby.

— C'était comme si je parlais toute seule, répliquai-je.

Et le plus navrant c'est que c'était vrai. Les deux sœurs eurent le même hochement de tête affligé.

— Vous pouvez me laisser la petite, proposa Jeanne.

Et je répliquai aussitôt:

— Impossible. J'ai promis à ma sœur de m'en occuper.

— Vous avez fait cette promesse à Ruby, vous ?

— Dans un moment de faiblesse, en fait. Mais il faut que je la tienne.

— Et pourquoi ? riposta Toby avec dédain. Vous n'êtes pas du genre à aimer pouponner, que je sache !

Chris vit mon désarroi et vint aussitôt à mon aide.

— Nous avons déjà engagé une nourrice et pris nos dispositions. Tout est prêt pour Perle.

— Mais une tante serait plus à même de s'occuper d'elle qu'une nourrice, intervint Jeanne. Vous ne croyez pas ?

— Et moi, alors ? Je compte pour du beurre ?

Je n'avais pas eu à me forcer pour être aussi hargneuse que Gisèle, cette fois. Il s'agissait de garder Perle, ça m'était venu tout seul. Jeanne crut devoir s'excuser.

— Je me suis mal exprimée. Je voulais seulement dire que ce ne serait pas un problème pour moi.

— Et pour moi non plus ! ripostai-je âprement. Tu viens, Perle ? (Je lui tendis les bras et elle courut aussitôt vers moi pour s'y blottir.) Dites à Paul que nous l'appellerons plus tard, ajoutai-je précipitamment.

Et, sans courir le risque de voir s'engager une discussion, je m'éloignai en toute hâte, Chris à mes côtés.

— Calme-toi, m'apaisa-t-il quand nous eûmes regagné la voiture. Il n'y a rien à craindre, tu t'en es très bien tirée.

Mais ce fut seulement quand nous nous retrouvâmes sur la route que je repris le contrôle de moi-même.

Les gros nuages noirs qui, depuis le matin, menaçaient de crever sur nos têtes avaient tenu leurs promesses, en fin de compte. Il plut à seaux pendant tout le trajet du retour. Au-dessus de La Nouvelle-Orléans, des éclairs sillonnaient sans arrêt le ciel lourd ; le roulement du tonnerre ébranlait jusqu'à la voiture et je fus vraiment heureuse quand nous arrivâmes à la maison. Aubrey nous accueillit avec une liste d'appels téléphoniques, dont une grande partie provenait de Bruce Bristow.

— Encore ! Nous aurons du mal à nous débarrasser de lui, grommela Chris en froissant le feuillet dans son poing.

Mais pour le moment, rien ne m'était plus indifférent que ce problème. L'émotion m'avait épuisée, Perle était bien trop engourdie par le voyage pour manger quoi que ce soit. Je la couchai, pris un bon bain chaud et me mis au lit moi-même. Lorsque Chris monta me rejoindre, quelques heures plus tard, je le sentis se glisser à mes côtés mais j'étais bien trop lasse pour faire un geste vers lui ; et d'ailleurs il s'endormit presque aussitôt.

Je vécus les jours suivants dans un état de nervosité incessante. Les heures me semblaient des jours, et les jours des mois. Je consultais sans arrêt la pendule, pour m'apercevoir que l'aiguille des minutes avait à peine bougé. Chaque fois que le téléphone sonnait je sautais sur mes pieds, le cœur battant, mais c'était presque toujours un ou une amie de Gisèle. Je me montrais toujours très sèche, et la plupart d'entre eux ne tardèrent pas à renoncer. Un après-midi, Pauline téléphona tout exprès pour me dire que j'étais en train de perdre tous mes amis.

— Tout le monde te trouve plus arrogante que jamais, Gisèle. Tu traites les gens de haut et tu n'invites plus personne.

— J'ai des choses plus importantes à faire, figure-toi.

— Ça ne te fait rien de perdre tous tes amis ?

— Bof ! Je ne perds pas grand-chose. Tout ce qui les intéresse, c'est ce qu'ils peuvent tirer de moi.

— Dois-je prendre cette observation pour moi ?

— Prends-la comme tu voudras, ma chère.

— Au revoir, Gisèle, jeta Pauline d'un ton écœuré. J'espère que tu es heureuse dans ta nouvelle vie.

En quelques semaines, j'avais éliminé pratiquement tous les anciens amis de Gisèle (ce qui effectivement n'était pas une grande perte), et de telle manière que tout le monde fût pris au jeu. Chris en fut très content, s'en amusa beaucoup, et ce fut bien la seule chose qui allégea pour nous le poids de ces jours oppressants. Car la vie n'était pas drôle depuis notre retour de Bois Cyprès.

Quand j'appelais, Paul n'était jamais disponible. Je tombais immanquablement sur Jeanne ou sur Toby, qui se montraient elles aussi très brèves. L'état de Gisèle ne s'améliorait pas, et Toby — qui avait toujours été la plus caustique — ne mâcha pas ses mots pour me l'apprendre.

— Ce n'est plus qu'une question de temps, maintenant. La mort de votre sœur ne va pas déranger vos projets, au moins ? Ce serait désolant. Je sais que votre calendrier mondain est si important pour vous !

Je savais que Gisèle méritait cette brimade, et je m'abstins d'y répondre, mais ce n'en fut pas moins dur à entendre. Et à la fin de son dernier appel, Toby toucha un point encore plus sensible.

— J'ignore pourquoi mon frère n'insiste pas pour que vous rameniez Perle à Bois Cyprès, qui est son foyer, mais j'estime que vous devriez le faire.

Comment lui expliquer qu'il ne pouvait pas exiger le retour de Perle, puisqu'il n'était pas son père ?

— Mêlez-vous donc de ce qui vous regarde, Toby ! lançai-je d'une voix coupante. A mon avis, vous avez déjà largement de quoi vous occuper sur place.

Je raccrochai là-dessus, bourrelée de remords, et je rapportai cette conversation à Chris.

— Nous sommes bien obligés d'agir comme ça pour le moment, Ruby, dit-il pour me réconforter.

Mais cela ne suffit pas à calmer mon angoisse.

— Parfois, j'ai l'impression de m'être jetée dans une toile d'araignée, Chris. Plus je me débats pour m'en sortir et plus je me sens prise au piège.

— Cela ne va pas durer, me consola-t-il encore. Tout va s'arranger, tu verras, et nous serons libres de mener notre vie.

Mais je ne partageais pas sa confiance. La vie avait

des façons bien à elle de nous jouer des tours au moment où nous nous y attendions le moins, j'avais déjà payé pour le savoir. Deux jours plus tard, le sort devait me donner raison.

Si j'avais si bien réussi dans mon rôle de Gisèle, c'est surtout parce que j'avais écarté ses amis, amants et relations habituelles. Parmi les gens qu'elle fréquentait, bien peu auraient été assez fins pour se douter de quelque chose, d'ailleurs. Mais surtout, qui aurait eu la moindre raison d'imaginer que l'on puisse *vouloir* être Gisèle ? Je comptais modifier graduellement la personnalité de ma sœur, jusqu'à ce qu'elle se rapproche suffisamment de la mienne. Nous pourrions même déménager, nous installer dans une autre ville, pourquoi pas ? Et commencer une vie nouvelle, où nous ne serions plus obligés de tricher à tout instant. Tel était mon espoir... du moins jusqu'à ce fameux jour.

J'étais dans mon atelier ce matin-là, esquissant à grands traits un nouveau tableau, quand Aubrey vint m'annoncer que j'avais un visiteur. Et avant que j'aie eu le temps de m'informer de son identité, Bruce Bristow avait forcé la porte. Le mari de ma belle-mère avait beaucoup vieilli depuis notre dernière entrevue. Ses tempes avaient blanchi, des mèches grises parsemaient ses cheveux noirs, et son regard autrefois si provocant s'était éteint. Il avait aussi beaucoup maigri, de vilaines poches sombres soulignaient ses yeux, et toute sa prestance avait disparu. Légèrement voûté à présent, il arborait une tenue négligée, pour ne pas dire sale : des traces douteuses maculaient son costume luisant de crasse. Un sourire torve sur les lèvres, il s'avança dans la pièce et une forte odeur de gin se répandit dans l'air.

— Qu'est-ce que tu... tu fabriques ici ? commença-t-il d'une voix pâteuse, tu essaies d'imiter ta sœur ?

Il eut un rire gras, s'approcha encore et je pus voir qu'il avait les yeux injectés de sang.

— Vous êtes saoul, Bruce. Sortez d'ici tout de suite.

— Hé ! là, pas si vite ! (Il battit des paupières, vacilla

sur ses jambes et reprit péniblement son équilibre.) Vous vous croyez malins, ton mari et toi, pas vrai ? Mais tu ferais mieux de me... m'écouter, avant de prendre une décision que vous pourriez re... regretter.

— Regretter de vous faire débarrasser le plancher ? Ça m'étonnerait ! ripostai-je.

Et, parce que je le pensais, je n'eus aucun mal à m'exprimer sur le ton féroce qu'aurait pris Gisèle. Bruce eut un recul mais, souriant de plus belle, il renversa la tête en arrière et son regard se fixa sur ma toile.

— Alors, qu'est-ce que tu fais là ? Tu ne sais pas dessiner ni barbouiller, toi. Tu es celle qui n'a pas de talent, tu te rappelles ?

— Je me rappelle combien je vous méprise, oui ! Vous vous êtes faufilé chez nous comme une sangsue quand mon père est mort, en vous accrochant à la famille pour en tirer tout ce que vous pourriez. Mais c'est fini, tout ça, et toutes vos insultes n'y changeront rien. Et maintenant, filez avant que Chris ne rentre.

Le mauvais sourire de Bruce s'élargit encore et un filet de salive coula au coin de sa lèvre.

— Tu n'as pas toujours été aussi pressée de me voir partir, susurra-t-il en s'avançant d'un pas.

Je reculai, brandissant mon pinceau comme une épée entre nous deux, et de nouveau les paupières de Bruce battirent dans l'effort qu'il faisait pour accommoder. Une fois de plus, il se concentra sur mon tableau.

— T'as pas l'air trop désolée de savoir ta sœur dans cet état, dis donc ?

— Pourquoi devrais-je l'être ? Est-ce qu'elle s'en ferait pour moi, si c'était moi qui mourais dans cet hôpital ?

— Tu sais bien que oui, murmura Bruce en fermant les yeux.

Puis il les rouvrit brusquement, comme si une idée venait soudain de traverser sa cervelle fumeuse.

— T'as pas l'air comme d'habitude non plus, au fait.

Et ce machin... (Il loucha de nouveau sur la toile.) T'as pas pu faire ça toute seule. Il était là avant ou quoi ?

— Oui.

— C'est ce que je pinçais... heu, c'est ce que je pensais, bafouilla-t-il en s'efforçant de redresser sa cravate. Alors voilà. Je veux que tu m'aides à rendre Chris un peu plus raisonnable à propos de l'argent de la famille, sinon... Je connais pas mal des petites mini... manigances illégales de Daphné, figure-toi. Et j'ai bien l'intention de prévenir les autorités.

— A votre aise. Vous n'avez pas les mains très nettes, vous non plus. Vous ne réussirez qu'à attirer l'attention sur vos propres indélicatesses, au présent comme au passé.

Bruce parut soudain retrouver sa présence d'esprit.

— Possible, mais quand on dénonce un complice, on obtient la clémence du tribunal, et je peux vous faire sacrément pénaliser. Vous seriez bien embêtés, toi et ton cher mari si distingué, pas vrai ?

— Ne vous inquiétez pas pour nous, Bruce. Et allez-vous-en, avant que je ne dise à Aubrey d'appeler la police.

Il me toisa d'un air méprisant.

— Et si je racontais à ton mari que je t'ai vue dans ton bain de mousse ? Tu te souviens de ça ? Je t'ai lavé le dos, fait un massage, et toi tu...

— Je le lui ai déjà dit, l'interrompis-je abruptement.

— Je ne te crois pas.

— Aucune importance. Et maintenant, sortez d'ici !

Cette fois, mon assurance parut sérieusement l'ébranler.

— Je vous préviens, tous les deux. Je détiens certains documents et je peux prouver mes accusations.

— C'est ça, prouvez-les. Allez-y tout de suite, même.

— Tu es folle. Vous êtes fous tous les deux ! fulmina-t-il.

Mais ma résistance l'avait complètement dégrisé. Son regard s'attacha sur moi, dériva vers ma toile et il haussa un sourcil intrigué.

— Ce n'est pas un tableau ancien, la peinture est encore fraîche. Comment as-tu pu faire ça ? (Il plissa les paupières, et ses yeux rétrécis m'évoquèrent désagréablement ceux d'un reptile.) Il y a quelque chose de louche, ici.

Ses paroles m'atteignirent comme un coup au cœur.

— Sortez ! vociférai-je. Sortez immédiatement.

Mais l'éclat de ses yeux m'annonça qu'il était trop tard. Il avait entrevu la vérité.

— Le Rubis, articula-t-il avec lenteur. Tu es Ruby… mais qu'est-ce que c'est que cette histoire ?

— Sortez, répétai-je en m'élançant sur lui, avec tant de fureur qu'il leva le bras pour se protéger.

A cet instant précis, Chris apparut à l'entrée de l'atelier. Il bondit sur Bruce, le saisit par la peau du cou et le fit rudement pivoter en direction de la porte.

— Je vous avais dit de ne plus remettre les pieds chez nous, gronda-t-il en le propulsant vers le couloir.

Bruce trébucha, reprit son équilibre et se retourna vers nous, littéralement bleu de colère.

— Qu'est-ce que vous mijotez, tous les deux ? Ce n'est pas Gisèle, je la connais trop. Elle a le regard bien plus dur.

— Vous êtes ridicule ! répliqua Chris, mais sa voix manqua d'assurance et Bruce ne fut pas dupe.

Son rictus triomphant reparut : il se sentait sur son terrain.

— Je vois. C'est une petite combine pour pomper un peu plus d'argent, ou un truc de ce genre ? Comptez sur moi pour répandre la nouvelle.

— C'est ça, riposta Chris. Et tout le monde va croire un pauvre ivrogne doublé d'un joueur malchanceux. Toute la ville sait ce que vous êtes devenu, et vous avez autant de chances d'être cru qu'un tueur en série pris en flagrant délit.

— Parfait, ironisa Bruce, alors j'apporterai des preuves. A moins que vous ne deveniez raisonnables et me donniez ma part du gâteau, bien sûr. D'ailleurs j'y ai droit. Je vous appelle d'ici à un jour ou deux, pour voir si vous comptez vous montrer pingres... ou assez malins.

— Filez d'ici avant que je ne vous torde le cou, tonna Chris en marchant sur lui.

Bruce détala dans le couloir et Chris le suivit jusqu'à la porte d'entrée, l'ouvrit devant lui et le jeta dehors.

— Toute la ville saura ce qui se passe ici ! hurla-t-il en montrant le poing.

Chris lui claqua bruyamment la porte au nez puis se retourna, parfaitement maître de lui.

— Tout va bien, Aubrey. L'incident est clos.

— Tant mieux, monsieur.

Là-dessus, Aubrey se retira et Chris me suivit dans le salon où je m'effondrai sur un canapé, le cœur battant et les joues en feu.

— Ne t'inquiète surtout pas, me rassura-t-il. J'étais tout à fait sérieux, tout à l'heure : personne ne le croira. Si tu savais ce qu'on raconte sur lui, depuis quelque temps !

— Comment Daphné a-t-elle pu vivre avec un personnage de son acabit, Chris ? Après avoir été la femme de mon père !

— Ne m'as-tu pas dit toi-même qu'elle utilisait les gens, et s'en débarrassait quand elle n'en avait plus besoin ? (Il vint s'asseoir près de moi et me caressa tendrement la main.) Ne te laisse pas impressionner par lui, Ruby.

— Mais comment a-t-il deviné ? Lui, un ivrogne, alors que personne n'a rien soupçonné ? (Soudain, la vérité m'apparut et je formulai moi-même la réponse.) Il... il était l'amant de Gisèle, j'en suis sûre !

— C'est bien possible, commenta-t-il, pas autrement ému.

— Il a toujours flirté avec moi, me prenait les mains, me faisait les yeux doux... Je détestais ça, mais il fallait que je sois polie tout en restant ferme. Je n'aurais jamais dû lui laisser voir mes peintures, c'est ça qui l'a mis sur la voie.

— Et alors ? Ce qu'il peut savoir ou faire n'a aucune

importance. Il est totalement déconsidéré, maintenant, et dans cette ville ça ne pardonne pas. Crois-moi, Ruby, je sais comment m'y prendre avec lui.

Je secouai la tête avec découragement.

— Cela ne servira à rien, Chris. Quand les pilotis d'une cabane sont fragiles, la première inondation l'emporte. Nous essayons de bâtir une nouvelle vie sur des mensonges, comment veux-tu que ça marche ? Cela nous poursuivra toujours.

— Pas si nous sommes vigilants, et nous le serons, affirma-t-il en passant le bras autour de mes épaules. Allons, viens te reposer, cela te fera du bien. Et quand tu te sentiras mieux, nous irons dîner dans le meilleur restaurant de la ville. Une vraie soirée de gala, ça te tente ?

— Je n'en sais rien...

— Eh bien moi, si ! C'est ton médecin qui te l'ordonne, décréta-t-il en m'aidant à me lever.

Au-dessus de la cheminée de marbre, le portrait de Daphné trônait toujours à la même place, témoin du culte que mon père avait rendu à sa beauté. Le visage délicat et pétri d'arrogance de ma belle-mère me dominait, comme si elle me toisait avec une satisfaction méprisante.

« Souviens-toi, petite, m'avait toujours dit grand-mère Catherine, le malin dispose de mille façons de nous séduire. Nous sommes attirés par lui comme un enfant par la lumière des chandelles, et quand nous voulons toucher la merveilleuse flamme... nous nous brûlons les doigts. »

De tout mon cœur et de toute ma ferveur, j'espérais que nous n'avions pas mis le bout du doigt dans la flamme, Chris et moi !

14

L'ombre des jours anciens

Apparemment, Chris avait vu juste en ce qui concernait les accusations et les manœuvres de Bruce. Il avait perdu toute crédibilité dans le monde des affaires. Sa banque avait saisi ses biens immobiliers, son principal moyen de ressources. Et s'il parvenait encore à se procurer de quoi boire, ses médisances étaient considérées comme une pitoyable tentative de vengeance envers la famille Dumas.

Finalement, il nous revint aux oreilles qu'il était parti pour Baton Rouge, où l'un de ses vieux amis lui avait trouvé un poste de gérant dans un petit hôtel.

— Nous voilà débarrassés de lui ! commenta Chris, mais je ne partageai pas son soulagement.

Bruce Bristow me faisait penser à un essaim de moustiques des marécages. Même quand ils s'envolent ailleurs, on sait qu'ils reviendront un jour ou l'autre vous empoisonner l'existence. Je m'y attendais plus ou moins.

A Bois Cyprès, la situation demeurait inchangée. Gisèle était toujours dans le coma. Dans ses bons jours, Paul travaillait un peu et se montrait plus raisonnable mais, d'après ses sœurs, il passait le plus clair de son temps à s'apitoyer sur lui-même. Un certain après-midi, au téléphone, Jeanne m'apprit qu'il retournait souvent à la vieille cabane de grand-mère Catherine.

— A la cabane ! m'exclamai-je, brusquement ramenée aux jours d'antan. Mais pour y faire quoi, Jeanne ?

Sa voix douce et triste me remua le cœur.

— C'est devenu comme un sanctuaire, pour lui.

— Que voulez-vous dire ?

— Il ne s'occupe plus du tout de l'entretien de Bois Cyprès, mais il envoie des hommes là-bas pour désherber, planter du gazon et faire des réparations. Quelquefois, il y va même le soir. Il y passe la nuit, en fait.

— Quoi ! Il dort à la cabane ?

L'angoisse qui ne me quittait jamais tout à fait atteignit une intensité insoutenable. J'étais sous le choc, et ma voix s'en ressentit, mais Jeanne prit ma réaction pour du mépris.

— Je sais que cela peut vous sembler révoltant, Gisèle. Et Paul refuse d'admettre qu'il y va, on dirait même qu'il oublie chaque fois. Mais un soir, mon mari et moi sommes allés là-bas en voiture et nous avons aperçu la lueur d'une lampe à pétrole. Nous avons regardé par la fenêtre, avoua Jeanne.

— Et qu'avez-vous vu ?

— Paul était roulé en boule sur le sol, au pied d'un vieux canapé. Il dormait comme un enfant et nous n'avons pas eu le cœur de le réveiller. C'était si triste !

Je gardai le silence, incapable d'articuler un son, les yeux secs. C'est en moi que se déversaient mes larmes. Je me tassai dans mon fauteuil, accablée par la révélation de Jeanne. Nous n'aurions jamais imaginé que Paul pourrait souffrir autant. Chris espérait qu'il finirait par admettre la situation, par comprendre que les choses devaient finir ainsi, mais il s'était trompé. Paul se raccrochait désespérément aux souvenirs des temps heureux, il se détruisait lui-même en régressant dans le passé.

— Je sais que ça vous est égal, mais son état empire et s'il ne se reprend pas très vite, comment pourra-t-il s'occuper de sa fille ? fit observer Jeanne, supposant avec raison que Gisèle eût soulevé cette question.

— Oh ! il s'en remettra ! Un de ces jours, il se réveillera et fera face à ses responsabilités, vous verrez. Il faudra bien, affirmai-je aussi froidement que possible.

Mais ma voix manquait de conviction, Jeanne s'en aperçut.

— Bien sûr, acquiesça-t-elle. Je le crois, tout autant que vous. Et... comptez-vous revenir voir votre sœur?

— Non, ça me déprime trop! répliquai-je sur le ton léger de ma sœur, bien que ce fût exactement ce que je ressentais.

Sauf que moi, en tant que Ruby, j'aurais surmonté mes états d'âme personnels et je serais venue quand même.

— Je ne peux pas dire que cela nous transporte de joie, mais nous y allons, riposta Jeanne avec sécheresse.

— Pour vous, c'est plus facile. Vous n'avez pas à faire le trajet jusqu'au bayou!

— Ah oui! le trajet. Un voyage interminable, en effet. Comment va la petite?

— Bien.

— Est-ce qu'elle réclame ses parents? Vous ne parlez jamais d'elle.

— Puisque je vous dis qu'elle va bien! Occupez-vous plutôt de votre frère, il en a besoin.

— Justement. Je pense qu'il irait beaucoup mieux si Perle était près de lui, et Toby est de mon avis.

— C'est à la petite qu'il faut penser d'abord, insistai-je, peut-être un peu trop pour Gisèle.

— Perle serait mieux avec son père, affirma Jeanne, ce qui me fit frémir. Mais pour le moment, mère semble vous donner raison, ajouta-t-elle aussitôt, et quant à Paul... il ne voudra même pas en parler.

— Alors n'en parlons plus.

Mon ton presque menaçant parut l'impressionner.

— Je sais que vous avez une grande maison, mais quand même... Qui aurait cru que vous, telle que je vous connais, auriez supporté d'avoir un enfant dans les jambes!

— Vous ne me connaissez peut-être pas si bien que ça, Jeanne.

— Peut-être pas, convint-elle en soupirant. Et peut-être avez-vous un peu de la bonté de votre sœur, après tout... Mais ça me rend malade, une chose pareille, c'est trop injuste ! Ils formaient un couple si romantique, tous les deux, le plus parfait qu'on puisse imaginer. Ils vivaient l'amour absolu que tout le monde rêve de connaître.

— Peut-être était-ce un rêve, Jeanne ?

— J'aurais dû me douter que vous diriez ça !

— Cette conversation ne nous mène à rien, répliquai-je de ma voix la plus coupante. Je vous rappelle demain.

— Pourquoi téléphonez-vous si souvent, d'ailleurs ? C'est Chris qui vous le demande ?

— Inutile d'être grossière envers moi, Jeanne.

Elle se tut quelques instants, puis s'excusa.

— Vous avez raison, je vous demande pardon. Je ne me contrôle plus très bien, en ce moment. A demain.

La tension qui s'était établie entre Jeanne et moi rendit plus difficiles mes contacts avec Bois Cyprès, et Chris me conseilla de laisser les choses se tasser.

— C'est ce qu'aurait fait Gisèle, d'ailleurs. Et vu les circonstances, tu ne peux pas t'attendre que les Tate soient particulièrement tendres avec toi.

Je l'approuvai, mais à contrecœur. Il m'en coûtait de ne pas avoir de nouvelles de Paul ni de Gisèle, dont l'état pouvait évoluer sans que j'en sache rien. Et maintenant que nous avions des domestiques, je n'avais plus grand-chose à faire à la maison pour me distraire.

De plus, après mon altercation avec Bruce dans mon atelier, j'hésitai longtemps à y retourner pour commencer un nouveau tableau. La nécessité de cacher mon talent paralysait mon élan créateur, mais je ne voulais pas non plus imposer ma présence à Mme Ferrier, qui aurait pu en déduire que je ne lui faisais pas confiance. Et je passais des heures devant mon chevalet à contempler ma toile vierge, attendant une inspiration qui ne venait pas : mes pensées moroses y faisaient obstacle.

Un matin, juste après le petit déjeuner, je m'apprêtais à me rendre à mon atelier quand Aubrey entra pour m'annoncer une visite.

— Un certain M. Turnbull, m'apprit-il en me tendant sa carte.

Pendant quelques instants, je m'interrogeai sur l'identité du visiteur, puis je baissai les yeux sur le bristol.

— Louis ! m'écriai-je avec un élan de joie sincère.

Louis Turnbull, le jeune aveugle que j'avais connu à Greenwood, ce pensionnat de Baton Rouge où Daphné nous avait envoyées, Gisèle et moi. Louis qui était devenu mon ami...

Il était le petit-fils de Mme Clairborne, la fondatrice de Greenwood, et vivait avec elle dans la grande maison familiale au fin fond du parc. Sa cécité remontait à la mort de sa mère, assassinée par son père lorsqu'il était enfant. M. Turnbull avait étouffé la jeune femme sous un oreiller, au cours d'une crise de jalousie maladive, et Louis avait assisté à la scène. Le traumatisme avait été si violent qu'il s'était enfermé dans cette cécité, qui persistait malgré le long traitement psychiatrique auquel il s'était soumis.

Ce qui ne l'empêchait pas d'être un excellent pianiste aussi bien qu'un compositeur de talent, et tous ses sentiments s'exprimaient dans sa musique. Je l'avais rencontré par hasard, le jour du thé traditionnel auquel Mme Clairborne invitait les nouvelles élèves de Greenwood. Attirée par le son du piano, je m'étais aventurée jusqu'à son salon de musique et c'est là qu'avait débuté notre amitié. Une grande amitié à laquelle il prétendait devoir sa guérison, et qu'il m'avait généreusement prouvée. Quand j'avais été accusée d'une faute grave commise par ma sœur Gisèle, il était venu témoigner pour moi devant le conseil de discipline, m'avait fourni un alibi et tirée d'affaire. Sans lui, j'aurais été renvoyée.

Mais quand Louis était parti pour l'Europe, pour parachever sa guérison et ses études musicales, nous avions perdu tout contact. Et voilà qu'aujourd'hui, sans crier gare, il venait sonner à ma porte !

— Faites entrer, Aubrey, dis-je d'une voix vibrante d'impatience.

Et brusquement, je me figeai. Comment accueillir Louis ? Je n'étais plus Ruby : j'étais Gisèle. Trop tard pour y penser, de toute façon. Louis se tenait devant moi.

Il s'était un peu étoffé depuis Greenwood, mais sans s'alourdir. Il avait mûri, et ses traits semblaient même un peu plus aiguisés qu'autrefois. Ses cheveux bruns étaient un peu plus longs, et il les portait rejetés en arrière, dégageant ce beau visage de médaille aux lèvres sensuelles et bien dessinées. Le seul changement notable consistait en une paire de lunettes aux verres incroyablement épais. Je me levai pour m'avancer à sa rencontre.

— Merci de me recevoir, madame Andréas, dit-il en prenant la main que je lui tendais. Je ne sais pas si vous vous souvenez de moi : j'étais très lié avec votre sœur, Ruby.

Il savait donc ! Les nouvelles allaient vite...

— Oui, je suis au courant. Prenez la peine de vous asseoir, monsieur Turnbull.

— Appelez-moi Louis, dit-il en prenant place en face de moi, sur le canapé.

Je regagnai mon fauteuil et le dévisageai un instant sans mot dire. Pouvais-je lui dévoiler la vérité comme ça, d'un seul coup ? L'angoisse me tenaillait l'estomac, mais ce fut lui qui parla le premier.

— J'arrive tout droit d'Europe, où j'étudiais la musique et donnais des récitals, expliqua-t-il.

— Des récitals ?

— Dans quelques-unes des plus grandes salles européennes, oui. Dès mon arrivée à La Nouvelle-Orléans, j'ai pris des renseignements et j'ai appris le grand malheur arrivé à votre sœur. Le fait est que je dois jouer ici même, samedi qui vient, au théâtre des Arts du parc Louis-Armstrong et... j'espérais que votre sœur pourrait m'entendre.

— Je suis désolée. Je sais combien elle aurait voulu pouvoir assister à ce récital.

— Vraiment? releva-t-il en m'observant avec une attention soudaine. Eh bien... au cas où vous souhaiteriez vous y rendre, M. Andréas et vous-même, je vous ai apporté ces deux billets, dit-il en les tirant de sa poche pour les déposer sur la table.

— Merci.

— Et maintenant... (Il hésita, le visage assombri.) Auriez-vous la bonté de me parler de votre sœur? Qu'en est-il au juste de cet affreux accident?

— Elle a été contaminée par un virus qui provoque une encéphalite particulièrement grave, débitai-je en hâte. Elle est à l'hôpital et je crains qu'il n'y ait bien peu d'espoir.

Il inclina la tête, m'indiquant par là que je confirmais ses craintes, et je crus bon de faire diversion.

— Votre vision est tout à fait rétablie, semble-t-il. Ma sœur m'avait parlé de vous, ajoutai-je précipitamment.

— Ma vue est aussi bonne qu'elle aurait été si je n'avais pas eu de problèmes, en effet. C'est-à-dire pas si bonne que ça, comme vous pouvez le constater. J'étais destiné à porter des lunettes, mais tant que je peux écrire et lire une partition, je ne me plains pas. En fait... (Il s'interrompit, le temps d'un sourire.) Je vais justement jouer des œuvres personnelles, samedi, et je pense que l'une d'elles devrait vous intéresser. Je l'ai dédiée à votre sœur. C'est la symphonie pour Ruby.

— Oui, dis-je simplement, la voix étranglée.

Une boule se forma dans ma gorge et deux larmes roulèrent sur mes joues. Louis s'en aperçut-il? Difficile à savoir, avec sa mauvaise vue... En tout cas, il me considéra longuement avant de reprendre la parole.

— Pardonnez-moi, madame Andréas. Je ne voudrais pas vous manquer de respect, mais M. Andréas n'était-il pas le fiancé de votre sœur ?

— Autrefois, murmurai-je dans un souffle.

— Je savais qu'elle en était très amoureuse. En fait, j'étais moi-même très épris de votre sœur, mais elle m'avait clairement signifié qu'elle en aimait un autre et que je n'avais aucune chance. Je m'étais incliné devant la force de cet amour, mais si je comprends bien… elle en a épousé un autre, pourtant ?

— Oui, chuchotai-je en lui dérobant mon regard.

Le remords et les mots que je retenais m'étouffaient, la vérité me brûlait les lèvres.

— Et elle a eu un enfant, poursuivit Louis. Une fille ?

— Oui, Perle. C'est moi qui m'en occupe, maintenant.

— Le mari de Ruby doit être bien malheureux…

Je hochai la tête et choisis à nouveau de changer de sujet.

— Comment se porte votre grand-mère, Mme Clairborne ?

— Ma grand-mère est morte il y a trois mois.

— Oh ! Je suis désolée de l'apprendre.

— Elle a beaucoup souffert, soupira Louis, personne ne peut imaginer à quel point. Son existence n'était pas très heureuse, malgré sa richesse. Elle ne vivait que dans l'espoir de me voir guérir et réussir une brillante carrière.

— Votre succès a dû la rendre heureuse, en tout cas. Et votre cousine, la Dame de Fer, comme nous l'appelions ? Continue-t-elle à diriger Greenwood et à régner sur sa cour de jeunes filles ?

Un sourire éclaira les traits de Louis.

— Non. Elle a pris sa retraite peu de temps après la mort de ma grand-mère. C'est une certaine Mme Waverly qui la remplace. Une femme charmante et beaucoup plus indulgente. Votre famille pourra envisager sans crainte d'envoyer Perle à Greenwood, le moment venu.

— C'est bon à savoir.

Louis tira de sa poche un stylo et un carnet.

— Auriez-vous la gentillesse de me donner les coordonnées de l'hôpital ? J'aimerais envoyer des fleurs à votre sœur. Merci, j'en prends note. Eh bien... je n'abuserai pas de votre temps, madame Andréas. Votre famille et vous traversez des moments difficiles.

Le voyant se lever, je l'imitai aussitôt et, reprenant les billets sur la table, il me les glissa dans la main.

— J'espère que vous assisterez au récital, votre mari et vous, dit-il en retenant mes doigts entre les siens.

Son regard sombre s'attacha au mien avec une telle intensité que je baissai les yeux. Quand je les relevai, je vis qu'il me souriait.

— Vous reconnaîtrez cette œuvre, j'en suis sûr.

— Louis...

— Je ne vous pose pas de questions, madame. J'espère seulement que vous serez dans l'assistance.

— J'y serai.

— A la bonne heure !

Je le raccompagnai dans le hall, où Aubrey lui tendit son chapeau et, sur le point de sortir, il se retourna vers moi.

— Je tiens à ce que vous sachiez ceci, madame. Votre sœur a exercé sur ma vie une influence considérable. Elle m'a rendu non seulement le désir de vivre, mais également celui de persévérer dans mon art. Son innocence et sa fraîcheur ont réveillé ma foi en l'existence et m'ont inspiré des œuvres qui, je l'espère, seront reconnues par le public. Vous devriez être fière d'elle.

— Je le suis.

— Alors prions pour elle, tous autant que nous sommes.

— Oui, prions pour elle, acquiesçai-je d'une voix enrouée. Dieu vous bénisse, Louis.

Sur un léger signe de tête, il me laissa, et seulement alors je pensai à essuyer les larmes qui sillonnaient mes joues. *Un mensonge en engendre un autre,* disait souvent Grand-mère Catherine. *Et tous ces mensonges s'entre-dévorent, comme les serpents qui se repaissent de leur progéniture.*

Combien d'autres mensonges me faudrait-il encore proférer ? Jusqu'où devrais-je aller dans l'imposture, avant de pouvoir vivre en paix auprès de l'homme que j'aimais ? Louis avait deviné la vérité, c'était évident. Il avait appris à me connaître par le son de ma voix, un simple contact. Il avait si bien déchiffré ma personnalité profonde qu'un mot ou un effleurement de la main lui suffisaient pour me reconnaître. Et pourtant, il comprenait qu'il existait des raisons sérieuses à ce changement d'identité. Il n'avait pas cherché à démystifier la supercherie que nous avions échafaudée, Chris et moi, ni à nous arracher nos masques. Il m'était bien trop attaché pour m'embarrasser par des questions gênantes.

Sitôt que Chris fut de retour, ce soir-là, je lui racontai en détail la visite de Louis.

— Je vois très bien qui c'est, tu m'en parlais si souvent ! Tu crois qu'il saura tenir sa langue ?

— J'en suis sûre, Chris. Absolument.

— Quand même... Il vaudrait peut-être mieux ne pas assister à ce concert.

— Je dois y aller. J'en ai envie et Louis compte sur moi, répliquai-je, avec une telle fermeté que Chris en resta tout interdit.

— Ce n'est pas le genre d'endroit où Gisèle se montrerait, en tout cas, observa-t-il après un court silence.

— Et moi j'en ai assez de faire ce que ferait Gisèle, de dire et de penser ce qu'elle aurait dit ou pensé. J'ai l'impression d'être prisonnière dans la peau de ma sœur ! m'écriai-je avec véhémence.

— Très bien, Ruby. Comme tu voudras.

— Je reste bouclée dans cette maison de peur de commettre un impair si je sors sans toi ! repris-je d'une voix qui montait dans l'aigu.

— Je comprends.

— Non, tu ne comprends pas. C'est un vrai supplice !

— Nous irons au concert. Si quelqu'un s'étonne, tu diras que c'est moi qui ai insisté, voilà tout.

— C'est ça. Je suis l'idiote, moi. La pauvre ignorante, l'abrutie qui ne connaît rien à rien, l'indécrottable. Une sorte d'espèce inférieure, quoi !

— C'est tout ? s'égaya Chris. Mais tu as raison : tu viens de faire une description fidèle de ta sœur.

— Alors comment as-tu pu te résoudre à l'épouser ? ripostai-je, un peu plus durement que je ne l'aurais voulu.

Cette fois, il marqua le coup. Sa mâchoire se crispa.

— Je t'ai déjà expliqué tout ça, Ruby. Mes raisons n'ont pas changé. Je t'aime. Je n'ai jamais aimé que toi, dit-il en baissant la tête.

Et il sortit là-dessus, me laissant plongée dans la consternation la plus totale. Décidément, j'avais le don de blesser tout le monde quand j'étais dans cet état-là. Tous ceux que j'aimais subissaient le contrecoup de ma souffrance. Comment m'y étais-je prise pour entraîner tous mes proches dans une situation pénible ? Une fois de plus, le spectre familier du désespoir venait de me reprendre dans ses griffes et m'emportait dans ses abîmes noirs, toujours plus loin, toujours plus bas...

Tout n'était pas entièrement ma faute, bien sûr. Si Chris ne m'avait pas abandonnée, je n'aurais pas atteint cette extrême détresse où un mariage avec Paul m'était apparu comme la seule issue possible, et pour Perle et pour moi. Paul ne m'aurait pas suppliée, tentée avec ses promesses de vie facile et protégée, il n'aurait pas réussi à user ma résistance. Et surtout, Gisèle n'en aurait pas profité pour épouser Chris, à seule fin de me blesser. Je savais qu'elle ne l'aimait pas réellement. Elle l'avait déjà trompé avant, au temps où ils sortaient ensemble, et sans doute en maintes occasions. Non, je n'étais pas la seule responsable de cette situation, nous étions tous coupables, conclus-je avec lucidité. Mais cela n'allégea pas pour autant mon malaise, ni les reproches que je m'adressais à moi-même.

Là où nous en étions, pourtant, à quoi bon continuer

à nous déchirer les uns et les autres ? Qu'avions-nous à y gagner, sinon un supplément de souffrance ?... Comme si nous n'avions pas déjà bien assez souffert comme ça ! Je partis à la recherche de Chris et le retrouvai dans le salon, campé devant une fenêtre.

— Je suis désolée, Chris. Je me suis laissé emporter.

Il se retourna lentement et me sourit.

— Ce n'est rien, Ruby. Tu as bien le droit de te défouler de temps en temps. Tu supportes une pression énorme, et constante. Pour moi, c'est plus facile ; je n'ai qu'à être moi-même et mon travail m'occupe l'esprit. C'est moi qui suis désolé. Je devrais être plus compréhensif et plus conscient de tes besoins.

— Alors ne nous fâchons pas pour si peu, d'accord ?

Il s'approcha de moi et me prit par les épaules.

— Je m'imagine mal en train de me fâcher contre toi, Ruby. Si jamais ça m'arrivait, je m'en voudrais à mort, affirma-t-il avec conviction. Tu peux en être sûre.

Un long baiser scella cette promesse et, tendrement enlacés, nous quittâmes le salon pour aller voir ce que devenait notre petite Perle.

Pour le récital de Louis, je ne trouvai aucune toilette à ma convenance parmi toutes celles de Gisèle, et j'allai m'en acheter une qui fût plus à mon goût. Une élégante robe de velours noir dont l'ourlet frôlait ma cheville. Quand il me vit ainsi vêtue, Chris m'observa longuement d'un air songeur, et même presque réprobateur.

— Qu'y a-t-il ? m'inquiétai-je.

— Il y a... qu'il faudrait être le dernier des imbéciles pour ne pas voir au premier coup d'œil que tu n'es pas Gisèle !

— C'est parce que tu me connais trop bien, Chris. Dans la même robe, Gisèle n'aurait pas semblé tellement différente de moi, sans y regarder de trop près. Elle n'aimait pas ce style parce qu'elle ne voulait pas avoir l'air d'une femme mûre, c'est tout. Elle trouvait que ça ne faisait pas très sexy.

— Tu as peut-être raison, admit-il. Mais si elle croyait ça, elle avait tort : je te trouve belle à couper le souffle. Par contre... je pense que tu devrais porter un des colliers de Daphné. C'est ce que Gisèle aurait fait.

Je soupirai, jetai un coup d'œil au miroir et me rangeai à son avis. Mon décolleté paraissait un peu nu.

— D'ailleurs, qu'est-ce que tu reproches à ces bijoux ? insista Chris. Les diamants ne choisissent pas leur propriétaire, tu es bien d'accord ?

Désarmée, je souris et j'allai ouvrir la boîte à bijoux de Daphné. J'y choisis une rivière que mon père avait jadis offerte à sa femme et l'attachai à mon cou.

— Superbe, commenta Chris, rayonnant. Je suis sûr que ces pierres n'ont jamais eu autant d'éclat sur elle.

— Ne dis pas ça, Chris. Elle était perverse et souvent cruelle envers nous, peut-être. Mais c'était une femme ravissante ; une enchanteresse qui a séduit mon père par sa beauté, justement, et s'en est servie pour le tourmenter.

— Pas seulement lui, me rappela-t-il. Son frère aussi.

— Oui, acquiesçai-je en pensant à ce pauvre oncle Jean. Son frère aussi...

Sortir me fit le plus grand bien, après cet accès de tristesse, et le plaisir de passer une élégante soirée en ville balaya ces mauvais souvenirs. Tout le gratin de La Nouvelle-Orléans assistait au récital de Louis. A voir son portrait sur les affiches et son nom scintiller en lettres lumineuses, je sentais mon cœur se gonfler de joie. Nous suivîmes la longue file de limousines jusqu'à la grande entrée du théâtre, où chauffeurs et portiers s'empressaient devant les femmes en robe du soir et les hommes en smoking. Dès que je mis le pied hors de la voiture et me trouvai en pleine lumière, j'eus l'impression que tous les yeux se fixaient sur moi et m'appliquai à mettre en pratique les conseils de Chris. Surtout, prendre un air bougon et mal à l'aise, celui qu'aurait arboré Gisèle pour manifester son ennui de se trouver là. Ce qui ne me fut pas trop difficile, à vrai dire : j'avais un trac fou.

Tous ceux qui nous abordaient s'informaient de la santé de Ruby, pour obtenir de Chris la même réponse laconique :

— Rien de nouveau.

Les gens prenaient la mine désolée de circonstance et, après un intervalle plus ou moins bref, s'empressaient de passer à de tout autres sujets. La plupart d'entre eux avaient des abonnements, et ne manquaient aucun des concerts de la saison. A ma grande surprise, ils étaient nombreux à connaître Louis et les détails de sa carrière, l'histoire de ses débuts, de sa guérison et de ses succès en Europe. Aucun des amis de Gisèle n'allait jamais au concert, heureusement, et il n'y eut personne pour s'étonner de ma toilette. Je fus quand même très soulagée quand nous eûmes gagné nos places et que le calme se fit dans l'assistance. Des applaudissements saluèrent l'arrivée du chef d'orchestre, et redoublèrent quand Louis apparut sur la scène : ce fut une véritable ovation. Il alla s'asseoir au piano, tout se tut dans la salle et le récital commença.

Tandis que Louis jouait concerto sur concerto, je fermai les yeux et me laissai emporter par le flot des souvenirs. Je le revis assis au piano dans la maison de sa grand-mère, les yeux fermés sur leurs ténèbres et les doigts volant sur le clavier, le visage rayonnant. Je me revis moi-même assise à ses côtés sur le tabouret quand il jouait, je me rappelai la façon dont il me touchait et m'embrassait. Puis cette scène dans sa chambre ; cette effusion de larmes et d'émotion quand il m'avait enfin raconté l'horrible histoire de ses parents, de ses rapports trop tendres avec sa mère et de la colère dramatique de son père.

Comme l'arc-en-ciel se lève après l'orage, Louis avait su échapper à ses tourments et à ses souffrances, les transcender, devenir un artiste au talent mondialement reconnu. J'en éprouvais non seulement une joie immense pour lui, mais un grand espoir pour Chris, pour Perle et pour moi. Nous aussi, un jour, à notre tour, nous connaîtrions le calme après l'orage et verrions se lever l'arc-en-ciel...

La fin du concert approchait quand, soudain, Louis se leva et s'adressa au public.

— La dernière œuvre de cette soirée, comme l'indique le programme, s'intitule symphonie pour Ruby. Elle me fut inspirée par une merveilleuse jeune femme qui a traversé brièvement ma vie, m'a aidé à retrouver l'espoir et rendu confiance en moi-même. Pour tout dire, c'est elle qui m'a fait entrevoir la lumière au bout du tunnel. Je lui ai dédié cette œuvre, et c'est avec un plaisir tout particulier que je vais la jouer pour vous ce soir.

Dans toute la salle, j'en étais sûre, bien peu de gens soupçonneraient que la jeune femme en question n'était autre que moi, Ruby Dumas. Chris prit ma main sans mot dire, et je m'efforçai de ne pas pleurer, de peur d'attirer l'attention. Mais ces larmes-là, je ne pus pas les retenir: quand le morceau prit fin, mes joues ruisselaient. Heureusement pour moi, l'assistance était en transe et les gens se levaient déjà pour applaudir à tout rompre. Louis vint saluer le public et se retira sous une ovation triomphale.

— Il faut que j'aille le féliciter en coulisse, déclarai-je à Chris.

— Bien sûr!

On s'écrasait dans la loge de Louis, des bouchons de champagne sautaient, des compliments fusaient. Je crus que nous ne réussirions jamais à l'approcher. Mais il m'aperçut, nous fit signe et demanda aux gens de s'écarter, ce qui provoqua une intense curiosité sur notre passage. Tout le monde se demandait qui pouvaient bien être ces visiteurs privilégiés.

— C'était merveilleux, Louis, m'exclamai-je avec chaleur. Je suis si contente que nous ayons pu venir!

— Oui, c'était remarquable, commenta Chris à son tour.

Louis porta ma main à ses lèvres.

— Merci. Je suis heureux d'avoir pu vous procurer un peu de joie en un moment si difficile pour vous, madame Andréas.

— Je regrette que la sœur de Gisèle n'ait pas été là pour vous entendre, énonça Chris à haute et intelligible voix.

Comme il l'espérait, cette déclaration ne fut perdue pour personne et, dans le silence qui suivit, mon cœur s'arrêta de battre. Puis Louis sourit.

— Nous le regrettons tous, croyez-le. Mais n'était-elle pas présente parmi nous quand même... d'une certaine façon ? suggéra-t-il avec une émouvante inflexion de tendresse.

Nos regards se nouèrent. Puis un nouveau bouchon de champagne sauta, quelqu'un attira l'attention de Louis et nous en profitâmes pour nous éclipser discrètement.

Mon cœur battait à grands coups, l'émotion m'étouffait. Dans la voiture, même en baissant la glace pour offrir mon visage au vent, j'avais encore l'impression de manquer d'air.

— Je suis ravi que tu m'aies emmené à ce récital, Ruby, dit gentiment Chris. C'était vraiment superbe, et je suis sincère. J'avais déjà entendu certaines de ces mélodies, mais quand c'est lui qui joue... elles prennent une vie extraordinaire.

— Oui, il a un talent fantastique.

— Et tu devrais être fière de lui avoir rendu le goût de vivre.

— Je ne sais pas trop dans quelle mesure, Chris, ni même si j'ai quelque chose à voir dans sa guérison.

— Tu as tout à y voir, il suffit de le regarder ! Mais je ne suis pas jaloux, se hâta de préciser Chris en souriant. Tu es passée dans sa vie comme un ange de miséricorde. Tu l'as touché de ton aile et tu es partie, mais moi... tu es ma vie, Ruby.

Il m'attira à lui, m'embrassa furtivement et je me blottis contre lui, tout heureuse. Heureuse et rassurée comme je ne l'avais jamais été depuis notre retour, en tant que mari et femme, à La Nouvelle-Orléans. Nous éprouvâmes une grande douceur à nous aimer cette nuit-là, et le sommeil nous surprit dans les bras l'un de l'autre, tendrement enlacés. Il se prolongea plus tard que d'habitude, et le soleil lui-même ne parvint pas à nous réveiller. Chris avait débranché le téléphone pour que rien ne puisse nous déranger.

Je fus la première à entendre Aubrey frapper à la porte, et au début je crus que je rêvais, puis j'ouvris les yeux et tendis l'oreille. A mes côtés, Chris grogna et se retourna.

— Un instant, répondis-je en passant rapidement ma robe de chambre.

— Je suis désolé de vous déranger, s'excusa Aubrey, mais Mme Pitot vous demande au téléphone. Elle semble très émue et dit que c'est urgent.

— Merci, Aubrey. Je prends la communication. C'est Jeanne, chuchotai-je à l'intention de Chris qui se frottait les yeux.

Et j'allai rebrancher la prise d'une main tremblante, pressentant déjà de mauvaises nouvelles.

— Bonjour, Jeanne.

— Elle est morte, proféra-t-elle d'une voix désincarnée. Au petit matin. Paul était à son chevet, il lui tenait la main.

— Quoi !

— Ruby est morte. On m'a chargée de vous prévenir, personne ne voulait le faire. Pardon de vous avoir réveillée. Vous pouvez retourner vous coucher, maintenant.

— Ô Jeanne ! Mais quand ? Comment ?

— Que voulez-vous dire avec vos « quand, comment » ? Ce n'était pas tellement inattendu, non ? Mais vous avez le don d'ignorer les choses déplaisantes, n'est-ce pas, Gisèle ? Eh bien, la mort ne se laisse pas ignorer comme ça, figurez-vous, même par les riches Créoles de La Nouvelle-Orléans.

— Comment va Paul ?

— Il ne l'a pas quittée une seconde, même quand on l'a emmenée aux pompes funèbres. Il ne veut même pas écouter mes parents. Je suis la seule personne à qui il ait dit quelques mots sensés, parce qu'ils vous concernent et que j'allais vous appeler.

— De quoi s'agit-il ?

— Il vous fait dire de ne pas amener Perle aux funérailles, il ne veut pas qu'elle voie ça. Si vous y assistez, naturellement.

— Bien sûr que nous viendrons aux funérailles. C'était ma sœur.

— Oui, releva Jeanne avec sécheresse. C'était votre sœur. Je regrette, je dois vous quitter. Si vous voulez d'autres informations sur la cérémonie, rappelez plus tard. James vous en donnera.

Quand j'eus raccroché, je me laissai retomber sur le lit en ravalant mes sanglots. J'avais l'impression de n'avoir plus une goutte de sang dans le corps.

— Qu'est-il arrivé ? demanda gentiment Chris, bien qu'il le sût déjà.

— Elle est morte ce matin.

Il poussa un grand soupir, posa la main sur mon épaule et nous restâmes un long moment ainsi, sans parler. Ce fut lui qui rompit le silence.

— Au moins c'est terminé, Ruby. Finalement.

— Ô Chris ! me lamentai-je en me retournant vers lui. C'est si bizarre comme impression...

— Comment ça ?

— Ils croient tous que c'est moi qui suis morte. Et cette tristesse dans la voix de Jeanne, cette colère... Je ne pouvais pas le supporter.

— C'est dur, je sais. Mais notre sort est scellé, désormais. Tout est comme cela devait être. Nous avons triomphé du destin.

Je secouai la tête. Ces paroles auraient dû me réconforter, me rendre heureuse, mais elles m'emplissaient d'épouvante au contraire. J'avais déjà reçu tant de coups du destin, aussi cruels qu'inattendus... Je n'avais pas la confiance de Chris. Je ne l'aurais probablement jamais.

Malgré toutes les horreurs que Gisèle m'avait fait subir, sa jalousie, son mépris pour la petite Cajun du bayou que j'étais, je gardais le souvenir de moments plus doux. Quand je m'occupais d'elle, par exemple, et que je devinais son désir d'être aimée, de se comporter en véritable sœur. Chris dirait encore que j'avais le cœur trop tendre, je le savais. Mais je ne pouvais pas m'empêcher de verser des larmes pour la Gisèle qui aurait tant voulu être aimée.

Dans l'après-midi, j'appelai James qui me renseigna très poliment, mais aussi très froidement. Et je me préparai à l'expérience troublante, insolite entre toutes, d'assister à mon propre service funèbre et à mon enterrement. Quand nous arrivâmes à Bois Cyprès, ce jour-là, un suaire semblait s'être abattu sur la maison et ses alentours. Un ciel de plomb s'étirait d'un horizon à l'autre, éteignant l'éclat des fleurs, enveloppant toutes choses de son ombre. Les employés, les assistants, tout le monde paraissait accablé par la tragédie. Les gens marchaient à pas feutrés, s'abordaient en chuchotant et s'étreignaient en silence, comme s'ils cherchaient une protection contre la mélancolie ambiante. Les plus affligés de tous étaient les domestiques, je le vis tout de suite. Tous avaient les yeux rougis de larmes et les épaules affaissées sous le poids du chagrin.

Ce fut pour moi une épreuve terrible, presque insurmontable, de recevoir tous ces témoignages de sympathie. Tromper tous ces gens qui souffraient me faisait horreur, et dès qu'ils m'avaient exprimé leurs condoléances, je m'esquivais aussi vite que possible. Mais là encore, mon attitude fut mal interprétée : on n'y vit que l'indifférence et l'égoïsme de Gisèle.

Les parents de Paul, ses sœurs et le mari de Jeanne accueillaient les visiteurs dans la salle de séjour, et dès mon entrée je sentis se fixer sur moi le regard d'acier de Gladys. Quand je la saluai, sa bouche mince se tordit en un rictus glacé, si méprisant que j'en fus affreusement mal à l'aise. Je me retirai aussi vite que le permettait la décence.

Paul demeurait cloîtré chez lui, et nous eûmes vite compris qu'il buvait plus que de raison. Il ne voulait voir que ses proches et encore : surtout sa mère. Même Chris et moi n'eûmes pas le droit de l'approcher. Quand Toby alla l'informer de notre arrivée, elle revint nous dire qu'il ne pouvait pas nous recevoir sous prétexte que je ressemblais trop à Ruby. Ma seule vue l'aurait fait trop souffrir, nous expliqua-t-elle.

Chris et moi échangeâmes un coup d'œil effaré.

— Il en fait vraiment un peu trop, me souffla-t-il à l'oreille.

Mais j'étais inquiète, je montai quand même. Quand je frappai à la porte de Paul, je ne reçus aucune réponse et quand je fis jouer la poignée, je m'aperçus qu'il s'était enfermé à clé.

— Paul, appelai-je, c'est moi. Ouvre-moi, s'il te plaît. Il faut qu'on parle.

Derrière moi, Chris faisait le guet pour s'assurer que personne ne pouvait nous entendre.

— Ça ne sert à rien, il ne veut pas te voir, constata-t-il. Attends un peu, c'est tout.

Mais nous n'eûmes pas l'occasion de le voir avant le service religieux, et à sa vue j'éprouvai un véritable choc. Blanc comme un linge, masque vivant du désespoir, il me regardait avec des yeux sans âme et se mouvait comme un automate. Chris essaya de l'approcher avant moi pour lui parler, mais il n'eut pas l'air de le reconnaître. Il ne parut pas davantage reconnaître ses parents, d'ailleurs ; et avec toute cette foule autour de nous, il me fut impossible de lui parler en toute liberté.

L'église était comble, et pour cause. Tous les amis de la famille Tate, toutes les personnes en relations d'affaires avec eux étaient présents, mais également tous les gens qui se souvenaient de grand-mère Catherine. Ceux-là étaient nombreux, et mon cœur faillit se briser quand je vis leurs visages creusés de chagrin. Chris et moi étions placés au deuxième rang, juste derrière la famille Tate. Quand le prêtre prononça l'éloge, chaque fois que j'entendis mon nom, je tressaillis et regardai autour de moi. Dans toute l'assistance, personne n'avait les yeux secs, sauf Paul. Ses sœurs pleuraient ouvertement, mais lui se tenait comme un des zombies dont parlait Nina, raide et le regard si vide que j'en avais des frissons. Qui n'eût pas cru, en le voyant ainsi, que le corps enfermé dans ce cercueil était bien celui de Ruby, sa femme ? Cette pensée m'était un supplice.

C'est sur toi que tous ces gens pleurent, me répétais-je obstinément. *C'est de toi que parle ce prêtre. C'est ton cercueil qui est là, devant toi. Avec ton corps dedans.* J'en venais à considérer ce spectacle avec une sorte d'humour macabre, et c'était bien tout ce que je pouvais faire pour m'empêcher de défaillir.

Mais le pire, ce fut le cimetière. C'était moi qui étais censée descendre dans la fosse. C'était sur mon cercueil que le prêtre prononçait le dernier adieu, procédait aux derniers rites. Mon nom, mon identité même, allait être enterré. Je sentis alors que c'était ma dernière chance d'élever la voix pour crier : « Non, ce n'est pas Ruby qui est dans cette bière. C'est Gisèle. Je suis là. Je ne suis pas morte ! »

L'espace d'un instant, je crus avoir vraiment proféré ces mots à haute voix, mais non. Ils s'étaient éteints sur mes lèvres. En faisant ce que j'avais fait, je m'étais moi-même interdit de les dire. Ici, maintenant, la vérité devait être enterrée à jamais.

La pluie arriva d'un coup, drue et froide. Les parapluies s'ouvrirent. Paul ne parut s'apercevoir de rien. Son père et James, le mari de Jeanne, le soutenaient chacun par un bras pour le maintenir debout. Il vacilla quand le cercueil descendit dans la fosse et que le curé jeta l'eau bénite, et il fallut le ramener à la limousine. Sa mère me lança un regard meurtrier avant de le rejoindre.

— Alors là, il mérite un Oscar ! chuchota Chris.

Lui non plus n'en revenait pas. Et son expression

m'avertit qu'il était non seulement stupéfait devant la réaction de Paul, mais aussi inquiet que moi.

— Tu avais raison, me dit-il à voix basse quand nous revînmes à la voiture. Il n'a pas supporté de te perdre et ça lui a troublé la cervelle. Il s'est réfugié dans l'illusion. Apparemment, la seule façon pour lui d'accepter que tu l'aies quitté, c'est de croire que tu es morte.

— Je sais, Chris. Et ça me fait vraiment peur.

— Maintenant qu'elle n'est plus là et que tout ça est fini, peut-être qu'il va revenir sur terre ? suggéra-t-il.

Mais sa voix manquait de conviction, et je n'y croyais pas vraiment non plus moi-même.

Ce fut surtout pour savoir comment allait Paul que nous retournâmes à Bois Cyprès. Le médecin monta l'examiner dans sa chambre, et nous annonça en redescendant qu'il lui avait fait prendre un somnifère.

— Il s'en remettra, déclara-t-il, mais cela prendra du temps. Ces choses-là demandent toujours du temps. Contre le chagrin, nous n'avons ni remèdes ni traitement, hélas !

Il serra les mains de Gladys entre les siennes, l'embrassa sur la joue et prit congé. Sitôt qu'il fut sorti, elle me décocha un regard étrange, inquiétant et glacial au possible, puis elle monta rejoindre Paul.

Toby et Jeanne s'étaient retirées dans un coin de la pièce et se réconfortaient l'une et l'autre. Les gens commençaient à s'en aller. On sentait que chacun avait hâte d'échapper à cette atmosphère oppressante. Gladys ne quitta pas la chambre de son fils, de sorte que même si j'étais montée je n'aurais pas pu voir Paul en tête à tête. Et quand Octavius descendit nous parler, il s'adressa directement à Chris comme s'il ne supportait pas ma vue, lui non plus.

— Gladys est dans le même état que Paul, marmonna-t-il entre haut et bas. C'est comme ça depuis toujours. Quand il était malade, elle était malade. S'il souffrait, elle souffrait aussi. Quel malheur épouvantable, ajouta-t-il en branlant du chef.

Et en quittant la pièce il murmurait encore :

— Epouvantable, oui, épouvantable...

— Nous devrions partir, maintenant, dit Chris avec douceur. Laisse passer un jour ou deux, avant de prendre des nouvelles. Quand il aura retrouvé ses esprits, nous l'inviterons à La Nouvelle-Orléans et toute cette histoire se réglera calmement, raisonnablement.

Je l'approuvai d'un signe de tête. J'aurais aimé dire au revoir à Jeanne et à Toby, mais elles s'étaient repliées sur elles-mêmes, comme deux bernard-l'ermite au fond de leur coquille. Il ne nous restait plus qu'à nous en aller.

Dans le hall, au moment de passer la porte, je fis halte. James la tenait grande ouverte, attendant avec impatience, mais je voulais contempler encore une fois la grande maison avant de la quitter. J'éprouvais un sentiment de perte irrémédiable. C'était la fin de tant de choses, je le savais.

Mais combien il me restait encore à perdre, c'est seulement le lendemain que je devais le découvrir.

15

Adieu mon premier amour

Nous venions de nous mettre à table pour dîner quand Aubrey vint nous annoncer, le visage blême, qu'on me demandait au téléphone. Depuis la veille au soir, Chris et moi nous comportions un peu comme des somnambules, parlant tout bas, mangeant à peine et ne sachant que faire de nous-mêmes. Nous n'avions pas encore surmonté l'oppressante mélancolie des funérailles, et l'atmosphère lugubre de Bois Cyprès semblait nous avoir suivis dans la maison.

— Qui appelle, Aubrey ? m'informai-je prudemment.

Je n'étais pas d'humeur à papoter avec les amis de Gisèle, au cas où ils auraient entendu parler de ma mort. Et j'avais chargé Aubrey de leur répondre à tous que j'étais absente.

— Cette dame n'a pas dit son nom, mais elle a beaucoup insisté, madame. Elle semblait... hum... bouleversée.

La personne en question, je le compris à ses réticences, avait dû lui parler assez rudement, et j'en tirai mes conclusions. Ce devait être une amie de Gisèle, une de ces pimbêches qui jugeaient au-dessous d'elles de discuter avec un domestique. Chris proposa spontanément :

— Veux-tu que je réponde à ta place ?

— Non, j'y vais. Merci, Aubrey. Je suis désolée, ajoutai-je, tenant à m'excuser moi-même pour la rebuffade qu'il avait subie.

Je passai dans le petit salon; soulevai le récepteur et attaquai sur un ton impatient :

— Oui ? Qui est à l'appareil ?

La ligne resta quelques instants silencieuse, puis une voix rauque débita d'une traite :

— Il est parti, personne ne sait où il est, les recherches ne donnent rien et tout ça c'est votre faute.

Le ton aigre de cette tirade me fit courir un frisson le long de l'échine.

— Pardon ? De quoi s'agit-il ? Qui est parti ?

— Il est parti dans les canaux, hier soir. Et nous ne parvenons pas à le retrouver. Mon Paul...

La voix se brisa sur un sanglot, et je sus que c'était Gladys Tate.

— Paul est parti dans les canaux... hier soir ?

— Oui, oui, oui ! cria Gladys. Et c'est à cause de vous. Tout est votre faute !

— Madame Tate...

— Assez ! vociféra-t-elle. Arrêtez cette comédie ! Je sais qui vous êtes et ce que vous avez fait avec votre... votre amant. Je sais comment vous avez brisé le cœur de mon pauvre Paul. Comment vous l'avez entraîné dans votre épouvantable machination. Je sais tout.

J'eus l'impression de couler dans l'eau glacée. Ma gorge se noua, la voix me manqua. Les mots qui m'étouffaient me gonflaient la poitrine et je crus qu'elle allait se rompre. Et quand je retrouvai la force de parler, ma voix se fêla.

— Vous ne comprenez pas...

— Oh si ! je comprends, et même bien mieux que vous ne l'imaginez. Voyez-vous, reprit-elle, retrouvant d'un coup toute son arrogance, mon fils me confiait beaucoup plus de choses que vous ne le croyez. Il n'y a jamais eu de secrets entre nous. Jamais. La première fois qu'il est allé vous voir chez votre grand-mère, je l'ai su. Je savais ce qu'il pensait de vous, à quel point il s'était entiché de vous. Son chagrin quand vous êtes partie vivre dans votre richissime famille créole, sa joie quand vous êtes revenue... tout cela, je l'ai su!

» Mais je l'ai mis en garde. Je l'ai prévenu que vous lui briseriez le cœur. J'ai essayé, j'ai fait tout ce que j'ai pu, mais... (Elle ravala un sanglot.) Vous l'avez envoûté. Votre sorcière de mère et vous avez jeté un sort sur mon mari et ensuite sur mon fils. Mon Paul! Il est parti, acheva-t-elle d'une voix qui défaillait.

— Mère, je suis désolée pour Paul. Je... nous allons venir tout de suite et vous aider à le retrouver.

— Nous aider à le retrouver! persifla-t-elle. J'aimerais mieux demander l'aide du diable! Je voulais seulement vous dire que je sais comment vous avez réduit mon fils au désespoir, et que je ne vais pas le laisser souffrir sans rien faire. Vous souffrirez deux fois plus que lui, j'y veillerai!

— Mais...

La ligne redevint silencieuse et je restai là, le cœur battant et l'esprit en déroute. J'avais l'impression d'être à bord d'une pirogue entraînée par les rapides, tourbillonnant follement dans le courant. La pièce tournoya autour de moi. Je fermai les yeux en gémissant et lâchai le combiné qui rebondit sur le sol. Chris accourut à mes côtés, me retint juste à temps pour ralentir ma chute et m'étendit sur le plancher.

— Ruby, que se passe-t-il? Sally! appela-t-il en se retournant. Apportez-moi un linge trempé dans l'eau froide, vite! (Il s'agenouilla près de moi et me prit la main.) Qu'est-il arrivé? Qui était au téléphone?

— Gladys, haletai-je. La mère de Paul.

— Que t'a-t-elle dit?

— Paul a disparu. Il est parti dans les marais hier soir et n'est pas revenu. Ô Chris!

Sally revint en courant avec le linge humide et Chris le plaqua sur mon front.

— Là, détends-toi... Merci, Sally. Vous pouvez disposer.

Je respirai profondément, plusieurs fois de suite, et sentis que le sang revenait peu à peu à mes joues.

— Paul a disparu ? C'est bien ça qu'elle a dit ?

— Oui, Chris, mais ce n'est pas tout. Elle sait tout à propos de nous. Paul lui a tout raconté. Je ne savais pas qu'il l'avait fait, mais maintenant que je pense aux regards qu'elle me jetait, à l'enterrement... (Je m'assis et m'appuyai au mur.) Elle ne m'a jamais aimée, Chris. Et elle m'a menacée.

— Comment ça, menacée ? Menacée de quoi ?

— Elle a dit que je souffrirais deux fois plus que Paul n'a souffert.

Il n'eut pas l'air impressionné.

— Allons, elle est folle d'angoisse pour Paul, c'est tout. Ils sont en pleine panique en ce moment.

— Il est parti dans les marais, Chris, et il n'est pas revenu. Je veux y aller, tout de suite, et les aider à le retrouver. Nous devons y aller, Chris. Il le faut.

— Je ne vois pas ce que nous pourrions faire. Tous leurs employés sont à sa recherche, sûrement.

— Je t'en prie, Chris. Si quelque chose lui arrivait...

Il capitula.

— Très bien. Allons nous changer. Tu avais raison, reconnut-il d'une voix où perçait l'amertume, nous n'aurions pas dû l'impliquer autant dans cette histoire. J'ai sauté sur l'occasion d'arranger les choses pour nous, mais j'aurais dû y réfléchir à deux fois.

Mes jambes tremblaient mais je me relevai pour suivre Chris à l'étage, changer de vêtements et prévenir Mme Ferrier que nous nous absentions et comptions rentrer tard, sinon le lendemain. Puis nous partîmes et nous fîmes le voyage en un temps record.

La grande allée de Bois Cyprès était bordée de voitures et de camionnettes, et tandis que nous remontions vers la maison, je me tournai vers les pontons. Des lumières brillaient sur le canal. En pirogues et en canots à moteur, des hommes partaient à la recherche de Paul et le bayou retentissait de leurs appels.

Nous trouvâmes les sœurs de Paul dans le petit salon. Toby était d'une pâleur de cire et restait figée comme du marbre, alors que Jeanne torturait nerveusement son mouchoir, les dents serrées jusqu'à en grincer. Notre arrivée les surprit autant l'une que l'autre, mais à la façon dont elles me dévisagèrent, je devinai qu'elles me prenaient pour Gisèle. Gladys n'avait donc pas parlé.

— Que venez-vous faire ici ? nous jeta rudement Toby.

Chris me devança pour lui répondre.

— Nous avons appris ce qui était arrivé à Paul, et... nous venons voir si nous pouvons nous rendre utiles.

— Vous pouvez toujours vous joindre aux recherches, dans ce cas. Descendez au ponton.

— Et où est votre mère ? m'informai-je auprès de Jeanne.

— Dans la chambre de Paul, elle est au lit. Le médecin est venu mais elle refuse de prendre le moindre médicament. Elle ne veut pas être endormie quand on... si jamais...

La voix de Jeanne trembla, ses yeux s'emplirent de larmes et Toby la réprimanda sévèrement :

— Domine-toi, mère a besoin que nous soyons fortes.

— Comment peut-on être sûr que Paul est parti dans les marais ? Il a pu aller dans un bar, suggéra Chris.

— Pour commencer, mon frère n'irait pas traîner dans un bar le jour où il a enterré sa femme, riposta vertement Toby. Et plusieurs ouvriers l'ont vu se diriger vers le ponton.

— Une bouteille d'alcool à la main, ajouta sombrement sa sœur.

Et un silence lourd s'installa entre nous.

— Je suis certain qu'ils vont le retrouver, dit enfin Chris d'un ton réconfortant.

Mais Toby le toisa d'un œil glacial.

— Etes-vous jamais allés dans les marais, l'un ou

l'autre ? Pouvez-vous seulement imaginer à quoi ça ressemble ? Vous prenez un tournant, vous vous retrouvez dans un fouillis de plantes et de branches qui retombent sur l'eau, et en un rien de temps vous ne savez plus où vous êtes ni comment sortir de là. C'est un vrai labyrinthe, grouillant de serpents venimeux, d'alligators et de tortues carnivores, sans parler des moustiques et de la vermine !

— Ce n'est quand même pas si terrible, hasardai-je.

— Ah, vraiment ? Eh bien, allez donc vous joindre aux recherches, tous les deux ! cracha Toby sur un ton amer et cinglant qui me piqua au vif.

— C'est justement ce que je compte faire, lui renvoyai-je en tournant les talons. Viens, Chris.

Il me suivit sans hésiter, mais aussi sans enthousiasme.

— Tu crois vraiment que nous devons aller dans le marais, Ruby ? Si les gens d'ici n'ont même pas réussi à le trouver...

— Je le trouverai, affirmai-je. Je sais où chercher.

James, le mari de Jeanne, était sur la jetée quand nous y arrivâmes. Il leva les bras d'un geste découragé.

— Rien à faire ! Si Paul ne veut pas qu'on le retrouve, on ne le retrouvera pas. Il connaît les marais comme sa poche, il a grandi dans le bayou. Nous abandonnons les recherches pour ce soir.

— Non, rétorquai-je âprement. Nous continuons.

— Nous ? releva-t-il sans cacher sa surprise.

Je pointai le menton vers un dinghy à moteur.

— C'est votre bateau ?

— Oui, mais...

— S'il vous plaît, conduisez-nous dans le marais, je ne vous en demande pas plus.

— Mais j'en reviens, et je peux vous certifier...

— Je sais ce que je fais, James, insistai-je. Si vous ne voulez pas nous emmener, au moins prêtez-nous votre dinghy.

— A vous deux ? (Il sourit, haussa les épaules et

soupira.) Très bien, je vais faire une dernière virée. Montez.

Chris n'était pas très rassuré en prenant place à mes côtés dans la petite embarcation. James nous remit à chacun une lampe torche et nous vîmes s'approcher un autre groupe d'hommes, parmi lesquels se tenait Octavius, accablé.

— Démarrez, James, je vous en prie.

— Qu'espérez-vous faire de mieux que les gens du pays, qui sont presque tous pêcheurs ou chasseurs ? Si eux ont échoué...

— Je sais où chercher, insistai-je. Ruby m'a parlé d'un endroit caché où ils allaient quelquefois, tous les deux. Elle me l'a si bien décrit que je suis certaine de pouvoir le retrouver.

James eut l'air sceptique mais démarra quand même et lança le dinghy sur le canal.

— Très bien, mais nous perdons notre temps, j'en ai peur. Mieux vaudrait attendre le jour.

Les marais pouvaient être réellement effrayants, la nuit, même pour des hommes qui y avaient grandi. Le mince croissant de lune dispensait trop peu de clarté pour bien y voir, et d'épais rideaux de mousse espagnole masquaient l'embouchure des autres canaux, comme pour en interdire l'entrée. Les cyprès tordus montaient la garde comme autant de vieilles sorcières, et l'eau d'une noirceur d'encre était un piège, dissimulant des branches mortes, des racines, et bien sûr des alligators. Nos torches éloignaient les moustiques, mais Chris n'en menait pas large. Il sursauta et faillit passer par-dessus bord quand un hibou hulula sur la rive.

— A droite, James, indiquai-je. Et dès que vous aurez franchi ce tournant, obliquez sur la gauche.

— Et Ruby vous a expliqué tout ça en détail ? Je n'en reviens pas !

— Elle adorait cet endroit, où Paul et elle allaient souvent. On se croirait dans un autre monde là-bas... enfin, à ce qu'elle disait, ajoutai-je précipitamment.

James suivit mes instructions. Derrière nous, la lueur des autres lampes s'estompa, disparut, un écran de ténèbres nous isola de la maison. Bientôt, les voix des autres équipes de recherche cessèrent de nous parvenir.

— Ralentissez, James, s'il vous plaît. Il faut que je vérifie quelque chose et ce n'est pas facile, dans le noir.

— Surtout quand on n'est jamais venu, c'est même tout à fait inutile. Si nous attendions le matin...

— Là ! m'écriai-je en pointant l'index. Vous voyez ce cyprès tout courbé, comme une vieille femme qui se penche pour cueillir un trèfle à quatre feuilles ?

— Une vieille femme ? s'effara-t-il. Un trèfle à quatre feuilles ?

Ni lui ni Chris ne s'aperçurent que j'avais souri.

— C'est ce que disait Paul à Ruby, en tout cas. Maintenant, à droite : virez serré sous les branches basses.

— On ne passera jamais, je vous préviens.

— Nous passerons en nous baissant, affirmai-je. Ralentissez.

— Vous êtes sûre ? Nous pouvons heurter un rocher affleurant, un tas de racines ou...

— J'en suis sûre, James. Allez-y.

Il exécuta la manœuvre à contrecœur et, courbant la tête en avant, nous nous glissâmes sous les branches.

— Ça par exemple ! grommela-t-il. Bon, et maintenant ?

— Vous voyez ce rideau de mousse espagnole qui descend jusqu'à l'eau ?

— Oui.

— Traversez-le, c'est la porte secrète.

— La porte secrète. Eh bien, qui se serait douté de ça !

— Vous comprenez pourquoi je vous parlais d'un autre monde ? Vous pouvez couper le moteur. Nous flotterons sur notre erre et nous y serons.

James obéit et je retins mon souffle quand le dinghy franchit l'écran de mousse, qui s'écarta comme un rideau pour nous donner accès au petit étang. Une fois là, je levai ma torche et Chris m'imita aussitôt.

— Ramez en cercle, maintenant, indiquai-je. Lentement.

La lueur de nos lampes troua l'obscurité, nous découvrant l'étang. Des serpents et des tortues montèrent à la surface, dessinant des ondes concentriques, et nous vîmes les brèmes happer les moustiques. Un alligator leva la tête, ses dents étincelèrent un instant ; puis il plongea et j'entendis le hoquet angoissé de Chris. Quelque part, sur notre droite, un épervier poussa un cri perçant et une demi-douzaine de loutres détalèrent pour se mettre à l'abri.

— Hé ! s'exclama soudain James. Qu'est-ce que c'est que ça ?

Il battit l'eau du bout de son aviron, ramena près du bord une bouteille vide et se pencha pour la saisir.

— Du rhum... Il est venu ici. Paul ! hurla-t-il en s'efforçant de fouiller l'obscurité du regard. Paul !

— Paul ! répéta Chris après lui.

Pendant quelques secondes, mes lèvres se refusèrent à articuler ce nom, puis j'appelai à mon tour :

— Paul, si tu es là réponds-nous, s'il te plaît.

Mais nous eûmes beau tendre l'oreille, nous n'entendîmes que les bruits produits par les animaux qui peuplaient le marais. La fuite d'un cerf agita les buissons. Le cœur étreint d'une terreur subite, je retombai au fond du bateau, les yeux pleins de larmes.

— Continuez à tourner autour de l'étang, James, murmurai-je en levant ma torche pour nous éclairer sur la droite.

Chris fit de même du côté gauche. L'eau clapotait contre les bords du dinghy, une petite brise nous éventait à peine, et les insectes qui commençaient à sentir notre présence accouraient au festin. Brusquement, ce que je pris d'abord pour un alligator apparut dans notre champ de vision, mais en nous rapprochant nous reconnûmes l'arrière arrondi d'un canot. James le désigna de sa rame.

— Ça va, c'est le sien. Paul !

— Par ici, je crois que j'ai vu quelque chose, signala Chris en brandissant sa torche.

James fit pivoter le dinghy et je dirigeai moi aussi le faisceau de ma lampe dans la direction qu'indiquait Chris. Paul gisait face contre terre sur un gros rocher, ses cheveux châtains englués d'eau vaseuse, inerte. On aurait dit qu'il s'était hissé là juste avant de perdre connaissance. James rapprocha le dinghy du rocher, Chris et lui se mirent debout de façon à pouvoir atteindre le corps de Paul et je voulus me lever, moi aussi. Mais Chris se retourna brusquement et me saisit par les coudes.

— Non ! s'écria-t-il en m'obligeant à me rasseoir. Ce n'est pas très beau à voir. Il est mort.

J'enfouis mon visage entre mes mains et un hurlement s'échappa de ma gorge, provoquant la panique de toute la faune du marais. Des oiseaux battirent des ailes, des rats d'eau s'enfuirent, des poissons plongèrent. Mon cri retentit dans la nuit, ricocha sur les eaux. Puis il mourut, absorbé par les ténèbres silencieuses qui nous attendent tous au détour du chemin, pour nous engloutir.

Le médecin déclara que les poumons de Paul étaient tellement remplis d'eau qu'il ne s'expliquait pas comment il avait pu se hisser sur ce rocher. Il avait dû déployer des efforts énormes, usant son dernier souffle, et rendre l'âme. Par miracle, aucun alligator n'était parvenu jusqu'à lui, mais la mort par noyade avait ravagé son visage et Chris avait eu raison de m'empêcher de le voir.

Bois Cyprès était déjà en deuil, et le chagrin ne fit que peser plus lourdement sur la maison. Les domestiques versèrent de nouveau des larmes amères, eux qui avaient déjà tant pleuré sur ma mort ; et même si les sœurs de Paul s'attendaient au pire, elles s'effondrèrent en apprenant la sienne. Elles s'enfermèrent dans le petit salon avec James et Octavius monta rejoindre Gladys.

Quant à moi... ma faiblesse était telle que je ne sentais plus mon corps, il me semblait qu'un souffle de vent eût suffi à m'emporter comme une feuille morte. Dans un état somnambulique, je vis les hommes ramener Paul du ponton, blottie contre Chris qui me soutenait par les épaules. Il voulut rentrer immédiatement à La Nouvelle-Orléans et je n'eus pas la force de lui résister, je ne trouvai aucun argument valable à lui opposer. Je me laissai conduire à la voiture et je me renversai sur le dossier de mon siège, les yeux fermés.

Je n'avais plus de larmes.

Des images d'autrefois défilaient sous mes paupières. Paul adolescent, accourant chez grand-mère Catherine sur son scooter. Paul et moi dans la vieille galerie de bois. La joie qui faisait briller ses yeux quand il me regardait... J'entendais même nos voix d'alors, vibrantes d'enthousiasme et d'ardeur. Le monde semblait si frais et si neuf en ce temps-là, si plein de merveilles. Les formes, les parfums, les couleurs, tout était plus intense et plus riche. Nous étions le premier couple qui ait jamais aimé, incapables d'imaginer que d'autres aient pu découvrir les mêmes choses avant nous. Qui saura jamais dire quelle allégresse éclôt dans un jeune cœur lorsqu'on se dévoile pour la première fois devant un autre, un autre qui lui aussi se confie pour la première fois ? Cette confiance, cette foi enfantine est si généreuse et si pure qu'on n'envisage même pas la trahison. Toutes les misères, tous les malheurs dont on entend parler ne concernent que les autres, notre amour est trop fort pour en être atteint. On peut échanger des promesses, avouer ses rêves, vivre ensemble un rêve neuf. Rien ne nous paraît impossible. Il ne nous vient pas à l'idée qu'un destin malveillant nous a jetés sur une route qu'il a choisie et que nous courons au-devant du malheur.

Je voulais me révolter, être amère, m'en prendre à quelqu'un ou à quelque chose d'autre. Mais pour finir je ne trouvai personne à blâmer que moi-même, et le poids de ma culpabilité me fut insupportable. Torturée, accablée, mais surtout lasse à mourir, je n'ouvris plus les yeux avant d'entendre Chris m'annoncer que nous étions arrivés. Il m'ouvrit la portière, mais au moment de descendre mes jambes se dérobèrent sous moi : il dut me porter dans la maison, puis dans notre chambre. Quand il m'eut déposée sur le lit, je me roulai en boule, étreignis mes épaules et sombrai dans l'inconscience.

Le lendemain, quand je m'éveillai, il était déjà habillé. Je m'assis péniblement, la tête lourde et les membres si douloureux que j'eus du mal à étendre les jambes pour me mettre debout.

— Je suis si fatiguée, Chris. Et tellement faible !

— Reste au lit, me conseilla-t-il. J'enverrai Sally te monter un plateau. Je ne peux pas rester, j'ai beaucoup de choses à régler au bureau, mais dès que j'ai fini, je viens te rejoindre.

— Chris, tout est ma faute, me lamentai-je. Gladys Tate a raison de m'en vouloir à mort.

— Mais non, ce n'est pas ta faute ! Tu n'as rompu aucune promesse, et tout ce que Paul a fait, il l'a fait volontairement et en pleine connaissance de cause. Si quelqu'un est à blâmer, c'est moi. Je n'aurais jamais dû le mêler à ce point à cette histoire. J'aurais dû te forcer à rompre avec lui, nettement et carrément. Et il aurait compris que c'était terminé, au lieu de continuer à regretter ce qui ne pouvait pas être, ce qui n'aurait jamais dû être.

Chris vint s'asseoir près de moi, me prit la main et poursuivit d'un ton persuasif :

— Ce qui devait être, Ruby, c'est notre union. Un amour aussi fort que le nôtre serait-il possible, si nous n'étions pas destinés l'un à l'autre ? Il faut le croire, envers et contre tout, t'y raccrocher quand tu te sens triste pour Paul. Si nous abandonnons maintenant, tout ce qu'il a fait n'aura servi à rien.

» Tout au fond de lui-même, il a dû comprendre et admettre que ta place était près de moi. Il ne l'a sans doute pas supporté, mais au moins il a pris conscience que c'était la réalité, la vraie, la seule. Sachons garder ce que nous avons maintenant, Ruby. Je t'aime, acheva Chris en m'embrassant sur les lèvres.

Il se pencha, posa la tête sur ma poitrine et je le gardai longtemps serré contre moi ; puis il prit une grande inspiration et se leva.

— Je t'envoie Sally et je demande à Mme Ferrier de t'amener Perle un peu plus tard, d'accord ?

— Comme tu voudras, Chris. Je ne suis plus capable de penser par moi-même.

— Alors je penserai pour deux, répliqua-t-il en souriant.

Et il s'en fut en me jetant un baiser du bout des doigts.

Je levai les yeux vers la fenêtre. Un écran de légers nuages voilait le soleil, annonçant une journée moite. Après le petit déjeuner, je prendrai un bain et me lèverai pour de bon, décidai-je. La perspective d'assister à l'enterrement de Paul m'accablait. Je n'étais pas sûre d'être assez forte pour supporter cette épreuve, et je la redoutais. Si j'avais su ce qui m'attendait !

En fin de matinée, quand j'eus grignoté un déjeuner frugal et pris mon bain, Mme Ferrier me monta Perle. J'étais en train de me coiffer, je la laissai s'asseoir près de moi et jouer avec mes brosses et mes peignes. Ses cheveux avaient poussé, ils lui arrivaient aux épaules, maintenant, leur chaude couleur dorée s'accentuait de jour en jour et ses yeux bleus pétillaient de curiosité. Elle imitait chacun de mes gestes, m'interrogeait sur l'usage de chaque objet, le lâchait aussitôt qu'elle avait compris pour s'emparer d'un autre. Son énergie débordante et joyeuse me fit presque oublier ma tristesse. C'était une bénédiction d'avoir une enfant pareille, pensai-je avec attendrissement. Je voulais à tout prix que sa vie soit plus facile, plus heureuse et plus remplie que la mienne. Je la protégerais, la conseillerais, la guiderais pour lui éviter les embûches et les traquenards dans lesquels j'étais tombée. Car nos enfants, je le compris avec une certitude nouvelle, étaient la promesse de la vie, notre espoir, notre raison d'être, et le seul véritable antidote contre tous les tourments.

Chris appela pour prévenir qu'il rentrait bientôt, Mme Ferrier vint rechercher Perle et je m'apprêtai à descendre : j'avais décidé que nous déjeunerions dans la véranda. Mais j'étais à peine arrivée en bas des marches que, de nouveau, le téléphone sonna et Aubrey m'annonça que Toby Tate me demandait. Je courus jusqu'au poste le plus proche.

— Toby, m'écriai-je, excusez-nous d'être partis si vite mais...

— Il s'agit bien de ça ! m'interrompit-elle âprement. Vos façons d'agir nous laissent complètement indifférents, et vous n'imaginez tout de même pas que je vous appelle pour m'en plaindre ? (La froideur de sa voix n'annonçait rien de bon : mon cœur se mit à cogner dans ma poitrine.) En fait, mère m'a chargée d'un message pour vous. Elle préférerait que vous n'assistiez pas aux funérailles.

— Que nous n'assistions pas... mais...

— Nous vous envoyons une voiture avec une nurse pour ramener Perle à la maison.

— Quoi !

— Mère estime que la fille de Paul et de Ruby doit vivre chez ses grands-parents, et non chez une tante égoïste, alors vos promesses et vos engagements ne comptent plus. Vous pouvez retourner à vos plaisirs et cesser de vous inquiéter, ce sont les paroles exactes de mère. Faites en sorte que Perle soit prête pour trois heures, s'il vous plaît.

Je fus incapable d'articuler un son. Mon cœur chavira. J'avais la gorge nouée comme si les doigts osseux d'une vieille sorcière me serraient le cou pour m'étrangler.

— Vous comprenez ce que je vous dis ? insista Toby.

— Vous...

— Oui ?

— Vous ne... vous ne pouvez pas... prendre Perle. (Mes poumons manquaient d'air. Je m'obligeai à respirer.) Votre mère sait très bien pourquoi.

— Qu'est-ce que vous me chantez là ? Bien sûr que nous pouvons ! Une grand-mère a plus de droits sur un enfant qu'une tante, vous ne croyez pas ?

Cette fois, je hurlai :

— Non ! Je ne vous laisserai pas prendre Perle.

— Je ne vois pas comment vous pourriez vous y opposer, Gisèle. Cette histoire ne vous concerne plus. Elle est assez dure pour nous comme ça, j'espère que vous n'allez pas y ajouter des chicaneries pénibles et déplaisantes.

— Votre mère sait qu'elle ne peut pas faire ça. Elle le sait ! Dites-le-lui, m'écriai-je, hors de moi. Dites-le-lui !

— Très bien, je lui répéterai vos paroles, mais la voiture sera chez vous à trois heures. Au revoir.

— Non ! criai-je encore, bien que Toby eût déjà raccroché.

J'en fis autant, puis je soulevai aussitôt le combiné pour appeler Chris. D'une voix haletante, je le mis rapidement au courant des exigences de Gladys Tate.

— C'est ce qu'elle voulait dire en me menaçant de me faire souffrir deux fois plus que Paul, Chris. C'est sa façon de se venger.

— Calme-toi, m'ordonna-t-il avec une douceur ferme. J'arrive.

Mais je ne pouvais pas me calmer. Je me mis à arpenter le petit salon, passant fiévreusement en revue toutes les solutions possibles. Il me sembla que des heures avaient passé quand Chris rentra, même s'il n'avait mis que quelques minutes. Il courut vers moi, me serra dans ses bras et me fit asseoir à ses côtés. Mes dents claquaient, je ne pouvais pas m'arrêter de trembler.

— Tout ira bien, voyons, me rassura-t-il. Elle bluffe. Elle est tellement malheureuse en ce moment qu'elle veut te rendre aussi malheureuse qu'elle, c'est tout. Quand elle aura compris ce qu'elle est en train de faire, elle arrêtera ça.

— Mais, Chris... tout le monde croit que je suis Gisèle. Ils m'ont enterrée !

— Tout ira bien, répéta-t-il, mais déjà un peu moins sûr de lui.

— Nous sommes nés dans une cabane des marais, Chris. Pas dans un hôpital de la ville, où on prend des empreintes qui permettent d'identifier un bébé plus tard. Paul était mon mari et il a dit à tout le monde que j'étais malade, en danger de mort. Il a assisté à mon enterrement et, que ce soit un accident ou un suicide, ma mort a causé la sienne.

Comme si j'enfonçais des clous dans un cercueil, je proférais l'une après l'autre ces vérités implacables et à mesure que je parlais, j'en prenais une conscience plus aiguë.

— Chris, tu as dit toi-même que j'avais merveilleusement réussi à me faire passer pour Gisèle. Tout le monde me prend pour elle, même tes parents !

— Si les choses vont jusque-là, si c'est le seul moyen pour nous de garder Perle, nous proclamerons officiellement la vérité, Ruby. Je te le promets. Personne ne nous prendra notre petite fille, et surtout pas Gladys Tate !

Il s'exprima sur un ton si résolu, en pressant ma main de façon si rassurante que j'en fus presque réconfortée. Les battements de mon cœur s'apaisèrent un peu.

— Toby dit que la nurse arrive à trois heures.

— Je m'en occuperai. Ne te montre pas, surtout. Ne t'approche même pas de la porte.

Je l'approuvai d'un signe, sans mot dire, et brusquement je sursautai.

— Perle ! Où est-elle, Chris ?

— Allons, du calme. Où veux-tu qu'elle soit ? Avec Mme Ferrier, bien sûr. Reprends-toi, Ruby, ne l'effraie pas.

— Tu as raison, il ne faut pas effrayer la petite. Mais je monte dans sa chambre, je ne veux pas qu'elle soit en bas quand ils arriveront.

— D'accord, mais pas d'affolement, surtout. Reste calme. Promis ?

— Promis.

Je respirai un grand coup et montai retrouver Mme Ferrier à l'étage. Sans lui fournir d'explications, je lui demandai de veiller à ce que Perle ne sorte pas de sa chambre, puis je descendis rejoindre Chris pour déjeuner. Mais je ne pus rien avaler à table, même pas une gorgée d'eau. Un peu après deux heures, Chris me conseilla de regagner la nursery et d'y rester avec Perle et Mme Ferrier. Mon cœur battait à tout rompre. J'avais tellement peur que j'aurais pu m'évanouir, mais je surmontai mon angoisse en m'occupant de ma petite fille.

Juste avant trois heures, le carillon de l'entrée retentit et mon cœur fit un bond dans ma poitrine. Je ne pus m'empêcher de sortir dans le couloir et d'aller écouter ce qui se passait en bas. Chris avait prévenu Aubrey qu'il se dérangerait lui-même. Et comme je ne voulais pas qu'il devine ma présence, je me reculai dans l'ombre du palier quand je le vis se retourner vers l'escalier, avant d'ouvrir la porte. Un homme en complet sombre et une nurse en uniforme se tenaient sur le seuil.

— Oui ? énonça Chris d'un ton aussi détaché que possible.

L'homme en complet prit la parole.

— Je m'appelle Martin Bell, monsieur. Je suis avocat et représente les intérêts des Tate. M. et Mme Tate m'ont chargé de venir chercher leur petite-fille.

— Leur petite-fille n'ira nulle part, ni aujourd'hui ni un autre jour, répondit Chris avec détermination. Elle est chez elle et elle y restera.

— Refuseriez-vous de rendre l'enfant à ses grands-parents ? s'informa l'avocat, l'air quelque peu surpris. Manifestement, on lui avait laissé entendre qu'il s'agissait d'une simple formalité. Il devait s'attendre à des honoraires facilement gagnés.

— Je refuse d'envoyer notre fille chez les Tate, en effet.

— Pardon ? Votre fille, dites-vous ? Je ne saisis pas très bien... (Martin Bell loucha vers la nurse, qui paraissait tout aussi effarée que lui.) L'enfant est bien la fille de Paul et de Ruby Tate ?

— Non, et Gladys Tate le sait parfaitement. Je crains qu'elle ne vous ait fait perdre votre temps, mais soyez assuré d'être rétribué pour votre peine. Bonne fin de journée, ajouta Chris en refermant la porte au nez des visiteurs éberlués.

Il attendit sur place quelques instants, puis alla vers la fenêtre pour s'assurer qu'ils s'en allaient. Quand il se retourna, il m'aperçut en haut de l'escalier.

— Tu étais là tout le temps ?

— Oui, Chris.

— Alors tu as entendu. J'ai tenu ma promesse : j'ai dit la vérité et je les ai renvoyés. Quand Gladys saura ça, elle abandonnera et nous laissera tranquilles, Ruby. Détends-toi, c'est fini. L'histoire est terminée.

Je lui adressai un sourire plein d'espoir et il escalada les marches pour me serrer dans ses bras, puis nous allâmes voir notre petite Perle. Assise sur le plancher de mon ancienne chambre, elle barbouillait avec satisfaction un album de coloriages intitulé « Visite au zoo ».

— Regarde, maman ! s'écria-t-elle en pointant le doigt sur une image, celle qui représentait un tigre.

Puis elle poussa un rugissement féroce qui fit éclater de rire Mme Ferrier.

— Elle imite tous les animaux, vous savez ? Je n'ai jamais vu quelqu'un d'aussi doué.

Chris resserra son étreinte et je me laissai aller sur son épaule. C'était bon de sentir sa force et sa détermination, de pouvoir me reposer sur lui en toute sécurité. Il était mon soutien désormais, le roc solide où m'appuyer, cela renforçait mon amour pour lui et m'emplissait de confiance. A mesure que la journée s'écoulait, mon angoisse diminua graduellement et finit par s'évaporer. Quand nous passâmes à table pour dîner, je m'aperçus que j'avais une faim de loup.

Bien plus tard, ce soir-là, dans notre lit, nous bavardâmes longuement avant de nous endormir.

— Je regrette de ne pas aller à l'enterrement de Paul, confiai-je à Chris.

— Je sais. Mais vu les circonstances, c'est sans doute préférable. Gladys rendrait la situation encore plus pénible qu'elle ne l'est déjà. Elle s'arrangerait pour faire une scène horrible.

— N'importe, Chris. Quand il se sera écoulé quelque temps, j'irai me recueillir sur sa tombe.

— Bien sûr, approuva-t-il.

Après quoi, il m'exposa certains de ses projets d'avenir.

— Nous pourrions faire construire une maison, pourquoi pas ? Nous possédons un terrain à la sortie de la ville.

— C'est peut-être une idée.

— Naturellement, nous pouvons déjà changer certaines choses ici. Le principal, c'est de nous forger de nouveaux souvenirs.

Là-dessus, j'étais entièrement de son avis. L'entendre évoquer toutes les possibilités qui s'ouvraient à nous me remit l'espoir au cœur. Enfin apaisée, après tant d'émotions éprouvantes, je finis par fermer les yeux et sombrai dans le lourd sommeil de l'épuisement.

Je n'étais pas totalement reposée quand je m'éveillai, le lendemain, mais j'avais recouvré assez de forces pour affronter un nouveau jour. J'envisageai de me remettre à peindre, puis je décidai de renouveler ma garde-robe, et dans mes goûts cette fois. Plus question de me déguiser en Gisèle. Maintenant que j'avais écarté tous ses amis et que nous prenions un nouveau départ, Gisèle avait fait son temps. Je pouvais redevenir moi-même.

Cette pensée m'emplissait d'allégresse et notre déjeuner fut un moment très agréable. Chris débordait d'idées concernant les affaires, les changements que nous allions introduire dans notre vie, au point que j'en avais la tête bourdonnante. Où trouver le temps de ruminer des pensées moroses, avec toutes ces activités en perspective ? Grand-mère Catherine avait bien raison, quand elle disait que le seul remède à la tristesse était de s'occuper les mains !

Après le déjeuner, Chris monta se rafraîchir dans la salle de bains et j'allai dans la cuisine mettre au point avec Mme Swann le menu du dîner. Elle entreprit de m'enseigner la recette du poulet Rochambeau.

— D'abord vous préparez la sauce, commença-t-elle, avant de se lancer dans l'énumération des ingrédients nécessaires.

Rien qu'à l'écouter, l'eau me venait à la bouche et je me félicitai de notre chance d'avoir trouvé une cuisinière pareille. Un vrai cordon-bleu. Toute à sa besogne, elle allait et venait dans la cuisine, remuait ses casseroles en parlant, si bien que je n'entendis pas le carillon de l'entrée. Je fus toute surprise quand Aubrey vint m'informer que deux messieurs demandaient à être reçus.

— Et ils sont accompagnés d'un agent de police, madame.

— Un agent de police, dites-vous ?

— Oui, madame.

Mon cœur s'affola, je dus faire un effort pour me lever.

— Où est Perle ?

— Dans la nursery avec Mme Ferrier, madame. Elles viennent juste de monter.

— Et M. Andréas ?

— Je crois qu'il est toujours en haut, madame.

— Allez le chercher s'il vous plaît, Aubrey. Vite !

— Très bien, madame.

Aubrey parti, je me tournai vers Mme Swann qui m'observait avec curiosité.

— Des ennuis ?

— Je n'en sais rien, marmonnai-je en m'éloignant d'un pas de somnambule, je n'en sais rien...

Chris descendait l'escalier au moment où j'arrivais dans le hall, pour découvrir les deux arrivants : l'un d'eux était Martin Bell.

— Que se passe-t-il ? lança Chris en dévalant le reste des marches.

Il s'avança si vite qu'il atteignit la porte avant moi, mais j'avais vu la nurse qui se tenait un peu en arrière, et le cœur me manqua.

— Monsieur et madame Andréas ? demanda le plus grand des deux hommes en complet.

— Oui ?

— Je suis William Rogers, directeur du cabinet Rogers, Bell et Stanley. Comme vous en a informé M. Bell au cours de sa précédente visite, nous représentons M. et Mme Octavius Tate, de la paroisse de Terrebonne. Nous avons obtenu un référé de la cour de justice ordonnant la restitution de l'enfant Perle Tate à ses grands-parents. Voici... ajouta le dénommé Rogers en tendant un papier à Chris. Cette ordonnance est signée par le juge et doit être exécutée sans délai.

— Chris... murmurai-je d'une voix éteinte.

Il me fit signe de patienter tandis qu'il parcourait le feuillet, puis le rendit à William Rogers.

— Il y a erreur. Mme Tate n'est pas la grand-mère de l'enfant.

— Je crains que ce ne soit au tribunal d'en décider, monsieur. Et jusque-là, cet ordre demeure exécutoire. Mme Tate a des droits prioritaires à la tutelle.

— Mais nous ne sommes pas l'oncle et la tante de l'enfant, nous sommes ses parents, déclara Chris.

— Ce n'est pas l'opinion de la justice. Les parents sont tous les deux décédés ; les tuteurs légaux sont donc, par droit de priorité, les grands-parents de l'enfant. Ne nous rendez pas les choses plus pénibles, monsieur. Dans son propre intérêt.

L'avocat n'avait pas fini de parler que l'agent de police venait se placer à côté de lui, et le regard de Chris passa lentement de l'un à l'autre. Puis il s'arrêta sur moi.

— Ruby...

— Non ! hurlai-je en reculant vers l'escalier. Ils ne peuvent pas la prendre. Ils n'ont pas le droit !

— Ils ont une ordonnance, Ruby, mais ce ne sera que temporaire. Je te le promets. J'appelle nos avocats tout de suite, et ce sont les meilleurs de La Nouvelle-Orléans.

— L'affaire sera jugée dans la paroisse de Terrebonne, monsieur, le lieu de résidence officiel de l'enfant. Vos excellents avocats devraient le savoir, persifla Rogers en se pourléchant les babines.

— Chris, murmurai-je d'une voix tremblée, les traits décomposés. (Il se précipita pour me prendre dans ses bras, mais je secouai la tête et reculai encore.) Non !... non !...

— Madame, reprit William Rogers, je vous assure que cet ordre doit être exécuté. Si vous vous préoccupez sincèrement du bien de cette enfant, mieux vaut faire en sorte que les choses se passent en douceur.

— Chris, tu avais promis ! Non ! vociférai-je en lui martelant la poitrine à coups de poing. Non !

Il me saisit les poignets et me serra contre lui.

— Nous la reprendrons, Ruby. Je te le jure.

— Je ne peux pas, protestai-je encore en gémissant, je ne peux pas...

Et si Chris ne m'avait pas retenue, je serais tombée, les jambes fauchées sous moi.

— S'il vous plaît, dit-il à l'adresse du groupe qui attendait, donnez-nous dix minutes pour préparer l'enfant.

William Rogers inclina la tête et Chris m'entraîna vers l'escalier, me portant presque pour monter les marches et murmurant à mon oreille des paroles de réconfort.

— Ce sera une scène atroce si nous opposons une résistance physique, Ruby. Quand nous aurons expliqué qui nous sommes, tout s'arrangera, tu verras.

— Mais tu avais dit que ça n'arriverait pas, Chris !

— Comment aurais-je pu deviner qu'elle serait aussi perverse ? Elle doit être folle. Et quelle sorte d'homme a-t-elle épousé, pour qu'il la laisse agir ainsi ?

— Un homme coupable, dis-je en ravalant mes larmes. Ô Chris ! Perle va être terrorisée.

— Seulement jusqu'à son arrivée à Bois Cyprès. Elle connaît tous les domestiques et...

— Ils ne l'emmènent pas à Bois Cyprès mais chez les Tate !

Chris se tut un moment, le temps que mes paroles fassent leur chemin dans sa tête, et poussa un soupir accablé.

— Oh ! je pourrais l'étrangler ! Je pourrais vraiment lui serrer la gorge jusqu'à ce qu'il ne lui reste plus un souffle de vie.

— Elle ne vit déjà plus, Chris. Sa vie a pris fin quand Paul est mort. Nous avons affaire à une femme qui a perdu tout sentiment, sauf un : son désir de vengeance. Et c'est chez elle que mon enfant doit aller.

— Tu veux que je me charge de la préparer ?

— Non. Nous nous en occuperons tous les deux, et nous tâcherons de la réconforter de notre mieux.

Nous expliquâmes à Mme Ferrier que Perle allait chez ses grands-parents, Chris jugeant préférable de ne pas en dire plus pour le moment. Pour Perle, les Tate étaient tout simplement ses grands-parents, et cela me donna le courage de me dominer. En souriant, je lui appris qu'elle allait partir chez son grand-père Octavius et sa grand-mère Gladys.

— Et c'est une gentille dame qui va te conduire chez eux, ajoutai-je.

Elle me regarda d'un air intrigué. J'aurais pu jurer qu'elle n'était pas dupe de ma petite comédie. Elle ne résista pas quand nous la descendîmes et se laissa docilement installer sur le siège arrière, avec la nurse. Quand elle me vit retourner vers la maison, elle comprit que je ne venais pas avec elle, m'appela à grands cris et la nurse s'efforça de la consoler.

— En route, dit William Rogers au chauffeur.

Les deux avocats montèrent en voiture, les portes claquèrent, mais j'entendais toujours les hurlements de Perle. Quand la limousine démarra, ma petite fille se libéra des bras de la nurse et appuya sa frimousse contrc la vitre arrière. Je vis sa peur et sa détresse, je l'entendis hurler mon nom. Et à l'instant où la voiture disparut, mes jambes faiblirent. Trop vite pour que Chris ait le temps de prévenir ma chute, je plongeai vers le sol et les ténèbres de l'oubli.

16

Tout est perdu

— Certes, commenta M. Polk après avoir écouté l'exposé de Chris, le cas est épineux. Vraiment très épineux, souligna-t-il en branlant du chef avec ostentation, ce qui fit tressauter son double menton.

Il se renversa dans son fauteuil de cuir, croisa les mains sur sa large poitrine et le soleil d'après-midi, filtré par les stores, fit scintiller l'onyx de sa lourde chevalière. Chris et moi étions assis l'un près de l'autre dans son luxueux bureau du septième étage, face aux grandes baies d'où la vue plongeait sur le port. Toute raide sur ma chaise, la main dans celle de Chris, je mordais nerveusement ma lèvre en retenant mon souffle. Notre avocat réfléchissait. Il y avait même si longtemps qu'il gardait les yeux baissés, plongé dans ses pensées, que je commençais à me demander s'il ne s'était pas endormi. Le seul bruit audible dans la pièce était le tic-tac de la pendule, une élégante miniature d'horloge ancienne.

M. Polk releva enfin les paupières.

— Pas de certificats de naissance, dites-vous ?

— Non. Comme vous le savez, les jumelles sont nées dans une région reculée des marais, à domicile et sans l'assistance d'un médecin.

— Ma grand-mère était guérisseuse, expliquai-je. Elle soignait mieux les gens que n'importe quel médecin.

M. Polk me fixa un instant de ses yeux noisette. Puis, déplaçant sa corpulente personne, il se pencha en avant et plaqua les mains sur son bureau.

— Il nous faut introduire tout de suite une procédure pour obtenir la garde de l'enfant, ce qui — vu les circonstances — donnera nécessairement lieu à un procès. En tout premier lieu, nous devons trouver un moyen légal d'établir votre identité en tant que Ruby. Cela fait, ajouta M. Polk en s'adressant à Chris, vous certifierez que vous êtes le père de l'enfant, avec preuves à l'appui.

— Naturellement, approuva Chris en étreignant ma main.

L'avocat tendit le bras vers une boîte en acajou, souleva vivement le couvercle et en fit jaillir un havane rebondi, qu'il pointa sur moi.

— Maintenant, examinons la situation. Il existait apparemment une ressemblance absolue entre vous et votre sœur Gisèle, qui a rendu possible cette substitution d'identité, c'est bien ça? Vous étiez exactement semblables?

— Jusqu'aux taches de rousseur, confirma Chris.

— Même couleur d'yeux, de cheveux, même teint, même taille, même poids? énuméra M. Polk.

Et nous l'approuvâmes chaque fois d'un hochement de tête.

— Des cicatrices? suggéra-t-il avec espoir.

Je fis signe que non.

— Aucune, ni l'une ni l'autre, bien que ma sœur ait subi un grave accident et soit restée handicapée quelque temps.

— Un accident grave, dites-vous? Ici, à La Nouvelle-Orléans?

— Oui.

— Alors elle a séjourné à l'hôpital, et elle a un dossier médical. Peut-être n'appartenez-vous pas au même groupe sanguin? Si c'était le cas, cela trancherait la question. Il paraît qu'on va bientôt pouvoir déterminer qui est le père d'un enfant à l'aide d'un simple test sanguin, grâce à l'A.D.N. Nous n'en sommes pas encore là, malheureusement. Il s'en faut de quelques années.

— Mais il sera trop tard ! m'écriai-je, consternée.

M. Polk alluma son cigare, tira une bouffée en se renversant sur son siège et projeta un rond de fumée au plafond.

— Il existe probablement des radios. Votre sœur s'est-elle fracturé quelque chose, au cours de l'accident ?

— Non. Elle a souffert de contusions, et le choc a provoqué une compression de la moelle épinière, mais elle a guéri et retrouvé l'usage de ses jambes.

— Hum !... je me demande si cela laisse des traces visibles sur un cliché. Il nous faudrait quelques radios de vous et une bonne expertise médicale, afin d'établir que le traumatisme aurait dû effectivement laisser des traces.

— Je vais immédiatement me faire radiographier à l'hôpital, annonçai-je, toute ragaillardie.

— Absolument, renchérit Chris.

M. Polk nous rappela à la prudence.

— Attention ! Ils pourraient très bien dénicher un expert affirmant qu'aucune séquelle du trauma n'est décelable sur une radio après la guérison. Laissez-moi étudier les dossiers de l'hôpital et consulter certains médecins de mes amis. Je dois d'abord me faire une opinion.

— Ruby a eu un enfant, mais pas Gisèle, avança Chris. Un examen permettra certainement de...

— Pouvez-vous prouver avec certitude que Gisèle n'en a jamais eu, monsieur Andréas ?

— Pardon ?

— Gisèle est morte et enterrée, comment pouvons-nous la faire examiner ? Il faudrait exhumer le corps, d'abord. Et si elle avait été enceinte et subi une I.V.G. ?

— C'est juste, admit Chris. Je n'en mettrais pas ma main au feu.

L'avocat me dévisagea d'un œil perplexe.

— Tout ceci est vraiment bizarre. Vraiment bizarre... Vous vous êtes arrangée pour qu'on vous prenne pour votre sœur, et tout le monde a été dupe ?

— A notre connaissance, oui.

— Et la famille de Paul Tate également ? Ils ont vraiment cru qu'ils enterraient Ruby Tate ?

— Oui.

— Et il y a bien eu un certificat de décès délivré à votre nom ?

— Oui, dis-je en avalant ma salive, ébranlée par ce rappel soudain de mes propres funérailles.

M. Polk demeura quelques instants songeur, puis une idée nouvelle fit briller son regard.

— Et le médecin qui a d'abord soigné Gisèle pour cette encéphalite ? Il savait qu'il soignait Gisèle et non Ruby, n'est-ce pas ?

— Je crains que nous ne puissions compter sur lui, déclara Chris, soufflant cette lueur d'espoir. J'ai conclu un arrangement avec lui, et il n'est pas question qu'il reconnaisse avoir pris part à cette histoire. Ce serait la fin de sa carrière.

— J'en ai bien peur, admit M. Polk. Il s'est gravement compromis. Et les domestiques ? L'un d'eux pourrait-il fournir un témoignage favorable ?

— Eh bien... vu la façon dont nous nous y sommes pris, le docteur et moi-même...

— Ils ignoraient ce qui se passait au juste, je me trompe ?

— Non. D'ailleurs ils ne seraient pas des témoins très convaincants. Le couple d'Allemands ne parle pas très bien anglais, la cuisinière n'a rien vu et la femme de chambre est trop timide. Elle n'oserait pas prêter serment.

— Rien à espérer de ce côté, donc. Curieuse histoire, vraiment très curieuse. Laissez-moi réfléchir... la dentition ! s'écria brusquement l'avocat. Comment sont vos dents ?

— Parfaites. Je n'ai jamais eu de carie ni d'extraction.

— Et Gisèle ?

— Pour autant que je sache, elle non plus, répondit Chris. Elle avait une santé remarquable, malgré le genre de vie qu'elle menait.

— Bon terrain génétique, commenta M. Polk. Mais vous jouissiez toutes les deux des mêmes avantages de ce côté.

Je commençais à m'affoler. Il n'y avait donc aucun moyen de déterminer notre identité à la satisfaction d'un juge ? Soudain, une idée me traversa la tête.

— Et nos signatures ?

— C'est vrai, approuva Chris. Ruby a toujours eu une plus belle écriture que sa sœur.

— L'écriture pourrait être un argument, reconnut l'avocat d'un ton sentencieux, mais ce n'est pas très concluant. Il nous faudra recourir à un expert, et la partie adverse peut en produire un qui nous accusera de faux. J'ai déjà vu le cas. En outre... (Il expulsa une autre bouffée de fumée.) ... les gens sont enclins à croire que les jumeaux sont capables de s'imiter parfaitement l'un l'autre. Il nous faut quelque chose de plus.

— Et Louis ? hasarda Chris en se tournant vers moi. Tu dis qu'il t'a reconnue.

— Louis ? releva M. Polk.

— C'est un jeune homme que j'ai rencontré quand nous étions pensionnaires à Baton Rouge, ma sœur et moi. Il est musicien et vient de donner un concert ici, à La Nouvelle-Orléans.

— Je vois.

— Quand je l'ai connu, il était aveugle... mais il a recouvré la vue, ajoutai-je avec espoir.

— Comment ? Aveugle, dites-vous ? Franchement, monsieur, vous me demandez d'appeler un aveugle à la barre pour certifier qu'il peut établir la différence entre les jumelles ?

— Mais il le peut ! protestai-je.

— Je veux bien l'admettre, mais quelle valeur ce témoignage aura-t-il pour un juge ?

Encore un espoir qui s'envolait. Mon pouls s'accéléra, ma vue se brouilla. C'était la défaite... Chris devina ma détresse et, de nouveau, pressa doucement ma main.

— Voyons, quelle raison aurions-nous de vouloir faire reconnaître l'identité de Ruby ? C'est avouer publiquement notre imposture. Et d'ailleurs, tous ceux qui connaissaient Gisèle savaient combien elle était égoïste. Elle n'aurait jamais réclamé la garde d'un enfant, ni voulu se charger de son éducation.

M. Polk médita un moment l'argument, puis fit pivoter son fauteuil en direction de la fenêtre.

— Je jouerai donc l'avocat du diable, dit-il en contemplant le fleuve. (Et il se retourna brusquement, pour pointer de nouveau sur moi son gros cigare.) Vous dites que votre mari, Paul, a hérité de riches terrains pétrolifères dans le bayou ?

— Oui.

— Et qu'il a fait bâtir pour vous une superbe maison dans un parc magnifique, une grande propriété ?

— Oui, mais...

— Et que ses puits rapportent une véritable fortune ?

J'étais incapable de parler, incapable de bouger. J'échangeai avec Chris un regard éperdu.

— Mais, monsieur, Ruby et moi sommes loin d'être pauvres ! Ruby a hérité d'un capital important, d'une affaire profitable, sans compter...

— Monsieur Andréas, vous avez à portée de la main un héritage immense, une fortune colossale en continuelle expansion. Nous ne sommes plus en train de parler d'aisance, monsieur.

— Et la petite ? plaida Chris en désespoir de cause. Elle connaît sa mère, elle.

— C'est une enfant. Vous l'imaginez dans un tribunal, sur le siège des témoins ? Elle serait terrifiée.

— Non, Chris, appuyai-je à mon tour, nous ne pouvons pas faire ça. C'est hors de question.

L'avocat se redressa dans son fauteuil.

— Laissez-moi jeter un coup d'œil aux dossiers de l'hôpital et consulter quelques amis médecins. Je vous rappellerai.

— Ce sera long ?

— Je ne peux pas faire ça du jour au lendemain, madame. Je préfère être franc.

— Mais mon bébé... Ô Chris !

— Avez-vous envisagé d'aller voir Mme Tate et de discuter de tout ceci avec elle ? Peut-être a-t-elle agi sous l'impulsion de la colère et réfléchi depuis, suggéra M. Polk. Cela simplifierait le problème. Je ne crois pas que son motif soit l'argent, mais vous pouvez toujours proposer de renoncer à vos droits sur le pétrole, et à tous les autres biens.

— C'est une idée, approuvai-je avec un regain d'espoir.

Chris opina dans le même sens.

— Effectivement. Cela doit la rendre folle que Ruby puisse hériter de Bois Cyprès et de tout ce pétrole. Nous allons immédiatement là-bas pour voir si elle accepte d'en discuter avec nous. Mais d'ici là...

— Je mènerai mes propres recherches sur les autres aspects du problème, dit M. Polk en écrasant son havane dans le cendrier. (Il se leva et se pencha pour serrer la main de Chris.) Vous rendez-vous compte de l'aubaine que cette histoire va fournir aux journaux, monsieur ? Les chroniqueurs mondains vont s'en donner à cœur joie.

Chris chercha mon regard, et nous nous levâmes en même temps.

— Nous le savons. Et nous sommes prêts à encaisser le choc, du moment que nous récupérons Perle.

— Parfait. Bonne chance avec Mme Tate ! nous souhaita l'avocat en guise d'adieu.

Je dus m'appuyer au bras de Chris pour sortir.

— Je me sens si faible, lui avouai-je quand nous quittâmes l'immeuble pour regagner la voiture. Et j'ai tellement peur !

— Tu ne peux pas affronter cette femme dans cet état d'esprit, Ruby. Arrêtons-nous pour manger un morceau, ça te rendra des forces. Restons optimistes, sûrs de nous, et repose-toi sur moi si tu en sens le besoin. Tout ça est vraiment ma faute, murmura-t-il d'un air sombre en baissant la tête. C'est moi qui ai tout organisé, c'était mon idée.

— Tu n'es pas le seul à blâmer, Chris. Je savais ce que je faisais, j'ai voulu le faire. J'aurais dû savoir qu'on ne nargue pas impunément le destin.

Il me serra contre lui, puis nous montâmes en voiture et prîmes le chemin du bayou. Tout en roulant, je répétais dans ma tête ce que j'allais dire à Gladys, et je n'avais pas grand appétit quand nous fîmes halte pour nous restaurer. Mais Chris insista pour que je ne reste pas l'estomac creux, et je me forçai à avaler quelque chose.

Le soleil déclinait dans un ciel de plus en plus sombre, de gros nuages d'orage s'amoncelaient. Le bleu du ciel semblait disparaître derrière nous à mesure que nous nous rapprochions du bayou et de la confrontation qui nous attendait. Quand les repères familiers commencèrent à apparaître, mon appréhension s'intensifia ; je respirai profondément, fis des vœux pour être capable de parler sans fondre en larmes et guidai Chris vers la résidence des Tate.

Leur maison comptait parmi les plus imposantes des environs de Houma. C'était une grande bâtisse de quatorze pièces à étage surélevé, de pur style néoclassique avec ses six colonnes grecques débordant légèrement de la galerie. Gladys Tate était très fière de ses talents de décoratrice, et jusqu'à ce que Paul fasse construire Bois Cyprès pour moi, elle avait eu la plus belle demeure de la région.

Le temps que nous y arrivions, le ciel avait pris une

couleur de cendre et l'air s'était chargé d'humidité, au point que je croyais voir des gouttelettes d'eau se former sous mes yeux. Sur tout le bayou pesait le calme trompeur que l'on éprouve dans l'œil du cyclone.

Rideaux tirés ou stores baissés, toutes les fenêtres étaient voilées chez les Tate, et l'obscurité qui noyait le marais se reflétait dans les vitres aveugles. A l'image de ses habitants murés dans leur chagrin, toute la maison portait le deuil. Le cœur me manqua quand j'ouvris la portière pour descendre, et Chris me prit le bras pour me rassurer.

— Gardons notre calme, Ruby.

Je hochai la tête et tentai d'avaler ma salive, mais autant essayer d'avaler la vase des marais : j'avais une boule dans la gorge. Nous gravîmes les marches du perron, Chris souleva le lourd marteau de cuivre, et quand il retomba sur sa plaque, il rendit un son creux qui me sembla retentir dans mon cœur. Quelques instants plus tard, la porte s'ouvrit avec une violence rageuse, comme sous l'effet d'une bourrasque. Toby apparut devant nous, toute vêtue de noir, le visage couleur de cire et les cheveux sévèrement tirés en arrière.

— Qu'est-ce que vous voulez ?

Ce fut Chris qui répondit pour nous, très calmement :

— Nous sommes venus parler à vos parents.

— Ils ne sont pas particulièrement disposés à discuter avec vous, riposta rudement Toby. Nous sommes en deuil. Vous croyez que c'est vraiment le moment de venir faire des histoires ?

— Nous voulons simplement dissiper certains malentendus très graves, insista-t-il. Et ceci pour le bien de la petite, essentiellement.

Toby me dévisagea et quelque chose dans mon expression parut la troubler. Elle se détendit légèrement et j'en profitai pour demander :

— Comment va Perle ?

— Bien. Tout à fait bien. C'est Jeanne qui s'en occupe.

— Elle n'est donc pas ici ?

— Non, mais elle va revenir. Vivre ici, bien sûr.

— Je vous en prie, implora Chris. Il faut que nous parlions quelques minutes avec vos parents.

Toby réfléchit quelques instants et recula d'un pas.

— Je vais voir si c'est possible. Attendez dans le petit salon, nous ordonna-t-elle en s'éloignant rapidement.

Une atmosphère lugubre régnait dans le studio, à peine éclairé par la lueur d'une seule applique murale, dans un coin. J'allumai une lampe posée sur une petite table, près du canapé, juste avant de m'affaler sur les coussins. Mes jambes ne me portaient plus.

— Laisse-moi parler le premier à Mme Tate, me conseilla Chris.

Et il resta debout à mes côtés, les mains dans le dos, aussi immobile que moi. Les yeux fixés sur la porte, à l'affût du moindre bruit, nous n'étions plus qu'attente. Mais l'attente durait, elle dura même si longtemps que je finis par laisser mon regard vagabonder dans la petite pièce et s'attacher sur le tableau suspendu au-dessus de la cheminée. Ce n'était plus le portrait d'Octavius et de sa femme : Gladys l'avait remplacé par celui que j'avais moi-même fait de Paul. Très ressemblant, il fallait le reconnaître. C'était un Paul vibrant de vie que j'avais peint, les yeux pétillants, avec son petit sourire tendre au coin des lèvres. Mais maintenant, ce sourire semblait avoir changé. Provocant, vindicatif, il me défiait avec une satisfaction maligne qui me faisait battre le cœur...

Un pas nous fit dresser l'oreille, mais ce fut Toby qui entra au salon et mon espoir s'évanouit : Gladys refusait de s'entretenir avec nous.

— Mère va descendre, annonça Toby, mais père n'est pas en état de voir qui que ce soit pour l'instant. Vous feriez mieux de vous asseoir, ajouta-t-elle à l'intention de Chris. Elle risque de vous faire attendre. Le moment n'est pas très indiqué pour une visite.

Docilement, Chris prit place près de moi, dans un fauteuil, et elle nous examina d'un œil pensif.

— Pourquoi êtes-vous si obstinés, tous les deux ? Si jamais ma mère a eu besoin de la présence d'un enfant, c'est bien maintenant. C'est vraiment cruel de nous créer des difficultés. (Elle me jeta un regard noir et s'adressa directement à Chris.) Ça ne m'étonne pas d'elle, mais vous... Je vous croyais plus responsable, plus compatissant.

— Toby, dis-je impulsivement, je ne suis pas celle pour qui vous me prenez.

Elle grimaça un sourire méprisant.

— Je sais parfaitement qui vous êtes. Chez nous aussi, figurez-vous, il existe des gens de votre espèce, des égoïstes qui n'ont d'égards pour personne, sauf pour eux-mêmes !

— Mais...

Chris me saisit le bras, son regard m'implorait de me taire. Je fermai les yeux, ravalant ma riposte, et quand je les rouvris, Toby avait quitté la pièce.

— Elle comprendra plus tard, murmura-t-il avec douceur.

Quelques instants après, les talons de Gladys résonnèrent sur les marches et chacun de ses pas claqua comme un coup de fouet à mes oreilles. Le cœur serré d'appréhension, nous gardâmes les yeux rivés sur la porte.

Gladys Tate nous parut plus grande et plus sombre que jamais quand elle apparut dans l'embrasure, en grand deuil elle aussi, et les cheveux aussi sévèrement tirés que ceux de sa fille. Ses lèvres et ses joues étaient d'une pâleur livide, mais ses yeux brillaient de fièvre. Le regard qu'elle me lança fut un vrai coup de poignard.

— Que voulez-vous ?

Chris bondit sur ses pieds.

— Madame Tate, nous sommes venus pour essayer

de nous entendre avec vous. Pour vous faire comprendre pourquoi nous avons agi ainsi.

Gladys émit une exclamation méprisante, accompagnée d'un rictus glacé.

— Comprendre ? releva-t-elle sur un ton dédaigneux. C'est très simple à comprendre. Les gens comme vous ne se soucient que d'eux-mêmes, et s'ils infligent les pires souffrances à autrui, quelle importance ?

Elle me cingla d'un regard venimeux et prit place dans le fauteuil à haut dossier, les mains croisées sur les genoux, le port altier, telle une reine. Chris poursuivit son plaidoyer.

— Presque tout est ma faute, madame, et non celle de Ruby. Voyez-vous, il y a quelques années, nous... je l'ai rendue enceinte de Perle, mais je me suis conduit en lâche. J'ai laissé mes parents m'envoyer en Europe. La belle-mère de Ruby a voulu la faire avorter en secret, mais Ruby s'est sauvée pour revenir dans le bayou.

— Malheureusement ! cracha Gladys en me décochant un coup d'œil meurtrier. Je ne sais pas ce que je donnerais pour qu'elle ne l'ait pas fait !

— Mais elle l'a fait, enchaîna Chris sans se laisser démonter. Et, pour le meilleur ou pour le pire, votre fils leur a offert un foyer, à elle et à Perle.

— Pour le pire, grinça Gladys avec une intonation qui me fit froid dans le dos. Il n'y a qu'à voir où ça l'a mené !

Chris reprit avec une patience inébranlable :

— Comme vous le savez, leur union n'était qu'un mariage blanc. Le temps a passé, j'ai mûri et reconnu mon erreur, mais il était trop tard. Dans l'intervalle, j'ai renoué avec la sœur de Ruby, et j'ai cru qu'elle aussi avait changé. Il se trouve que je me trompais, mais ceci est une autre histoire.

Gladys eut un ricanement silencieux.

— Votre fils savait que Ruby et moi nous aimions toujours, madame. Il savait également que Perle était notre fille. Ma fille. Il était généreux et voulait que Ruby soit heureuse.

— Et elle a exploité sa générosité, accusa Gladys en dirigeant sur moi un index effilé comme un couteau.

— Non, maman Tate, je…

— Comment osez-vous nier, devant moi, ce que vous avez fait à mon fils ? Mon fils… gémit-elle, les lèvres tremblantes. Autrefois, il tenait à moi comme à la prunelle de ses yeux. C'était mon bonheur qu'il voulait, pas le vôtre. Même quand vous exerciez vos charmes sur lui, dans le bayou, il adorait se confier à moi, être avec moi. Nous étions extraordinairement proches l'un de l'autre, et nous nous aimions infiniment. Mais vous vous êtes montrée impitoyable. Vous l'avez attiré loin de moi, m'accusa-t-elle encore.

Et je compris que rien ne peut engendrer autant de haine que l'amour trahi, je mesurai vraiment à quel point l'esprit de Gladys était assoiffé de vengeance. Mais je restai maîtresse de moi-même.

— Je n'ai rien fait de tel, maman Tate. J'ai essayé de décourager Paul. Je lui ai même dit la vérité sur notre naissance.

— Oui. Et par perversité, vous avez dressé un mur entre lui et moi. Il a su que je n'étais pas sa véritable mère.

Les conseils de grand-mère Catherine me revinrent brusquement en mémoire. « Ne te dresse jamais entre un Cajun et sa mère, petite… »

— Je ne voulais pas le lui dire ! m'écriai-je avec emportement. Ce n'était pas à moi de le faire. C'est vous, et votre mari, qui auriez dû lui apprendre la vérité.

— Quelle vérité ? J'étais sa mère avant que vous ne veniez vous mettre entre nous. Il m'aimait, et cela nous suffisait. L'amour… c'était ça notre vérité.

Gladys ferma les yeux, ruminant sa fureur. Un lourd silence plana. Ce fut Chris qui prit sur lui de le rompre.

— Votre fils a compris notre amour, madame, et

accepté de nous aider à vivre ensemble. Quand Gisèle est tombée malade, il a proposé lui-même de la prendre chez lui en la faisant passer pour Ruby, afin que nous puissions être mari et femme, Ruby et moi.

Gladys rouvrit les yeux et son petit rire sifflant me figea le sang dans les veines.

— Je sais tout cela, mais je sais aussi qu'il n'avait pas le choix. Elle a dû le menacer de raconter partout qu'il n'était pas mon fils.

— Je n'aurais jamais...

— Allons donc ! Vous êtes bien prête à tout dire maintenant, non ?

— Madame, s'interposa Chris en s'approchant de Gladys Tate, ce qui est fait est fait. Paul nous y a aidés. Son vœu était que nous vivions heureux avec notre fille, et en agissant comme vous le faites vous réduisez tous ses efforts à néant.

Gladys leva sur lui des yeux hagards où vacillait la raison, lueur infime qui s'évanouit brusquement.

— Ma pauvre petite-fille est orpheline, maintenant. Sa mère est au cimetière et son père va l'y rejoindre.

— Madame Tate, pourquoi nous obliger à nous adresser à la justice, et infliger cette nouvelle épreuve à tout le monde ? Vous avez sûrement besoin de paix, à présent, et votre famille...

Le regard flamboyant de Gladys dériva vers le portrait de Paul, et le feu sombre de ses yeux s'adoucit.

— C'est pour mon fils que je fais tout ça, dit-elle en le contemplant avec une passion qui n'était déjà plus de l'amour maternel. Regardez comme il sourit, comme il est beau, comme il est heureux ! Perle grandira ici, sous ses yeux. Nous aurons au moins ça. Vous, accusa-t-elle en pointant de nouveau sur moi son index osseux, vous lui aurez tout pris, jusqu'à sa vie.

Chris me jeta un regard de désespoir, puis il se retourna vers elle.

— Madame Tate, si c'est une question d'héritage, nous sommes prêts à signer tout ce que vous voudrez.

Gladys jaillit littéralement de son fauteuil.

— Quoi ! Vous croyez qu'il s'agit d'argent ? D'argent ? Mon fils est mort, dit-elle en se redressant de toute sa hauteur, la lèvre dédaigneuse. Cet entretien est clos. Je désire que vous sortiez de chez moi et de mon existence.

— Cette attitude ne vous mènera à rien. Le tribunal...

— J'ai des avocats, moi aussi. Adressez-vous à eux. (Elle m'octroya un dernier sourire, encore plus froid et plus inquiétant que les autres.) Vous êtes devenue votre sœur, de corps et d'âme. Maintenant, sortez d'ici ! lança-t-elle en me tournant le dos.

Et sur ce, elle quitta la pièce.

Mon cœur cognait éperdument dans ma poitrine, j'en avais mal dans tout le corps.

— Allons-nous-en, se résigna Chris. Elle est devenue folle, et le juge s'en apercevra. Viens, Ruby.

Il me tendit la main pour m'aider à me lever, mais j'avais l'impression de flotter au-dessus du sol. Juste avant de sortir, je me retournai vers le portrait de Paul et la satisfaction que je lus sur ses traits me terrifia. Ce fut comme si des ténèbres s'insinuaient en moi, une noirceur que mille journées de soleil ne suffiraient pas à dissiper.

Le trajet du retour fut lugubre et à peine arrivée je montai me coucher, à demi morte d'épuisement. Je dormis d'une traite jusqu'au matin, et il était déjà tard quand Chris me réveilla, pour m'annoncer que M. Polk avait téléphoné. Je me dressai instantanément sur mon séant, le cœur battant.

— Et alors ?

— Les nouvelles ne sont pas très bonnes, j'en ai peur. D'après les experts, tout est identique chez les vrais jumeaux : groupe sanguin, taille des organes, absolument tout. Le médecin qui a soigné Gisèle après son accident pense que les radios ne révéleraient rien. Nous ne pouvons pas compter sur les dossiers médicaux.

»Quant à prouver ma paternité... une analyse de sang pourrait servir à établir que je ne suis pas le père, le cas échéant, mais pas à prouver que je le suis. Comme le disait M. Polk, ces tests ne sont pas encore assez performants.

— Mais que pouvons-nous faire, alors ?

— Il a déjà sollicité une audience et nous allons comparaître devant un juge. Nous raconterons notre histoire, avec échantillons d'écriture à l'appui, et M. Polk compte mettre en avant tes talents artistiques. Il a également préparé les documents selon lesquels nous renonçons aux biens venant de Paul, ce qui élimine déjà un motif de fraude, fit valoir Chris d'un ton rassurant. Ce sera peut-être suffisant.

— Mais si ce n'était pas le cas, Chris ?

— N'imaginons pas le pire, tu veux bien ?

Le pire, ce fut l'attente. Chris eut recours à son travail comme dérivatif, mais je n'avais rien d'équivalent. Je ne pouvais que me réfugier dans le sommeil ou errer d'une pièce à l'autre, passant parfois des heures dans la chambre de Perle à contempler fixement ses peluches et ses poupées. Quarante-huit heures à peine après que M. Polk eut présenté son dossier à la Cour, les appels des journalistes commencèrent. Aucun d'eux ne voulut révéler ses sources d'information, mais là-dessus j'étais de l'avis de Chris. La soif de vengeance de Gladys Tate était si âpre qu'elle avait dû communiquer délibérément toute l'histoire à la presse.

«ON A ENTERRÉ MA SŒUR À MA PLACE»,
AFFIRME UNE DES JUMELLES
BATAILLE EN PERSPECTIVE
POUR LA GARDE DE L'ENFANT

Notre drame faisait la une des journaux.

Aubrey reçut des consignes formelles. Il devait intercepter tout appel téléphonique, fermer notre porte aux visiteurs, ne répondre à aucune question. Jusqu'à l'audience, je vécus en prisonnière dans ma propre maison.

Le jour venu, je tenais à peine sur mes jambes. C'est en m'accrochant au bras de Chris que je descendis l'escalier, puis marchai jusqu'à la voiture pour nous rendre au tribunal de la paroisse de Terrebonne. C'était une de ces journées capricieuses où le soleil semble jouer à cache-cache, faisant de brèves apparitions pour s'enfoncer aussitôt dans une montagne de nuages, laissant le monde dans une grisaille sinistre. Un temps tout à fait assorti à mon humeur, qui passait sans arrêt de l'espoir au découragement total.

M. Polk était déjà sur les lieux à notre arrivée. Il nous attendait, ainsi qu'une foule de curieux accourus du bayou et de La Nouvelle-Orléans. Je reconnus des amis de grand-mère Catherine et je leur souris, mais ils semblaient déconcertés, indécis, et aucun d'eux n'osa répondre à mon sourire. Comment pourrais-je leur expliquer les raisons de mon changement d'identité avec Gisèle ? Comment pourraient-ils me comprendre ? J'eus le sentiment d'être une étrangère parmi eux.

Nous prîmes place les premiers, puis, avec une ostentation dramatique et savourant la situation, Gladys Tate fit son entrée. Toujours en grand deuil, elle se suspendait au bras d'Octavius et marchait avec difficulté, pour bien montrer à tous combien il lui en coûtait d'être forcée de venir à cette audience en un moment si douloureux pour elle. Sans maquillage, elle était si pâle qu'elle en paraissait malade, et c'était voulu : dans l'esprit du juge, ce serait elle qui passerait pour la plus fragile de nous deux. Les yeux au sol, Octavius gardait la tête obstinément baissée, évitant soigneusement de se tourner dans notre direction. Derrière eux venaient Toby et Jeanne, accompagnée de son mari qui nous jetait des regards menaçants. Les avocats de la famille,

William Rogers et Martin Bell, étaient très impressionnants dans leurs complets sombres avec leurs gros dossiers sous les bras. Ils conduisirent les Tate à leurs places, puis le juge entra dans la salle et tout le monde s'assit en même temps.

Le juge se nommait William Barrow, et M. Polk avait appris qu'il était extrêmement caustique, impatient et autoritaire. Grand, sec, le visage dur, il avait des yeux noirs profondément enfoncés sous d'épais sourcils, le nez osseux et la bouche si mince qu'elle se réduisait à un trait quand il serrait les lèvres. Ses cheveux gris étaient dégarnis sur le front, si bien que le sommet de son crâne luisait sous l'éclat des lampes. Les grandes manches de sa robe de magistrat laissaient dépasser deux longues mains ivoirines.

— D'ordinaire, commença-t-il, cette salle est nettement moins remplie pour ce genre d'audience. Je tiens à avertir les assistants que je ne tolérerai ni bavardage ni le moindre bruit d'approbation ou de désapprobation. C'est le bien-être d'un enfant qui nous importe, et non le tirage des journaux ou les ragots des revues mondaines de La Nouvelle-Orléans.

Il s'interrompit et scruta la foule, en quête du plus infime signe d'insubordination, et le cœur me manqua. Excepté ses préjugés contre la classe aisée de La Nouvelle-Orléans, cet homme semblait dépourvu de tout sentiment humain.

Le greffier lut notre mémoire et le juge Barrow dirigea sur M. Polk son regard acéré.

— Veuillez nous présenter votre requête, monsieur.

— Oui, Votre Honneur. J'aimerais commencer par le témoignage de M. Christophe Andréas.

Le juge hocha la tête, Chris étreignit ma main et se leva. Tous les yeux étaient fixés sur lui lorsqu'il s'avança d'un pas assuré vers le siège des témoins. Il prêta serment et s'assit sans attendre.

— Monsieur Andréas, à titre de préambule à notre exposé de l'affaire, voulez-vous dire à la Cour en vos propres termes, pourquoi, comment et quand vous avez procédé à la substitution d'identité entre Ruby et Gisèle Andréas, qui était à l'époque votre femme ?

— Objection, Votre Honneur, protesta M. Rogers. C'est à la Cour qu'il appartient de décider si cette femme est ou n'est pas Ruby Tate.

Le juge pinça les lèvres.

— Monsieur Rogers, il n'y a ici aucun jury à impressionner. Je crois être capable de comprendre la question sans me laisser influencer par des sous-entendus. Venons-en au fait aussi vite que possible.

— Oui, Votre Honneur, capitula Rogers en retombant sur sa chaise.

Mes yeux s'arrondirent de surprise. Peut-être bénéficierions-nous d'un jugement équitable, après tout ?

Chris commença notre histoire et tant que dura son récit, pas un son ne se fit entendre. Personne ne toussa ni ne s'éclaircit la gorge. Quand il eut terminé, un silence encore plus épais qu'avant s'établit dans l'auditoire, on aurait dit que les gens s'étaient soudain changés en pierre. Cette fois, quand je me retournai, je vis tous les yeux fixés sur moi. Chris avait si bien raconté notre aventure que beaucoup semblaient prêts à la croire. Mon moral remonta d'un cran.

Et M. Rogers se leva.

— Je n'aurai que quelques questions à poser, Votre Honneur.

— Posez-les.

— Monsieur Andréas, vous avez dit que votre femme et vous étiez dans votre maison de campagne quand on a diagnostiqué son encéphalite. Le diagnostic a-t-il été établi par un médecin ?

— Oui.

— Ce médecin savait-il qu'il examinait votre femme, Gisèle ? (Chris se tourna vers M. Polk.) Si c'est le cas, pourquoi n'est-il pas venu témoigner qu'il s'agissait bien de Gisèle, et non de Ruby ?

Chris resta muet.

— Monsieur Andréas ? sollicita le juge.

— Je...

— Votre Honneur, l'interrompit M. Polk, les jumelles étant parfaitement identiques, nous avons pensé que ce médecin ne pourrait pas certifier de manière satisfaisante pour la Cour de quelle sœur il s'agissait. J'ai consulté leurs dossiers médicaux avec la plus grande attention, et nous sommes prêts à reconnaître, vu le nombre de particularités physiques communes aux jumeaux véritables, qu'il est impossible d'utiliser ces dossiers pour les identifier.

— Vous n'avez pas de rapports médicaux à verser au dossier ?

— Non, monsieur.

— Alors quelles preuves solides comptez-vous utiliser pour étayer cette histoire invraisemblable ? s'enquit le juge, allant droit au fait.

M. Polk se rapprocha du magistrat.

— Nous disposons d'échantillons d'écriture qui vous permettront de distinguer rapidement les deux sœurs l'une de l'autre, dit-il en lui présentant les papiers annoncés. Ils proviennent de leurs dossiers scolaires et de documents légaux.

Le juge accorda un bref regard aux feuillets.

— Il faudra que je les fasse analyser par un expert, cela va de soi.

— Nous réclamons le droit de les soumettre à l'analyse de nos experts, annonça M. Rogers.

— Bien entendu, accorda le juge en poussant la liasse de côté. Plus de questions pour M. Andréas ?

Avec un sourire sceptique, M. Rogers se campa devant Chris.

— Monsieur, vous affirmez donc que Paul Tate, après avoir entendu cette proposition extravagante, a suggéré de prendre la malade chez lui et de la faire passer pour sa femme ?

— Exactement.

— Pouvez-vous expliquer à la Cour pourquoi il aurait agi ainsi ?

— Paul Tate aimait profondément Ruby et désirait qu'elle soit heureuse. Il savait que Perle était ma fille et voulait que nous vivions ensemble, tous les trois.

Gladys Tate gémit bruyamment, tous les regards se tournèrent dans sa direction. Elle avait fermé les yeux et renversé la tête sur l'épaule d'Octavius, qui lui murmura quelque chose à l'oreille. Elle rouvrit les yeux, se redressa au prix d'un effort apparemment terrible et fit signe qu'elle allait bien. Le juge se retourna vers M. Rogers.

— Monsieur ?

— Ainsi, reprit l'avocat, vous soutenez devant la Cour que Paul Tate a pris sa belle-sœur chez lui et l'a fait passer pour sa femme, si bien que lorsqu'elle est morte il a sombré dans une dépression profonde jusqu'à en mourir lui-même ?

— C'est la vérité, affirma Chris.

Le sourire de M. Rogers s'élargit.

— Je n'ai plus de questions, Votre Honneur.

Le juge congédia Chris qui revint s'asseoir à nos côtés, le visage sombre et préoccupé.

— Ruby, me prévint à mi-voix M. Polk, avant de m'appeler à la barre.

J'acquiesçai, allai prendre place à mon tour sur le siège des témoins et prêtai serment, puis je pris une grande inspiration. Il fallait que je sois forte, pour l'amour de Perle.

— Veuillez nous indiquer votre véritable nom, commença M. Polk.

— Mon nom légal est Ruby Tate.

— Vous avez entendu la déclaration de M. Andréas. Y a-t-il un point que vous désiriez contredire ou rectifier ?

— Non. Tout est exact.

— Avez-vous discuté de cette substitution d'identité avec votre mari, Paul, et a-t-il approuvé ce plan ?

— Oui. Je ne voulais pas qu'il y prenne une part aussi active, mais il a insisté.

— Veuillez nous décrire les circonstances de la naissance de votre enfant.

Je racontai comment Paul s'était tenu près de moi quand j'avais mis Perle au monde, pendant l'ouragan. Puis M. Polk me fit parler des moments marquants de ma vie, des événements survenus à Greenwood, des gens que j'avais connus et de diverses choses que j'avais faites. Quand j'en eus terminé avec ces détails, il fit un signe et un assistant apporta un chevalet, un bloc de papier à dessin et quelques crayons. Devinant aussitôt où il voulait en venir, M. Rogers bondit de son siège.

— Objection, Votre Honneur.

— M. Polk, s'informa le juge, quelle information vous proposez-vous d'ajouter à ce dossier ?

— Votre Honneur, il existait entre les jumelles de nombreuses différences dont certaines, nous en convenons, seront difficiles à établir. Mais l'une d'entre elles, au moins, est facile à prouver : le talent de Ruby pour le dessin. Certaines de ses œuvres sont exposées dans des galeries de La Nouvelle-Orléans et...

— Votre Honneur, coupa M. Rogers, que cette femme soit ou non capable de dessiner correctement est hors de propos. Il n'a jamais été prouvé que Gisèle Andréas en était incapable.

— Je crains d'avoir à en convenir, M. Polk. Tout ce que vous parviendrez à prouver, c'est que cette femme possède un certain talent artistique.

M. Polk laissa échapper un soupir de frustration.

— Mais, Votre Honneur, rien dans le passé de Gisèle Andréas n'a jamais mis en évidence...

— Vous faites perdre son temps à cette cour, monsieur Polk. Veuillez nous fournir d'autres preuves, ou poursuivre l'interrogatoire du témoin, ou en appeler un autre. En avez-vous terminé avec celui-ci ?

— Oui, Votre Honneur, convint M. Polk avec dépit.

— Monsieur Rogers ?

— Quelques questions sur des points de détail, répondit l'avocat, un pli sarcastique aux lèvres. Madame Andréas, vous prétendez avoir épousé M. Paul Tate alors que vous aimiez toujours M. Chris Andréas. Pourquoi l'avoir épousé, alors ?

— Je... j'étais seule et il voulait nous offrir un foyer, à ma fille et à moi.

— La plupart des maris désirent offrir un foyer à leur femme et à leur enfant. Vous aimait-il ?

— Oh oui !

— L'aimiez-vous ?

— Oui, mais...

— Mais quoi, madame ?

— Mais d'une autre sorte d'amour. J'éprouvais pour lui une affection... (J'aurais voulu dire : « fraternelle », mais quand je regardai Gladys et Octavius, cela me fut impossible.) ... un attachement différent.

— Vous étiez mari et femme, cependant ? Vous vous êtes mariés à l'église, c'est ce que vous avez déclaré ?

— Oui.

Les yeux de M. Rogers se rétrécirent.

— Entreteniez-vous des relations amoureuses avec M. Andréas pendant que vous étiez mariée avec M. Tate ?

— Oui, affirmai-je, provoquant quelques hoquets de stupeur dans l'assistance.

— Et selon vous, votre mari était au courant des faits ?

— Oui.

— Il était au courant et il le tolérait ? Non seulement il le tolérait, mais il voulait prendre chez lui votre sœur mourante et la faire passer pour vous, à seule fin de vous rendre heureuse ? (L'avocat changea de position, de façon à faire face à la fois au public et au juge.) Après quoi, il a souffert d'une dépression si grave quand elle est morte qu'il s'est noyé dans les marais ? C'est cette histoire que M. Andréas et vous-même voulez faire accepter à tout le monde ?

— Oui, m'écriai-je. C'est la vérité. Tout est vrai.

M. Rogers mordilla sa lèvre avec ostentation.

— Je n'ai plus de questions, Votre Honneur.

— Vous pouvez regagner votre place, madame, déclara le juge.

Mais je fus incapable de me lever. Mes jambes me refusaient tout service, j'avais l'impression de devenir toute molle. Je fermai les yeux.

— Ruby! appela Chris.

Et le juge s'informa:

— Tout va bien, madame?

Je secouai la tête. Mon cœur battait si violemment que je ne trouvais plus mon souffle, je sentis le sang se retirer de mon visage. Quand je rouvris les yeux, Chris me tenait la main et j'avais un linge mouillé sur le front: je compris que je m'étais évanouie.

— Tu pourras marcher, Ruby?

Je fis signe que oui.

— Nous suspendons momentanément la séance, annonça le juge en abattant son maillet sur la table.

Il me sembla que le coup m'atteignait en plein cœur.

17

Échec et mat

Pendant la suspension de séance, on nous conduisit dans une petite salle d'attente où se trouvait une simple banquette. Chris m'y fit étendre et me bassina les tempes à l'eau fraîche, tandis que M. Polk allait téléphoner à son bureau, l'air sombre et préoccupé. J'eus la nette impression qu'il nous en voulait de l'avoir fourré dans ce guêpier.

— Nous avons complètement perdu la face, Chris, tu ne trouves pas ? m'enquis-je d'une voix morne. Leur avocat nous a fait passer pour des menteurs.

— Non, Ruby. Les gens nous croyaient, je l'ai vu sur leurs visages. Et quand un expert aura comparé vos écritures...

— Ils en trouveront un autre pour contester son analyse, tu le sais bien. Elle est tellement résolue à nous nuire, Chris ! Elle ne nous fera pas de quartier. Elle dépenserait toute la fortune de Paul pour triompher de nous.

— Calme-toi, Ruby, je t'en prie. Nous devons regagner la salle et...

Nous nous retournâmes tous les deux en même temps : Jeanne venait d'ouvrir la porte. Elle la retenait derrière elle, comme si elle hésitait à entrer pour de bon, et pendant un instant aucun de nous trois ne parla.

— Jeanne, dis-je enfin en me redressant sur mon siège, entre, s'il te plaît.

Elle me dévisagea, les yeux tout embués de larmes.

— Je ne sais plus du tout qui croire. Mère jure que vous êtes de fieffés menteurs, tous les deux.

— Non, Jeanne, nous ne mentons pas. Tu te souviens de notre conversation, juste avant ton mariage ? Tu n'étais pas sûre de devoir épouser James, tu te rappelles ?

Son regard trahit la surprise, puis la méfiance.

— Ruby aurait pu vous en parler.

— Non, écoute-moi...

— Mais même si tu... si vous êtes Ruby, je ne sais pas comment vous avez pu traiter mon frère de cette façon.

— Jeanne, tu ne peux pas tout comprendre. Je n'ai jamais voulu faire souffrir Paul. Jamais. Je l'aimais vraiment.

— Comment pouvez-vous me dire ça devant lui ! s'indigna-t-elle en désignant Chris d'un mouvement de la tête.

— Paul et moi nous aimions de façon différente, Jeanne.

Elle m'étudia avec une telle intensité que je me sentis sondée jusqu'au fond de l'âme.

— Je ne sais pas. Je ne sais vraiment pas ce que je dois croire, énonça-t-elle avec lenteur, et ses yeux reprirent la dureté d'un cristal. Mais je suis venue vous dire que si vous êtes bien Ruby... (Elle hésita une fraction de seconde.) Si tu es Ruby et si tu as pu faire tout ça, c'est tant pis pour toi.

— Jeanne !

Elle était déjà partie.

— Tu vois, constata Chris en souriant, elle n'a plus aucun doute. Au fond de son cœur, elle sait que tu es Ruby.

— Je l'espère, Chris, mais je me sens si coupable. J'aurais dû comprendre que j'allais faire souffrir tellement de gens.

Chris me serra contre lui, puis alla me chercher un

verre d'eau. J'étais en train de le boire quand M. Polk réapparut, l'air plus abattu que jamais, pour annoncer d'un ton lugubre :

— Mauvaises nouvelles. Ils ont un témoin surprise.

— Quoi ? m'écriai-je, passant en revue toutes les possibilités à la vitesse de l'éclair. Qui ça ?

— Je ne sais pas encore, mais il semblerait que sa déposition doive leur donner la victoire. Y a-t-il encore autre chose que vous m'ayez caché ?

— Non, monsieur, rétorqua Chris. Absolument rien ne vous a été dissimulé volontairement, et tout ce que nous vous avons dit est vrai.

L'avocat eut l'air sceptique.

— Bon, il est temps d'y aller.

Retourner dans la salle me fut encore plus pénible que d'y entrer pour la première fois : j'avais l'impression d'être un échantillon examiné au microscope. Tous les regards convergeaient sur moi quand je gagnai le premier rang de sièges, les gens chuchotaient derrière leur main, j'en avais les joues en feu. Les anciens amis de grand-mère Catherine épiaient mes moindres mouvements, comme pour y chercher la confirmation de mon identité. Je pouvais presque entendre les questions qu'ils se posaient. Notre histoire était-elle une supercherie montée de toutes pièces… ou la pure vérité ?

Nous reprîmes nos places. Gladys Tate était déjà installée à la sienne, le visage de marbre. Octavius regardait devant lui d'un œil vague. Jeanne chuchota quelque chose à l'oreille de Toby, et les deux sœurs me jetèrent un regard chargé de colère. Puis le juge fit son entrée, gagna son siège et le silence se fit dans l'auditoire.

— Monsieur Polk, êtes-vous prêt à poursuivre ?

Notre avocat se leva, une liasse de papiers à la main.

— Oui, Votre Honneur. Mes clients sont conscients du fait que leurs motifs de réclamer la garde de Perle Tate pourraient être mal interprétés. Afin d'éviter tout malentendu de ce côté, nous sommes prêts à renoncer à la part d'héritage à laquelle pourrait prétendre la conjointe de Paul Marcus Tate sur sa fortune.

M. Polk s'avança, déposa les documents par lesquels nous renoncions à l'héritage de Paul sur le bureau du juge, qui les parcourut rapidement. Puis il fit signe à M. Rogers de s'approcher pour les examiner à son tour, et l'assurance avec laquelle s'exprima l'avocat nous prouva qu'il avait anticipé notre démarche.

— Il nous faudra bien sûr étudier ces papiers de près, Votre Honneur. Même s'ils s'avèrent satisfaisants, cela n'élimine pas la possibilité pour ces deux imposteurs de mettre la main sur la fortune des Tate. L'enfant dont ils réclament la tutelle en hériterait, ils en deviendraient ainsi les administrateurs légaux.

Le juge se tourna vers M. Polk et celui-ci saisit la balle au bond.

— Votre Honneur, mes clients soutiennent justement que le véritable père de Perle Tate est M. Christophe Andréas. Elle n'aurait donc aucun droit à faire valoir sur l'héritage de M. Tate.

Le juge opina de la tête. Tout se déroulait comme une partie d'échecs, jouée avec des personnages vivants au lieu de figurines. Nous étions les pions, et de l'issue de la partie dépendait le sort de ma chère petite Perle.

— Avez-vous d'autres éléments à nous fournir, monsieur Polk, ou d'autres témoins à présenter ?

— Non, Votre Honneur.

— Monsieur Rogers ?

— Nous en avons, Votre Honneur.

Le juge se carra dans son fauteuil. M. Polk regagna sa place à nos côtés, M. Rogers alla s'entretenir avec son associé, puis il revint pour appeler son témoin à la barre.

— Nous aimerions faire comparaître M. Bruce Bristow.

— Bruce ! m'exclamai-je, et Chris secoua la tête avec effarement.

— N'est-ce pas le mari de votre belle-mère ? s'enquit M. Polk.

— Si, mais... nous n'avons plus aucun lien avec lui, expliqua Chris à ma place.

Les portes du fond de la salle s'ouvrirent et Bruce remonta l'allée d'un pas vif, nous décochant au passage un sourire ambigu.

— Elle a dû acheter son témoignage, chuchotai-je à M. Polk.

— Quelle sorte de témoignage peut-il bien fournir ?

— Il est capable de dire n'importe quoi, répondit Chris. Même sous serment.

Et Bruce prêta serment, puis il s'assit sur le siège des témoins et M. Rogers s'approcha de lui.

— Veuillez décliner votre identité, monsieur.

— Mon nom est Bruce Bristow.

— Et vous étiez l'époux de la belle-mère de Ruby et de Gisèle Dumas, maintenant décédée ?

— En effet.

— Depuis combien de temps connaissiez-vous les jumelles ?

— Depuis assez longtemps. Des années, précisa Bruce avec un sourire torve à mon adresse. J'étais l'employé de M. et Mme Dumas depuis huit ans quand M. Dumas est mort.

— Après quoi, vous avez épousé Daphné Dumas, devenant ainsi le beau-père des jumelles Gisèle et Ruby ?

— Oui, c'est cela.

— Vous les connaissiez donc bien ?

— Très bien. Intimement, ajouterais-je.

— En tant qu'unique parent vivant des jumelles, pouvez-vous certifier devant la Cour que vous êtes capable de les distinguer l'une de l'autre ?

— Bien sûr, affirma-t-il en lorgnant de nouveau dans ma direction. Gisèle est totalement différente de sa sœur, beaucoup plus... avertie, plus libre, plus caustique. Ruby, au contraire, était plutôt naïve, timide et douce.

— Avez-vous, et avez-vous eu récemment des démêlés d'ordre légal avec les actuels propriétaires de l'agence Dumas, Christophe et Gisèle Andréas ? interrogea M. Rogers.

— Oui, monsieur. Ils m'ont mis à la porte. Après des années de bons et loyaux services, ils ont décidé de faire valoir un stupide contrat prénuptial établi entre moi et ma défunte femme. Ils ont manœuvré pour m'évincer de mon poste et m'ont jeté à la rue, me privant de toute ressource.

— Il ment, souffla Chris à M. Polk.

— Vous auriez dû m'en parler. Je vous avais demandé s'il n'y avait rien d'autre.

— Qui pouvait s'attendre que Gladys aille le dénicher ?

— C'est probablement lui qui l'a dénichée, suggérai-je. Par vengeance. Ils sont faits du même bois.

M. Rogers se tourna vers moi pour poser la question suivante.

— La femme que vous voyez devant vous, ici même, a-t-elle directement pris part à tout ceci ?

— Oui. Je suis revenu récemment lui demander un entretien en vue d'établir un accord à l'amiable, et elle m'a carrément jeté hors de la maison qui avait été la mienne.

— Donc, avança M. Rogers avec un sourire satisfait, vous n'aviez pas affaire à une femme naïve et timide ?

— Oh que non ! appuya Bruce en accentuant son rictus à l'intention du juge, qui m'examina avec une attention marquée.

— Toutefois, poursuivit l'avocat, lorsqu'il s'agit de jumelles identiques, je suppose qu'il est relativement facile à l'une de se faire passer pour l'autre ? Elle aurait pu jouer un scénario préparé d'avance afin de vous donner le change.

— Je suppose que oui, admit Bruce.

Pourquoi M. Rogers lui accordait-il ainsi le bénéfice du doute ? me demandai-je avec effroi. Je crispai les poings avec une telle violence que mes ongles entrèrent dans mes paumes : je savais que le pire était à venir.

— Alors comment pouvez-vous être aussi certain d'avoir discuté avec Gisèle, et non avec Ruby ?

Bruce baissa les yeux, feignant l'embarras.

— J'ai honte de le dire, en fait.

— Je crains néanmoins d'avoir à insister, monsieur. Il s'agit ici de l'avenir d'un enfant, sans parler d'une immense fortune.

Bruce inclina la tête, prit une profonde inspiration et fit mine de se concentrer, le regard au plafond.

— J'ai cédé aux avances de ma belle-fille, Gisèle.

Une exclamation horrifiée jaillit du public et Bruce ajouta aussitôt :

— Comme je l'ai dit, elle était très avertie et très libre.

— Quelqu'un d'autre était-il au courant de ceci, monsieur ?

— Non. Je n'en étais pas très fier.

— Mais cette femme vous a montré qu'elle savait ? enchaîna Rogers en me désignant du doigt.

— Oui. Elle a abordé le sujet pendant la discussion, et menacé de s'en servir contre moi si j'opposais la moindre résistance à leurs manœuvres pour me priver de mes droits. Etant donné les circonstances, j'ai jugé préférable de battre en retraite, pour repartir de zéro.

» Cependant, reprit Bruce en lorgnant du côté de Gladys, quand j'ai appris ce qu'ils manigançaient actuellement, je me suis senti obligé de faire mon devoir, sans m'arrêter aux conséquences de ma démarche sur ma réputation.

— Vous affirmez donc sous serment, devant cette Cour, que la femme qui prétend être Ruby Tate connaissait certains détails vous concernant, vous et Gisèle, des détails que Gisèle était seule à connaître ?

— C'est exact, confirma Bruce avec satisfaction.

— Il fait ça uniquement parce que nous l'avons forcé à quitter l'agence, murmura Chris à M. Polk. Lui et Daphné avaient commis toutes sortes de malversations pour détourner de l'argent à leur profit.

— Etes-vous prêts à déballer tout ça au grand jour?

Chris me consulta du regard.

— Oui. Nous irons jusqu'au bout, déclara-t-il en griffonnant rapidement quelques notes pour M. Polk.

— Je n'ai plus de questions, Votre Honneur, annonça M. Rogers en retournant s'asseoir à sa table, auprès de Gladys.

Elle avait retrouvé tout son aplomb, et le sourire glacé qu'elle m'adressa me donna la chair de poule.

— Monsieur Polk, s'enquit le juge, désirez-vous interroger ce témoin?

— Oui, Votre Honneur. Je vous demande de m'accorder un instant de réflexion.

Il attendit que Chris ait terminé ses notes, les parcourut en hâte et se leva.

— Monsieur Bristow, pourquoi n'avez-vous pas contesté les actions entreprises contre vous afin de vous évincer de l'agence Dumas?

— J'ai déjà dit... qu'il existait un malheureux contrat prénuptial, et que ma belle-fille Gisèle me faisait chanter.

— Etes-vous sûr que votre répugnance à vous défendre ne provient pas des manipulations financières auxquelles vous vous êtes livré avec Daphné Dumas?

— Oui.

— Etes-vous prêt à soumettre ces opérations à l'examen de cette Cour?

Bruce tiqua.

— Je n'ai rien fait de mal.

— N'êtes-vous pas ici pour vous venger d'avoir été évincé de l'agence?

— Non. Je suis ici pour dire la vérité, maintint Bruce avec fermeté.

— N'avez-vous pas récemment perdu un immeuble locatif sis à La Nouvelle-Orléans, à l'occasion d'une saisie?

— Si.

— Vous avez ainsi perdu de confortables revenus et un style de vie plutôt cossu ?

— J'ai un travail satisfaisant, maintenant.

— Mais qui ne vous rapporte pas le quart de ce que vous gagniez avant d'être renvoyé de l'agence Dumas, n'est-ce pas ?

— L'argent n'est pas tout !

M. Polk n'en resta pas là.

— Et avez-vous surmonté votre dépendance à l'alcool, monsieur Bristow ?

— Objection, Votre Honneur, protesta M. Rogers en se levant. Les problèmes personnels de M. Bristow n'ont rien à voir avec ce témoignage.

— Si, maintint M. Polk. Ils ont tout à y voir si M. Bristow espère obtenir des avantages financiers, et s'il a besoin d'argent pour satisfaire sa dépendance à l'alcool.

— Accusez-vous mes clients de soudoyer cet homme ? rugit M. Rogers en bondissant de sa chaise.

— Objection retenue, décida le juge. M. Polk, avez-vous d'autres questions en rapport avec ce débat ?

M. Polk réfléchit un instant.

— Non, Votre Honneur.

— Bien. Merci, monsieur Bristow. Vous pouvez regagner votre place. Monsieur Rogers ?

— J'aimerais appeler Mme Tate à la barre, Votre Honneur.

Gladys Tate se leva lentement, comme si un fardeau énorme pesait sur ses épaules. Elle tamponna ses yeux avec une pochette en soie écrue, soupira bruyamment et contourna la table pour s'avancer vers le bureau du magistrat. Je coulai un regard vers Octavius. Pendant presque toute la séance, il avait gardé la tête basse : il conservait la même attitude.

Gladys prêta serment et s'installa sur le siège des témoins comme si elle plongeait dans un bain chaud. Elle ferma les yeux, pressa la main sur son cœur, et

M. Rogers attendit qu'elle fût assez calme pour parler. Toute l'assistance paraissait emplie de compassion pour elle.

— Vous êtes Gladys Tate, mère de Paul Marcus Tate récemment décédé ? commença l'avocat. (Elle referma instantanément les yeux.) Je suis désolé, madame Tate. Je sais que votre chagrin est encore à vif, mais je dois vous poser la question.

— Oui, dit-elle sans me regarder. Je suis la mère de Paul.

— Etiez-vous très proche de votre fils, madame ?

— Très. Avant son mariage, il ne se passait pas un jour sans que nous nous voyions ou nous parlions. Nos rapports étaient plus qu'une simple relation de mère à fils. Nous étions de grands amis.

— Et votre fils se confiait à vous, par conséquent ?

— Oh oui ! entièrement. Nous n'avions pas de secrets l'un pour l'autre.

— C'est un mensonge, murmurai-je, ce qui fit hausser les sourcils à M. Polk.

Chris se tourna vers moi, et son regard m'enjoignit de révéler la vérité à l'avocat. J'avais espéré ne pas être obligée d'en arriver là. C'était une telle trahison envers Paul...

— A-t-il jamais discuté avec vous de ce plan machiavélique, consistant à échanger sa femme avec celle de M. Andréas après que celle-ci fut tombée malade ?

— Non. Paul aimait infiniment Ruby, c'était un garçon très fier et très croyant. Il ne se serait jamais séparé de la femme qu'il aimait pour qu'un autre puisse vivre heureux dans le péché, déclara Gladys avec dédain. Il a épousé Ruby à l'église dès qu'il a compris où était son devoir. Je me rappelle très bien quand il m'a annoncé sa décision. J'ai été malheureuse d'apprendre qu'il avait eu un enfant hors mariage, bien sûr, mais heureuse qu'il veuille agir selon la morale.

— Elle n'a pas été heureuse du tout, protestai-je

à mi-voix, et elle l'a rendu affreusement malheureux. Elle…

— Chut ! m'interrompit M. Polk, apparemment fasciné par l'histoire de Gladys, et tout aussi résolu que le public à n'en perdre aucun détail.

— Et après leur mariage, votre mari, vos filles et vous-même avez accueilli Ruby et Perle comme des membres de la famille, c'est bien ça ?

— Oui. Nous dînions souvent en famille. J'ai même aidé Ruby à décorer son intérieur. J'aurais fait n'importe quoi pour préserver le bonheur de mon fils et notre union ; ce qu'il voulait, je le voulais pour lui. Et il était fou de l'enfant. Oh ! comme il l'adorait, notre chère petite-fille ! Elle avait ses traits, ses yeux, ses cheveux. Quand je les voyais marcher côte à côte dans le jardin, ou quand il l'emmenait faire une promenade en pirogue sur les canaux, mon cœur se dilatait de joie.

— Vous n'éprouvez donc pas le moindre doute quant au fait qu'elle soit sa fille ?

— Absolument aucun.

— Et il n'a jamais rien dit qui puisse vous faire penser le contraire ?

— Non. Pourquoi aurait-il épousé une femme qui aurait eu un enfant d'un autre ?

De nombreux hochements de tête exprimèrent l'approbation des assistants.

— Pendant la maladie de Ruby Tate, vous avez eu souvent l'occasion de leur rendre visite chez eux ?

— Oui.

— Et votre fils vous a-t-il jamais laissé entendre qu'il s'inquiétait pour la sœur de sa femme, et non pour elle-même ? insista M. Rogers.

— Non. Au contraire, et comme bon nombre des personnes présentes qui ont vu mon fils en cette période d'épreuve pourront en témoigner, il était si abattu qu'il n'était plus que l'ombre de lui-même. Il négligeait son travail et il s'est mis à boire. Il était plongé dans un état dépressif permanent, et cela me brisait le cœur.

— Pourquoi n'a-t-il pas fait hospitaliser sa femme ?

— Il n'aurait pas supporté d'être séparé d'elle, affirma Gladys. Il était toujours à son chevet. On voit mal pourquoi il aurait agi ainsi envers une autre que Ruby, ajouta-t-elle en me décochant un regard écrasant de mépris.

— Pourquoi avez-vous demandé un acte de justice pour récupérer votre petite-fille, madame Tate ?

— Ces gens... (Gladys cracha littéralement les mots à notre adresse.) Ces gens refusaient de me rendre Perle. Ils ont claqué la porte au nez de mon avocat et de la nurse que j'avais envoyés chez eux. Et tout ça, gémit-elle sur un ton lamentable, au moment où je pleurais la mort de mon cher fils, de mon petit garçon...

Là-dessus, elle fondit en larmes et l'avocat se précipita vers elle, mouchoir en main.

— Je suis désolée, larmoya-t-elle encore.

— Ce n'est rien, madame. Prenez votre temps.

Gladys tamponna ses joues, renifla, inspira une grande bouffée d'air et le juge Barrow s'enquit avec égards :

— Vous vous sentez bien, madame ?

— Oui, soupira faiblement Gladys.

Et, sur un signe du juge, M. Rogers poursuivit l'audition.

— Récemment, M. et Mme Andréas vous ont rendu visite, n'est-ce pas ?

— Oui, acquiesça-t-elle en nous foudroyant du regard.

— Et que voulaient-ils ?

— Me proposer un marché. Ils m'offraient cinquante pour cent de la fortune de mon fils si je renonçais à cette action en justice et leur laissais Perle.

— Quoi ! s'exclama Chris, bégayant presque.

— Elle ment ! me récriai-je.

Le juge abattit son maillet.

— Je vous ai avertis : je ne veux pas d'interruptions.

— Mais...

— Du calme, nous ordonna M. Polk.

Je me recroquevillai sur ma chaise, les joues brûlantes et dévorant ma rage. Jusqu'où cette femme serait-elle capable d'aller pour satisfaire sa soif de vengeance ?

— Et ensuite, madame ? reprit M. Rogers. Que s'est-il passé ?

— J'ai refusé, bien sûr, et ils m'ont menacée de m'intenter un procès. Ce qu'ils ont fait.

— Je n'ai plus de questions, Votre Honneur.

Le juge toisa durement M. Polk.

— Avez-vous d'autres questions à poser à ce témoin ?

— Non, Votre Honneur.

— Comment ? m'indignai-je. Faites-la immédiatement rétracter tous ces mensonges.

— Non. Il vaut mieux nous débarrasser d'elle au plus vite. Elle s'est acquis la sympathie de tous, même celle du juge.

M. Rogers aida Mme Tate à quitter le siège des témoins, l'escorta jusqu'à sa place. Dans l'assistance, quelques personnes pleuraient ouvertement et M. Polk nous confia entre haut et bas :

— Ce n'est pas aujourd'hui que vous récupérerez l'enfant, si on vous la rend un jour !

— Ô Chris ! me lamentai-je. Elle a gagné. Elle sera une grand-mère odieuse pour Perle. Elle ne l'aime pas. Elle sait que Perle n'est pas la fille de Paul.

— Monsieur Rogers ? sollicita le juge.

— Plus de témoins, Votre Honneur, répondit l'avocat en affichant la plus grande assurance.

M. Polk se renversa sur son siège, les mains croisées sur l'estomac, le visage morne, et je cherchai des yeux Gladys qui se préparait à quitter la salle en triomphe. Octavius n'avait pas levé la tête : il contemplait fixement la table.

— Appelez un dernier témoin, monsieur Polk, décidai-je en désespoir de cause.

— Où voulez-vous en venir ?

Chris étreignit ma main, nos regards se soudèrent et il m'approuva d'un hochement de tête. Je me retournai vers notre avocat.

— Appelez un autre témoin, c'est tout ce que je vous demande. Appelez Octavius Tate.

— Faites-le ! ordonna Chris, péremptoire.

A contrecœur, indécis et troublé, M. Polk se leva lentement.

— M. Polk ?

— Nous avons un autre témoin à citer, Votre Honneur.

Le juge fronça les sourcils.

— Très bien, finissons-en. Appelez votre dernier témoin, accorda-t-il en soulignant le mot « dernier ».

— Nous appelons M. Octavius Tate à la barre.

Une rumeur de stupéfaction courut dans le public. J'écrivis fébrilement quelques notes sur une feuille de papier. Le juge fit claquer son maillet sur la table et jeta un regard menaçant à la foule, qui s'apaisa sur-le-champ. Personne, en cet instant crucial, n'aurait voulu se faire expulser de la salle. Surpris par l'appel de son nom, Octavius leva la tête et regarda autour de lui comme s'il se demandait où il se trouvait. M. Rogers se pencha vers lui et lui chuchota quelques conseils. Je tendis ma feuille à M. Polk, qui la lut rapidement et me jeta un regard acéré.

— Madame, je vous préviens : vous pourriez perdre le peu de sympathie qui vous est acquise, si vos déclarations s'avéraient non fondées.

— C'est la vérité, murmurai-je.

Octavius s'avança vers le siège des témoins, la tête basse. Quand il fut invité à prêter serment, il répéta lentement les paroles rituelles et je vis à quel point elles pesaient sur son cœur. Il s'affala dans le fauteuil comme si s'asseoir était la seule façon pour lui d'éviter de choir sur le sol. M. Polk hésita, haussa les épaules et passa à l'attaque :

— Monsieur Tate, quand votre fils vous a annoncé son intention d'épouser Ruby Dumas, êtes-vous allé trouver Ruby Dumas pour lui demander de refuser ?

Octavius chercha le regard de Gladys et baissa les yeux.

— Monsieur Tate ?

— Oui, je l'ai fait.

— Pourquoi ?

— J'estimais que Paul n'était pas prêt pour le mariage. Il débutait dans l'exploitation du pétrole et venait tout juste de faire construire cette grande maison.

— Il me semble que le moment était tout indiqué pour penser au mariage, observa M. Polk. N'aviez-vous pas d'autre raison d'inciter Ruby Dumas à refuser la proposition de votre fils ?

Octavius loucha une fois de plus vers Gladys.

— Je savais que cela déplaisait à ma femme.

— Mais votre femme vient juste d'affirmer qu'elle était heureuse de voir Paul faire son devoir, et elle a déclaré sous serment qu'elle avait accueilli de bon cœur Ruby Dumas dans sa famille. N'était-ce pas le cas, monsieur ?

— Elle l'a acceptée, oui.

— Mais pas de bon gré ? Croyiez-vous que l'enfant était celui de votre fils ? enchaîna l'avocat sans laisser à Octavius le temps de répondre.

— Je... je pensais que c'était possible, oui.

— Et pourtant vous avez demandé à Ruby Dumas de ne pas épouser votre fils ?

Octavius resta muet.

— Votre fils vous a-t-il dit que Perle était sa fille ?

— Il a dit... qu'il voulait offrir un foyer à Ruby et à Perle.

— Mais il n'a jamais dit que Perle était sa fille ? Monsieur ?

— Non, pas à moi.

— Mais à votre femme, qui vous l'a dit ensuite. C'est bien ça ?

— Oui... oui.

— Alors pourquoi pensiez-vous qu'il ne prenait pas la bonne décision ?

— Je n'ai pas dit qu'il ne le faisait pas.

— Mais vous avez admis que vous ne souhaitiez pas ce mariage. Franchement, monsieur, tout ceci est très troublant. N'aviez-vous pas une autre raison, une raison beaucoup plus sérieuse ?

Octavius tourna lentement la tête vers moi, et nos regards se rencontrèrent. Le mien l'implorait de dire la vérité, si terrible fût-elle.

— Je ne vois pas ce que vous voulez dire.

— Je vous en prie ! m'écriai-je. Je vous en prie, écoutez votre conscience !

Le juge abattit son maillet.

— Pour l'amour de Paul, ajoutai-je.

Octavius tressaillit. Ses lèvres tremblèrent.

— Assez, madame ! Je vous ai avertie...

— Oui, reconnut Octavius à voix basse. J'avais une autre raison.

— Octavius !

Gladys avait hurlé. Abasourdi par ces deux interventions intempestives, jaillies de deux côtés différents, le juge se recula dans son fauteuil.

— Vous ne croyez pas qu'il est grand temps de nous révéler cette raison, monsieur Tate ? clama notre avocat d'une voix solennelle.

Pour la troisième fois, Octavius coula un regard vers Gladys.

— Je regrette. Je ne peux plus supporter ça. Je te dois beaucoup, mais tu commets une mauvaise action, ma bien chère femme. Je suis fatigué de m'abriter derrière un mensonge, et je ne peux pas arracher un enfant à sa mère.

Gladys poussa un cri déchirant. Les gens tendirent

le cou pour voir ses filles la réconforter. M. Polk persévéra.

— Voulez-vous dire à la Cour quelle était cette autre raison, monsieur Tate ?

— Il y a très longtemps, j'ai succombé à la tentation et commis l'adultère.

La salle retint son souffle.

— Et puis ?

— La conséquence a été la naissance de mon fils. Mon fils et Ruby Dumas… (Octavius releva la tête et fixa les yeux sur moi.)

— Monsieur ?

— Paul était le demi-frère de Ruby.

Un tollé général accueillit cet aveu. Le maillet du juge s'abattit en pure perte, son bruit fut noyé dans le vacarme. Gladys Tate s'évanouit et Octavius enfouit son visage dans ses mains.

— Votre Honneur, intervint M. Polk, dans l'intérêt de la Cour et des personnes concernées, j'estime que nous devrions poursuivre cette audience dans votre cabinet.

Le juge médita un instant la proposition.

— J'entendrai les représentants des deux parties à huis clos, déclara-t-il en se levant.

Je me levai à mon tour et m'approchai vivement d'Octavius, qui n'avait pas bougé du siège des témoins. Il redressa la tête et je vis que ses joues ruisselaient de larmes.

— Merci, dis-je simplement.

— Pardon pour tout ce que j'ai fait. Je regrette.

— Je sais. Je pense que vous allez être en paix avec vous-même, à présent.

Chris me rejoignit, me serra dans ses bras, puis il me fraya un passage dans la foule qui s'écarta devant nous. Je me rongeais les ongles tandis que nous attendions devant le bureau du juge. Mon cœur battait à grands coups désordonnés, l'angoisse me nouait l'estomac. Les avocats des Tate sortirent les premiers, le visage impé nétrable et sans même nous accorder un regard, puis M. Polk apparut. Il nous informa que le juge souhaitait nous parler en privé.

— Qu'a-t-il décidé ? m'écriai-je aussitôt, dévorée d'anxiété.

— Madame, veuillez entrer, je vous en prie. Je ne peux pas vous en dire plus.

Chancelant sur mes jambes, je me suspendis au bras de Chris. Si nous devions repartir sans ma fille…

Le juge Barrow ne portait plus la robe de sa charge, à présent, il ressemblait plutôt à un bon vieux grand-père. Il nous invita d'un geste à prendre place en face de lui, ôta les lunettes qu'il portait pour lire et se pencha en avant.

— Cette affaire de tutelle, inutile de vous le dire, est bien la plus étrange que j'ai rencontrée dans toute ma carrière. Je crois que nous avons enfin tiré les choses au clair, et je ne suis pas ici pour vous faire un sermon. L'origine de toute cette histoire remonte à certains événements que vous ne pouviez pas contrôler, c'est un fait. Mais il y a toutes sortes de fraudes, y compris des fraudes morales, et quant à celles-ci vous savez à quel point vous vous en êtes rendus coupables.

— Oui, acquiesçai-je, la voix chargée de remords.

Le juge nous dévisagea quelques instants, l'air songeur, puis il hocha la tête.

— Mon intuition me dit que vos motifs étaient louables, inspirés par l'amour ; et le fait que vous ayez risqué votre réputation et votre fortune en avouant la vérité à la Cour plaide en votre faveur.

» Mais mon rôle est de juger s'il faut oui ou non vous attribuer la garde de l'enfant, vous charger d'assumer son éducation matérielle et morale, au lieu de la confier à une institution d'Etat jusqu'à ce qu'on ait trouvé pour elle un foyer convenable.

— Votre Honneur, commençai-je, prête à débiter une kyrielle de promesses.

Le juge leva la main.

— J'ai déjà pris ma décision, et rien de ce que vous pourriez dire ne peut la modifier, déclara-t-il fermement. (Puis il sourit, avant d'ajouter :) Je compte recevoir bientôt une invitation à un mariage.

J'étouffai un cri de joie, mais le juge redevint grave.

— Vous pouvez, vous devez reprendre votre identité, madame.

Suffoquant de bonheur, les joues mouillées de larmes, je me jetai dans les bras de Chris et nous nous étreignîmes.

— J'ai donné des ordres pour que votre enfant vous soit rendue. On va la ramener ici incessamment. Quant aux complications résultant de votre précédent mariage, la rectification de votre identité... je laisse ces détails à vos avocats si bien payés.

— Merci, Votre Honneur, balbutiai-je à travers mes larmes.

Puis Chris serra la main du juge et nous nous retirâmes, pour trouver M. Polk dans le couloir. Il nous attendait.

— Pour être franc, j'avais des doutes sur la véracité de votre histoire, avoua-t-il. Je me réjouis pour vous. Bonne chance !

Nous quittâmes le bâtiment pour attendre au-dehors la voiture qui devait nous ramener Perle. Bon nombre de personnes qui avaient assisté à l'audience s'attardaient dans les parages, commentant ces événements effarants, et parmi elles je reconnus l'une des anciennes amies de grand-mère Catherine. Mme Thibodeau marchait avec difficulté, à présent, mais elle clopina jusqu'à nous et me prit la main.

— Je savais que c'était toi. Je me disais que, jumelle ou pas, la petite-fille de Catherine Landry avait passé presque toute sa vie avec sa grand-mère, que l'esprit de Catherine était en elle. Je t'ai bien dévisagée, dans cette salle d'audience. Alors j'ai vu Catherine qui me regardait par tes yeux, et j'ai su que tout finirait bien.

— Merci, madame Thibodeau.

— Dieu te bénisse, ma fille, et ne nous oublie pas.

— Je ne vous oublierai pas, promis-je avec élan. Je reviendrai.

Elle me serra contre elle et je la regardai s'éloigner, le cœur tout remué de souvenirs. Combien de fois avais-je vu ma grand-mère marcher ainsi, en compagnie de ses amies, pour se rendre à l'église...

Le soleil capricieux perça les nuages au moment où la voiture qui nous ramenait Perle arriva, et un faisceau de rayons nous enveloppa de sa clarté chaude. La nurse assise à l'avant ouvrit la porte, puis aida ma petite fille à descendre. Et à l'instant où elle m'aperçut, son visage s'illumina.

— Maman !

« Maman », le mot le plus merveilleux qui fût au monde ! Mon cœur se gonfla de joie. J'ouvris les bras, Perle courut à moi et je la serrai sur ma poitrine en l'inondant de baisers. Chris entoura mes épaules dans une étreinte protectrice, et tous ceux qui se trouvaient là sourirent d'attendrissement.

En partant, je vis s'éloigner la voiture des Tate. Les vitres de la limousine étaient obscures, mais le soleil brillait de plus en plus et la silhouette de Gladys apparut soudain, nettement visible. On l'aurait crue changée en pierre.

Je me sentis navrée pour elle, malgré tout le mal qu'elle venait de me faire. Elle n'avait pas seulement vu s'effondrer sa vengeance, aujourd'hui : elle avait tout perdu ; sa vie tissée d'illusions avait volé en éclats comme du verre brisé. Elle allait devoir affronter des temps plus durs encore, plus sombres que jamais. J'adressai une prière au ciel pour qu'elle et Octavius, enfin libérés du mensonge, puissent tout recommencer sur de nouvelles bases et trouvent enfin la paix.

— Rentrons chez nous, dit Chris.

Chez nous. Jamais, jusqu'à présent, ces mots n'avaient eu autant de signification pour moi.

— J'aimerais d'abord m'arrêter quelque part, dis-je pourtant, sans avoir besoin de préciser davantage.

Chris avait compris. Quelques instants plus tard, j'étais debout devant la tombe de grand-mère Catherine.

Une véritable guérisseuse possède réellement un pouvoir sacré, méditai-je. Son âme demeure longtemps auprès de ceux qu'elle a aimés, pour veiller sur eux. L'âme de grand-mère Catherine était toujours là. Je la sentais, toute proche. La brise était son souffle, sa caresse, la douceur de ses baisers.

Je souris et levai les yeux vers le ciel bleu, maintenant presque entièrement dégagé. Non, Mme Thibodeau ne s'était pas trompée. Aujourd'hui, grand-mère avait été près de moi. J'embrassai le bout de mes doigts, effleurai sa pierre tombale et m'en retournai vers la voiture, pour rejoindre Chris et ma chère petite Perle.

Comme nous roulions vers l'autoroute, j'aperçus un busard des marais, fièrement campé sur une branche de cyprès. Il nous observa un moment, prit son envol et plana dans le vent en tournoyant autour de nous, puis il vira sur l'aile et s'enfonça dans le bayou.

— Au revoir, Paul, murmurai-je.

Et tout au fond de moi, une voix secrète chuchota: « Je reviendrai. »

ÉPILOGUE

Il était écrit que mon rêve de mariage grandiose ne devait pas se réaliser. Le retentissement du procès, toute cette publicité tapageuse nous poursuivaient, même à La Nouvelle-Orléans. Chris opta pour une cérémonie discrète, et comme ses parents ne prenaient pas très bien la nouvelle, je me rangeai à son avis.

Nous discutâmes pendant des jours et des jours pour savoir s'il fallait vendre la maison ou en faire construire une autre, aux abords de la ville, et finalement nous parvînmes tous deux à la même conclusion. Nous étions très heureux ici, avec nos domestiques, et nous ne trouverions jamais un autre site aussi plaisant que Garden District. Plutôt que de déménager, j'entrepris de redécorer la maison de fond en comble. Je n'y allai pas de main morte. Chaque pièce fut mise à nu, je remplaçai les papiers peints et les tentures, la moquette, les tapis, et même une partie du mobilier. Prise d'une véritable fièvre de purification, je m'employai à extirper de la maison jusqu'à la moindre trace de la présence de ma belle-mère, Daphné.

Je gardai toutes les choses que papa avait aimées, bien sûr, et je ne changeai rien à la chambre qui avait jadis été celle de l'oncle Jean. Elle resta (comme papa l'aurait voulu, je le savais) un sanctuaire à sa mémoire. Vêtements, bijoux, portraits, souvenirs, tous les objets qui conservaient ne fût-ce que le parfum de Daphné furent entassés au grenier, enfouis dans de grandes malles. Ceci fait, je rassemblai les effets de Gisèle et me débarrassai de la plupart d'entre eux, que je répartis entre les boutiques d'occasion et les œuvres de charité.

Repeinte à neuf, avec ses nouvelles tentures et son décor de style différent, la maison reflétait vraiment notre personnalité. Certes, il restait bien quelques souvenirs tapis dans les coins, comme des toiles d'araignée, mais là-dessus je partageais l'avis de Chris. Le temps accomplirait son grand nettoyage, balaierait tout cela, et ces fantômes du passé finiraient par dépérir et disparaître dans les limbes de l'oubli.

Quand j'en eus terminé avec la maison, je reportai toute mon énergie sur mon travail artistique. L'une de mes premières œuvres fut le portrait d'une jeune femme tenant un nouveau-né dans les bras, assise dans un pavillon de jardin. Un jardin presque pareil au nôtre, avec le même genre de maison que celle de Garden District en toile de fond. Quand Chris vit le tableau terminé, il déclara que c'était un autoportrait.

Quelques semaines après cela, en m'éveillant un beau matin, je constatai les premiers symptômes d'une grossesse et je compris ce qui m'avait inspirée : mon instinct m'avait avertie de ce que j'ignorais encore.

Chris jura que je possédais certains des pouvoirs de grand-mère, que cette intuition le prouvait.

— Comment aurais-tu deviné, sinon ? Les Cajuns croient à la transmission des pouvoirs, n'est-ce pas ?

— Je n'ai jamais rien senti de pareil, Chris, et je n'ai même jamais songé à soigner les gens. Je ne suis pas douée de ce genre de pressentiment, ni du talent de guérisseuse.

Il réfléchit un instant et ce qu'il me dit alors m'étonna profondément.

— Parfois, quand je suis avec Perle et qu'elle babille dans son jargon, je la vois fixer quelque chose avec une intensité surprenante et une expression au-dessus de son âge. Dans ces moments-là, elle n'a plus du tout l'air d'une enfant de quatre ans. As-tu déjà ressenti cela en sa présence ?

— Oui, mais je n'osais même pas en parler. J'avais peur que tu ne ries de moi.

— Je ne ris pas, Ruby, je me pose des questions. Tu sais qu'elle est en train d'ensorceler mes parents, depuis quelque temps ? Mère essaie de ne pas le montrer, mais elle en est folle, et mon père... Il rajeunit quand il est avec elle. On dirait un petit garçon.

— Elle a toujours su s'y prendre, avec eux.

— Avec tout le monde, Ruby. Je crois qu'elle est magicienne. Ça y est, je l'ai dit ! Ne va pas le répéter à nos amis, surtout. Un de ces jours, je vais me mettre à croire pour de bon à ces rituels vaudous que tu pratiquais avec Nina Jackson, tu verras.

— Il ne faut rien dénigrer, Chris, je te préviens.

Il éclata de rire mais, quelque temps plus tard, deux semaines après le début de mon neuvième mois, il me fit la surprise d'un merveilleux cadeau. Il avait retrouvé Nina Jackson.

— Une visite surprise pour toi, annonça-t-il en entrant au salon le premier.

— Qui ça ?

Il recula et poussa Nina devant lui dans la pièce. Elle n'avait pas beaucoup vieilli, me sembla-t-il, à part le fait que ses cheveux étaient devenus tout gris.

— Nina ! m'écriai-je en me levant avec maladresse. J'étais si énorme, à présent ! Je me fis l'effet d'être un hippopotame se hissant hors d'un marécage.

Nous échangeâmes une accolade affectueuse.

— Vous êtes grosse, constata Nina. Tant mieux. Et c'est pour bientôt, je vois ça dans vos yeux.

— Ô Nina ! Où étiez-vous passée ?

— J'ai voyagé par-ci, par-là, le long du fleuve. Nina est à la retraite, maintenant. Je vis avec ma sœur.

Elle s'assit, et nous bavardâmes pendant près d'une heure. Quand je lui montrai Perle, elle s'extasia et se lança dans un grand discours sur la beauté qu'elle allait devenir. Puis elle déclara qu'à son avis, Perle n'était pas une enfant comme les autres, elle non plus. Enfin, elle annonça qu'elle allait brûler une chandelle bleue à l'intention de mon futur bébé, pour assurer chance et protection.

— Il va pas tarder, me prédit-elle en fouillant dans sa poche, d'où elle tira un sachet de camphre enfilé sur un cordonnet. Portez ça au cou, ça éloignera les microbes de vous et de votre bébé.

Je promis de porter son cadeau sur moi, même quand je serais à l'hôpital, et elle se leva pour partir.

— S'il vous plaît, Nina, ne disparaissez plus. Revenez nous voir.

— Pour sûr que je viendrai !

— Nina, demandai-je en lui prenant la main, la colère que j'ai jetée dans le vent le jour où nous sommes allées voir Mama Dédé, à propos de Gisèle... croyez-vous qu'elle soit partie ?

— Elle est partie de votre cœur, ma fille. C'est ça qui compte le plus, affirma-t-elle en me serrant dans ses bras.

Puis elle sortit avec Chris, qui la reconduisit chez elle.

— Quel merveilleux cadeau tu m'as fait, lui dis-je à son retour. Merci, Chris.

— Je vois qu'elle t'a laissé quelque chose, constata-t-il en découvrant le sachet. Je m'en doutais, je t'avouerai même que je l'espérais. Il faut mettre toutes les chances de son côté ! conclut-il en riant.

Et je joignis mon rire au sien.

Quatre jours plus tard, mes douleurs commencèrent. Elles furent très intenses, plus encore que pour Perle. Chris ne me quitta pas un instant et m'accompagna même en salle de travail. Il me tint la main, m'encouragea à respirer, partageant si bien tout ce que je ressentais qu'il grimaçait à chacune de mes contractions. Finalement, la poche des eaux se rompit et le bébé fit son entrée dans le monde.

— C'est un garçon ! s'exclama le médecin. Hé ! une minute !

Je vis s'écarquiller les yeux de Chris.

— Un autre garçon, constata l'accoucheur. Des jumeaux ! Je m'y attendais un peu, mais l'un des deux cachait l'autre et empêchait d'entendre les battements de son cœur. Félicitations !

Les infirmières prirent les deux bébés blonds dans leurs bras, et Chris m'adressa un sourire enjoué.

— Nous les gardons tous les deux, ne t'inquiète pas !

Des jumeaux, pensai-je avec émotion. Des enfants qui vont s'aimer dès le premier jour, le tout premier jour de leur vie...

Perle fut transportée de joie en apprenant qu'elle n'avait pas seulement un petit frère, mais deux. Il s'agissait avant tout de leur trouver des prénoms, et nous y avions déjà réfléchi, mais en envisageant simplement un garçon ou une fille. Pour un garçon, nous avions songé au prénom de papa : Pierre. J'avais bien une idée en tête, mais j'ignorais si Chris l'approuverait. A ma grande surprise, la suggestion qu'il me fit de lui-même un peu plus tard, à l'hôpital, s'accordait à mes désirs.

— Nous devrions appeler l'autre Jean, qu'en dis-tu ?

— Ô Chris ! J'y pensais, mais...

Il me sourit avec tendresse.

— Mais quoi ? Je te l'ai dit, je suis devenu croyant, maintenant. Cela devait finir ainsi. C'était écrit.

Peut-être, méditai-je. Peut-être...

Un photographe nous attendait à la maison, le jour où nous y revînmes avec les jumeaux. Chris avait tout prévu, et nous posâmes avec Perle et les bébés, tous les cinq ensemble. Nous formions une vraie petite famille, maintenant. Nous engageâmes une nurse qui devait m'aider dans les débuts, mais Chris aurait voulu la garder plus longtemps.

— Je ne veux pas que tu négliges ta peinture, insista-t-il.

— Rien n'est plus important pour moi que mes enfants, Chris. La peinture peut attendre.

Je voulais être proche de mes fils, veiller à ce qu'ils apprennent à s'aimer l'un l'autre, et Chris le comprit.

Une semaine après mon retour de l'hôpital, je lisais tranquillement dans le jardin — Perle était dans la nursery, fascinée par ses petits frères — quand Aubrey m'apporta une lettre.

— Un courrier exprès, madame. Désolé de vous déranger.

— Merci, Aubrey.

Quand je vis que la lettre venait de Jeanne, je m'appuyai au dossier de mon siège et déchirai l'enveloppe d'une main tremblante. J'y trouvai une photographie, accompagnée d'un mot très bref.

Chère Ruby,

Mère a exigé que nous jetions tous les souvenirs de toi, jusqu'au dernier, mais je n'ai pas eu le cœur de jeter celui-ci. Au fond de moi, je suis presque sûre d'une chose : Paul aurait voulu que tu l'aies.

Jeanne.

J'examinai attentivement la photo. Je ne me rappelais plus qui l'avait prise : un des camarades de classe de Paul, probablement. On nous y voyait tous les deux au *fais-dodo*, le soir où il m'avait emmenée danser. C'était mon premier vrai rendez-vous, et j'ignorais encore la vérité sur notre naissance. Comme nous étions jeunes, alors, et innocents ! Nous ne pouvions imaginer qu'un avenir de bonheur et d'amour…

Une larme tomba sur la photographie, et je m'aperçus que je pleurais.

— Maman ! cria Perle de la terrasse.

Je tournai la tête et la vis accourir vers moi, Chris dans son sillage.

— Ils m'ont regardée ! Pierre et Jean, ils m'ont regardée tous les deux et ils m'ont souri !

— Parfaitement, confirma Chris. Je l'ai vu de mes yeux.

— J'en suis très contente, ma chérie. Tes frères vont t'aimer beaucoup, et pour toute la vie.

— Allons les voir, maman. Allez, insista-t-elle en me tirant par la main, viens !

— Je vais y aller, mon trésor. Dans un moment.

Chris m'observa avec attention.

— Tout va bien, Ruby ?

— Oui, affirmai-je en souriant. Tout va bien.

— Je la ramène là-haut. En route, princesse ! Laisse maman se reposer encore un peu, d'accord ? Ensuite, elle nous rejoindra.

— C'est bien vrai, maman ?

— Oui, mon bébé. Promis.

Chris articula silencieusement : « Je t'aime », puis il entraîna Perle vers la maison.

Je me renversai dans mon fauteuil. Tout là-haut, un nuage en forme de pirogue traversait le ciel bleu, la brise fredonnait doucement. Et, cette fois encore, je crus entendre la voix de grand-mère Catherine me chuchoter des paroles d'espoir.

Romans, récits et documents

La littérature conjuguée au pluriel, pour votre plaisir. Des œuvres de grands romanciers français et étrangers, des histoires passionnantes, dramatiques, drôles ou émouvantes, pour tous les goûts...

ADLER Laure
L'année des adieux
4166/4
Chronique de la vie quotidienne à l'élysée sous la présidence Mitterrand. Portrait d'un homme d'exception.

ADLER Philippe
Bonjour la galère !
1868/1
Les amies de ma femme
2439/3
Mais qu'est-ce qu'elles veulent ces bonnes femmes ? Quand il rentre chez lui, Albert aimerait que Victoire s'occupe de lui mais rien à faire : les copines d'abord. Jusqu'au jour où Victoire se fait la malle et où ce sont ses copines qui consolent Albert.

ALLÉGRET Catherine
Les souvenirs et les regrets aussi
4000/7

ALLEGRI Renzo
La véritable histoire de Maria Callas
3699/6

AMIEL Joseph
Question de preuves
4119/5

ANDERSEN Christopher
Mike Jagger le scandaleux
3771/8

ANDREWS Virginia C.
Ma douce Audrina
1578/4

Fleurs captives
Dans un immense et ténébreux grenier, quatre enfants vivent séquestrés. Pour oublier, ils font de leur prison le royaume de leurs jeux et de leur tendresse, à l'abri du monde. Mais le grenier devient un enfer. Et le seul désir de ces enfants devenus adolescents est désormais de s'évader... à n'importe quel prix.

- Fleurs captives
1165/4
- Pétales au vent
1237/4
- Bouquet d'épines
1350/4
- Les racines du passé
1818/5
- Le jardin des ombres
2526/4

La saga de Heaven
- Les enfants des collines
2727/5
- L'ange de la nuit
2870/5
- Cœurs maudits
2971/5
- Un visage du paradis
3119/5
- Le labyrinthe des songes
3234/6

Aurore
Un terrible secret pèse sur la naissance d'Aurore. Brutalement séparée des siens, humiliée, trompée, elle devra payer pour les péchés que d'autres ont commis. Car sur elle et sur sa fille Christie, plane la malédiction des Cutler...

- Aurore
3464/5
- Les secrets de l'aube
3580/6
- L'enfant du crépuscule
3723/6
- Les démons de la nuit
3772/6
- Avant l'aurore
3899/5

Ruby
4253/6
Perle
4332/5

A. NONYME
M. et Mme ont un fils
4036/2 & 4118/2

APOLLINAIRE Guillaume
Les onze mille verges
704/1

ARTHUR
Arthur censuré
3698/5
De la radio à la télé, rien n'arrête Arthur.

Ta mère
4075/2
Ta mère, la réponse
4225/2
Ta mère, la revanche
4365/2
Aimons-nous les uns les autres
4524/2

ARVIGNES Georges
Quelques mois pour l'aimer
4289/2

ASHWORTH Sherry
Calories story
3964/5 Inédit

Romans, récits et documents

ATTANÉ CHANTAL
Le propre du bouc
3337/2

AVRIL NICOLE
Monsieur de Lyon
1049/2
La disgrâce
1344/3
Jeanne
1879/3
Don Juan aujourd'hui pourrait-il être une femme ?
L'été de la Saint-Valentin
2038/1
Sur la peau du Diable
2707/4
Dans les jardins de mon père
3000/2
Il y a longtemps que je t'aime
3506/3

BACH RICHARD
Jonathan Livingston le goéland
1562/1 Illustré
Illusions/Le Messie récalcitrant
2111/1
Un pont sur l'infini
2270/4

BAILLY OTHILIE
L'enfant dans le placard
3029/1
L'enfant qui se laissait mourir
3859/1

BALDACCI DAVID G.
Le pouvoir d'exécuter
4267/7
Ayant surpris par hasard le meurtre d'une jeune femme, un cambrioleur est contraint au silence par les services secrets américains...

BALTIQUE
Labrador présidentiel
Aboitim - 1
4490/3

BARRON JUDY & SEAN
Moi, l'enfant autiste
3900/4

BAYROU FRANÇOIS
Henri IV
4183/6
La vie du souverain préféré des Français, par un historien également ministre de l'Education nationale. Coexistence pacifique, redressement financier, lutte contre la corruption, développement agricole et industriel, réforme de l'enseignement, le parallèle avec notre époque est troublant et passionnant.

DE BEARN MYRIAM & GASTON
Gaston Phébus
- Le lion des Pyrénées
2772/6
- Les créneaux de feu
2773/7
- Landry des bandouliers
2774/5

BELLEMARE P. & ANTOINE J.
Les dossiers extraordinaires
2820/4 & 2821/4
Les dossiers d'Interpol
2844/4 & 2845/4

BELLETTO RENÉ
Le revenant
2841/5
Sur la terre comme au ciel
2943/5
La machine
3080/6
L'Enfer
3150/5
Dans une ville déserte et terrassée par l'été, Michel erre. C'est alors qu'une femme s'offre à lui, belle et mystérieuse...

BERBEROVA NINA
Le laquais et la putain
2850/1
Astachev à Paris
2941/2
La résurrection de Mozart
3064/1
C'est moi qui souligne
3190/8
L'accompagnatrice
3362/4
De cape et de larmes
3426/1
Roquenval
3679/1
A la mémoire de Schliemann
3898/1
Chroniques de Billancourt
4076/3
Dans les années vingt, un petit peuple misérable d'émigrés slaves s'agglutine autour des usines Renault, entre nostalgie et désespoir...

DE BERG JEAN
L'image
1686/1

BERTRAND JACQUES A.
Tristesse de la Balance et autres signes
2711/1

BEYALA CALIXTHE
C'est le soleil qui m'a brûlée
2512/2
Tu t'appelleras Tanga
2807/3

Romans, récits et documents

Le petit prince de Belleville
3552/3

Maman a un amant
3981/3

Assèze l'Africaine
4292/4

L'itinéraire tragique d'Assèze, une jeune Camerounaise, de son village aux mirages de Douala, puis aux « clandés » surpeuplés de Paris. Mêlant avec une magie singulière poésie, lyrisme et humour, Calixthe Beyala fait surgir une foule de personnages d'où émerge le couple étrange que forment Assèze et Sorraya, les sœurs ennemies.

BIGEARD Général

De la brousse à la jungle
3995/4 Illustré

BLUE Corine

L'oiseau libre
4493/3

BOCCOLINI Laurence

Je n'ai rien contre vous personnellement
4412/3

BOGGIO Philippe

Coluche
3268/7

BORY Jean-Louis

Mon village à l'heure allemande
81/4

BOTTE Marie-France & MARI Jean-Paul

Le prix d'un enfant
3983/4 Illustré

BOUDARD Alphonse

Saint Frédo
3962/3

BOUILLOT Françoise

La boue
4139/3

BOURDIN Françoise

Les vendanges de Juillet
4142/6

Terre Indigo
4382/5

Ruinés, les Vallogne quittent Bordeaux en 1920 pour Cuba. Au lieu de la riche plantation qu'ils avaient achetée, ils ne découvrent qu'une cabane...

Juillet en hiver
4496/5

BRANDO Marlon

Les chansons que m'apprenait ma mère
4143/7 Illustré

Marlon Brando retrace sa carrière d'acteur, sa vie d'homme et son engagement pour la défense des Indiens et d'autres minorités opprimées d'Amérique du Nord.

BRAVO Christine

Avenida B.
3044/3

Les petites bêtes
3104/2

Les grosses bêtes (un érotisme inattendu)
3770/3

Les bêtes, petites ou grosses, sont aussi compliquées que nous et leurs amours sont bien difficiles !

L'adieu à Tolède
4393/6

Changer tout
4497/7

BRIAND Charles

Le seigneur de Farguevieille
4074/4

BROUILLET Chrystine

Marie LaFlamme

- Marie LaFlamme
3838/6

- Nouvelle-France
3839/6

- La renarde
3840/6

de BURON Nicole

Les saintes chéries
248/3

Vas-y maman
1031/2

Dix-jours-de-rêve
1481/3

Qui c'est, ce garçon ?
2043/3

C'est quoi, ce petit boulot ?
2880/4

Où sont mes lunettes ?
3297/4

Arrêtez de piquer mes sous !
3652/5

Impôts, cotisations, taxes, prélèvements, vignettes, TVA... c'est trop ! Le ras-le-bol d'une contribuable excédée mais d'un humour à toute épreuve.

Arrête ton cinéma !
4251/4

BYRNE Beverly

Gitana
3938/8

CAILHOL Alain

Immaculada
3766/4 Inédit

CAISNE Arielle

L'ortie
3836/1

CALFAN Nicole

La femme en clef de sol
3991/2

CAMPBELL Naomi

Swan
3827/6 Inédit

Romans, récits et documents

CARREL Dany
L'Annamite
3459/7

CARROLL Lewis
Alice au pays des merveilles
3486/2

DES CARS Guy
1911-1993. D'abord journaliste, il entama, avec L'officier sans nom *une carrière littéraire qui en fera l'écrivain français le plus lu dans le monde.*

La brute
47/3
Accusé de meurtre et traduit en justice, un sourd-muet, aveugle de naissance va être condamné.

Le château de la juive
97/4
La tricheuse
125/4
L'impure
173/4
La corruptrice
229/3
La demoiselle d'Opéra
246/4
Les filles de joie
265/3
La dame du cirque
295/3
Cette étrange tendresse
303/3
L'officier sans nom
331/3
La maudite
361/4
Entre un père despotique et une redoutable gouvernante, une jeune fille reçoit une éducation rigide. Elle n'aura que plus tard la révélation de sa dualité sexuelle.

L'habitude d'amour
376/3
La révoltée
492/4
Une certaine dame
696/5
L'insolence de sa beauté
736/3
La justicière
1163/2
La vie secrète de Dorothée Gindt
1236/1
L'envoûteuse
2016/5
Le crime de Mathilde
2375/4
L'histoire d'une étonnante captation d'héritage et d'une femme qui ne vécut que pour un seul amour.

La voleuse
2660/4
Le grand monde
2840/8
L'amoureuse
3192/4
Je t'aimerai éternellement
3462/4
La femme-objet
3517/3
L'amant imaginaire
3694/6
Hôtesse dans un établissement très spécial, Solange se préserve en s'inventant un amant imaginaire qui fait rêver ses amies.

La visiteuse
3939/3

CATO Nancy
Lady F.
2603/4
Tous nos jours sont des adieux
3154/8
Marigold
3837/2

CAVANNA
Les pensées
4388/2
Drôles, acides, impertinentes, les pensées de Cavanna donnent envie de rire ou de pleurer, mais font à coup sûr réfléchir.

CERF Muriel
L'antivoyage
3883/3

CESBRON Gilbert
Chiens perdus sans collier
6/2
C'est Mozart qu'on assassine
379/3

CHABROL Dominique
Desproges
4056/3

CHAMSON André
La Superbe
3269/7
La tour de Constance
3342/7

CHAZAL Claire
Balladur
3581/3

CHEDID Andrée
La maison sans racines
2065/2
Le sixième jour
2529/3
Le sommeil délivré
2636/3
L'autre
2730/3
Les marches de sable
2886/3
L'enfant multiple
2970/3
La cité fertile
3319/1
La femme en rouge et autres nouvelles
3769/1

4542

Composition Interligne B-Liège
Achevé d'imprimer en Europe (France)
par Brodard et Taupin à La Flèche (Sarthe)
le 16 juin 1997. 1608S-5
Dépôt légal juin 1997. ISBN 2-290-04542-X
Éditions J'ai lu
84, rue de Grenelle, 75007 Paris
Diffusion France et étranger : Flammarion